Meister Frantz und der Fluch der Blutrubine

Henker von Nürnberg Band 3

von

Edith Parzefall

E-Mail: edith_parzefall@gmx.de

Verlag: Edith Parzefall
Rothenburger Str. 174, 90439 Nürnberg, Deutschland
Druck: Createspace, On-Demand Publishing, LLC
100 Enterprise Way, Suite A200
Scotts Valley, CA 95066
United States

Lektorat: Kathrin Brückmann
www.lekto-ratio.de

Umschlag und Karten: Kathrin Brückmann
Polyhedra-Illustrationen: Julia Handl
https://www.points-edges.de

ISBN-13: 978-1544117935
ISBN: 1544117930

Karte von Nürnberg

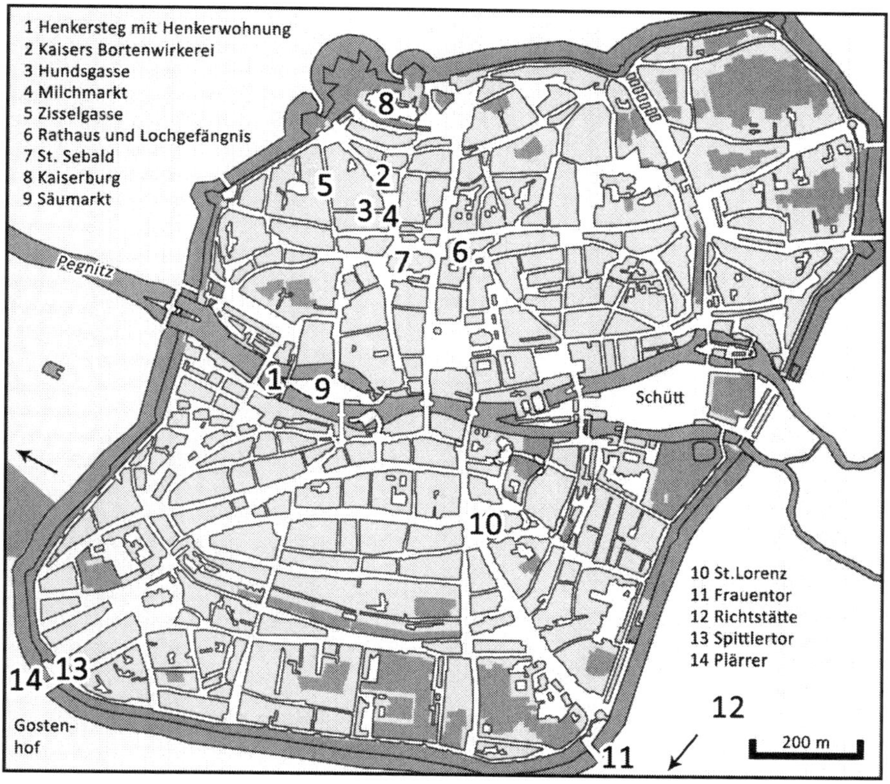

Handelnde Personen

Historische Figuren sind fett gedruckt. Sie werden in diesem Roman fiktional verwendet, obwohl ich mich weitgehend an die historisch überlieferten Fakten gehalten habe. Wie damals üblich tragen alle Nachnamen von Frauen die Endung -in, da die Anreden Frau und Herr für gewöhnliche Leute noch nicht üblich waren. Zusätzlich füge ich die verkürzten Vornamen in Klammern an.

Meister Frantz Schmidt, der Nachrichter, also Henker von Nürnberg.

Maria Schmidtin, Frau von Frantz Schmidt, die auch als Henkerin bezeichnet wurde.

Vitus Schmidt, Sohn von Frantz und Maria.

Augustin Ammon, der Löwe, wie man den Henkersknecht nannte.

Katharina (Kathi) Leinfelderin, ein Findelkind und Ehefrau von …

Maximilian Leinfelder, ein Stadtknecht im Dienste der Freien Reichsstadt Nürnberg.

Sebald Kaiser, wohlhabender Bortenwirker und Ehemann von …

Ambrosia Kaiserin, die seinen Laden meist gut im Griff hat.

Cuntz Kaiser, Lehrling und Sohn des Bortenwirkers.

Clara Mülnerin, ein vierzehnjähriges Mägdlein im Dienst des Kaisers.

Julius Spieß, Goldschmiedgeselle, der Clara besser kennt als alle anderen.

Friedrich Hildebrandt, Goldschmied, für den Julius arbeitet.

Konrad Rumpler, ein Schütze, der gern dumm herumsteht.

Michael (Michel) Hasenbart, ein Stadtknecht in Nürnberg und Freund von Max.

Wenzel Jamnitzer, Goldschmied von Kaisern und Königen, im Herzen aber vor allem Geometer und nebenbei Mitglied des Kleinen Rates als Genannter der Handwerke.

Hans Lencker, Goldschmied und Geometer, dem selten das Grinsen vergeht.

Jorgen Labenwolf, Rotgießer, der mit seinem Brunnenwerk für den dänischen König allmählich in Verzug gerät.

Friedrich Werner (genannt Heffner Friedl), ehemaliger Söldner, der mit der Schwester von Frantz Schmidt verlobt ist.

Kunigunda Lippertin (geb. Schmidtin), bald Wernerin.

Heinrich Heut, Kumpan vom Heffner Friedl.

Georg Götz, der von Frantz Schmidt als Dieb und Hurer ausgestrichen wird.

Wolf Pfeuffer, ein Dieb aus Gräfenberg, der von Frantz Schmidt ausgestrichen wird.

Stadträte *Eisvogel* und ***Pömer***, die als Lochschöffen Ermittlungen im Nürnberger Lochgefängnis leiten, sowie ein namenloser Schreiber.

Eugen Schaller, der Lochhüter, liebevoll auch Lochwirt genannt. Oberster Aufseher im Loch, dem Nürnberger Gefängnis für Untersuchungshaft und Delinquenten, die auf ihre Hinrichtung warten.

Anna Schallerin, Ehefrau von Eugen Schaller und damit die Lochwirtin.

Lienhardt Hertl, ehemaliger Schütze und Bettelrichter, der von Frantz Schmidt aus der Stadt ausgestrichen wurde und ihm doch half, abgefeimte Räuber und Mörder zu überführen.

Wolf Neubauer, Wirt der Fetten Gans und Chronist, zudem ein großer Bewunderer von Meister Frantz.

Lucas Korber, Schankknecht in der Fetten Gans.

Reichelt, Abdecker und Musikant.

Lienhardt Krieg, protestantischer Diakon von Sankt Sebald. Der Priester, an den man sich wendet, wenn es um Angelegenheiten des Lochgefängnisses geht.

Teil I

Das Mägdlein

Dienstag, 3. April 1582

Kathi Leinfelderin packte ihre Posamenten in den Korb für den Kaiser. Gut, dass der Bortenwirker nur so hieß und keiner war, sonst stünde es schlecht um das Reich. Nach allem, was sie gehört hatte, war er immer viel zu bereitwillig, seinen Schuldnern die Zahlungen zu stunden. Da musste häufig die Kaiserin mahnen. Vor der strengen Frau fürchtete sich Kathi ein wenig, obwohl sie so klein und zierlich war. Vielleicht trat sie gerade deshalb so bestimmt auf, damit sie niemand wegen ihrer Gestalt übervorteilte. Die verkaufte niemand für dumm, das hatte Kathi manches Mal mitbekommen, wenn ein Händler der Kaiserin minderwertiges Material verkaufen wollte. Sie warf einen kritischen Blick auf ihre Handarbeiten. Bestimmt hätte die Frau auch daran wieder einiges herumzumäkeln. Die Kaiserin machte mit ihren feingliedrigen Fingern schließlich die schönsten Spitzen und Stickarbeiten weit und breit, so gut würde Kathi nie werden. Meister Sebald zahlte allerdings immer angemessen, und daran hielt sich auch seine Frau, deshalb arbeitete Kathi sehr gern für die beiden.

Das Geld konnten Max und sie dringend brauchen, besonders, falls tatsächlich ein Kind unterwegs war. Kathi strich sich über den Bauch. Nun war ihre Monatsblutung schon gut eine Woche überfällig. Das war allerdings in den bald zwei Jahren Ehe schon öfter vorgekommen, und jedes Mal hatte sie vergeblich gehofft, es wäre endlich so weit. Sie legte sich den Lodenumhang um die Schultern, den ihr Max zu Weihnachten geschenkt hatte, und setzte die Haube auf. Den Korb in der Ellenbeuge verließ sie die kleine Wohnung in einem der Wehrtürme. Ein Stück lief sie den Wehrgang auf der Stadtmauer entlang, bevor sie eine Holztreppe hinunterstieg und durch die geschäftigen Gassen zum Bortenwirker eilte. Der Mann konnte sich ein recht großes Haus in der Nähe des Milchmarktes leisten. Das untere Stockwerk war wie bei den meisten aus Sandsteinquadern gebaut, erst darüber begann das leichter entflammbare Fachwerk. Der dritte Stock sah aus, als wäre er erst nachträglich draufgebaut worden, denn die Steine waren kleiner und hatten eine andere Farbe. Solche Anbauten konnte man in Nürnberg häufig sehen. Es gab nicht genug Platz innerhalb der Stadtumwallung.

Sie trat durch das Tor in die Werkstatt, die zugleich als Laden diente. Barbara saß am Tisch nahe dem Eingang, den Kopf tief über ihre Arbeit gebeugt. Das Knarren der Tür ließ sie aufblicken. »Oh, du bist es. Grüß dich.« Kein Lächeln zeigte sich im Gesicht der Magd. Stattdessen sah sie sich wie gehetzt im Raum um.

Eigenartig, außer ihnen beiden schien niemand hier zu sein, nicht einmal der Lehrling Cuntz. »Grüß dich, Barbara. Ist die Kaiserin nicht da?« Nun schalt sie sich, weil sie nicht einfach nach Meister Sebald gefragt hatte, der so viel leichter zufriedenzustellen war.

Barbara schnaubte, dann machte sie wieder ein ernstes Gesicht. »Nein, die Herrin ist im Wildbad mit ihrer Mutter, der es gar nicht gut geht. Und der Kaiserin tun die heißen Quellen auch immer wohl.«

Heiße Quellen? »Ach, dann ist sie nicht im Wildbad auf der Insel Schütt?«

»Nein, sie sind für eine Woche weggefahren, zu den warmen Schwefelquellen in Bad Gögging. Die sollen sehr heilsam wirken.«

Kathi freute sich. Keine kritischen Blicke und Bemerkungen heute! »Und der Meister?« Sie hob ihren Korb an. »Ich hab alles fertig, was er bestellt hat.«

»Der ist zu den Drahtziehern gegangen.«

»Barbara!«, rief Traudel von der Treppe. »Der Clara geht's gar nicht gut. Wir sollten –« Da fiel ihr Blick auf Kathi, und die Frau verstummte.

Clara war die jüngste Magd im Dienst der Kaisers. »Was fehlt ihr denn?«, fragte Kathi besorgt und wunderte sich über die Geheimnistuerei der Frau. Wollte sie Claras Krankheit vor dem Meister verheimlichen, damit die nicht hinausgeworfen wurde? Das konnte sie sich kaum vorstellen, denn zu seinen Mägden war Meister Sebald immer sehr nett und zur jungen Clara geradezu väterlich.

»Ach nichts«, rief Barbara sofort, senkte aber den Blick. Traudel dagegen starrte sie nur an und schüttelte den Kopf. Blass wirkte sie plötzlich.

Hier stimmte doch was nicht. Kathi stellte den Korb auf den Tisch und ging mit festen Schritten zur Treppe. »Lass mich zu ihr.«

Traudels Gesicht bekam wieder Farbe. »Vielleicht besser so«, flüsterte sie und lief voraus.

Kathi eilte hinter ihr her die Treppen hinauf und kam ins Schnaufen, bis sie im obersten Stockwerk angelangt waren.

»Hier lang.« Traudel öffnete die Tür zu einer kleinen Kammer, in der ein Bett und eine Truhe standen, dazu ein kleines Tischchen mit einem Stuhl. Über das Bett gebeugt stand Cuntz, der Lehrling. »Du musst aber«, sprach er beschwörend auf Clara ein.

Eine zierliche Hand schlug nach ihm. »Lass mich!«

»Kathi ist hier«, sagte Traudel schnell.

Der Lehrbub trat einen Schritt zurück. Da sah Kathi die junge Magd: das dunkelblonde Haar zerzaust, ihr Gesicht von Schlägen entstellt, die Lippen aufgeplatzt, das linke Auge dunkelviolett verfärbt und zugeschwollen. Kathi stieß Cuntz beiseite. »Hast du ihr das angetan, du Schuft?« Wütend funkelte sie ihn an.

Er wurde unter ihrem Blick immer kleiner und schlang beide Arme um seinen Oberkörper. »Ich doch nicht«, keuchte er und drehte den Kopf zur Seite, schielte aber mit seinen wachen, dunklen Augen zu ihr herüber.

Nein, der Junge von vielleicht fünfzehn Jahren hatte das bestimmt nicht getan. Andererseits waren auch seine Haare ganz zerzaust. Kathi wandte sich Clara zu und ging vor der Bettstatt in die Hocke. »Was ist dir geschehen, Clara? Hat dich jemand überfallen, beraubt oder gar ...« Sie schluckte, wollte das Unsägliche nicht aussprechen.

Clara blinzelte kurz mit dem rechten Auge, bevor sie den Kopf abwandte.

»Sie redet nicht«, sagte Traudel.

Aber mit Cuntz hatte sie anscheinend gesprochen. Der Bursche wusste bestimmt mehr. Kathi erhob sich und sah ihn an. »Mit dir redet sie schon, oder?«

Er senkte den Kopf. »Nur ganz wenig. Sie hat gesagt, dass niemand davon erfahren darf, sonst hätten wir längst einen Heiler kommen lassen.«

Meister Frantz! Natürlich, den würde sie holen. Der wusste bestimmt, was zu tun war, nicht nur gegen die Wundschmerzen. »Ist der Bortenwirker tatsächlich bei den Drahtziehern?«

Cuntz nickte. »Ist schon früh weg.« Seine Stimme kiekste. Er räusperte sich. »Er hat gemeint, er kommt erst um die Mittagszeit zurück.«

Gut, dann würde er vielleicht gar nicht mitbekommen, dass der Henker von Nürnberg seine Werkstatt betreten hatte. »Ich hol Hilfe.«

Da krallten sich klamme Finger um ihr Handgelenk. Clara starrte sie mit dem einen Auge an. »Nein«, keuchte sie. »Kein Wort zu niemandem.«

»Der, den ich hole, wird dir helfen, auch wenn du ihm nichts erzählst.«

Der Griff lockerte sich, und Kathi eilte los.

*

Frantz Schmidt führte seinen Sohn an der Hand durch die lange, schmale Brückenwohnung, von der guten Stube bis in sein Behandlungszimmer. Ein Jahr war das Bürschlein schon alt und plapperte bereits allzu gern vor sich hin, nur Worte waren dabei selten zu erkennen. Vielleicht wollte Vitus einmal Wanderprediger werden? Laufen hatte er jedenfalls schon im Alter von zehn Monaten gelernt. Das Lächeln verging Frantz. Nein, der Sohn eines Henkers konnte kein Prediger werden. Nicht mal ein Flickschuster würde dem Buben eine Lehrstelle geben.

Dieses Jahr hatte Frantz erst eine Person richten müssen: Katharina Bürkhlin, auch die Welsche genannt, eine üble Diebin und Räuberin, die gemeinsam mit sechzehn Diebsgesellen nachts bei den Leuten eingestiegen war, sie gemartert und ihnen das Geld abgepresst hatte. Das schändliche Weibsstück mit dem Schwert zu richten, hatte ihm keinen Schlaf geraubt. Dabei hatte die Frau ihre Hinrichtung noch Wochen hinausgezögert, indem sie vorgab, schwanger zu sein. Ob sich herumgesprochen hatte, dass Kathi Leinfelderin diese List auf seinen Rat hin angewendet hatte, um der Folter zu entgehen? Er hoffte nicht. Das konnte seinem Ruf ziemlich abträglich sein.

Er drückte die Tür zur Küche auf, wo Maria bereits das Mittagsmahl vorbereitete. Hier war es schön warm. »Vitus hat mal wieder viel zu erzählen. Verstehst du ihn?«, fragte er seine Frau.

Maria lachte. »Selten, aber das kommt schon noch, und dann sehnst du dich nach diesen Tagen zurück.«

Frantz küsste sie auf die Wange und legte seine freie Hand auf ihren gewölbten Bauch. Vielleicht noch vier Monate, dann würde sie mit ihrem zweiten Kindlein niederkommen. »Da strampelt noch nichts.«

»Vielleicht wird es ein Mädchen, die sind sowieso braver.« Sie schenkte ihm ein neckisches Lächeln, und Frantz hätte sie am liebsten mit sich ins Schlafzimmer gezerrt. In diesem Moment pochte es an der Tür.

Maria sah ihn fragend an. »Erwartest du einen Patienten?«

»Eigentlich nicht.« Vielleicht rief man ihn ins Rathaus.

Maria legte das Messer weg und nahm Vitus auf die Arme, als wollte sie ihn vor der Arbeit seines Vaters schützen. Die Heilkunde, der seine Leidenschaft gehörte, übte er ja nur nebenher aus, musste im Auftrag des Rates seinen Mitmenschen meist Schmerz statt Linderung verschaffen. Der Hals wurde ihm eng, während er durch die Zimmerflucht zur Tür im Henkerturm lief. »Ich komme«, rief er und hoffte, einen Kranken und keinen Stadtknecht vor der Tür zu finden. Der Anblick der jungen Frau überraschte ihn dennoch. »Kathi? Geht's dir nicht gut?«

Sie sah bedrückt aus, doch ihre Wangen waren gerötet, als wäre sie gerannt. »Ich … Ihr …«

»Was ist denn?« So verhuscht war sie ihm schon lange nicht mehr gegenübergetreten. »Komm rein.«

»Nein, ich brauche Eure Hilfe. Das heißt, die Magd eines Bortenwirkers braucht einen Heiler.«

»Gut, was fehlt ihr?«, fragte er, während er sich schon umwandte, um seine Tasche mit Arzneien zu holen.

Kathi rief: »Sie ist geschlagen worden und ... vielleicht Schlimmeres.«

Abrupt blieb er stehen und drehte sich um. »Das muss sich ein vereidigter Stadtarzt anschauen, zusammen mit einer geschworenen Frau. Max soll gleich die Anzeige aufnehmen. Warum hast du ...?« Nein, die Frage brauchte er gar nicht zu stellen. »Sie will nicht?«

Kathi schüttelte den Kopf und warf ihm einen flehenden Blick zu. »Helft Ihr dem Mädel trotzdem? Sie ist erst vierzehn.«

Frantz wurde übel. »Natürlich«, presste er hervor und packte im angrenzenden Zimmer die Medizin zusammen.

Maria kam aus der Küche. »Du musst weg?« Ihr Blick fiel auf die Tasche. »Zu einem Patienten?«

»Ja.« Er küsste sie auf die Wange. »Kann etwas dauern. Warte nicht mit dem Essen auf mich.«

»Wer ist es denn?«

»Die Magd eines Bortenwirkers. Mehr weiß ich nicht.« Jedenfalls wollte er seiner Frau noch nicht mehr verraten. Er hastete zurück zu Kathi, die sofort zur Tür hinausschlüpfte und die Turmtreppe hinunterrannte. Draußen war es bestimmt noch bitterkalt. Schnell setzte er seinen breitkrempigen Hut auf und legte den Umhang um, bevor er der jungen Frau nacheilte und ins Freie trat.

Vor ihm erstreckte sich das geschäftige Treiben des Säumarkts, und er schaute sich suchend um. Kathi wartete am Pegnitzufer. Sowie sie ihn erblickte, schlängelte sie sich zwischen den Schweinepferchen durch. Frantz holte sie mit seinen langen Beinen schnell ein und fragte: »Du arbeitest auch für den Bortenwirker?«

»Ja, manchmal, wenn er nicht genug fleißige Hände hat.« Sie rieb sich die Arme. »Und jetzt ist seine Frau auch noch weggefahren, in ein Wildbad. Unseres auf der Insel Schütt war ihr vielleicht nicht wild genug.«

Frantz unterdrückte ein Lachen. Die Situation war zu ernst. »Denkst du, der Bortenwirker könnte es gewesen sein?«

Sie seufzte. »Ich kann's mir wirklich nicht vorstellen, weil er immer so freundlich ist.« Sie schüttelte den Kopf. »Eigentlich trau ich's ihm nicht zu, aber viele kommen nicht infrage.«

»Es ist im Haus des Bortenwirkers passiert?«

Kathi zog die Schultern hoch. »Weiß nicht. Sie sagt ja nichts, aber wo sonst sollte es geschehen sein? Bei der Hundskälte bleibt man schön daheim, wenn man kann.«

»Wer wohnt dort alles?«

»Außer der Clara noch zwei Mägde, der Lehrling und der Geselle, und natürlich Sebald Kaiser und seine Frau.«

»Clara heißt sie also. Und die Maid ist erst vierzehn?«

Kathi nickte und sah ihn von der Seite an. Tränen glitzerten in ihren Augen. »Sie sieht auch nicht älter aus. Kaum Busen und Hintern.« Nun errötete sie.

Frantz mahlte mit den Zähnen. »Und Clara will nicht, dass jemand davon erfährt, damit sie nicht in Verruf gerät?«

»Falls sie zur Notzucht gezwungen wurde ...«, sagte Kathi stockend. »Das wäre jedenfalls eine Erklärung. Wenn es ihr Herr gewesen ist, und sie verrät ihn, könnte sie um ihre Arbeitsstelle fürchten.«

Wieder einmal überraschte es Frantz, wie viel das ehemalige Findelkind Kathi inzwischen über das Leben und die Menschen wusste. Vorletztes Jahr hatte er sie kennengelernt. Da war sie des Mordes an ihrer Herrin verdächtigt worden und noch so naiv und unschuldig gewesen. Doch schon ein Jahr später hatte sie ihrem Mann geholfen, einen Mörder zu überführen. »Max weiß noch nichts davon?«

»Nein, aber dem werde ich's bestimmt erzählen. Als Stadtknecht weiß er hoffentlich, was wir unternehmen können, ohne ...«

»Wenn er einen Funken Verstand hat, wird er dir sagen, dass so ein Verbrechen sofort angezeigt werden muss.«

»Ich weiß, wenn sie es sich später anders überlegt, glaubt ihr niemand mehr. Vielleicht könnt Ihr sie zur Vernunft bringen?«

»Das nicht unbedingt, aber ich kann ein glaubwürdiger Zeuge sein, wenn sie ihre Meinung ändert. Und du ebenso.«

Kathi atmete tief durch. »Auch deswegen habe ich Euch geholt und keine Hebamme, was Clara vielleicht lieber gewesen wäre. Ihr kennt Euch mit dem Recht aus.«

Er nickte seine Zustimmung, auch wenn ihm davor graute, das Opfer einer Notzucht zu untersuchen. Im Vergleich dazu war die Entbindung von Elsas Kind letztes Jahr ein Leichtes gewesen, dabei hatte ihn die heimliche Geburt bereits sehr an seine Grenzen gebracht. Bei Clara konnte er sogar die seelischen Wunden verschlimmern ...

Kathi führte ihn über den Milchmarkt und weiter den Berg hinauf in Richtung Burg, vorbei an Schmieden, Kandelgießereien, Korbmachern und anderen Werkstätten. Vor einem schmalen, dreistöckigen Haus blieb sie stehen und sah ihn an. »Kaiser wird erst gegen Mittag zurückkehren. Da sollte noch genug Zeit sein, um ihm nicht zu begegnen, es sei denn, er kommt früher zurück.«

Jetzt lächelte Frantz. »Der darf ruhig früher zurückkehren, dann kann ich mir gleich ein Bild von dem Mann machen.«

Sie nickte und ging voraus in die Werkstatt. Eine ältere Magd blickte von ihrer Arbeit auf, ihre Augen groß vor Überraschung und Schreck. »M-meister Frantz?«

»Genau«, sprach Kathi. »Er wird Clara helfen.« Hoch erhobenen Hauptes schritt sie an Tischen mit allerlei Kram vorbei zu einer Treppe. Die Magd wollte ihnen folgen, doch Frantz bedeutete ihr, zurückzubleiben. Als sie im obersten Stockwerk angelangt waren, streckte ein junger Bursche den dunklen Schopf zu einer Tür heraus. Auch seine Augen weiteten sich, aber er wirkte mehr erleichtert als entsetzt. »Meister Frantz! Schnell, Ihr könnt Clara bestimmt helfen.« Eifrig winkte er ihn heran.

Frantz trat in die Stube. Das Mädchen lag auf der Seite, den Rücken an die Wand gedrückt, die Arme vor der Brust verschränkt, wie er unter der Wolldecke erahnen konnte. Der Ausdruck in ihrem Gesicht schmerzte ihn beinah mehr als der Anblick ihrer Wunden – sie wollte ihn keinesfalls in ihrer Nähe wissen, ob nun als Henker oder Heiler, er war immer noch ein Mann und ein Fremder. Er stellte seine Tasche auf den Boden neben ihrem Bett.

Eine andere Magd kam herein. »Werdet Ihr Clara verraten, Meister Frantz?«

Er musterte die Frau, die etwas mehr als achtzehn Jahre zählen mochte. »Gibt's denn etwas zu verraten?«

Schnell schüttelte sie den Kopf und huschte hinaus. Das Bürschchen, vermutlich der Lehrling, stellte sich in den Türrahmen und beobachtete alles gespannt.

»Raus hier und Tür zu«, raunzte Frantz ihn an. Zu seiner Überraschung lief auch Kathi zur Tür, deshalb sagte er in freundlicherem Ton: »Du nicht, du musst mir helfen.«

Sie drückte die Tür von innen zu und näherte sich langsam. »Aber ich verstehe doch nichts von der Heilkunst.«

»Nein, aber du verstehst bestimmt, dass Clara nicht allein mit einem erwachsenen Mann sein will, und wenn's nur der Henker ist.« Er lächelte das Mädel an, deren Haltung sich dadurch kein bisschen entspannte. Mit dem einen Auge funkelte sie ihn jetzt zornig an, nicht länger ängstlich. Verblüfft fragte er: »Du bist wütend, weil ich hier bin, obwohl du Schmerzen hast?«

Sie nickte.

Er zog den Stuhl heran und setzte sich. »Ich kann mir nur zwei Gründe dafür vorstellen. Du schämst dich, oder du fürchtest dich vor dem, der dich so zugerichtet hat.«

Sie presste die Augen zu und stöhnte vor Schmerzen. Das linke war so geschwollen, dass sie es wohl gar nicht mehr öffnen konnte.

»Hör zu, ich bin gekommen, um dir zu helfen, nicht um dich zu bedrängen.« Er wandte sich an Kathi. »Die Magd ist bestimmt noch draußen im Gang. Frag sie nach heißem Wasser, damit ich die Wunden reinigen kann, und einem Becher, um eine Tinktur anzurühren.«

Kathi sprang sofort zur Tür und richtete Traudel die Wünsche aus.

Frantz wandte sich wieder seiner Patientin zu. »Darf ich deine Wunden versorgen?«, fragte er sanft.

Claras Schultern schienen sich ein wenig zu entspannen. Sie nickte und drehte sich auf den Rücken.

»Gut.« Langsam, damit sie genau sah, was er tat, griff er nach der Decke und zog sie ein Stück herunter. Ihr Nachthemd wies am Ausschnitt einige Risse auf, aber nur wenige Blutstropfen waren auf dem groben Leinen zu sehen. Als er die Decke ganz zurückschlug, zog Clara sofort ihr Hemd nach unten, das fast bis zu ihrer Scham hochgerutscht war. Doch er hatte gesehen, dass die Schenkel des Mädchens mit Blut verschmiert waren. Ihre Unschuld hatte man ihr geraubt, so viel war klar, und dass es für sie keine lustvolle Vereinigung gewesen war, bewies ihr zerschundenes Gesicht.

Clara presste die Beine zusammen und legte die Hände über ihre Scham, während sie ihm einen verzweifelten Blick zuwarf.

Frantz sagte: »Kathi, kannst du …?« Ja, was?

Aber seine Helferin beugte sich auch ohne seine Anweisung über die Patientin, schob sanft ihre Hände beiseite und das Nachthemd nach oben. Und wieder überraschte ihn Kathi, als sie genauso sanft die Schenkel des Mädchens spreizte und mit einem Tüchlein zwischen ihren Beinen Blut und Schleim aufwischte. Clara entfuhr ein Schluchzen.

»Ist schon vorbei«, flüsterte Kathi und reichte ihm das Tüchlein.

Er roch daran. Eindeutig der Samen eines Mannes vermischt mit etwas Blut.

Da ging die Tür auf, und Kathi zog flugs das Nachthemd wieder herunter. Die Magd schaute unsicher drein, als sie einen Krug dampfenden Wassers und einen Becher auf den Tisch stellte.

»Danke«, sagte er. »Clara wird später baden wollen. Kannst du einen Zuber vorbereiten?« Danach wäre es natürlich zu spät für die Untersuchung durch einen vereidigten Arzt oder eine geschworene Frau, aber das war nicht zu ändern.

Die Magd nickte und ging hinaus.

Frantz gab getrocknete Kamillenblüten in das Wasser und holte ein frisches Tuch aus seiner Tasche. Während er vorsichtig Claras Gesicht mit dem Kräuterwasser abtupfte, biss sie die Zähne zusammen und gab kaum einen Mucks von sich. Hatte sie so auch die Handlungen des Kerls über sich ergehen lassen, nachdem er ihr ins Gesicht geschlagen hatte? Vermutlich mit der Faust einmal aufs Auge, dann mit dem Handrücken über den Mund. Vorsichtig gab er Ringelblumensalbe auf das geschwollene Lid und einen Tupfer auf die Lippe. »Willst du etwas gegen die Schmerzen?«

Sie schüttelte den Kopf. »Ich will sie spüren«, keuchte sie.

Der Klang ihres zarten Stimmchens gab ihm Hoffnung, ihre Einstellung allerdings weniger. »Hör zu, Clara, wenn ich dich jetzt deine Scham mit dem Kamillenwasser waschen lasse – du willst wahrscheinlich nicht, dass ich oder Kathi das tun – dann wird es für dich schwierig, noch Anzeige zu erstatten.«

»Ich kann nicht.«

Sich waschen oder den Schänder dem Gericht ausliefern? »Was kannst du nicht? Hast du noch andere Verletzungen?«

»Ihn anzeigen. Dann ist alles dahin.«

»Was ist dahin?«

Sie drehte den Kopf weg.

War es am Ende doch der Bortenwirker gewesen? Auf Vergewaltigung stand der Tod, und allein konnte seine Witwe den Laden nicht führen. Noch während des Trauerjahrs müsste sie die Werkstatt schließen. Der Lehrling würde sich einen neuen Meister suchen müssen und vermutlich nicht mal sein Lehrgeld zurückbekommen, der gesamte Haushalt würde sich auflösen. Nein, er durfte sie nicht zu diesem Schritt drängen, denn verantwortlich für das Schicksal der anderen schien sie sich schon jetzt zu fühlen. »Wenn du dich waschen willst, geh ich vor die Tür.«

Sie nahm einen stockenden Atemzug und sprach: »Wieso straft der Herr uns Frauen so?«

Frantz schloss die Augen und biss die Zähne zusammen. Schließlich zwang er sich, das Maidlein anzuschauen, und antwortete: »Das tut er nicht. Was dir widerfahren ist, hat nichts mit dem zu tun, was Mann und Frau im Ehebett erleben sollten.«

Kathi kniete sich vor sie und nahm ihre Hand. »Es stimmt. Wirklich. Mit einem liebenden Mann kann es sehr schön sein. Soll ich dir beim Waschen helfen?«

Clara nickte.

Frantz trat hinaus in den düsteren Korridor, wo immer noch der Jüngling herumlungerte.

»Wie geht es ihr?«, fragte der auch prompt.

»Die Wunden an ihrem Körper werden bald verheilen. Die an ihrer Seele werden länger brauchen.«

Das Bürschlein reichte ihm gerade mal bis zur Schulter. Als er nun auch noch den Kopf senkte, wirkte er wie ein Kind. Unwahrscheinlich, dass er Clara so zugerichtet hatte.

*

Vorsichtig wusch Kathi das Mädchen. Sie war noch so jung, erst wenige blonde Haare sprossen auf dem Hügelchen zwischen ihren Beinen. Umso abstoßender wirkte der Anblick ihrer wunden Scham auf Kathi.

Nachdem sie das Blut von den Schenkeln gewaschen hatte, zeigten sich blaue Flecke, die grobe Finger auf ihren dünnen Beinen hinterlassen hatten.

»Danke«, flüsterte Clara.

»Mach ich doch gern«, antwortete Kathi, obwohl es sie anwiderte, was sich im Kamillenwasser und im Lappen sammelte. Sie erinnerte sich an die Grobheit der Hebamme im Lochgefängnis, die feststellen sollte, ob sie tatsächlich schwanger war, wie sie vorgegeben hatte. Umso sachter ging sie selbst jetzt vor.

Clara hielt ihr die Finger der linken Hand hin. Unter den Nägeln konnte Kathi Blut und noch etwas erkennen. »Du hast ihn gekratzt?«

Sie nickte.

Mit den entsprechenden Wunden konnte der Mann überführt werden!

»Wäscht du sie mir?«

Kathi schüttelte den Kopf. »Die zeigen wir vorher Meister Frantz, falls du den Schuft doch noch anzeigen willst.« Sie nahm die kleinen Hände in ihre. »Du weißt, dass er es wieder tun wird, wenn du nichts sagst. Mit dir oder einer anderen.«

Tränen quollen selbst unter dem verschwollenen Lid hervor.

Der Lehrbub

»Wie heißt du?«, fragte Frantz.

»Cuntz«, murmelte der Bursche.

»Weißt du, wer ihr das angetan hat?«

Er schluckte hörbar. »Nein, sie wollte es mir nicht verraten.«

»Einen Gesellen gibt's hier auch, richtig?«

»Ja, der Barthel arbeitet für meinen Vater, aber der ist unterwegs mit Waren.«

Überrascht fragte Frantz: »Sebald Kaiser ist dein Vater?« Warum hatte Kathi ihm das nicht erzählt?

»Freilich, ist billiger, als bei einem anderen in die Lehre zu gehen, und das Geschäft soll ich eh mal übernehmen. Aber er tut immer so, als wär ich ein ganz gewöhnlicher Lehrbub, damit ich mein Zeug auch ordentlich mache. Bei einem anderen Meister tät's mir wahrscheinlich besser gehen.«

In dem Fall konnte die Frau die Geschäfte fortführen, bis ihr Sohn erwachsen war, falls ihr Mann für die Untat an der Maid gerichtet wurde. Da musste nur der Geselle was taugen.

»Was ist?«, fragte der Junge. »Ihr schaut so komisch.«

Frantz entspannte seine Gesichtsmuskeln. »Clara mag dich, sonst hätte sie dich in ihrer Kammer bestimmt nicht gelitten.«

Er nickte. »Wir sind schnell Freunde geworden, und vielleicht darf ich sie ja mal heiraten.«

»Du denkst schon ans Heiraten?« Trotz seines erwachenden Misstrauens zwang Frantz sich zu einem Lächeln. »Wie alt bist du?«

»Bald sechzehn!«

Gefährliches Alter voller verwirrender Empfindungen. Frantz wollte sich lieber nicht an seine eigene Jugend erinnern. Konnte der Bursche es doch getan haben? Clara hätte sich vielleicht nicht getraut, den Sohn ihres Herren zu beschuldigen. Schuldgefühle mochten den Jüngling in solch ein Häufchen Elend verwandelt haben. »Der Geselle wohnt im Haus?«

»Freilich, auch hier oben. Hat eine eigene Kammer gleich neben der von Clara. Die Traudel und die Barbara teilen sich die dort drüben.« Er deutete den Gang hinunter.

»Die zwei anderen Mägde?«

»Genau.« Plötzlich verdüsterten sich seine wachen Augen. »Hätt mal lieber eine von ihnen die Kammer mit Clara geteilt.«

»Für solche Überlegungen ist es jetzt zu spät.« Den Gesellen, der nur ein paar Schritte von Clara entfernt schlief, würde er sich zu gern genauer anschauen. »Und dein Vater?«

Der Junge strich sich die Haare aus dem Gesicht. »Der schläft natürlich bei meiner Mutter … wenn sie da ist. Die ist auf Kur im Wildbad in Gögging.«

»Behandelt Meister Sebald die Mägde gut?«

Cuntz zog langsam die Schultern hoch, hielt aber seinem fragenden Blick stand. »Meist besser als mich.«

Die Tür zur Kammer öffnete sich, und Kathi schaute heraus. »Wir brauchen Euch noch mal, Meister Frantz.«

Er nickte ihr zu und wandte sich an den Burschen. »Denkst du, du kannst durch eines der Dachfenster etwas Schnee holen?«

»Ja.« Zögerlich ging der Bursche den Gang entlang.

Frantz kehrte zurück in die Kammer. Clara lag unter der Decke zusammengerollt, wirkte aber entspannter als zuvor. »Cuntz wird dir Schnee für dein Auge bringen, dann schwillt es hoffentlich ab.«

Kathi hob eine Hand des Mädchens. »Sie hat ihn gekratzt. So können wir den Schuldigen finden.«

Frantz zog eine Augenbraue hoch. »Wir?«

Kathi lächelte zaghaft. »Ihr braucht vielleicht Hilfe.«

»Bestimmt.« Wenn das Mädel das Verbrechen nicht zur Anzeige brachte, gab es keine Ermittlung durch die offiziellen Ordnungshüter.

Da konnte nur er selbst versuchen, den Delinquenten zur Strecke zu bringen. Wieder einmal. Er legte den Kopf schief und betrachtete Clara. »Hast du ihn am Rücken gekratzt?«

Sie nickte nur, fuhr sich dann mit den Nägeln über ihren linken Oberarm.

»Da auch?«

»Ja«, hauchte sie.

Da brachte Cuntz zwei Hände voll Schnee in einem Tuch. Der war zwar vom Ruß in der Stadt schon grau, aber wenigstens gab es noch welchen. Auf seine Anweisung hin legte der Junge das Bündel auf Claras Auge. Sie zuckte zusammen, legte aber ihre Hand auf seine.

Cuntz sah ihn an. »Soll ich noch mehr holen? Für ... sonst noch wo?«, fragte er und schaute verlegen drein.

Das Bürschlein wusste also, was mit ihr passiert war. »Nein, nur fürs Auge.« Er wandte sich an Clara: »Bestimmt ist das Bad gleich bereit, danach wirst du dich sauberer fühlen. Doch was der Mann dir angetan hat, kannst du nicht mit Wasser abwaschen.« Er ließ seine Worte einsinken und setze sich auf den Stuhl. »Es könnte sein, dass er dir ein Kind gemacht hat.«

Sie riss das gute Auge auf. »Könnt Ihr nichts dagegen tun?«

Er schüttelte den Kopf. »Davon verstehe ich nichts.«

Kathi nahm die Hand der Maid und begann, sie zu waschen. »Falls du tatsächlich schwanger geworden bist, was beim ersten Mal sehr unwahrscheinlich ist, dann kannst du das Kleine im Findelhaus abgeben.«

Unweigerlich musste Frantz an all die Kindsmörderinnen denken, die er schon hatte richten müssen. Mit fester Stimme sagte er: »Bring es bloß nicht um, sonst schlage ich dir den Kopf ab.«

Sie blinzelte, schluckte mühsam. »Nein. Natürlich. Ich meine ...«

»Warum willst du den Kerl schützen?«, bohrte er nun doch nach und beobachtete aus dem Augenwinkel den jungen Cuntz, doch dessen Miene war schwer zu deuten. Sorge stand darin, aber ob um Clara oder sich selbst, konnte Frantz nicht erkennen.

Gerade jetzt kam die Magd herein, die das Badewasser bereiten sollte. Kathi hatte sie Traudel genannt. »Tu's nicht«, sagte sie. »Er hat es nicht verdient. So was darf er nicht machen!«

Neugierig betrachtete Frantz sie. »Wer?«

»Das verfluchte Schwein, das ... sie so zugerichtet hat.« Verschämt blickte sie zur Seite. »So einen darf sie nicht schützen.«

Von unten ertönte eine aufgebrachte Stimme.

»Der Meister!«, hauchte Traudel.

»Am besten nimmt Clara jetzt ein Bad«, sagte Frantz und stand auf. Traudel nickte ihm zu und fasste Claras Arm.

Zusammen mit Cuntz schritt er zur Treppe und nahm zwei Stufen auf einmal. Am Fuß der Stiege verharrte er, warf einen Blick über die Schulter und sah, dass Kathi ihnen auf Zehenspitzen folgte. Am liebsten hätte er sie zurückgescheucht, aber eine weitere Zeugin konnte nie schaden, und er vertraute Kathis Gespür für Menschen.

»Was weiß denn ich, was die treibt?«, brummte eine Männerstimme ungehalten.

Frantz wünschte, sein Richtschwert zu tragen, um den Kerl ordentlich zu erschrecken. Meist wirkte allerdings sein bloßes Erscheinen furchterregend genug auf die Menschen. Er ließ seinen Blick suchend durch den Raum im Erdgeschoss schweifen. Wo war der Kerl? Nahe dem Eingang lagen die Waren aus, die der Bortenwirker feilbot, doch er selbst war nicht zu sehen. Weiter hinten befanden sich die Arbeitstische des Gesindes. Unweit davon lagerten Materialien in Holzkisten, und in diese sah er einen großen Mann Rollen unterschiedlicher Drahtsorten einräumen. Die ältere Magd stand händeringend neben ihm.

»Bestimmt war's der Bursche, der sich öfter vor der Werkstatt herumdrückt«, sprach der Bortenwirker.

Noch hatte der Mann sie nicht bemerkt, und Frantz interessierte, was er zu sagen hatte. Auch Cuntz verharrte still.

»Der Goldschmiedgeselle? Aber der sieht doch so harmlos aus.«

»Ha, harmlos schauen sie fast alle aus«, blaffte der Bortenwirker.

»Da ist noch was«, sagte Barbara.

»Was denn?« Kaiser legte die letzte Rolle in eine Kiste und drehte sich zu ihr um. »Mach's Maul auf!«

»Wir haben jemanden geholt. Für Clara.« Die Magd zog den Kopf ein und mied den Blick ihres Herrn. »Die Kathi hat's getan.«

»Was?«, blaffte Kaiser. »Die blöde Gans!«

Da stieg Frantz die letzte Stufe hinunter und trat zu den beiden. »Ich helfe doch gern«, sagte er mit möglichst tragender Stimme.

Kaiser erstarrte. »Ihr! Aber …« Dem Bortenwirker blieb der Mund offen.

Frantz wartete ab. Von Kathi oder Cuntz hörte er nichts. Bestimmt lauschten die beiden auf der Treppe.

Jetzt hatte Kaiser sich wieder gefasst. »Wie geht's der Kleinen, Meister Frantz?«

»Schlecht. Ich hab ihre Wunden versorgt, und gleich wird sie ein Bad nehmen.«

Die Mundwinkel seines Gegenübers zuckten, als müsste er ein Lächeln unterdrücken. Bestimmt war ihm sofort klar geworden, was das bedeutete: Das Mädchen wollte keine Anzeige erstatten.

Frantz fuhr fort: »Meine Behandlung wird helfen, trotzdem ist sie in einem üblen Zustand. Eigentlich gehört sie ins Spital.«

Kaiser kratzte sich unter einem Auge und rieb sich dann übers ganze Gesicht, dass der dunkle Bart knisterte. »Ich kann ihr ein paar Tage freigeben. Traudel und Barbara sollen sich hier um sie kümmern. Das Spital ist teuer, und da holt sie sich vielleicht noch irgendeine Seuche, die aus der neuen Welt eingeschleppt worden ist.«

Frantz hatte nicht erwartet, dass der Mann die Maid aus den Augen lassen würde. Er verbarg etwas, doch ob er sich selbst oder jemand anderen schützen wollte, war schwer einzuschätzen. Falls er seinen Sohn verdächtigte, wäre das eine Erklärung. Er blickte sich nach Cuntz um, doch der war nicht mehr zu sehen. Kathi dagegen hockte auf der Treppe.

Kaisers Blick musste seinem gefolgt sein, denn er rief: »Kathi, komm her! Ich will dir danken, dass du dich um Clara gekümmert und Meister Frantz geholt hast.« Seine Wangen röteten sich etwas. »Vielleicht kannst du in den nächsten Tagen gelegentlich nach ihr sehen?«

Kathi erhob sich und kam langsam näher, einen misstrauischen Ausdruck im Gesicht.

»Wenn Ihr nichts dagegen habt«, sagte Frantz, »werde ich ebenfalls täglich vorbeischauen.«

Kaiser schien nur mühsam zu schlucken, bevor er antwortete: »Natürlich, wenn Ihr es für angebracht haltet. Ich dachte nur, mit einer Frau fühlt sich Clara bestimmt wohler.«

»Bestimmt.« Frantz nickte und musterte den Mann. Seine unwirsche Reaktion auf das, was Barbara ihm erzählt hatte, passte nicht recht zu dem freundlichen Mann, von dem Kathi gesprochen hatte.

Der Bortenwirker seufzte. »Ihr fragt Euch natürlich, wer ihr das angetan hat.«

»Das tu ich.«

»Für meinen Sohn lege ich die Hand ins Feuer! Und der Barthel, mein Geselle, der ist ein anständiger Kerl. Ich kann mir nicht vorstellen, dass der einer Frau was tut.« Er blickte zu Barbara. »Dich hat er nie belästigt, oder?«

Sie schüttelte nur den Kopf. »Die Traudel auch nicht.«

»Und was ist das für ein Goldschmied, von dem Ihr gesprochen habt?«

»Was? Oh.« Kaiser kratzte sich an der Schläfe. »Ein Geselle. Bei welchem Meister er arbeitet, kann ich nicht sagen. Seinen Namen weiß ich auch nicht. Aber er treibt sich öfter mal hier rum, und wenn Clara im Laden ist, kommt er manchmal sogar rein, flüstert mit ihr. Sie kennt ihn jedenfalls.«

Bestimmt badete Clara bereits. Frantz schaute nach oben zur Decke, welche die Ladenwerkstatt vom ersten Stock trennte, in dem sich die Küche befinden musste. Hier unten konnte er nur eine offene

Tür zu einem Nebenraum sehen, offensichtlich ein Kontor, den Papierstapeln auf dem Tisch nach zu urteilen. Er wandte sich zu Kathi um. »Magst du Clara nach dem jungen Mann fragen?«

Sie nickte, stellte zunächst jedoch einen Korb mit allerlei Posamenten vor den Meister. »Eure Bestellung. Das Geld würde ich dann auch gleich mitnehmen, wenn's recht ist.« Das klang sehr fordernd. Schon eilte sie zur Treppe, als hätte sie ihre eigene Forschheit erschreckt.

Frantz musste unwillkürlich lächeln. Bestimmt hatte sie gehört, wie ihr Arbeitgeber sie eine dumme Gans gescholten hatte.

*

In den oberen Geschossen des Hauses kannte Kathi sich gar nicht aus. Sie klopfte an einer geschlossenen Tür im ersten Stock, hinter der sie Wasser plätschern hörte. »Ich bin's, Kathi. Darf ich rein?«

»Komm nur«, rief Traudel.

Beim Eintreten sah sie Clara mit angewinkelten Beinen in einem kleinen hölzernen Trog sitzen. Traudel wusch ihren Rücken mit einem Lappen. »Das wird schon alles wieder«, sprach sie dabei sanft und beruhigend auf sie ein.

Kathi fühlte sich wie ein Eindringling, der Clara nicht einmal diesen Moment der Ruhe und des Friedens gönnte, doch sie wollte den Nachrichter nicht enttäuschen. Also ließ sie sich auf einem Hocker neben dem Trog nieder und sah sich um. Bei diesem Raum schien es sich um die Waschküche zu handeln. Das Wasser dafür musste die Treppe hinaufgeschleppt werden. Eine Durchgangstür führte zur Küche. Das war praktisch, die Feuerstelle gleich bei der Hand. Sie konzentrierte sich wieder auf Clara. »Meister Sebald hat von einem Goldschmiedgesellen erzählt, der mit dir recht vertrauten Umgang hat …«

Bevor sie weiterfragen konnte, riss Clara Traudel den Lappen aus der Hand und schleuderte ihn Kathi ins Gesicht. »Lasst ihn zufrieden!«, schrie sie.

Zu überrascht von dieser heftigen Reaktion hatte sich Kathi nicht mal geduckt oder den Lappen aufgefangen, der nun in ihrem Schoß lag. Sie reichte ihn Clara. »Da frage ich mich natürlich, ob er es war, denn du willst den Täter ja offensichtlich schützen.«

Das Gesicht des Mädchens verzerrte sich vor Wut, aber der Lappen flog nicht noch einmal. »Nein!«, zischte sie.

Kathi seufzte. Es war hoffnungslos. Sie sah Traudel an, die nur den Kopf schüttelte. Bedeutete das, Kathi sollte nicht weiter fragen, oder dass sie auch nichts über den Goldschmied wusste? Wer so einen angesehenen Beruf ausübte, hatte es sicher nicht nötig, eine Frau zu zwingen. Der konnte sich seine Braut aussuchen oder eine Dirne bezahlen.

Clara senkte den Kopf und wusch ihre winzigen Brüste, die gerade erst zu knospen begannen, langsam und bedächtig. Sie sah gar so verletzlich aus, dass Kathi sich fragte, ob sie die Maid wirklich in diesem Haus lassen durften, in dem ihr so etwas angetan wurde. Sie sagte: »Wir könnten dich ins Spital bringen, dann wärst du erst mal hier raus.«

Clara reagierte nicht, wusch sich immer weiter.

»Dein Meister ist auch nicht begeistert von der Idee.«

Nun blickte sie doch auf und verengte ihr heiles Auge. »Der wird schon wissen, warum. Verschwinde jetzt. Lass mich in Ruhe.«

»Na gut.« Kathi stand auf und ging zur Tür, wo sie sich noch einmal umdrehte. »Aber du sollst wissen, dass du jederzeit zu mir kommen kannst, wenn du was brauchst.«

Clara nickte. Eine Träne lief ihr über die unversehrte Wange. »Danke.«

Bedrückt ging Kathi wieder nach unten, wo die beiden Meister sie bereits erwarteten. So verschieden ihre Handwerke, so unterschiedlich ihre Mienen: die von Meister Frantz neugierig, Meister Sebalds misstrauisch. »Sie redet nicht.«

»Dieses dumme Ding!«, rief der Bortenwirker und schüttelte missbilligend den Kopf.

Meister Frantzens Nasenflügel bebten, doch sonst ließ er sich nichts anmerken. »Steck dein Geld ein, Kathi, wir gehen.« Er wies auf die Münzen, die Meister Sebald auf den Arbeitstisch gelegt hatte. Dann sah er den Mann von der Seite an. »Hier können wir vorerst nichts mehr tun.«

Vorerst? Oh, dann hatte er vielleicht einen Plan, wie sie den Schurken, der Clara das angetan hatte, dingfest machen könnten. Schon etwas zuversichtlicher ließ sie sich die drei Groschen geben und neues Material in den Korb packen.

»Bring so bald wie möglich noch mal so viele Bordüren und Kordeln«, verlangte Kaiser barsch.

»Gern.«

*

Frantz hatte den Mann die ganze Zeit sehr genau beobachtet, fand es aber schwer, ihn einzuschätzen. Als Kathi sich artig bedankte, lobte Kaiser sie noch einmal dafür, den Nachrichter geholt zu haben. Das glaubte Frantz ihm sogar; er war dem Mann bestimmt lieber als ein Stadtarzt oder eine geschworene Frau. Allerdings hätte der Bortenwirker es vermutlich vorgezogen, wenn niemand etwas von dem Vorfall mitbekommen hätte. Auch falls er nichts damit zu tun hatte, schadete es seinem Ruf, wenn unter seinem Dach ein derartiges Verbrechen verübt wurde. Doch auch Frantz hatte einen Eid geleistet, der Stadt Nürnberg zu dienen, und war verpflichtet, dieses Verbrechen zu melden. Heute war er allerdings vor allem als Heiler hier, auch wenn sich der Nachrichter in ihm immer stärker regte.

Er verließ mit Kathi die Ladenwerkstatt. »Wie geht es Clara jetzt?«

Sie zuckte die Schultern. »Schwer einzuschätzen. Ich verstehe nicht, warum sie uns nicht sagt, wer's war. Offensichtlich kennt sie den Mann.«

»Angst«, sinnierte er. »Vor ihm oder um ihre Zukunft. Irgendwas in dieser Art. Scham allein kann es nicht sein. Immerhin wissen die meisten Leute in ihrer direkten Umgebung Bescheid.«

»Vielleicht soll ihre Familie nichts erfahren?«, schlug Kathi vor.

»Das kann gut sein. Von denen lebt wohl niemand in der Stadt, sonst würde sie bestimmt zu Hause wohnen.«

»Außer es ist zu eng geworden. Vielleicht musste sie raus, weil ein Bruder geheiratet hat und die Frau eingezogen ist, oder es sind weitere Kinder gekommen.«

Unzufrieden mit der ganzen Situation rieb sich Frantz den Nacken. »Keine Ahnung, was wir tun können.«

Sie stieß ihn mit dem Ellenbogen an. »Schaut Euch mal ganz unauffällig den Kerl auf der anderen Straßenseite an, der immer wieder zum zweiten Stockwerk des Kaiserhauses hochschielt.«

Wie zufällig hob Frantz den Kopf und ließ den Blick über die Gasse schweifen. Ja, da war ein Kerl, der herumlungerte und immer wieder zu den oberen Fenstern schaute, als hoffte er, dort jemanden zu erblicken. »Du meinst, das könnte unser Goldschmied sein?«

»Vielleicht.«

Der Bursche wurde immer langsamer, blieb aber nicht stehen. Den sollten sie lieber nicht aus den Augen lassen. »Ich errege so viel Aufsehen wie ein zweiköpfiges Kalb. Willst du versuchen, ihm zu folgen?«

Kathi kaute auf der Unterlippe. »Wenn er das Haus schon länger beobachtet, hat er mich vermutlich dort ein- und ausgehen sehen, aber ich will's versuchen.«

»Sei vorsichtig. Falls er der Täter ist …«

Sie presste die Lippen zusammen, dann nickte sie. »Ich werd Abstand halten.«

Besorgt sah Frantz ihr nach. Als er sich umwandte, stellte er fest, dass Kaiser ihn von der Tür her beobachtete. Er ging zu ihm. »War das der Kerl, den Ihr hier schon öfter gesehen habt?«

Der Bortenwirker nickte. »Ja, ich weiß nicht, was den immer wieder hierher treibt.«

Frantz marschierte ein Stück den Burgberg hinauf, um dann in die Zisselgasse zu biegen, in der viele Goldschmiede lebten. Vielleicht lief der Kerl ihm gleich in die Arme?

Sein Schritt verlangsamte sich vor dem Haus von Wenzel Jamnitzer, Goldschmied von Kaisern und Königen, Ratsfreund und Geometer.

Frantz kannte den Mann flüchtig. Wenn der Geselle in dessen Werkstatt arbeitete, dürfte er ihn sicherlich befragen, auch ohne eine Anzeige durch Clara. Er zog den Umhang enger um seinen Leib. Ein eisiger Wind pfiff ihm um die Ohren, als er gemächlich den Berg hinunter in Richtung Weißgerbergasse und Fluss schritt. Keine Spur von Kathi oder dem Gesellen. Hoffentlich hatte der Kerl sie nicht bemerkt.

Der Geselle

Nachdem sie anfangs nicht langsam genug gehen konnte, ohne dem Burschen auf die Fersen zu treten, musste sich Kathi jetzt anstrengen, ihn nicht aus den Augen zu verlieren. Er bahnte sich recht grob einen Weg über den Milchmarkt und hätte beinah eine Kanne umgestoßen, doch statt nach rechts in Richtung Zisselgasse abzubiegen, wandte er sich nach links und wieder den Berg hinauf, vorbei an Kandelgießern, Korbmachern und anderen Werkstätten. Mit seinen langen Beinen tat er sich leicht. Nun bog er nach links ab, ein Weg, der zurück Richtung Kaiserhaus führte. Wollte er noch einmal nach Clara Ausschau halten? Bestimmt! Da sich nur wenige Menschen in der Gasse aufhielten, blieb Kathi zurück, bis er deren Ende erreicht hatte. Dort verharrte der junge Mann, schien zu überlegen, wohin er sich wenden sollte, dann ging er tatsächlich Richtung Bortenwirkerei. Sie eilte ihm nach und blieb an derselben Ecke stehen, lugte um die grob gehauenen Sandsteine herum und sah ihn wie vorhin ganz langsam an Kaisers Haus vorbeigehen. Den Kopf senkte er diesmal nicht mehr, sondern starrte wie gebannt zu den oberen Fenstern, bis er das offene Tor zur Werkstatt erreichte und frech hineinlugte. Doch stehen zu bleiben, traute er sich nicht.

Langsam folgte Kathi ihm. Fast war auch sie schon am Eingang angelangt, als sie Barthel, den Bortenwirkergesellen, zwischen den hin- und hereilenden Menschen auf sich zukommen sah. Missmutig dreinblickend schenkte er ihr keine Beachtung, stapfte einfach in die Werkstatt hinein. Herr im Himmel, was sollte sie jetzt nur tun? Weiter dem Goldschmied folgen oder hierbleiben und lauschen, wie Barthel auf die Neuigkeiten reagierte – falls es für ihn welche waren? Der hatte die beste Gelegenheit gehabt, über Clara herzufallen. Sie entschied sich dagegen, denn Barthel lief ihr nicht weg. Den Goldschmiedgesellen aber kannte niemand mit Namen. Wenn sie ihn jetzt aus den Augen verlor, fanden sie ihn womöglich so schnell nicht wieder. Sie wollte loshasten, doch da sah sie den Burschen in eine Seitengasse schlüpfen und aus dem Schatten weiter auf Meister Sebalds Haus spähen. Sie sollte ihn einfach ansprechen, sehen, wie er reagierte. Aber ... sie hatte Meister Frantz versprochen, Abstand zu halten. Nun, sie konnte sich schlecht hier auf die Straße stellen und ihn dabei beobachten, wie er das Haus beobachtete. Als wollte ihr der liebe Gott einen Schubs geben, kam ein Kohlenkarren herangerattert. Schnell trat sie aus dem Weg – auf die Straßenseite, wo der Geselle sich verbarg –, und ging langsam auf sein Versteck zu. Als sie die Abzweigung erreichte, wagte sie allerdings nicht, in seine Richtung zu schauen. Da packte sie jemand und zerrte sie in die finstere Gasse. Kathi japste. Sofort legte sich eine Hand über ihren Mund.

*

Frantz hatte das Ende der Zisselgasse erreicht, ohne den Burschen zu sehen. Sollte er einfach über den Weinmarkt in Richtung Pegnitzbrücke laufen und zu Hause abwarten, bis er von Kathi hörte? Dazu fehlte ihm die innere Ruhe. Am Weinmarkt hielt er stattdessen auf die Sebalduskirche zu. Konnte der Goldschmied Kathi bemerkt und sie abgeschüttelt haben? Hoffentlich hatte sie seinen Rat befolgt und war ihm nicht zu nahe gekommen. Bevor er zurück zum Milchmarkt gehen konnte, lief ihm Ratsherr Eisvogel über den Weg.

»Meister Frantz, was treibt Euch zum Rathaus? Hab ich was verpasst?«

»Keineswegs, ehrbarer Rat, ich will nur Milch kaufen.«

»Ah, dann bin ich ja beruhigt, einen neuen Mord können wir im Moment gar nicht brauchen. Ostern steht bevor, das ist immer eine betriebsame Zeit.«

Verwirrt musterte Frantz den Mann. Das Fest der Auferstehung des Herrn war doch die größte Freudenzeit eines jeden Christen.

Eisvogel hob beide Hände. »Ihr wisst doch, dass jedes Jahr zu Ostern der Stadtrat neu gewählt wird. Das hält uns alle auf Trab. Sind ja keine zwei Wochen mehr.«

Natürlich wusste Frantz das, hatte aber bisher nie den Eindruck gewonnen, dass sich die Besetzung des Inneren Rates je merklich änderte. Allerdings lebte und arbeitete er auch erst seit ein paar Jahren in Nürnberg.

Eisvogel seufzte. »Stellt Euch vor, der zweite Losunger, der Schlüsselfelder Willibald hat heute um Entlassung aus seinem Amt gebeten! Der will für die nächste Wahl nicht mehr zur Verfügung stehen, sondern sich wieder mehr um seine Geschäfte kümmern. Wenn das jeder so machen würde!« Eisvogel kratze sich mit beiden Händen den Kopf und wirkte dabei, als wollte er sich vor lauter Ungemach die Haare ausreißen.

Frantz hätte es ihm gern nachgemacht, denn Schlüsselfelder war außerdem Vorderster Schöffe, also sein oberster Dienstherr. »Äußerst bedauerlich«, sagte er, obwohl er wenig von den Aufgaben eines Losungers verstand. Er arbeitete jedenfalls lieber unter einem Mann, den er einschätzen konnte und achtete. »Ich hoffe, es wird ein würdiger Nachfolger gefunden. Welcher Schöffe rückt denn nach?«

»Oh, natürlich, das betrifft Euch auch! Nun, von der Anciennität her der Hieronymus Paumgartner. Aber ich schätze, der Schlüsselfelder wird schon im Triumvirat bleiben.«

Frantz nickte und wagte einen ersten Vorstoß. »Und wenn ich Euch in diesen anstrengenden und angespannten Zeiten von einem Fall der Notzucht erzählen würde, bei dem das Opfer – kaum vierzehn Jahre alt – verbissen schweigt und sich weigert, den Schurken anzuzeigen?«

Eisvogel zog eine Grimasse, die sich allmählich in ein selbstgefälliges Lächeln wandelte. »Ihr wisst doch bestens, wie man solches Gesindel entlarvt! Also tut, was Ihr nicht lassen könnt. Ich werde in der Kriegsstube Bescheid geben, dass man den Lochbräutigam für besondere Aufgaben freistellt.«

Frantz konnte sich ein Schmunzeln nicht verkneifen. »Ihr werdet meine kleine Amtsüberschreitung wohl nie vergessen.«

»Ha, eine Hochzeit im Loch anzustiften, nur um uns an der Nase herumzuführen? Bestimmt nicht. Wie geht es denn der Leinfelderin?«

Nun erlaubte er sich ein Grinsen. »Kathi verfolgt gerade einen Verdächtigen für mich.«

Eisvogel lachte. »Ja, dann wird es wohl nicht schlimm sein, wenn die Lochschöffen kaum Zeit für eine Untersuchung haben werden.«

»Wer ist denn derzeit an der Reihe?«

»Der Pömer und einer von den jungen Bürgermeistern, ich glaub der Tetzel. Ist auch egal, bringt Ihr uns erst mal einen Verdächtigen, dann schauen wir weiter.« Er stöhnte. »Ich weiß, sollte eigentlich umgekehrt sein, ist im Moment aber wahrlich schwierig. Sagt der Leinfelderin, sie kann frühestens, wenn der neue Rat gewählt worden ist, mit einer Bezahlung für ihre Kundschafterdienste rechnen, sonst gibt's in der Losungsstube einen Aufstand.«

»Sie kann bestimmt so lange warten. Doch nun sollte ich herausfinden, was sie treibt.«

»Moment noch! Zu Ostern brauchen wir den Leinfelder wieder. Schließlich müssen alle Genannten des Großen Rates von Stadtknechten zur Wahl aufgefordert werden, sonst kommt wieder nur die Hälfte, wenn überhaupt. Faules Gesindel.«

Frantz nickte verwirrt. Auch wenn er nicht sofort daran gedacht hatte, würde er von den Ratsmitgliedern zu wissen erwarten, wann die jährliche Wahl der je dreizehn Jüngeren und Älteren Bürgermeister des Inneren Rats stattfand. Und dass die Herren auch unaufgefordert dazu erschienen. Es war schließlich eine Ehre, seine Stimme abgeben zu dürfen, die ihm nie zuteilwerden würde.

Als hätte der Schöffe seine Gedanken gelesen, winkte er ab und sagte: »Ist allemal gleich, das Ergebnis steht eh schon vorher fest. Ich möcht schon wissen, ob mich die Älteren Herren wieder im Stadtrat haben wollen.«

»Das hoffe ich sehr«, sagte Frantz und meinte es auch so. Mit Eisvogel konnte man gut arbeiten.

»Danke. Bedauerlicherweise erfordert der Dienst im Stadtrat immer viel Zeit. Nun denn, viel Glück bei der Jagd nach dem Unhold!« Eisvogel hastete weiter. Vermutlich wartete um diese Stunde ein Geschäftsfreund in der Herrenstube zum Mittagsmahl auf ihn, nicht unbedingt die Arbeit.

Frantz wandte sich zum Milchmarkt und ließ den Blick über die Stände und Kunden schweifen. Nichts Verdächtiges zu sehen.

*

Der Grobian drückte Kathi mit einer Hand gegen die Wand, mit der anderen hielt er ihren Mund zu. Voller Angst starrte sie in die grauen Augen des Kerls, die sie böse anfunkelten. Sie fühlte sich wieder wie letztes Jahr, als die zwei Diebe im Lochgefängnis über sie herfallen wollten, genauso hilflos. Damals war Meister Frantz zu ihrer Rettung gekommen. Vielleicht auch diesmal? Sie schielte an dem brutalen Kerl vorbei, so weit sie konnte. In diesem schmalen Sträßchen regte sich nicht einmal ein Lüftchen, und von den Leuten, die auf der belebteren Altmilchmarktgasse unterwegs waren, bemerkte niemand ihre Lage.

»Wenn du versprichst, nicht zu schreien, nehme ich die Hand von deinem Mund«, knurrte ihr Angreifer schließlich.

Sie blinzelte Zustimmung, denn nicken konnte sie nicht.

Langsam lockerten sich die Finger, doch er ließ die Hand auf ihrer Wange. Um schnell wieder ihren Mund zuzuhalten oder … ihr die Luft abzudrücken?

»Was steigst du mir nach?«, bellte er. »Schon die ganze Zeit schleichst mir hinterher. Hat Kaiser dich geschickt? Ich hab dich aus dem Haus kommen sehen.«

»Nein … Ja«, krächzte sie und klammerte sich an ihrem Korb fest. Leider hatte sie ihre Schere zu Hause gelassen. »Ich wollt nur wissen, wer du bist.«

»Hast du Clara gesehen?«, fragte er und ließ die Arme sinken. »Weißt du, wie's ihr geht?«

Das klang ehrlich besorgt. Sie wollte seinem stechenden Blick ausweichen, musste aber seine Reaktion sehen. »Clara geht es nicht gut.«

Er schloss die Lider und flüsterte: »Ich hab's befürchtet. Wir wollten uns heute Morgen treffen.« Dann riss er die Augen wieder auf und musterte sie zwischen seinen braunen Haarsträhnen hindurch, die ihm unordentlich ins Gesicht gefallen waren. »Was ist passiert?«

»Sag mir erst, wer du bist!«

»Das geht dich nichts an.« Er presste die Lippen zusammen.

»Dann kann ich dir auch nichts sagen. Ich hab Clara versprochen, niemandem was zu erzählen.«

Er ließ den Kopf hängen. »So schlimm?«

Jetzt könnte sie einfach weglaufen, aber der Bursche tat ihr leid und schien sich wirklich zu sorgen. »Ja«, hauchte sie.

»Ich heiß Julius, mehr musst du nicht wissen. Bin ... ein sehr guter Freund von ihr. Was hat man ihr getan? Bitte sag's mir.« Tränen glitzerten in seinen Augen.

Kathi holte tief Luft. »Jemand hat sie ... gezwungen.«

Er blickte sie verwirrt an.

»Notzucht. Sie ist ziemlich mitgenommen, will aber nicht verraten, wer es war.«

»Nein!« Julius schlug neben Kathis Kopf mit der Faust gegen die Wand. »Nein! Verflucht, warum hab ich das zugelassen?« Er blickte ihr so verzweifelt in die Augen, als könnte sie die Antwort kennen.

Zaghaft legte Kathi eine Hand auf seine Schulter. »Wie hättest du's verhindern sollen?«

»Ich bin ihr Halbbruder. Ich hätte sie niemals in Nürnberg bleiben lassen dürfen, wenn ich doch nicht auf sie aufpassen kann.«

Jetzt trieb es auch Kathi Tränen in die Augen. Dieser junge Mann kam für sie nicht mehr als Täter infrage.

Er zischte: »Bestimmt war's der Alte. Wer sonst? Seine Frau ist doch gerade weggefahren.«

»Oder der Barthel oder ein ganz anderer«, wandte Kathi ein. »Ich bin dir nach, weil ich dachte, du könntest es gewesen sein. Wenn Clara uns nicht sagt, wer es war, dann werden wir nie Gewissheit haben. Vielleicht, wenn du mit ihr redest?«

Wieder ließ er den Kopf hängen und schüttelte ihn langsam. »Ich kann ihr jetzt nicht unter die Augen treten. Ich hätte auf sie aufpassen müssen, eine bessere Stellung für sie finden.«

»Ach, da ist ja unser Beobachter«, schallte es vom Ende der Gasse. »Hast ihn erwischt?«

Selbst Kathi zuckte zusammen, obwohl sie sofort die Stimme des Nachrichters erkannte.

Julius' Kopf wirbelte herum. Kurz starrte er die Erscheinung an. Meister Frantz hob beide Hände, um zu zeigen, dass er ihm nichts Böses wollte, doch der Mann büxte aus.

»Julius, warte!«, rief sie ihm noch hinterher, aber er rannte weiter. Enttäuscht schaute sie Meister Frantz an. »Was musstet Ihr auch so barsch sein!«

Der Henker lächelte, als hätte er nichts anderes erwartet. »Ich hab doch gewusst, dass er dir bereits alles erzählt hat und du ihm. Und vor dem Nachrichter von Nürnberg darf er ruhig etwas Respekt haben.«

»Ts, Respekt. Wohl eher Todesangst!«

Nun blickte er zerknirscht drein. »Tut mir leid. Was hat er dir denn verraten?«

Seufzend begann sie zu erzählen.

»Ihr Halbbruder?« Versonnen strich sich Meister Frantz durch die Haare. »Als ich ihn hab flennen sehen, hab ich natürlich gedacht, er wär in die Magd verliebt. So kann man sich täuschen.«

»Ja. Leider weiß ich immer noch nicht, wo er wohnt und arbeitet, weil Ihr ihn zu früh verscheucht habt.«

Er fluchte verhalten über seine Dummheit, dann sagte er: »Ich hab's verstanden, Kathi, war wirklich blöd von mir.«

Beinah hätte sie gekichert. Stattdessen reckte sie das Kinn wie ein gestrenger Schulmeister. »Dann ist es ja gut. Übrigens, der Barthel ist wieder da …«

Sofort nahm der Nachrichter eine gespannte Haltung an, als wollte er gleich losprechen. »Na dann, befragen wir ihn.«

»Wir?« Sie sah ihn überrascht an.

Meister Frantz nickte. »Ja, ich hab vorhin den Ratsherrn Eisvogel getroffen und ihm was angedeutet. Du kannst noch einmal als heimliche Kundschafterin des Rats tätig werden, aber das muss niemand wissen.«

Sie schmunzelte. »Deswegen heißt es ja auch heimlich.« Vor Freude wollte sie am liebsten in die Hände klatschen. Das gab hoffentlich wieder eine schöne Belohnung.

»Und über deinen Gatten können wir auch verfügen. Eisvogel lässt ihn notfalls bis Ostersonntag freistellen.«

Das wurde ja immer besser! »Soll ich ihn suchen, damit er bei der Befragung vom Barthel dabei sein kann?«

»Lieber nicht. Beim Anblick eines Stadtknechts werden uns die Leute scheu. Und da Clara keine Anzeige erstattet hat, ist auch noch nichts offiziell … Fühlen wir ihm erst mal so auf den Zahn. Vielleicht kannst du anschließend Clara überreden, uns zu verraten, wo wir ihren Bruder finden.«

Kathi spürte wieder diese Aufregung in sich hochsteigen, wie letztes Jahr, als sie für den Rat – eigentlich für den Nachrichter – in Gostenhof einem Mörder nachgespürt hatte.

*

Frantz überkam eine böse Vorahnung. Verlangte er nicht zu viel von Kathi? Der gesuchte Mann war gefährlich und konnte sich genauso gut an ihr vergreifen. Vor allem, wenn sie allzu neugierige Fragen stellte. Während sie zurück zum Bortenwirker gingen, hielt sie sich an seiner Seite, so nah wie eine enge Vertraute. Das musste auffallen, trotzdem konnte er sich nicht überwinden, sie vorausgehen oder hinter sich herlaufen zu lassen. Es fühlte sich gut an, nicht ängstlich gemieden und allein durch die Stadt zu schreiten, sondern wie ein ganz normaler Mensch.

Kathi unterbrach seine Gedanken. »Der Barthel ist ein sehr schweigsamer Mann. Und stark.«

Wollte sie ihn warnen, falls der Kerl ihn angriff? Als er sie von der Seite fragend ansah, zuckte sie die Schultern. »Ich meine ja nur, dass er keine Probleme gehabt hätte, Clara zu zwingen …«

»Ach so. Ich dachte schon, du traust mir nicht zu, mit ihm fertig zu werden.«

Die Frau errötete. »Ich weiß nicht. Leicht sollte es auch Euch nicht fallen.«

»Danke für die Warnung.« Er wollte sie lieber nicht darauf hinweisen, dass er genau wusste, wie und wo man einem Menschen sehr wirkungsvoll lähmende Schmerzen zufügte.

Kathi betrat vor ihm die Ladenwerkstatt. Die Magd, die sie Barbara genannt hatten, saß nicht mehr am Eingang. Als Kathi zielstrebig auf den hinteren Bereich mit den Arbeitstischen zuging, kam Lehrling Cuntz aus dem Kontor. Sowie er Frantz sah, verlangsamten sich seine Schritte. »Meister Frantz, Ihr seid zurück.«

»Ich möchte mit eurem Gesellen reden.«

»Mit dem Barthel? Freilich.« Cuntz drehte sich um und deutete zu einem Arbeitsplatz, an dem ein grobschlächtiger Kerl mit einer Drahtspule hantierte.

»Da bist du ja, Barthel. Wir haben dich schon gesucht.«

Der Geselle riss den Kopf hoch und erschrak bei seinem Anblick sichtlich. »Ihr? Hier? Was …?«

Hatte ihm niemand etwas erzählt? Frantz musterte den Mann eingehend. Seine Überraschung schien echt. »Du weißt doch, was passiert ist«, sagte er trotzdem.

Barthel schüttelte den Kopf. »Passiert? Sind wir ausgeraubt worden?« Er blickte in alle Richtungen. »Schaut nicht so aus.«

»Du weißt nicht, was Clara angetan worden ist?«

Der Kerl sprang auf und brüllte: »Was hat man dem Mägdlein getan?« Er funkelte Frantz an, als wollte er auf ihn losgehen.

Frantz musste tatsächlich aufblicken, um ihm in die Augen zu sehen. So groß waren nicht viele, und ziemlich breite Schultern hatte er auch. Dem Umfang seiner Oberarme nach hätte man Barthel eher für einen Bierkutscher gehalten als einen Bortenwirker. Unwillkürlich wich er zurück.

Nun trat Kathi zu ihnen und legte eine Hand auf Barthels bebende Brust. »Das Schlimmste, das man einer Frau antun kann«, sagte sie mit sanfter Stimme.

Seine Miene verzerrte sich vor Wut. »Wer?«, keuchte er. Seine Blicke flogen durch den Raum, als würde sich der Schurke noch in einer Ecke verbergen, richteten sich dann auf ihn. »Ihr!«

Frantz trat einen weiteren Schritt zurück, um für den Fall eines Angriffs ausreichende Bewegungsfreiheit zu bekommen.

Barthel wollte Kathi zur Seite schieben, doch sie hielt seinen Arm fest. »Nein, doch nicht Meister Frantz!«, rief sie.

Was fiel dem Weib ein, sich mit diesem Brocken von einem Mann anzulegen? In diesem Moment wich die Anspannung langsam aus Barthels muskulösem Körper, die Wut in seiner Miene dem Schmerz. »Wer dann?«, flüsterte er. Eine Träne lief ihm über die Wange. »Clara ist doch noch ein Kind!« Seine Stimme brach.

Als Kathi tröstend seinen Rücken rieb, zuckte er nicht oder versuchte, sich ihrer Berührung zu entziehen. Schaute nicht so aus, als hätte der Bursche Kratzer auf dem Rücken. Vielleicht waren die Schrammen auch nicht tief. Bei Barthels massiger Gestalt und Claras kurzen Armen … Trotzdem, einer wie Barthel, dessen Augen wegen ihres Schicksals sogar feucht wurden, konnte der Maid kaum so Schlimmes angetan haben. Ein Verdächtiger weniger. Kathi hatte das richtige Gespür gehabt und dazu viel Verstand bewiesen. Überzeugender hätte sie die Unschuld des Mannes nicht demonstrieren können. Frantz sagte: »Wir suchen noch nach dem Übeltäter. Du hast letzte Nacht nichts gehört?«

»Hier im Haus?« Er schüttelte den Kopf.

Barbara kam die Treppe herunter und trat auf sie zu. »Barthel schläft wie ein Bär und schnarcht auch so. Morgens kriegen wir ihn kaum wach.« Offenbar hatte sie einen Teil der Unterhaltung mitgehört.

Schnarchten Bären? Frantz nahm sich zusammen. Das hatte vielleicht sogar Claras Schmerzenslaute oder Proteste übertönt … Weitere Schritte polterten die Stiege herab, und die zweite Magd gesellte sich zu ihnen. Frantz kam es vor, als hätten sich die beiden Frauen bis jetzt von Barthel ferngehalten. Weil sie ihm die Tat zutrauten oder sich vor seiner Wut fürchteten, wenn er es erfuhr? Nun war fast der gesamte Haushalt versammelt, doch vor allem einer fehlte. »Wo ist der Meister?«, fragte Frantz.

Traudel antwortete: »Der redet gerade mit Clara. Wir haben sie wieder ins Bett gesteckt.«

Herr im Himmel, wie konnten sie nur das Mägdlein mit dem Mann allein lassen? Auch Kathi blickte ihn erschrocken an. Er nickte ihr zu, und sie eilte sofort die Treppe hinauf. Frantz folgte langsamer. Wenn

Cuntz und Barthel so unschuldig waren, wie sie erschienen, dann blieb eigentlich nur noch Sebald Kaiser, der Clara wahrscheinlich gerade schlimme Dinge androhte, wenn sie ihn verriet. Was konnte er tun?

Der Meister

Kathi erreichte keuchend das oberste Stockwerk und hörte sogleich die Stimme des Bortenwirkers durch den Gang tönen: »... unter meinem Dach!« Er klang streng, gar nicht mitfühlend.

Auf Zehenspitzen schlich sie weiter, dem durch Claras offene Tür einfallenden Lichtschein entgegen.

»Hast du mich verstanden?«, fragte er.

Da knarrte eine Bodendiele unter Kathis Tritt. Oh nein! Sie hielt inne.

Einen Moment rührte sich nichts, dann dröhnte Meister Sebald: »Ich will wissen, wer diese Schandtat begangen hat!«

Er hatte sie wohl nicht gehört. Wenn der Meister nicht wusste, wer Clara so malträtiert hatte, dann konnte er es nicht gewesen sein. Halb erleichtert, halb enttäuscht setzte sie ihren Weg fort. Auf der Stiege hinter sich hörte sie Schritte und schaute zurück, bis sie die Gestalt von Meister Frantz ausmachen konnte. Er verharrte und nickte ihr zu.

Sie ging weiter, klopfte an die offene Tür. »Meister Sebald, Clara muss sich erholen!« Sie trat ins Zimmer, streckte den Rücken durch und hielt den Kopf hoch.

Der Bortenwirker wandte sich zu ihr und zuckte die Schultern. »Mit mir will das dumme Ding auch nicht reden. Ich hab alles versucht. Der Schurke wird wohl ungestraft ausgehen.« Seine grimmige Miene wandelte sich in ein schmales Lächeln. »Aber du hast recht, Kathi. Ich sollte ihr jetzt nicht so zusetzen. Muss schlimm gewesen sein.« Kopfschüttelnd schob er sich an ihr vorbei zur Tür.

Kathi sah Clara an, die sich ganz klein im Bett zusammengerollt und die Decke über den Kopf gezogen hatte.

Aus dem Augenwinkel sah sie Meister Sebald zurückzucken. Kein Wunder, denn der Nachrichter stand vor der Tür. »Clara muss ins Spital«, sagte dieser.

»Nein«, wimmerte das Mägdlein.

»Anweisung von oben«, behauptete der Nachrichter.

Kathi hielt ihre Überraschung im Zaum. Ob Ratsherr Eisvogel das wirklich angeordnet hatte? Bestimmt flunkerte Meister Frantz, dem ja vorhin sogar die Anwesenheit von Max zu offiziell gewesen wäre. Der

Bortenwirker wurde ganz fahl im Gesicht.

»Kommt mit mir, Meister Sebald, ich hab da noch eine Frage.« Die Männer gingen in den Korridor. Meister Frantz sandte ein verstohlenes Lächeln in Kathis Richtung, bevor er die Tür hinter sich zuzog.

»Sie sind weg«, sagte Kathi und streichelte das elende Häuflein Mensch unter der Decke. Nur ein Wimmern antwortete ihr. Sie konnte sich nicht vorstellen, dass Clara den Saukerl ungestraft davonkommen lassen wollte, also wagte sie einen Vorstoß. »Wenn du erst mal im Spital bist, musst du keine Angst mehr haben.«

Clara lugte unter der Decke hervor. »Ich will nicht. Wer weiß, was die mit mir machen!«

Die Angst konnte sie zwar gut verstehen, aber bestimmt wäre die Maid dort sicherer als hier. Doch mehr als einen mitleidigen Blick konnte sie nicht erwidern. Allmählich gingen ihnen die Verdächtigen aus. »Bestimmt war es dieser Julius«, sagte sie, um eine Reaktion zu provozieren.

Clara funkelte sie wild an. »Woher kennst du Julius?«

»Woher kennst *du* ihn?«, stellte sie die Gegenfrage.

Wieder verschwand das zerschundene Gesicht unter der Decke. »Das sag ich nicht«, tönte es gedämpft unter dem groben Stoff hervor.

Warum wollte sie einen Bruder – Halbbruder verschweigen? Vielleicht hatte der Bursche gelogen, und die beiden waren doch ineinander verliebt. Am Ende ließ sie ihn gar nachts herein, zumindest dies eine Mal. Warum hatte in diesem Haus ausgerechnet die jüngste Magd ein Zimmer für sich allein? Es half alles nichts, zuerst mussten sie Clara hier herausholen. »Meister Frantz und ich werden dich jetzt ins Spital bringen, dann hast du Zeit nachzudenken. Anschließend reden wir noch einmal mit Julius.«

»Lasst ihn, dann komme ich auch mit.« Clara schob die Decke wieder beiseite.

*

»Wie konntet Ihr einfach allein zu dem Mägdlein hineingehen, Meister Sebald?«, blaffte Frantz im düsteren Korridor und führte den Hausherrn ein paar Schritte weg von der Tür. »Letzte Nacht hat ihr ein Mann Schlimmes angetan. Mehr Rücksicht wäre angebracht gewesen.«

»Ach was.« Kaiser wedelte mit einer Hand herum. »Ich bin der Letzte, vor dem sie Angst hat. Bin wie ein Vater zu ihr.«

Das brachte Frantz auf eine längst überfällige Frage: »Wo ist ihr wirklicher Vater, ihre Familie? Wissen sie schon Bescheid?«

Der Mann schüttelte den Kopf. »Sie ist eine Waise, ist eines Morgens bei mir vor der Werkstatt gehockt und hat gefragt, ob ich nicht eine Magd brauchen kann. Sie wusst nicht, wo sie hin soll, nachdem ihre Mutter gestorben ist. Ihre restlichen Verwandten leben sonst wo. Sie hat mich gedauert. Auch meine Frau hat sie gleich gemocht, da haben wir sie als Magd aufgenommen.«

Eine rührselige Geschichte, falls sie denn stimmte. Frantz betrachtete den Bortenwirker mit einem aufgesetzten Lächeln, das hoffentlich nachsichtig wirkte. »Wer könnte sich nachts unbemerkt zu ihr geschlichen haben? Der Barthel kommt mir zu erschüttert vor, als dass er es getan haben könnte.«

»Hab ich doch gleich gesagt, das ist ein guter Mann, obwohl er aussieht wie ein Ungetüm.« Kaiser rang die Hände.

»Wer war es dann? Außer dem Barthel und Eurem Sohn kommt nur Ihr noch infrage.«

Meister Sebald fuhr sich mit den Händen durch die langen, dunklen Haare. »Ich versteh's auch nicht. Sie muss ihn selbst reingelassen haben. Oder sie hat sich draußen rumgetrieben. Da ist es dann passiert und verletzt hat sie sich zurück ins Haus geschlichen. Ja, so muss es gewesen sein. Nehmt Euch diesen Goldschmied vor, am besten gleich bei einer peinlichen Befragung!«

Der Mann zauderte nicht lange, wenn es darum ging, anderen Schmerzen zuzufügen. Wofür hielt der ihn denn? Für einen, der jeden torquierte, der seinen Fragen auswich? »Nur auf Anweisung des Rats. Sonst könnte ich ja gleich bei Euch mit der Tortur anfangen«, sagte er grantig.

Kaiser ließ den Kopf hängen. »Ihr habt ja recht, es ist nur so … so ungeheuerlich. Unter meinem Dach!« Plötzlich betrachtete er ihn misstrauisch. »Haben die Schöffen wirklich angeordnet, dass Clara ins Spital muss?«

Frantz lächelte. »Ich nehme nur ihre Entscheidung vorweg. Eigentlich hätte ich sofort eine geschworene Frau holen müssen. Das hätte ich auch getan, wenn Clara sich nicht so sehr dagegen gewehrt hätte.«

»Verstehe.« Kaiser seufzte. »Ihr tut nur, was Ihr tun müsst, Meister Frantz.«

»Genau.« Und manchmal auch ein wenig mehr …

Da öffnete sich die Tür. Kathi hatte einen Arm um Clara geschlungen, die ein einfaches Kleid und ein Mäntelchen trug. Vielmehr schienen die Kleidungsstücke sie zu tragen. Die Magd sah erbärmlich aus.

»Gut, lasst uns gehen«, sagte er.

*

Um an den beiden Männern vorbeizukommen, musste Kathi Claras Schultern loslassen. Dabei warf ihr Kaiser einen bösen Blick zu. War er wütend auf sie, weil sie den Nachrichter geholt hatte und er deshalb auf eine Magd verzichten musste? Nun, vor Barbara hatte er sie eine blöde Gans geschimpft. Eigentlich hatte sie vorgehabt, seinen Arm zu tätscheln – falls Clara den zerkratzt hatte, könnte er sich durch Zusammenzucken verraten – aber das wagte sie nun nicht mehr. Langsam stiegen sie die Treppe hinunter. Clara war sehr wackelig auf den Beinen. Bestimmt hatte sie Schmerzen, doch daran ließ sich nichts ändern. Meister Frantz folgte dicht hinter ihnen.

Als sie den Laden durchquerten, kam Barthel auf sie zu. Der Nachrichter trat zur Seite und schien ihn aufmerksam zu beobachten. Kathi dagegen spürte Claras Reaktion. Erst zuckte sie zusammen, dann schüttelte sie mit ganz neuer Energie Kathis Arm ab und sprang auf den Riesen zu. Zu Kathis Verblüffung trommelte das Mädchen mit den Fäusten auf dessen Brust ein. »Warum hast du mich nicht gehört? Warum? Dein Schnarchen hat mich immer in den Schlaf gewiegt, mir ein Gefühl von Sicherheit gegeben! Du hättest mich hören müssen!«

Barthel blieb einfach stehen und ließ alles über sich ergehen, bis Clara zusammensackte. Da hielt er sie fest und drückte sie an sich. »Es tut mir so leid«, wisperte er mit sanfter Stimme, die so gar nicht zu seinem mächtigen Körper passen wollte.

Bei diesem Anblick brannten Tränen in Kathis Augen. Erst die Stimme des Nachrichters erinnerte sie wieder an ihre Aufgabe. »Trägst du sie zum Spital?«, fragte er.

Bartel blinzelte mehrfach, dann nickte er und hob Clara anscheinend völlig mühelos auf seine Arme.

»Aber das geht doch nicht«, protestierte Kaiser. »Den Barthel brauch ich hier.«

Meister Frantz ließ sich nicht beirren. »Er wird bald zurück sein.« Ohne ein weiteres Wort ging er zur Tür und hielt sie auf.

Barthel blickte nur kurz zu seinem Meister, der keinerlei Widerspruch mehr wagte, dann folgte er dem Nachrichter hinaus auf die Straße. Kathi bildete das Schlusslicht. In der Gasse sah sie eine Gestalt davonhuschen, die sie sehr an Julius erinnerte, aber sie hatte eigentlich nur noch die Haare gesehen.

»Ich will nicht ins Spital«, murmelte Clara. »Bringt mich sonst wo hin, aber nicht ins Spital.«

»Warum nicht?«, fragte Kathi.

»In so einem ist meine Mutter gestorben.«

Meister Frantz legte für einen Moment den Kopf in den Nacken und blickte in den Himmel. Vermutlich dachte er dasselbe wie sie: Hätten sie doch nur früher gefragt, warum sie nicht ins Siechenhaus wollte, statt einfach anzunehmen, sie würde sich schämen. Der Nachrichter wechselte einen kurzen Blick mit Kathi. Sie schüttelte den Kopf. Bei ihnen zu Hause war kein Platz für noch einen Erwachsenen.

»Nun, in einen der Frauentürme können wir dich nicht bringen«, sagte er. »Dann kommst du eben mit zu mir nach Hause.«

Clara schlug Barthel auf den Arm. »Lass mich runter.«

Er gehorchte sofort und ließ ihre Beine sanft zu Boden gleiten. Sie stellte sich trotzig vor Meister Frantz und hob eine zitternde Hand. »Ihr meint wohl, jetzt, da ich … keine Jungfer mehr bin …« Sie schlug ihm ins Gesicht!

Entsetzt hielt sich Kathi eine Hand vor den Mund. »Clara!«, keuchte sie.

Anscheinend über sich selbst erschrocken wich Clara einige Schritte zurück, stellte sich ganz nah zu Barthel.

Meister Frantz sah sie überrascht an und neigte den Kopf zur Seite. »Ich bin verheiratet. Meine Frau wird sich um dich kümmern, und Kathi wird bestimmt auch öfter vorbeischauen.«

Kathi schluckte schwer und nickte nur.

Er rieb sich die Wange. »Wenn du das nicht willst, bleibt nur das Spital.«

»Verzeiht«, hauchte Clara. »Tut mir leid, dass ich …«

»Schon gut. Gehen wir.« Er schritt voraus.

Kathi nahm Claras Arm und zog sie mit sich. Barthel folgte ihnen ein paar Schritte, bevor er stehen blieb. Sie sah sich nach ihm um und rief: »Wir kümmern uns gut um sie!« Während sie sich wieder umwandte, streifte ihr Blick die Gestalt von Julius. Er stand ganz still an einer Hausecke und starrte ihnen nach. Sie winkte ihn heran, doch da lief er schon wieder weg.

»Wo wohnt dein Bruder?«, fragte Kathi einer Eingebung folgend.

»Was?« Clara hielt inne und starrte sie an.

Der Nachrichter musste ihre Worte auch gehört haben, denn er machte auf den Fersen kehrt und kam zu ihnen.

»Julius, dein Halbbruder«, sagte Kathi. »Wo wohnt er?«

Das Mädel schüttelte den Kopf. »Du hast versprochen, dass ihr ihn in Ruhe lasst, wenn ich mitkomme!«

»Keine Sorge«, sagte nun Meister Frantz. »Wenn er unschuldig ist, passiert ihm auch nichts, aber vielleicht kann er uns helfen.«

Clara schnaubte verächtlich. »Schert es Euch überhaupt, wen Ihr vom Leben zum Tode befördert, Henker?«

Kathi war überzeugt, dass Claras Vorwürfe ihn diesmal wirklich getroffen hatten. Seine Miene verdüsterte sich. »Mir gefällt das Wort Nachrichter besser für mein Amt, denn ich versehe es erst nach dem Richterspruch. Außerdem kann ich mehr als Leute aufhängen.« Er trug ein grimmiges Lächeln zur Schau. »Ob es mich schert, wen ich richte? Hältst du mich für genauso gewissenlos wie den Schuft, der dir das angetan hat? Wenn ich merke, dass es dem Falschen an den Kragen zu gehen droht, dann handle ich.« Er warf Kathi einen flüchtigen Blick zu und stürmte davon.

In Kathi stieg hilflose Wut hoch. »Dumme Gans, das hat ihn mehr geschmerzt als die Ohrfeige.«

»Na und? Stimmt doch! Was mischt er sich überhaupt ein?«

»Er mischt sich ein, weil ich ihn darum gebeten hab.«

»Dann bist du wohl seine Metze.«

Kathi lachte. »Netter Versuch, aber so leicht wirst du mich nicht los. Du darfst mich gern beleidigen, aber wenn du Meister Frantz noch mal dumm kommst, hau ich dir eine runter.« Sie zog das freche Gör weiter und freute sich, dass Clara wieder etwas lebendiger, wenn auch gleichzeitig widerspenstiger wurde. »Falls du dich benimmst, erzähle ich dir, wie er mir das Leben gerettet hat. Ist jetzt bald zwei Jahre her.«

»Echt?« Clara passte ihre Schritte denen von Kathi an und ließ sich nicht länger ziehen. »Erzähl.«

»Eigentlich hätte er mich foltern müssen, damit ich den Mord an meiner Herrin gestehe, aber ich hab sie nicht umgebracht, und das hat er gespürt, geahnt. Sie war nämlich seine Patientin und ich noch ein dummes, ängstliches Ding. Ich hab sie oft zu ihm gebracht und mich schrecklich gefürchtet. Wahrscheinlich hat er mich deshalb für keine Mörderin gehalten.« Kathi schmunzelte.

Die Henkerin

Frantzens Ärger hielt nicht lange an, genauso wenig sein schneller Schritt. Bald waren die beiden Frauen auf Hörweite herangekommen. Sowie er merkte, dass Kathi von ihrer Zeit im Lochgefängnis erzählte, spitzte er die Ohren und musste grinsen. Das Abenteuer hätte ihn seine Stellung kosten können. Dann hätte er Nürnberg verlassen und wieder umherziehen müssen, mit Frau und Kind, und wäre pro Hinrichtung bezahlt worden. Und doch war er immer noch stolz darauf, das Wagnis eingegangen zu sein.

Als er seine Brückenwohnung über der Pegnitz ausmachte, fragte er sich, was Maria wohl davon halten würde, dass er das Mägdlein mitbrachte. Er konnte immer noch nicht glauben, dass Clara ihm ins Gesicht geschlagen hatte. Zuletzt hatte das sein Vater getan, als Frantz sich weigerte, ein Schwein zu köpfen. Schnell verscheuchte er die Erinnerung an sein letztes Aufbegehren gegen ein Dasein als Scharfrichter.

Eigentlich freute es ihn, dass sich das Mädel nicht unterkriegen ließ und nicht einmal vor ihm zurückschreckte, ihre Vorwürfe allerdings trafen ihn tief, zumal sie nicht stimmten. Und ob es ihn kümmerte, wen er vom Leben zum Tode brachte! Doch sie kannte ihn nicht. Kein Wunder, dass sie sich bei seinem Vorschlag, sie mit nach Hause zu nehmen, sonst was zusammengereimt hatte.

Bei der Brücke zum Säumarkt wartete er auf die Frauen. Kathi beschrieb gerade die Hinrichtung der wahren Mörderin ihrer früheren Herrin, und Clara schien ihn plötzlich mit anderen Augen zu sehen, wirkte überhaupt viel munterer. Er tat so, als hätte er nichts von ihrer Unterhaltung mitbekommen, und ging weiter, sobald sie zu ihm aufschlossen. »Da, über der Pegnitz wohnen wir.« Er deutete zur Brücke zwischen dem Gefängnisturm und dem Henkerturm.

Clara schaute ungläubig hinüber. »Wirklich? Das ist eine Wohnung?«

»Ja, seit die Stadt ein Stück erweitert und die neue Umwallung errichtet wurde.«

»Und wir, also mein Mann Max und ich, hausen dort«, sagte Kathi und deutete zu einem der trutzigen Türme in der jüngeren Stadtmauer. »Ganz oben, aber wir haben nur ein Zimmer.«

Das Mägdlein bestaunte die vielen Schweine in ihren Pferchen. »Gehören die alle Euch?«

Frantz musste lachen. »Nein, die werden hier verkauft.« Er freute sich schon darauf, wenn der Säumarkt bald wieder draußen vor dem Frauentor stattfände. Weniger Gestank und Lärm vor seinem Haus. »Wo kommst du her?«, fragte er, da sie sich in Nürnberg gar nicht recht auszukennen schien.

»Aus Altdorf.«

Er öffnete das Holztor und ging voraus die Stiege hoch. Maria würde sich ganz schön wundern. Noch bevor er die Tür öffnete, hörte er seinen Sohn aus vollem Halse krähen. Was war denn da los? Schnell durchquerte er die verwaiste gute Stube und betrat sein Behandlungszimmer. Dort warf sich der Bub auf dem Boden herum, während Maria auf der Holzbank saß.

Als sie ihn hörte, sah sie auf und schüttelte den Kopf. »Dieser Trotzkopf will unbedingt die Kräuter haben.« Sie blickte hoch zu den Büscheln von Kamille, Salbei und anderen getrockneten Pflanzen, die an einer Leine hingen.

»Bestimmt will er mal Arzt werden.« Frantz lächelte, und da rollte sein Sohn sich herum, um ihn anzuschauen. Einen Moment lang verstummte er, doch sowie Frantz ihn in die Arme nahm, strampelte er wieder und streckte sich nach der Kamille.

»Nein, du darfst ihm nichts vom Bilsenkraut geben«, sagte Maria streng. »Auch wenn er davon ruhig wird.« Sie stand auf und drückte ihm einen Kuss auf die Wange.

Er lachte. »Bestimmt nicht, und wenn er die ganze Nacht schreit.«

Tatsächlich hing da noch ein wenig vom Teufelskraut der Presiglin.

Da hatte er eine Idee. Er hielt Vitus außer Reichweite und zerrieb ein Blatt des Bilsenkrauts zwischen seinen Fingern. Ja, es roch noch immer ziemlich unangenehm, also hielt er es dem Buben unter die Nase, während er ihn nach der Kamille greifen ließ. Das Gesichtlein verzog sich vor Abscheu, die winzigen Fäustlein schlugen um sich.

Grinsend reichte er seinen Sohn an Maria weiter. »Lass uns nach nebenan gehen. Ich hab jemanden mitgebracht.«

»Oh, wen denn?«

Von der guten Stube her ertönte Kathis Stimme.

»Ach ich weiß.« Maria strahlte und wollte schon hinüberlaufen, doch er hielt sie zurück.

»Es ist eine junge Magd bei ihr, die übel zugerichtet wurde. Notzucht.« Er ließ die Worte wirken und sah ihr fest in die Augen. Maria hielt sich eine Hand vor den Mund, und er fuhr fort: »Wahrscheinlich ist es im Haus des Bortenwirkers passiert, für den auch Kathi immer wieder Quasten, Bordüren und andere Stickereien fertigt.«

Seine Frau hatte sich inzwischen gefasst. »Warum hast du sie hierher gebracht und nicht zu einer der geschworenen Frauen?«

»Sie will den Schuft nicht anzeigen.«

Maria senkte den Kopf. »Verstehe. Du willst sie hierbehalten?« Nun sah sie zu ihm auf.

Er nickte. »Ich hoffe, du kannst ihr helfen ... sie vielleicht gar zur Vernunft bringen.«

Seine Frau schlang den freien Arm um ihn und legte ihren Kopf gegen seine Brust. Vitus nutzte die Gelegenheit, um ihn am Bart zu ziehen. Frantz drückte beide kurz an sich, dann sagte er: »Gehen wir zu ihnen.«

In der guten Stube stand das Mägdlein am Fenster und starrte hinaus auf die Pegnitz und den Säumarkt. Kathi saß auf der Bank und lächelte ihnen aufmunternd entgegen.

Frantz räusperte sich und sagte: »Clara, das ist meine Frau Maria.«

Sie drehte sich herum, musterte Marias gewölbten Leib und das Kind auf seinem Arm. Ihre Miene verschloss sich. »Ich will Euch nicht zur Last fallen.«

Maria ging zu ihr. »Das tust du nicht. Wenn du einen Moment auf Vitus aufpasst, mache ich uns einen Kräuteraufguss.«

»Oh, ich weiß nicht.« Unsicher blickte das Mädel zu Kathi, die ihr zunickte. Vitus streckte auch schon die Arme nach ihr aus. Hm, vielleicht würde sie als Magd für sie arbeiten wollen, wenn es stimmte, dass sie außer dem Halbbruder keine Familie mehr hatte.

Mit dem Kleinen in den Armen entspannte sich die Maid allmählich und setzte sich auf einen Stuhl.

»Kommst du kurz mit in die Küche, Frantz?«, fragte seine Frau.

»Natürlich.« Er folgte Maria und hoffte, dass Kathi seinen Sohn und Clara im Auge behielt. Da fiel ihm ein, dass er unbedingt Kathi bitten musste, Max auf diesen Julius anzusetzen.

In der Küche reichte Maria ihm ein Blatt Papier. »Dein Vater hat geschrieben. Es geht ihm nicht gut. Er fragt, ob wir um Ostern für ein paar Tage nach Bamberg reisen können.«

»Oh.« Frantz konnte sich nicht vorstellen, dass sein starker Vater allmählich gebrechlich wurde. Schnell überflog er die Zeilen, aber Heinrich Schmidt verriet mit keinem Wort, woran er erkrankt sein mochte. Das sah ihm mal wieder ähnlich. Wollte ihn nicht beunruhigen und erreichte das Gegenteil, denn jetzt malte er sich das Schlimmste aus. Er las weiter und hob den Kopf. »Meine Schwester wird auch da sein. Mit ihrem Verlobten! Kunigunda will wieder heiraten?« Verdutzt sah er Maria an.

Sie lächelte. »Sieht ganz so aus.«

»Ich werde den Rat bitten, mir ein paar Tage freizugeben. Wenn mein Vater uns alle beisammenhaben will, dann muss es wirklich schlimm um ihn bestellt sein.«

Seine Frau schlang die Arme um ihn. »Um so wichtiger, dass du bei ihm bist. Vielleicht kannst du etwas für ihn tun.«

Er nickte. »Hoffentlich.« Meister Heinrich war schließlich nicht mehr der Jüngste.

Maria brühte getrocknete Minzeblätter in einem Tonkrug auf. »Und was wird dann mit Clara, wenn wir weg sind? Willst du sie hier allein lassen?«

Nein, das war keine gute Idee, so weit war sie noch nicht. »Warten wir mal ab, was bis dahin noch passiert. Vielleicht bekomme ich ja gar nicht frei. Vor allem wenn wir den Schuft erwischen, könnte es schwierig werden.« Dann wäre es ihm allerdings ein Vergnügen, das Schwein zu justifizieren.

»Du hast keine Ahnung, wer ihr das angetan haben könnte?«

»Mindestens vier Kerle kommen infrage. Ein Fremder wird es wohl nicht gewesen sein, sonst würde sie das sicher aussagen und ihn beschreiben, so gut sie kann.«

»Außer er hat ihr gedroht, sie umzubringen, wenn sie etwas sagt.« Maria nahm seine beiden Hände in ihre. »Du hoffst, sie erzählt mir etwas, wenn ich ihr von meinem … Erlebnis mit dem Scharlatan erzähle? Was ich getan habe, in der Hoffnung, meine Schwester zu retten?«

Frantz biss die Zähne zusammen. Nur ungern wollte er sie bitten, die alte Wunde wieder aufzureißen. »Ich weiß nicht. Du hast es damals mehr oder weniger freiwillig über dich ergehen lassen, das ist noch mal was anderes.« Er räusperte sich. »Stelle ich mir wenigstens vor.« Er merkte, wie ihm die Hitze ins Gesicht stieg. Was wusste er schon davon, wie eine Frau sich fühlte, wenn ein Mann ihre Notlage ausnutzte oder Gewalt anwendete. »Ich hoffe einfach nur, dass du ihr ein wenig die Mutter oder eine große Schwester ersetzen kannst.«

Maria küsste ihn auf den Mund. »Ich liebe dich, Frantz.«

Da strahlte er übers ganze Gesicht. »Du bereust es immer noch nicht, mich geheiratet zu haben?«

Sie spitzte die Lippen und blickte zur Decke als müsse sie überlegen. »Selten.«

Das war neu. »Wann denn?«

»Verrate ich nicht.« Sie klatschte ihm auf den Hintern und packte den Krug. »Ich muss mich jetzt um unsere Gäste kümmern und du um einen Mistkerl, der hoffentlich bald ein reuiger, armer Sünder sein wird.«

Frantz folgte ihr in die gute Stube und winkte Kathi hinaus in den Turm. Claras Blicke folgten ihnen, bis er die Tür von außen schloss. Dann fragte er: »Kannst du deinen Mann bitten, sich nach dem Goldschmiedgesellen Julius umzuhören? Einverständnis von Eisvogel haben wir.«

Kathi nickte. »Vielleicht gehe ich sogar mit ihm auf die Suche.«

»Dich kennt er aber.«

»Stadtknechtstracht auch. Zu mir wird er vielleicht mehr Zutrauen haben. Ich hab ihn noch mal in der Nähe von Kaisers Haus gesehen, bevor wir los sind, aber da ist er auch gleich wieder auf und davon.«

Frantz seufzte. »Vielleicht hat der Kerl gar keine Arbeit, auch wenn Kaiser behauptet hat, dass er Goldschmied ist, richtig?«

»Genau. Und der könnte uns allerlei erzählen, um von sich abzulenken.«

»Hoffen wir, dass Maria die Kleine zum Reden bringt. Doch wenn nicht, kann uns vielleicht nur der Bruder helfen, die Wahrheit herauszufinden.«

»Halbbruder … Warum hat er das so betont?«, fragte Kathi.

»Ich war nicht dabei, aber vielleicht mag er Clara nicht, weil Stiefvater oder Stiefmutter ihn als den Älteren viel schlechter behandelt haben als sie?«

»Nein, das glaub ich nicht. Er hat sich wirklich Sorgen um seine Schwester gemacht.«

Frantz zog die Schultern hoch. »Hilft alles nichts, wir müssen mit ihm reden.«

»Ich kümmere mich darum.« Kathi stieg die Stufen hinunter und winkte mit einer Hand.

»Viel Glück.«

Als er in die Stube zurückkehrte, hielt Maria ein schluchzendes

Mägdlein in den Armen, während sein Sohn danebenstand und sich an einem Stuhl festhielt. Frantz hob ihn hoch, trug ihn ins angrenzende Behandlungszimmer und weiter durch die Küche ins Schlafzimmer, wo er Vitus in die Luft warf und wieder auffing. Der Racker quiekte vergnügt. Zu gern hätte Frantz dem Gespräch der Frauen gelauscht, doch sprach Clara sicherlich freimütiger, wenn kein Mann dabei war. Und wenn er noch einmal die Geschichte des Kerls hörte, der Maria vorgegaukelt hatte, mit Schlangengift aus der neuen Welt ihre Schwester heilen zu können, würde ihn nur wieder eine maßlose Wut packen. Das war vor ihrer Ehe gewesen. Weil Maria ihn nicht hatte bezahlen können, war sie auf das Angebot des Rosstäuschers eingegangen und hatte sich ihm hingegeben. Frantz kannte diese Scharlatane und ihre angeblichen Wundermittel: nichts als Schweinepisse und Alkohol. Hätte er seine Maria nur damals schon gekannt … Vielleicht wäre dann auch ihre Schwester noch am Leben.

Der Halbbruder

Max Leinfelders Magen knurrte immer lauter. Nur allzu verlockend zog der Geruch aus einer der vielen Garküchen an seiner Nase vorbei. Er schob heute in einem anderen Viertel als bisher Dienst und genoss die Abwechslung. Auf der Sankt Sebalder Seite der Stadt lief er zwischen Heilig-Geist-Spital, Egidienkirche und Rathaus die Gassen ab und hielt Ausschau nach unredlichen Machenschaften. Gerade wollte er sich einem Fenster nähern, durch das Suppe verkauft wurde, da pöbelte ihn ein Gaukler und Possenreißer an: »He, Stadtknecht, eine schöne Uniform trägst du da, rot und schwarz wie der Leibhaftige.«

Er wollte ihn einfach ignorieren, doch da begann der Mann drei Keulen durch die Luft zu wirbeln. Ein sehr geschickter Lump, also blieb Max stehen und schaute ihm zu.

»Na los, frag mich nach meiner Erlaubnis, meine Kunst hier aufführen zu dürfen«, rief er.

»Fein, dann zeig mir mal deine Genehmigung, aber wehe, du lässt dabei eine der Keulen fallen. Dann werd ich sie dir gleich entziehen.«

Der Mann lachte, während sich immer mehr Leute um sie scharten. Gar nicht dumm, Zuschauer anzulocken, indem er die Aufmerksamkeit eines Stadtknechts auf sich zog. Beim ersten Versuch, in seine Jackentasche zu greifen, ließ er beinah eine der bunten Holzkegel fallen. »Oh weh, oh weh! Verhaftest du mich, wenn ich die Erlaubnis nicht herausholen kann?«

»Freilich, dann werfe ich dich ins Loch.«

»Das kannst du nicht machen, du Schuft«, schimpfte ein alter Mann. »Der hat doch nichts verbrochen.«

»War nur ein Witz«, sagte Max schnell. Einem Stadtknecht trauten die Leute wirklich jede Schandtat zu.

Der Gaukler grinste immer breiter. Er ließ eine der Keulen auf seinem bemützten Kopf landen und balancierte sie dort eine Weile. So gelang es ihm, mit einer Hand einen Zettel herauszufischen, während er mit der anderen die restlichen beiden Keulen in der Luft hielt. Allerdings schleuderte er sie höher als zuvor. Das Blatt warf er ihm einfach zu.

»Na, na, na, was sind den das für Sitten!«, rief Max, obwohl er schwer beeindruckt war. »Heb den Fetzen auf und gib ihn mir in die Hand.«

Nun schaute der Wicht übertrieben ängstlich drein. »Aber dann fällt dir vielleicht eine der Keulen auf den Kopf, so wie mir, das willst du doch nicht! Wer hütet dann die Ordnung. Schnell tät sie sich aus dem Staub machen, so ganz ohne Hirten.« Er ließ die Keule von seinem Kopf fallen, fing sie und wirbelte wieder alle drei herum.

»Da hast du natürlich recht, das wär viel zu gefährlich.« Er bückte sich und hob den Zettel auf. Ein grinsender Kasper war darauf zu sehen und darunter stand: ›Danke, Freund.‹

»Leinfelder!«, brüllte hinter ihm jemand.

Max drehte sich um. Sein Hauptmann stand breitbeinig hinter ihm, die Hände auf die Hüften gestemmt. »Was soll der Unfug? Hast du nichts Besseres zu tun?«

Verflucht, nicht einmal etwas Spaß durfte man bei der Arbeit haben. Max steckte den Zettel ein und ging zum Offizier. »Schon gut, ich wollte nur seine Erlaubnis überprüfen«, log er.

»Denn kennt doch jeder hier. Du wirst im Rathaus verlangt.«

»Dann spute ich mich mal lieber.«

Zu seiner Überraschung sah er Kathi vor dem Rathaus stehen, jedoch blickte sie in die andere Richtung. Er legte einen Arm um sie. »Brauchst du einen Stadtknecht?«

Seine Frau zuckte zusammen, dann lachte sie. »Oh ja, aber nur dich, sonst keinen.«

»Und da schickst du gleich einen Hauptmann los, um mich zu suchen?«

Kathi kicherte. »Das war Schöffe Eisvogel, ich hätte mich so was nicht getraut.«

»Ach, nun dienen dir sogar die Ratsherren?«

»Im Gegenteil, ich bin für sie mal wieder als geheime Kundschafterin tätig.«

Max schloss die Augen. »Auf Mördersuche?« Als er sie wieder ansah, war alle Heiterkeit aus ihrem Gesicht verschwunden.

»Notzucht. Das Mädel ist erst vierzehn! Und ich kenn sie. Clara, die jüngste Magd des Bortenwirkers, dem ich heute seine Bestellung gebracht hab. Sebald Kaiser.«

Max wurde das Herz schwer. Wie konnte jemand einer jungen Frau das antun? Unwillkürlich packte er das Heft seines Schwertes. »Du hast gerade mit ihr Anzeige erstattet, und nun braucht ihr Hilfe, den Schuft festzunehmen?«

Seine Frau schaute noch betrübter drein. »Nein, Clara will nicht verraten, wer es war, keine Anzeige erstatten. Ich hab aber den Nachrichter geholt, damit er ihre Wunden versorgt. Ein Stadtarzt kam für sie gar nicht erst infrage. Meister Frantz hat sie auch gleich mit nach Hause genommen. Wir müssen ihren Halbbruder finden, falls er das denn wirklich ist. Er nennt sich Julius und ist angeblich Goldschmiedgeselle. Du bist erst mal von deinem regulären Dienst entbunden und sollst mir und dem Nachrichter helfen, auch ohne Anzeige den Fall zu lösen.«

Das war wichtiger, als ziellos durch die Stadt zu streifen. »Dann sollten wir uns in der Zisselgasse nach ihm umschauen, dort sind die meisten Goldschmiede zu finden. Du weißt, wie der Kerl aussieht?«

Sie nickte. »Ich hab auch kurz mit ihm gesprochen, weil er mich dabei erwischt hat, wie ich ihm nachgeschlichen bin.«

»Du sollst nicht immer so waghalsig sein, Weib«, ermahnte er sie sanft, obwohl ihm bei der Vorstellung ganz bange wurde, was hätte passieren können und noch passieren mochte. »Eisvogel will mich nicht erst sprechen?«

»Der ist schwer beschäftigt, weil doch zu Ostern der Rat neu gewählt wird.«

Die Wahl würde ihn auch gut beschäftigen. Am Sonntag müsste er mit den anderen Stadtknechten losziehen und die hohen Herren bitten, auch wirklich zu erscheinen. Nebeneinander gingen sie an der Sebalduskirche vorbei in Richtung Zisselgasse, wo einst der berühmte Albrecht Dürer gewohnt hatte. Er fragte: »Was denkst du, warum will sie den Mistkerl nicht verraten?«

»Bestimmt hat sie Angst vor ihm. Deshalb ist es auch ganz gut, dass sie jetzt im Henkerhaus ist, raus aus dem Kaiser-Haus, wo es passiert sein dürfte.«

Während Kathi von ihren heutigen Erlebnissen berichtete, fragte Max sich, was sie überhaupt erreichen konnten, wenn das Opfer nichts erzählte. »Und ihr hofft jetzt, der Bruder kann sie überreden?«

»Genau, aber Eisvogel hat in der Registratur nachschauen lassen, und da ist nichts über einen Julius Mülner bekannt. Wahrscheinlich hat er einen anderen Vater und daher einen anderen Familiennamen.«

»Und wir fragen jetzt bei allen Goldschmieden nach einem Gesellen, der Julius heißt?«

»Hast du eine bessere Idee?«

Max kratzte sich den Nacken und zog das Wams enger, um sich gegen den kalten Aprilwind zu wappnen. »Vielleicht solltest du in eine nach der anderen hineinspazieren und seinen Namen rufen. Du erregst erst mal keinen Verdacht und wirkst ganz harmlos. Ich warte draußen, falls er davonlaufen will.«

»Hervorragende Idee. Vor mir rennt er wahrscheinlich nicht so schnell weg, während deine Stadtknechtstracht ihm Angst machen dürfte.«

Inzwischen hatten sie die Zisselgasse erreicht, und Kathi fing an, mit ihren Händen am Rock des Kleids herumzuzupfen. »Was sag ich denn, warum ich ihn suche? Denkst du, ich sollte seine Schwester erwähnen?«

»Wenn ihn einer kennt und fragt, was du von ihm willst, könntest du's ja mal versuchen. Sollte der nichts von einer Schwester wissen, wird sein Verhalten immer verdächtiger. Und denk dran, du musst nur nach mir rufen, dann bin ich sofort zur Stelle.«

Kathi nickte, rückte die Haube zurecht und drückte ihm einen Kuss auf den Mund, bevor sie die erste Werkstatt betrat und fröhlich den Namen Julius trällerte. Gebannt lauschte Max.

*

Kathi sah sich neugierig um. Ein paar Burschen an Arbeitstischen hoben die Köpfe; zwei Kerle am Schmiedefeuer drehten sich zu ihr um. »Wen suchst du?«, fragte der eine.

»Den Julius, der ist doch hier Geselle, oder nicht?«

»Nah«, brummte ein älterer Mann, der vielleicht der Meister war, aber genauso rußig aussah wie die anderen. »So einen haben wir hier nicht.«

»Oh, dann hab ich wohl den falschen Goldschmied erwischt.« Langsam wandte sie sich zur Tür und hoffte vergeblich, dass ihr doch noch jemand zurief, wo ein Julius zu finden wäre.

Draußen in der Gasse musste sie zu ihrem Entsetzen feststellen, dass Max das Schwert gezogen hatte und hinter seinem rechten Bein versteckt hielt. »Du wolltest ihn doch nicht gleich erstechen, oder?«

Ihr Mann grinste breit, doch dann verdüsterte sich sein Gesicht. »Was denkst du von mir? Nachdem er vor dem Nachrichter und sogar vor dir weggelaufen ist, dachte ich mir, ich werd ihn einschüchtern müssen.«

»Entschuldige.« Kathi schmiegte sich kurz an ihn, dann ging sie weiter zur nächsten Werkstatt. Hier hatte sie genauso wenig Glück.

Vor dem nächsten Haus hielt Max sie zurück. »Das ist die vom Wenzel Jamnitzer, dem Ratsfreund.«

»Und deshalb meinst du, da gibt's keinen Julius?«

Max schüttelte den Kopf. »G'schmarri, aber vielleicht gibt's Ärger, wenn der was mitkriegt.«

»Ach was.« Kathi ging hinein und rief wie zuvor: »Julius?« Diesmal klang sie allerdings etwas dringlicher.

In der Werkstatt sah sie zwei Lehrbuben sowie zwei ältere Männer, die ihr keine Beachtung schenkten, und einen jungen Kerl, der meinte: »Bei uns gibt's keinen Julius, aber beim Hildebrandt Friedl.«

»Und wo finde ich den Hildebrandt?«

»Den Berg runter, in der nächsten Seitenstraße links. Das ist die Hundsgasse. Was willst'n vom Julius?« Er grinste anzüglich, blickte sich kurz nach den anderen um und kam dann näher. »Ist der nicht viel zu jung für ein Weib wie dich? Vielleicht willst lieber ein richtiges Mannsbild?« Nun putzte er sich auch noch die Hände an einem Tüchlein ab, ganz so, als wollte er sie gleich betatschen.

Unwillkürlich trat sie einen Schritt zurück. »Ich hab schon ein richtiges Mannsbild.«

»So, so.« Er grinste und schien ihr kein Wort zu glauben.

»Max!«

Schon flog die Tür auf und ihr Gatte kam herein. »Was gibt's, Kathi? Ist das der Kerl?« Langsam hob er das Schwert.

Schnell schüttelte der Schmied den Kopf. »Ich? Was? Nein!«

»Was ist denn hier los?«, rief ein alter Mann mit mächtig langem Bart von oben auf der Treppe. »Ein Stadtknecht in meiner Werkstatt?«

Das war bestimmt dieser Ratsfreund, was auch immer das bedeutete. »Nichts!«, rief Kathi. »Wir sind gleich weg.« Dann zischte sie den Gesellen an: »Unverschämter Kerl, so verkaufst du bestimmt keinen Schmuck.«

Er hatte immerhin den Anstand, etwas verlegen dreinzuschauen, aber vermutlich nur, weil Max sich neben ihr aufbaute. Schließlich murmelte er: »Tut mir leid, aber du schaust nicht so aus, als könntest dir Goldschmuck leisten, eher als tätst Geld brauchen.«

»Pah, hast du eine Ahnung! Ich arbeite für den Kaiser.« Das zeigte Wirkung, und sie hatte nicht einmal gelogen. Diesmal grinste *sie* frech.

»Was?« Der Goldschmied starrte sie beinah ehrfürchtig an, dann ließ er den Blick über ihr schäbiges Kleid gleiten.

»Auch ein Kaiser zahlt nicht gern zu viel«, sagte sie schnippisch.

»Ist er wieder in der Stadt? Ich hab nichts mitgekriegt.« Unsicher sah er sich um, dann die Treppe hinauf. »Der war ja schon mal hier, beim Meister Wenzel, da haben wir vorher zwei Tage lang sauber gemacht.«

Sie schnaubte verächtlich und schritt hoch erhobenen Hauptes hinaus in die Kälte. Max folgte ihr und zog sie glucksend in die Arme. »Für den Kaiser arbeitest du?« Nun schüttelte es ihn so sehr vor Lachen, dass er sie losließ.

Kathi schob ihren Arm unter seinen. »Beruhig dich, mein Schatz. Du bist mir deswegen noch lange nicht zu gering.«

Wieder prustete Max. Keuchend stieß er hervor: »Denkst du, der stellt mich als Leibgarde ein?«

Jetzt lachte Kathi mit, doch dann wurde ihr klar, dass der Kaiser, von dem sie sprachen, vielleicht gar keinen Schutz verdiente. »Reden wir erst mal mit Julius. Der arbeitet angeblich für einen Schmied namens Hildebrandt.« Sie führte ihn in die Hundsgasse.

»Bestimmt erkundigt sich Jamnitzer in der Kriegsstube, was ich bei ihm gewollt hab«, sagte Max.

»Meinst du, das interessiert ihn?«

»Spätestens, wenn er die Mär vom Kaiser hört.« Wieder gackerte Max los.

Kathi knuffte ihn. »Ich hab nicht gelogen. Und nun reiß dich zusammen, wir sind da.«

Ihr Mann wischte sich Tränen aus den Augen, atmete tief durch und machte ein ernstes Gesicht. »Vielleicht sollte ich gleich mit reingehen, damit ich nichts verpasse.« Seine Mundwinkel zuckten.

»Du bleibst schön hier und schiebst Wache.« Kathi holte auch tief Luft. Nun durfte sie nicht leichtsinnig werden, falls Julius wirklich hier arbeitete. Und wenn er ihr einen falschen Namen genannt hatte? Kurz blieb sie stehen und dachte nach. Nein, wenn er etwas zu verheimlichen hatte, hätte er sich eher als Hans oder Jorgen ausgegeben. Von denen gab es viel mehr.

»Keine Angst, du machst das schon«, raunte Max und stellte sich neben der Tür an die Wand.

Sie ging hinein und sah sich um. An der Feuerstelle stand ein Mann mit dem Rücken zu ihr und schlug auf etwas ein. Die dunklen, zottigen Haare passten. An einem Werktisch arbeitete ein älterer Mann an einer Kette, während ein Junge in einem Holzkästchen herumfummelte. Kathi ging zaghaft weiter hinein in den Raum und rief: »Julius.«

Der Kopf des Mannes an der Feuerstelle schnellte herum. Das war er! Er ließ den Hammer sinken. Sein Blick huschte durch die Werkstatt, so als suchte er nach einem Fluchtweg.

»Ich muss nur kurz mit dir reden«, sagte sie ganz ruhig.

Der ältere Schmied musterte sie neugierig. »Der soll was arbeiten, treibt sich schon genug in der Gegend herum.«

»Aber ich darf kurz mit ihm sprechen, wenn er dabei weiterarbeitet?«

»Dann geh halt hin zu ihm.«

Vorsichtig schob sich Kathi an den Tischen mit Werkzeug und halb fertigem Schmuck vorbei zur Feuerstelle. Die ganze Zeit über behielt Julius sie im Auge, schließlich fauchte er: »Wie hast du mich gefunden?«

»Kaiser hat gesagt, dass du Goldschmied bist. Leicht hast du's mir nicht gemacht. Ich dachte, du willst wissen, wo Clara ist.«

»Beim Henker«, knurrte er. »Bin euch nachgegangen.«

»Hab ich mir schon gedacht. Komm heute Abend hin. Wir müssen reden. Und wenn du wirklich Claras Halbbruder bist, braucht sie dich jetzt.«

Er senkte den Kopf, sodass sie sein Gesicht nicht sehen konnte.

»Bitte Julius, der Schuft soll seine gerechte Strafe kriegen und Clara alle Hilfe, die sie braucht.«

Er nickte langsam, dann sah er sie an. »Clara ist das uneheliche Kind meines Vaters, aber verrat's niemandem.«

Oh, das erklärte natürlich die Heimlichtuerei. Dieses Versprechen konnte sie ihm allerdings nicht geben. »Ich sag's nur, wenn's gar nicht anders geht. Und du kommst heut Abend?«

»Ja. Darf ich da einfach hingehen?«

»Freilich. Der Nachrichter ist auch nur ein Mensch.«

Julius sah sie an, als wäre sie nicht recht bei Sinnen.

Da musste Kathi lachen. »Wirklich, das kannst du mir getrost glauben.«

*

Max beobachtete durch den Türspalt, was sich drinnen abspielte. Der Bursche schien Kathi alles mitzuteilen, was sie hören wollte, aber sowie seine Frau sich umdrehte und zur Tür marschierte, legte er das Werkzeug weg und verschwand nach hinten. Bestimmt gab es einen zweiten Ausgang zu einem Hof. Max rannte zur nächsten Ecke, bog in eine schmale Gasse und erreichte von dort den Hinterhof. Tatsächlich, da kam der Strolch mit einem kleinen Bündel heraus. Max schlich zum Brunnen und duckte sich hinter die Umfassungsmauer. Als der Kerl an ihm vorbeilaufen wollte, packte er seinen Knöchel und brachte ihn zu Fall. Max sprang auf und drückte ihm die Spitze seines Schwertes in den Rücken. »Wohin so eilig? Hast du nicht eine Verabredung mit dem Henker?«

Der Kerl fluchte gotteslästerlich, dann jammerte er: »Ich hab nichts getan.«

»Das werden wir sehen.« Max löste die Eisenschellen von seinem Gürtel und legte sie dem Gesellen hinter dem Rücken um die Handgelenke. Überraschenderweise versuchte der gar nicht mehr, sich zu wehren. »Steh auf.« Max hob das Bündel auf und legte es sich um die

Schulter, dann führte er seinen Gefangenen zurück zur Straße, wobei er sich dicht hinter ihm hielt. Schließlich musste nicht jeder mitkriegen, dass er den Burschen in Eisen abführte, falls er sich nichts hatte zuschulden kommen lassen. An der Kreuzung stand Kathi und wirkte recht ratlos, bis sie in ihre Richtung blickte. Da klappte ihr Mund auf; die Augen wurden rund.

Max grinste. »Er wollte schon wieder abhauen, da hab ich ihn mir geschnappt.«

»Aber wie hast du das gemerkt?«

»Ich hab euch beobachtet, und als er nach hinten verschwunden ist, hab ich lieber nachgeschaut.«

»Und jetzt?«

»Bringen wir ihn zum Nachrichter.«

»Nein, bitte, bringt mich lieber ins Loch«, wimmerte Julius.

Kathi packte ihn am Wams. »Dann warst du es doch. Du hast Clara so zugerichtet!« In diesem Moment sah sie wirklich einschüchternd aus.

Der Kerl schrumpfte immer mehr unter ihrem Blick, schüttelte aber den Kopf. »Nein, ich hätt ihr niemals was angetan.«

Max zog ihn am Arm. »Dann kommst du jetzt einfach mit und machst keinen Ärger.«

*

Marias Beruhigungstrank hatte Wirkung gezeigt. Das Mägdlein ließ sich klaglos auf der Pritsche im Behandlungszimmer nieder, und Maria deckte sie zu. Frantz seufzte erleichtert. Für eine Nacht mochte es gehen, dass Clara dort schlief, aber für die folgenden Nächte sollten sie einen anderen Schlafplatz für sie finden. Um vom Schlafzimmer in die gute Stube oder zum Abtritt im Turm zu gelangen, mussten sie ständig durch dieses Zimmer laufen. Wenn der Turm ein neues Dach bekäme, könnten sie dort eine Gesindestube einrichten, aber die Stadt scheute die Kosten.

Frantz ging in die gute Stube und blickte aus dem Fenster. Just in dem Moment sah er Kathi und Max über die Brücke zum Säumarkt laufen. Zwischen sich führten sie einen dunkelhaarigen Burschen, in dem Frantz den Goldschmied erkannte. Waren sie seiner also endlich habhaft geworden. Das kam ihm zupass. Er stieg möglichst lautlos die Treppe hinunter und wartete unten im Turm auf sie. Das Bürschchen wollte er sich zur Brust nehmen, bevor Clara von seiner Anwesenheit erfuhr.

Max stieß den Goldschmied herein, da baute sich Frantz vor ihnen auf. Durch die Tür fiel gerade so viel Licht, dass sie ihn erkennen mussten. »Da bist du ja endlich, Julius.«

Auch Kathi und Max waren bei seinen Worten zusammengezuckt.

Ihren Schrecken nutzte ihr Gefangener zu einem Fluchtversuch. Er rangelte mit Max, obwohl ihm die Arme auf den Rücken gebunden waren.

»Herr im Himmel, gibt mir die Kraft, den Kerl nicht gleich hier und jetzt zu erschlagen«, sprach Frantz salbungsvoll, und seine Worte taten ihre Wirkung. Der Mann schien zu einem Eisblock zu gefrieren.

Frantz packte ihn hinten am Wams und zerrte ihn zu einem leeren Holzfass, das neben anderem alten Kram hier lagerte. »Hock dich hin und rede.« Beinah hätte er gelächelt, als Kathi und Max sich zu beiden Seiten neben ihm aufbauten.

Julius schaute ihn trotzig an, sagte aber: »Was wollt Ihr wissen?«

»Wer bist du? Was weißt du über den Angriff auf Clara?« Frantz konnte ihn schlucken hören, doch es folgten keine Worte. »Muss ich dich erst in die Folterkammer zerren? Du kannst dir gewiss sein, ich bekomme immer Antworten.«

»Ich weiß nicht, wer ihr das angetan hat, aber ich war's nicht. Ich bin ihr Halbbruder, das weiß nur kaum jemand.«

»Wie kommt's?« Im Kopf malte er sich einige Möglichkeiten aus; keine, die Geheimhaltung erforderte, war besonders schön.

»Mein Vater. Als meine Mutter siech war, ist er bei unserer Magd gelegen. Ich hab's selbst gesehen. Wie's meiner Mutter wieder besser gegangen ist und er mitbekommen hat, was mit der Magd los war, hat er ganz schnell einen Bauern überredet, sie zur Frau zu nehmen. Den hat Clara als ihren Vater kennengelernt. Auf dem Land denkt sich niemand viel dabei, wenn ein Kindlein schon sechs Monate nach der Hochzeit auf die Welt kommt und gar nicht nach einer Frühgeburt ausschaut. Aber ich hab gewusst, wer Clara gezeugt hat.« Er senkte den Kopf. »Jetzt geht's Clara vielleicht genauso. Nur, dass mein Vater keine Gewalt gebraucht hat.« Er zog die Nase hoch. »Ich hätt ihr nie erzählen sollen, dass ich ihr Bruder bin, aber weil meine Mutter nach meiner Geburt keine Kinder mehr kriegen konnte, hab ich keine Geschwister. Nur Clara. Sie hat noch zwei jüngere Brüder, aber ich war immer was Besonderes für sie. Der große Bruder und Sohn eines Goldschmieds.«

»Und das war in Altdorf?«

»Genau. Also, die Clara ist ein Stück außerhalb aufgewachsen, aber gar nicht so weit weg von uns. Wir haben uns oft gesehen, meistens heimlich, weil sie ja doch fünf Jahre jünger ist. Hätt schon komisch ausgeschaut. Mein Vater hat mich nach meiner Lehre nach Nürnberg geschickt, damit ich von den besten Goldschmieden des Reichs lerne.« Er schnaubte ein Lachen. »Der Jamnitzer hat mich damals leider nicht genommen, aber dem Hildebrandt hab ich getaugt. Jetzt wirft mich der wahrscheinlich raus.«

»Warum sollte er?«, fragte Frantz ganz nüchtern. Zu früh, um Mitgefühl zu zeigen. Der Bursche hatte noch einiges zu bekennen.

»Weil ich heut kaum in der Werkstatt war und mich schon wieder nicht abgemeldet hab.«

Daran war der Bursche selbst schuld. »Erzähl weiter. Wie ist die Clara nach Nürnberg gekommen?«

»Letzten Sommer ist ihre Mutter gestorben. Ein Pferd hat sie so blöd in die Brust getreten, dass ihr niemand mehr hat helfen können. Sie war sogar im Spital, aber die gelehrten Doctores konnten ihr nicht helfen. Gebrochene Rippen in der Lunge, haben sie gemeint …«

Da hätte Frantz auch ziemlich hilflos dagestanden. Er konzentrierte sich wieder auf den jungen Mann. »Und weil sie wusste, dass der Bauer nicht ihr wirklicher Vater war, ist sie zu dir nach Nürnberg gekommen?«

»Einfach abgehauen ist sie und bei mir vor der Werkstatt gestanden. Ich hab gar nicht gewusst, was ich mit ihr anfangen soll. Ich teil mir eine Kammer mit einem Lehrbub. Also hab ich versucht, eine Stelle für sie zu finden.«

Frantz atmete tief durch. Jetzt mochte es bitter werden für den jungen Mann. »Und so hast du den Bortenwirker angesprochen?«

Er schüttelte den Kopf. »Ich war grad bei einem Bäcker und hab gefragt, ob er nicht eine Magd brauchen kann. Sie hat sich derweil die Auslagen beim Bortenwirker angeschaut. Sollt niemand gleich sehen, wie jung sie noch ist, deshalb hab ich sie nicht einfach mitgenommen. Da hat Kaiser sie angesprochen und ihr Arbeit unter seinem Dach geboten. Ich hab mich vorsichtshalber rausgehalten, weil ja eigentlich niemand wissen sollt, dass wir Geschwister sind.«

Frantz rieb sich übers Gesicht. Das brachte sie alles nicht weiter. »Wie kam dir der Meister Sebald vor?«

»Irgendwie hat ihm die Clara wohl leidgetan, und gemocht wird er sie auch haben.« Seine Augen glänzten feucht im Halbdunkel. »So ein richtiges Kind vom Lande, das ist sie. Hat nie was Böses von jemandem erwartet.«

Frantzens Blick glitt unwillkürlich zu Kathi. Sie war zwar in der Stadt aufgewachsen, aber im Findelhaus, und er hatte sich über ihre naive Unschuld nur wundern können. »Verstehe.«

Nun erwiderte Kathi seinen Blick und runzelte die Stirn. Er konnte sich ein Schmunzeln nicht verkneifen, doch sie schien nicht zu ahnen, woran er dachte, denn sie fragte Julius: »Warum willst du sie nicht sehen? Sie ist doch auch für dich was Besonderes.«

»Weil ich schuld bin«, presste er heraus. »Ich hätt ihr was anderes suchen und offen sagen sollen, dass ich ihr Bruder bin. Dass ich jeden verdresche, der ihr was antut.«

Frantz seufzte. »Es ist ja schön, dass du dich für deine Halbschwester verantwortlich fühlst, nur ist sie ganz allein ohne dich. Jetzt kannst du ihr helfen und darfst dich nicht davor drücken.«

»Wahrscheinlich wird sie mich nicht sehen wollen.« Er schlug mit den Eisenschellen gegen das Holzfass. »Schon gar nicht so.«

Max trat hinter ihn und nahm ihm die Fesseln ab. »Wenn du wieder davonläufst, verdresch *ich* dich.«

Julius rieb sich die Gelenke. »Mach ich nicht. Hilft ja doch nichts. Ihr wisst jetzt Bescheid.«

»Und das ist auch gut so«, brummte Frantz. Der Lümmel dachte vor allem an sich und sein Elend. Wurde Zeit, dass sich da was änderte. Bevor er ihm jedoch weiter ins Gewissen reden konnte, ging Kathi vor Julius in die Hocke und legte eine Hand auf sein Knie. »Was denkst du, warum will Clara nicht verraten, wer sie missbraucht hat?«

Julius schnaubte. »Weil ihre Mutter auch nie was gesagt hat?«

»Hm.« Das war eine mögliche Erklärung, und dann war ihr Bruder genau der Richtige, um sie zu überzeugen. »Deshalb wirst du jetzt zu ihr gehen. Du warst damals der Einzige, der ihr die Wahrheit über ihre Herkunft verraten hat. Dir wird sie sich anvertrauen.«

Auf wackeligen Beinen erhob sich der Bursche und sah ihn lange an. Dann nickte er. »Ihr habt recht, Meister Frantz.«

Nacheinander schritten sie die Stufen hoch, Frantz als Hausherr voran. Er war sich sicher, dass Max als Letzter ging, falls Julius doch noch das Weite suchte, während Kathi sich in dessen Nähe halten würde, um ihm gegebenenfalls gut zuzureden.

Er öffnete die Tür zur Brückenwohnung. Maria schenkte ihm ein müdes Lächeln und wollte etwas sagen, als sie die Besucher in die gute Stube treten sah.

»Maria, das ist Julius, der Halbbruder von Clara«, sagte er.

Da strahlte seine Frau, lief zu dem Burschen und berührte seinen Arm. »Sie wird sich freuen, dich zu sehen. Clara hat mir von dir erzählt, vielmehr nach dir gefragt. Sie wollte wissen, ob du sie hier finden würdest.«

»Mehr hat sie noch nicht verraten?«, fragte Julius zaghaft.

Maria schüttelte den Kopf und verzog das Gesicht. »Egal, was ich sage, sie will nicht. Meint, es müsse ein Geheimnis bleiben.«

Frantz sah Julius an. »Du verstehst sie am besten. Geh zu ihr.«

»Sie schläft jetzt wahrscheinlich«, wandte Maria ein.

Frantz legte einen Arm auf ihren Rücken. »Hinterher wird sie noch besser schlafen.« Dann nickte er zur Tür und sah Julius an.

»Soll ich mitkommen?«, fragte Kathi.

Zu viele Glucken, dachte Frantz, sagte aber schlicht: »Lass die beiden allein.«

Der Täter

Kathi konnte ihre Neugier kaum im Zaum halten. Wie gern würde sie ihr Ohr an die Tür pressen, aber Meister Frantz würde das sicherlich nicht billigen, Maria noch weniger. So saß Kathi nur neben Max auf der Bank und knetete dessen Hand. In der Stille erklang das Gurgeln im Bauch ihres Mannes überlaut. Der Arme!

Maria musste es auch gehört haben, obwohl sie am anderen Ende des Tisches saß, denn sie sagte: »Nun kann ich euch nicht mal was zu essen oder zu trinken anbieten, ohne die beiden zu stören. Sehr praktisch ist die Wohnung nicht, dafür aber groß.«

»Vielleicht wird Clara nur diese eine Nacht hier schlafen«, sagte ihr Mann und blickte zum Fenster hinaus. »Wird schon langsam finster.«

Max räusperte sich. »Falls sie Julius den Namen ihres Schänders verrät, soll ich den Schurken dann heute noch verhaften oder erst morgen, nachdem sie offiziell Anzeige erstattet hat?«

Meister Frantz rieb sich über den wohlgestutzten Kinnbart. »Im Rathaus wird niemand mehr sein, um die Anzeige aufzunehmen. Warten wir mal ab, ob sie überhaupt was sagt und wer es ist. Hat er viel zu verlieren, wird er nicht einfach abhauen.«

Kathi sprach aus, was ihr im Kopf herumgegangen war, seit Julius ihnen von Claras Mutter und seinem Vater erzählt hatte: »Bestimmt war's der Bortenwirker. Als seine Magd hat sie sich noch mehr an ihre Mutter erinnert gefühlt – und zum Schweigen verpflichtet.«

Meister Frantz nickte. »Das glaub ich auch, aber vielleicht gibt es ja noch jemanden, von dem wir nichts wissen.«

Sie sprach ihre nächste Befürchtung aus: »Wenn er's war, könnte er vorgeben, seiner Frau ins Wildbad nachzureisen, ohne groß Verdacht zu erregen.«

»Und seine Werkstatt dem Gesellen und seinem Sohn überlassen?«, fragte Max.

»Vielleicht. Mit seinem Ersparten im Gepäck könnte er die Flucht ergreifen.« Besser das, als dem Richtschwert gegenüberzustehen. Kathi erhob sich und ging hin und her. »Oh, ich höre Vitus krähen.«

»Dann muss ich die beiden jetzt sowieso stören«, antwortete Maria.

»Ist vielleicht auch besser so«, brummte Meister Frantz. »Sonst hocken wir hier noch ewig.«

»Dann schau ich gleich mal nach den beiden«, sagte Kathi mit Bestimmtheit. Zu ihrer Überraschung widersprach diesmal niemand.

Maria klopfte sacht und öffnete dann die Tür. Kathi folgte ihr auf dem Fuße. Clara lag noch immer auf der Pritsche, während Julius auf dem Boden neben ihr kniete, einen Arm um sie geschlungen.

Jetzt wandte er ihnen das Gesicht zu, auf dem Tränen glänzten. »Meister Sebald war's. Sie hat es mir gestanden.«

Genau, was Kathi befürchtet hatte. Sie war froh, dass das Mädchen endlich den Mund aufgemacht hatte, und doch sorgte sie sich zugleich, was dies für die Kaiserin, deren Sohn und das Gesinde bedeutete. Um Clara nicht aufzuregen, nickte sie nur. »Es ist gut. Clara braucht jetzt Ruhe.«

Das Mädchen richtete sich halb auf. Wild schüttelte sie den Kopf. »Julius soll mich nicht verlassen!«, rief sie.

Ihr Bruder flehte: »Darf ich heute Nacht auch hier schlafen?«

»Natürlich«, sagte Maria. »Aber wir müssen immer wieder hier durch. Und eine zweite Pritsche haben wir auch nicht.«

»Macht nichts, ich schlaf auf dem Boden.«

»Bestimmt habt ihr Hunger. Kommt einfach rüber zu uns.«

Clara sank zurück aufs Lager. »Ich krieg nichts runter, will schlafen.«

Betroffen ging Kathi zurück in die gute Stube. Die beiden Männer schauten ihr erwartungsvoll entgegen. »Julius sagt, dass Kaiser es war. Ich helf Maria mit dem Essen, während ihr überlegt, was zu tun ist.«

»Zu Befehl«, sagte Meister Frantz und grinste sie an.

Da musste auch Kathi lächeln und ging zur Küche, wo Maria mit Vitus auf der Hüfte auch noch einen Krug Bier und Becher zu tragen versuchte. »Lass mich das nehmen. Wir müssen uns alle stärken, vor allem Max scheint halb verhungert. Was bin ich doch für eine schlechte Ehewirtin.«

Maria lächelte. »Ein gefüllter Bauch ist nicht alles.«

*

Max drehte sich zu Meister Frantz herum, der am schmalen Ende des Tisches saß. »So ein Hundesohn! Nicht auszudenken, dass Kathi bei dem Mann ein- und ausgegangen ist! Mir ist nicht wohl dabei, ihn diese Nacht noch ungeschoren zu lassen. Wenn er abhaut …«

Der Henker nickte. »Holen wir ihn uns. Aber erst musst du essen.«

Da kam Maria herein und reichte ihrem Mann das Kind. »Stärkung ist unterwegs.« Schon verschwand sie wieder.

Kathi brachte Bier und Becher, kurz darauf kehrte die Henkerin mit Brot, Käse und kaltem Braten zurück. Hinter ihr kam Julius hereingeschlurft. Er hatte nichts mehr von dem jungen Mann an sich, der ihnen ständig zu entwischen versuchte.

»Iss auch was«, sagte Meister Frantz.

Der Junge nickte und ließ sich auf dem zweiten Stuhl nieder. »Verhaftet Ihr das Schwein jetzt?«, fragte er und blickte Max voller Hoffnung an.

»Ja, aber vorher muss ich was essen, sonst fall ich um.«

»Darf ich mitkommen?« Scheu blickte er zum Nachrichter.

Der antwortete mit einem Nicken und ließ seinen Sohn zu Boden gleiten, bevor er sich seinem Abendmahl zuwandte.

Während die anderen ziemlich lustlos und langsam zugriffen, schlang Max seine Scheibe Brot mit Käse und Braten hinunter. Er wollte den Kerl so schnell wie möglich im Loch wissen. Niemand sprach, nur das vergnügte Quieken des Buben, der unter dem Tisch herumkrabbelte und Maxens Stiefel betatschte, war zu hören. Sowie Max den letzten Bissen hinuntergewürgt hatte, nickte er Meister Frantz und Julius zu. Die beiden standen sofort auf. Auch Kathi erhob sich, damit Max von der Bank rutschen konnte.

Maria meinte: »Später werdet ihr hoffentlich mehr Appetit haben.«

Max nahm sein Schwertgehänge vom Haken an der Wand und hoffte, keinen Gebrauch von der Waffe machen zu müssen. Auch wenn der Schuft es verdient hatte, ihm wäre es lieber, wenn Kaiser eine anständige Hinrichtung bekäme, um andere von seiner Sorte abzuschrecken. Er sah zu Meister Frantz, der sein Schwert nur an Richttagen trug. Stattdessen steckte der Nachrichter einen kurzen Dolch in den Gürtel, und Max gestand sich ein, dass er das Töten lieber diesem Mann überließ. Um die Abschreckung ging es ihm gar nicht so sehr, sondern um sein Seelenheil. Dennoch durfte Kaiser nicht ungestraft davonkommen.

Meister Frantz schritt voraus, Julius hinterher. Diesmal war es Max egal, ob der Bursche ausbüxte, aber er schien inzwischen Zutrauen zu ihnen gefasst zu haben.

Sie marschierten durch die finsteren Gassen. Max war froh um jedes Wegstück, das von Talglichtern erhellt wurde. Die Laternen baumelten über ihren Köpfen an über die Straße gespannten Drähten. Als sie sich dem Milchmarkt näherten, fragte Julius: »Wird Clara alles erzählen müssen?«

Der Nachrichter kam ihm mit einer Antwort zuvor. »Sie muss nur wahrheitsgemäß erzählen, was er ihr angetan hat. Ihre Herkunft geht niemanden etwas an. Der Bauer ist ihr Vater; sie wollte in der großen Stadt ein besseres Leben finden. Du kennst sie aus Altdorf, die Tochter eurer ehemaligen Magd, da hast du dich ein wenig um sie gekümmert.«

»Danke«, keuchte er. »Und wenn sie gefragt wird, warum sie ihn nicht gleich angezeigt hat?«

»Angst, dass er ihr noch einmal etwas antut. Sie hat schließlich in seinem Haus gelebt, was eigentlich bedeuten sollte: unter seinem Schutz. Und keine Sorge, der Mann wird gestehen, wenn er erst mal im Loch verhaftet ist. Dann werden die Schöffen Clara nicht mehr viele Fragen stellen.«

Ein Schauder lief Max über den Rücken, als er an die grausigen

Folterinstrumente in der Kapelle dachte. Die hatte ihm Meister Frantz damals sehr überzeugend vorgestellt, nachdem Max in Kathis Zelle erwischt worden war.

Nun hatten sie das Haus des Bortenwirkers erreicht, des Mannes, für den auch seine Frau gearbeitet hatte! Max musste sich sehr beherrschen, die Tür nicht einzutreten. Stattdessen pochte er nur. Viel zu laut klang seine Faust auf dem dicken Holz, und doch dauerte es lange, bis eine Frau den Kopf herausstreckte. Zuerst fiel ihr Blick auf seine Stadtknechtstracht, dann auf den Nachrichter. Sofort schwang die Tür auf. »Ihr kommt ihn holen?«

Bevor Max antworten konnte, fragte Meister Frantz: »Wen meinst du, Barbara?«

»Meister Sebald.«

Die Magd wusste also, dass ihr Herr es gewesen war! Zumindest geahnt haben musste sie es. »Ist er zu Hause?«, fragte Max.

Sie schüttelte den Kopf. »Er ist ins Wirtshaus.«

Gut, dann hatte er nicht die Stadt verlassen. »In welches?«

»In die Fette Gans, zum Neubauer.«

Max sah den Nachrichter an. Ein versonnenes Lächeln breitete sich über dessen Gesicht.

»Wie geht's Clara?«, fragte Barbara.

»Besser«, knurrte Julius und trat in den schwachen Lichtschein, der aus dem Haus fiel. »Bald noch besser.«

Die Magd musterte ihn überrascht. »Dem Herrn sei Dank!« Dann schloss sie schnell die Tür.

»Gehen wir«, brummte Meister Frantz, und sie folgten ihm. An der nächsten Hausecke drehte er sich zu ihnen um. »Ihr geht weiter zum Neubauer und schaut nach, ob er wirklich dort ist. Ich behalte das Haus im Auge. Barbara hat es recht eilig gehabt, uns loszuwerden.«

»Stimmt«, meinte Julius bitter. »Vielleicht hilft sie dem Mistkerl. Sie könnte die Erste gewesen sein, zu der er sich ins Bett geschlichen hat.«

Max zog ihn am Ärmel. »Gehen wir, bevor er uns entwischt.«

»Was, wenn er schon auf dem Heimweg ist?«, fragte Julius.

»Dann schnappe ich ihn mir«, sprach Meister Frantz und zog den Dolch ein Stück aus der Scheide.

Julius nickte. »Wir sollten uns aufteilen. Ich schau schnell bei meinem Meister rein und sag ihm, dass ich gebraucht werde, und geh dann über die Fleischbrücke zu Fetten Gans. Max, du läufst über die Barfüßerbrücke für den Fall, dass Kaiser den Weg nimmt.«

»Klingt vernünftig«, meinte Max. »Wir treffen uns dann vor der Wirtschaft.«

»Gut.«

Auf dem Weg zur Barfüßerbrücke kam Max am Rathaus vorbei. Das Tor war zwar geschlossen, aber die Fensterläden der Kanzleistube standen noch offen. Schwaches Licht von Talglampen schien durch die Butzenscheiben. Lange würde es wohl nicht mehr dauern, bis auch der Letzte gegangen war. Nun, der Lochhüter wohnte direkt über dem Verlies und könnte den Delinquenten schon noch in Gewahrsam nehmen. Als er die Schützenstube passierte, überlegte Max kurz, einen seiner früheren Kameraden um Hilfe zu bitten, ließ den Gedanken aber fallen. Der Bortenwirker dürfte ihnen kaum Schwierigkeiten bereiten, und zur Not gab es ja noch Schankknecht Lucas. Dem Mann konnte er vertrauen, schließlich hatte der damals geholfen, seine und Kathis Unschuld zu beweisen. Außerdem sah Julius recht kräftig aus, und Max hatte sein Schwert und die Eisen.

Er überquerte die Pegnitz zur Sankt Lorenzer Seite hinüber. Nun musste er nur noch ein Stück am Fluss entlang bis zum Oberen Wehr laufen. Max kannte sich in der Gegend bestens aus. Im Gasthaus Zur Fetten Gans hatten Kathi und er einige Tage gewohnt, nachdem sie aus dem Loch entlassen worden waren.

Am Wirtshaustor musste er nicht lange auf Julius warten, der sogleich fragte: »Soll ich erst mal reinschauen, ob er da ist?«

»Ach was, vor dir wird er noch eher abhauen als vor mir. Dem bist du schon aufgefallen, und er weiß, dass du Goldschmied bist. Vermutlich hat er längst ausgeschnüffelt, wo du arbeitest, aber uns nichts verraten. Wir tun erst mal so, als wollten wir nach Feierabend einfach etwas trinken.« Max ging voraus und erblickte sofort Lucas beim Bierzapfen. Der grinste, als sich ihre Blicke trafen. Vom Neubauer war nichts zu sehen.

Julius zupfte ihn am Ärmel. »Hocken wir uns da hin?« Er deutete auf eine freie Bank. Leise fügte er hinzu: »Ich seh ihn nicht, aber er könnte ja auf dem Abort sein.«

Max nickte, und sie ließen sich an dem Tisch in der Nähe des Ausgangs nieder. Da kam auch schon Lucas vorbei, drei Krüge in jeder Hand stemmend. »Bier oder Wein?«

»Bier«, sagte Max, schließlich mussten sie nüchtern bleiben.

Lucas verteilte die Krüge an einem Tisch, der mit Männern unterschiedlichen Alters besetzt war, vermutlich Auswärtige. Sie sahen eher aus wie Händler, nicht wie Handwerker.

Max wandte sich an Julius. »Und, wie hat der Hildebrandt reagiert?«

»Geschimpft hat er, aber ich hab gesagt, dass mich ein Stadtknecht geholt hat, um beim Aufklären eines Verbrechens zu helfen.«

»Gut so.«

Als Lucas zurückhasten wollte, um ihre Getränke zu zapfen, hielt

Max ihn am Arm fest. »Kennst du den Bortenwirker Sebald Kaiser?«

»Freilich, der war heut Abend hier, ist aber vorhin aufgebrochen.«

»Seit wann ist er schon weg?«

Lucas zuckte die Schultern, sah sich kurz im Raum um, dann sagte er: »Nicht lange.«

»Hat er was gesagt, wohin er will?«

»Nein, aber bestimmt ist er heim, sonst wär er doch hier geblieben.«

Heim ... wo Meister Frantz ihn erwartete. Ganz allein. Verflucht. »Vergiss das Bier, wir müssen weg.« Er sprang auf.

Lucas blickte verärgert drein und ging schimpfend zurück zum Ausschank. Max wunderte sich über das Benehmen des Mannes, der ihm fast ein Freund war, doch dann fiel ihm ein, dass Lucas ja heimlicher Kundschafter des Rates war. Das durfte nur niemand wissen, sonst würden die Gäste sich eine andere Wirtschaft suchen, wo man sich nicht umschauen musste, ehe man was sagte. Bestimmt wollte Lucas nicht in Verruf geraten, einer zu sein, der Ordnungshütern Hinweise gab. Aber das war im Moment die geringste Sorge. Kaiser war gefährlich, das wusste niemand besser als Clara.

Draußen schlug ihnen die Nachtluft entgegen, und er zog sein Wams enger. »Verfluchte Kälte, wann wird's endlich Frühling?«

»Kann's auch kaum erwarten«, murmelte Julius.

»Psst!«, zischte es hinter ihm.

Max wirbelte herum. »Lucas?« Ein dunkler Schopf ragte über die Mauer zum Hof der Fetten Gans.

»Wer sonst?« Lucas öffnete die Hoftür einen Spalt und schlüpfte hindurch.

»Was ist?«, fragte Max.

Lucas sah zu Julius. »Kann ich vor dem reden?«

»Ja.«

»Kaiser hat eben ganz schön das Maul aufgerissen. Er hat kaum was getrunken, sich aber benommen, als wär er stockbesoffen, und hat fleißig einen anderen Kerl abgefüllt, den ich nicht kenne. Erst hat er groß lamentiert, was seiner Magd passiert ist, und dann, dass er überhaupt nicht verstehen kann, wie jemand dem Mädel so was antun kann. Ist ja noch ein Kind, nichts für einen echten Mann.« Lucas schnaubte. »Und wie um zu beweisen, dass er einer ist, hat er immer wieder der Schankmagd auf den Hintern geklatscht. Der Lisbeth. Kennst die?«

Max schüttelte den Kopf. »Nein. Warum hat sie ihm keine runtergehauen?«

Lucas lachte. »Lang hätt's nicht mehr gedauert. Die ist fast so groß wie ich, sehr kräftig und ...« Er formte mit den Händen Kurven in der Luft.

Max schnaubte. »Der Mann will sich wohl als Liebhaber gestandener Weibsbilder zeigen. Danke, Lucas, wir müssen weiter, sonst haut uns der Lump noch ab.«

»Dann war er's?«

»Freilich.«

*

Während Frantz in der finsteren Gasse stand und fror, wurde ihm bewusst, dass es ewig dauern konnte, bis Max und Julius zurückkehrten, falls sie den Bortenwirker gleich ins Loch werfen ließen und auch noch dem Lochwirt eine ausführliche Begründung geben mussten. Ein paar Häuser weiter, auf der anderen Straßenseite gab es eine Garküche. Dort könnte er sich eine Suppe kaufen, die ihn wärmen würde.

Zwei Männer wankten mit unsicheren Schritten an ihm vorbei und lallten einander etwas zu. So früh schon betrunken? Er drückte sich gegen die Wand, um nicht aufzufallen. War der eine nicht Sebald Kaiser? Nun trat Frantz doch auf die Straße und ging den Männern nach. Vor der Werkstatt des Bortenwirkers blieben sie tatsächlich stehen und redeten weiter.

Was jetzt? So berauscht, wie die beiden waren, würden sie vielleicht nicht einmal vor dem Nachrichter zurückschrecken, und Frantz müsste es eventuell mit zweien statt nur einem Gegner aufnehmen. Wie sollte er Meister Sebald da verhaften? Am besten wartete er ab, bis Max und Julius zurückkehrten. Auch wenn der Bortenwirker bis dahin schon in seinen eigenen vier Wänden weilte, hätten sie gemeinsam weniger Schwierigkeiten, den Mann festzunehmen. Er zog seinen breitkrempigen Hut tiefer ins Gesicht, als er an den beiden vorbeischlenderte.

»Ja, pack noch schnell was zusammen«, sagte Kaiser, der für einen Betrunkenen plötzlich recht klar sprach. »Ich bin gleich bei dir.«

Der Mann wollte verschwinden! Vermutlich hatte er nur noch bis zum Einbruch der Dunkelheit gewartet. Doch bald würden die Stadttore geschlossen werden. Die beiden mussten sich beeilen – und er umso mehr. Nachdem er sich einige Schritte entfernt hatte, wagte er einen Blick über die Schulter. Der Unbekannte torkelte jetzt in seine Richtung davon, während Kaiser an der Haustür hantierte. Frantz stieß einen Seufzer aus und kehrte um. Vor sich hin murmelnd, als hätte er etwas vergessen, ging er auf den Bortenwirker zu und lugte unter der breiten Krempe seines Huts hervor. Der Mann ließ das Tor aufschwingen. Frantz zog den Dolch, machte zwei lange Sätze und schlüpfte hinter Kaiser in die Werkstatt. Im nächsten Moment drückte er die Klinge gegen den Rücken des Mannes.

»Was? Wer? Räuber! Diebe! Hilfe!«, brüllte dieser.

Frantz packte ihn an der Schulter und drehte ihn herum, ihm die

Waffe vor die Nase haltend. Dessen Augen weiteten sich wie die eines gestochenen Kalbs, als er ihn im Licht einer Wandfackel erkannte. »Meister Frantz! Was ... was wollt Ihr?«

Von der Treppe im hinteren Teil des Raums waren Schritte und flüsternde Stimmen zu hören. Frantz schlug das Herz bis zum Hals hinauf. Was, wenn der Bortenwirkersohn oder der grobschlächtige Geselle ihrem Meister zu Hilfe kamen?

»Was geht hier vor?«, rief jemand, der kieksenden Stimme nach der junge Cuntz.

Frantz drückte den Kaiser gegen die Wand und setzte ihm die Klinge an den Hals, bevor er es wagte, über die Schulter zu blicken. »Bleibt zurück. Meister Sebald wird verhaftet. Er hat Clara missbraucht. Sie hat alles erzählt.«

Ein Schatten tauchte hinter dem Lehrbub auf – ein verdammt großer Schatten: Barthel.

»Zurück!«, rief Frantz.

Der Geselle knurrte wie ein angriffslustiger Hund. »Drecksau!«, zischte er und kam immer näher.

Frantz blieb nichts anderes übrig, als sich halb umzudrehen, um dem Kerl nicht seinen schutzlosen Rücken darzubieten. Die Hände zu Fäusten geballt stampfte Barthel heran. Mordlust funkelte in seinen Augen, und sein Blick galt Sebald Kaiser.

Frantz musste ihn aufhalten, bevor der Mann sich versündigte. Er richtete die Klinge gegen ihn. »Zurück, Barthel. Ich bin der Nachrichter, ich werde ihn seiner gerechten Strafe zuführen.«

Kurz blinzelte der Brocken von einem Mann, schien zu zögern. Kaisers Faust traf Frantzens Arm. Der Dolch fiel ihm aus der Hand. Der vermaledeite Bortenwirker stieß ihn zur Seite und sprang zur offenen Tür, doch da blitzte ein Schwert auf. »Wohin so eilig?«, rief Max Leinfelder.

Frantz hatte noch nie so gern diese Stimme gehört. Er entspannte sich und hob den Dolch auf. Barthel stand mit geballten Fäusten da und starrte seinen Meister an, als wollte er immer noch auf ihn losgehen, obwohl ein Stadtknecht gerade Sebald Kaiser die Eisen anlegte. Frantz packte mit einer Hand Barthels Schulter. »Ganz ruhig, der entkommt seiner Strafe nicht.«

Barthel zog die Nase hoch. »Ich hätt ihn erschlagen.«

»Ich weiß, aber dann hätte ich dich richten müssen, nicht ihn.«

Als sich der Geselle endlich ihm zuwandte, standen ihm Tränen in den Augen. »Danke«, flüsterte er.

Der Bastard des Goldschmieds

Mittwoch, 4. April 1582

Früh am Morgen holte Kathi zusammen mit Max die Geschwister im Henkerhaus ab, um sie zum Rathaus zu begleiten. Sie hielt Claras Hand. Sicherlich graute ihr davor, den hohen Herren zu erzählen, was ihr Meister Sebald angetan hatte.

»Vielleicht sollte ich lieber nicht mit reingehen«, sagte Julius unvermittelt und blieb stehen.

»Ja, du solltest lieber zusehen, dass du in die Werkstatt kommst, sonst wirft dich der Hildebrandt raus«, erwiderte Max. »Gestern hast du zwar eine Entschuldigung gehabt, doch allmählich könntest du die Geduld deines Meisters überstrapazieren.«

»Aber wenn sie Clara nicht glauben ... Ich muss ihnen sagen, dass sie meine Schwester ist.«

Kathi antwortete: »Als Goldschmied bist du so oder so ein guter Leumundszeuge. Spielt keine Rolle, ob du ihr Bruder oder ein Jugendfreund bist. Niemand braucht zu erfahren, dass ihr verwandt seid.«

Verwirrt drehte sich Clara zu ihnen um. »Was redet ihr?«

Kathi drückte ihre Hand. »Muss doch niemand wissen, dass du ein Bastard bist, auch wenn es schön ist, dass dein Bruder für dich einsteht. Ist trotzdem besser, wenn du einfach nur die Tochter eines Altdorfer Bauern bist.«

»Ich versteh schon. Muss froh sein, dass mir die Schande meiner unzüchtigen Eltern nicht nachhängt, weil er mich so gut untergebracht hat.« Sie lachte auf, aber es klang gar bitter. »Und jetzt bin ich die Metze des Bortenwirkers.«

Kathi zog sie in ihre Arme. »Schweig, Clara. Du bist nichts dergleichen, nur eine junge Maid, die zu lange geschwiegen hat. Kaiser ist der Verbrecher.«

Die Kleine schluchzte an ihrer Brust und fing an zu zittern.

»Du hast keine Schuld«, flüsterte sie ihr zu.

»Aber ich bin und bleib ein Bastard«, murmelte Clara. »Deshalb hat er sich getraut.«

Kathi schob sie ein Stück von sich, legte einen Finger unter ihr Kinn und hob es an. »Und ich bin ein Findel. Meine Eltern könnten alles Mögliche gewesen sein, meine Mutter eine Hure, der Vater ein Dieb und Mörder. Vielleicht hat er mit ihr Notzucht getrieben, und sie hat mich deswegen in einen Korb gelegt und die Pegnitz hinab in die Freie Reichsstadt treiben lassen.«

Claras Augen rundeten sich vor Überraschung; sie öffnete den Mund, doch sie sagte nichts.

Kathi holte ein Tüchlein hervor und wischte ihr die tränenfeuchten Wangen ab. »Wir sind nicht nur die Kinder unserer Eltern. Wir müssen selbst etwas aus unserem Leben machen.«

Max legte seinen Arm um Kathi. »Und ich hätte keine bessere Frau als dieses Findelkind kriegen können, egal wer ihre Eltern waren.«

Ein zaghaftes Lächeln zeigte sich in Claras Gesicht. »Ich will's versuchen.«

»Und ich werde dir dabei helfen«, sagte Julius, der nun einen Arm um seine Schwester legte.

»Aber du solltest wirklich zur Arbeit gehen!«, erkannte jetzt auch Clara.

»Genau«, stimmte Max zu. »Wir holen dich dann, falls du gebraucht wirst.«

Julius stöhnte und verzog das Gesicht. »Also gut. Viel Glück, Clara.« Er drückte seine Schwester an sich und stapfte davon.

Gemächlich gingen sie weiter Richtung Rathaus.

»Warum ist Meister Frantz nicht mitgekommen?«, fragte Clara.

»Hat er doch gesagt: Er will lieber daheim sein, wenn man ihn ins Lochgefängnis ruft.«

»Aber er wird doch erst geholt, nachdem ich die Anzeige gemacht habe.«

Kathi verstand es auch nicht recht. Schließlich war der Nachrichter Zeuge von Claras Verletzungen, aber bestimmt hatte er seine Gründe.

Als sie sich der Sandsteinfassade des Rathauses näherten, ging Max ein paar Schritte voraus auf die Schildwachen zu und sagte: »Ich bring die Clara Mülnerin, um gegen den im Loch verhafteten Sebald Kaiser auszusagen.«

»Und was macht deine Frau schon wieder dabei?«, fragte der unangenehme Konrad Rumpler. Kathi konnte den Kerl nicht ausstehen, seit er sie damals am Strick ins Loch geführt hatte.

»Sie ist Zeugin.«

Rumpler grinste. »Dann bring die Weibsleut rein.«

Max führte sie in die Kanzleistube, in der wieder derselbe Schreiber wie neulich hinter dem Tisch saß und bei ihrem Kommen aufblickte. »Servus Leinfelder, ist das die Clara Mülnerin? Der Schaller hat uns schon über den Neuzugang im Loch berichtet.«

»Genau, das ist das Opfer von Bortenwirker Sebald Kaiser.«

Der Schreiber schlug ein Glöcklein an. Kurz darauf eilte ein junger Mann herein. »Was gibt's?«

»Bring die drei in ein freies Zimmer, dann holst du die Lochschöffen und den Lochschreiber.«

»Jawohl.« Mit ernster Miene scheuchte der Bursche sie aus der Kanzleistube hinaus. »Da lang.«

Kathi fragte sich, welche beiden Räte wohl zurzeit den Dienst als Lochschöffen versahen. Da kam ihnen der ehrbare Rat Eisvogel entgegen. Dieser Mann hatte ihr eine Heidenangst eingejagt, als sie damals im Loch gesessen hatte. Sie zog unwillkürlich den Kopf ein, obwohl er zuletzt immer freundlich zu ihr gewesen war. Der Schöffe hatte sogar auf ihre Bitte hin nach Claras Halbbruder geforscht.

»Ah, Leinfelder, ich hab schon von der Verhaftung gehört. Das war ja schnelle Arbeit. Vorzüglich.« Nun lächelte er sie auch an. »Ja, ganz vorzüglich, Leinfelderin.«

Sie brachte nur mühsam ein Lächeln zustande. »Danke«, keuchte sie und schauderte bei der Vorstellung, dass Clara ausgerechnet ihm ihre Geschichte erzählen sollte.

»Der Raum da ist frei«, wies Eisvogel den Ratsdiener an. »Hol eine geschworene Frau und den Lochschöffen Pömer, ich spring für den Tetzel ein. Der ist ja noch unterwegs.«

»Jawohl.«

Eisvogel öffnete die Tür und hielt sie auf. »Du musst Clara Mülnerin sein. Ich bin froh, dass du dich entschlossen hast, Anzeige zu erstatten. Notzucht ist eins der schändlichsten Verbrechen. Das können wir in der Freien Reichsstadt nicht dulden.«

Kathi traute kaum ihren Ohren. Der Mann sprach so sanft und verständnisvoll, dass Clara lächelte und ohne Zaudern in die Stube trat. Zu Max sagte der Ratsherr: »Leinfelder, kannst wieder deinen regulären Dienst machen. Die Maid braucht bestimmt nicht mehr Zuhörer als unbedingt notwendig.«

Max schaute enttäuscht drein, doch er widersprach nicht, wechselte nur kurz einen unbehaglichen Blick mit Kathi. Sie deutete ein Nicken an. Der Ratsherr hatte schließlich keinen Grund, einer von ihnen übelzuwollen. Sie huschte durch die Tür und setzte sich neben Clara. Schritte hallten im Gang, der Ratsherr nickte jemandem zur Begrüßung zu, dann betraten ein fein gekleideter junger Mann und der Lochschreiber, der auch bei Kathis Verhören immer dabei gewesen war, die Stube. Sie erschauerte. Da legte Eisvogel eine Hand auf ihre Schulter. »Entspann dich, Kathi. Wir tun dir nichts.« Eindringlich schaute er sie an. »Clara wird eine Freundin brauchen.«

Sie nickte und fasste Mut, wenn nicht gar Zutrauen.

*

Frantz las seinem Sohn aus dem Feldbuch der Wundarznei vor, um sich und ihn abzulenken, allerdings war er in Gedanken doch nur bei den Vorgängen im Rathaus. Zu gern wäre er dabei, aber seine Anwesenheit könnte ein schlechtes Licht auf das Mägdlein werfen. Die Schöffen hätten sich bestimmt gefragt, was der Nachrichter mit ihr zu schaffen hatte. Derzeit wusste vermutlich nur Eisvogel Bescheid.

Vitus patschte auf die Darstellung eines Knochenbruchs und gluckste.

»Du willst bestimmt auch mal Heiler werden, stimmt's?«

Da kam Maria in die gute Stube und stellte einen Becher Süßmost vor ihn auf den Tisch, außer Reichweite ihres Sohnes. »Die Ratssitzung müsste allmählich um sein, oder? Dann könnten sie bald nach dir schicken.«

Er atmete tief durch. »Vielleicht hat Kaiser ja gestanden.« Das wäre ihm sehr recht. Wenn er den Mistkerl torquieren müsste, könnte er leicht die Kontrolle verlieren.

»Oh ja, dann solltest du über die Ostertage deinen kranken Vater besuchen dürfen.«

Himmel, das hatte er in der Aufregung ganz vergessen. »Ja, ich–«

Endlich hämmerte jemand an die Tür. Maria öffnete und winkte ihn heran. Er setzte Vitus auf den Boden, damit er nicht das kostbare Buch auf dem Tisch zerfetzen konnte, und ging zum Eingang.

Draußen stand ein Schütze. »Meister Frantz, Ihr werdet im Loch gebraucht.«

Hinter dem Mann trat Augustin Ammon aus der Tür. Der Henkersknecht bewohnte die Wohnung gegenüber, und bei ihm hatte der Schütze wohl zuerst gepocht. »Arbeit?«, fragte der Löwe.

»Ja, im Loch, alle beide.«

Das bedeutete Folter. »Wir sind gleich da.«

Der Schütze eilte davon.

»Der ist noch nicht lang dabei«, sagte Augustin und grinste. »Weißt du, was los ist, Frantz?«

»Glaub schon. Erzähl ich dir unterwegs.« Er musste nur noch in den warmen Mantel und die Schuhe schlüpfen. Maria drückte seinen Arm. Er küsste sie, dann stieg er mit Augustin die Turmtreppe hinunter. »Ich hoffe, der Delinquent macht uns nicht zu viel Scherereien. Mein Vater ist krank. Ich würd ihn wirklich gern über Ostern besuchen.«

»Oh, in dem Fall sollten wir uns heute ordentlich anstrengen. Dann könnte es am Dienstag schon die Hinrichtung geben. Aber jetzt erzähl, worum geht's?«

Frantz berichtete seinem Knecht von den Ereignissen des gestrigen Tages. Der Löwe schimpfte vor sich hin und wünschte dem Bortenwirker allerlei unangenehme Dinge an diverse Körperteile. Frantz hörte nicht mehr zu, sondern überlegte, wie er Sebald Kaiser entgegentreten sollte. Der Mann kannte ihn bereits als Claras Heiler, als mitfühlenden Menschen. Solche Vorstellungen musste er ihm schleunigst austreiben.

Eugen Schaller, der Lochwirt, erwartete sie schon am Eingang zum Lochgefängnis und nickte ihnen zu. »Meister Frantz, Augustin.«

»Schaller, wie geht's Euch?«

»Besser als unserem neuesten Häftling. Der Pömer hat ihn schon in die Kapelle bringen lassen.«

»Der Rat hat die Tortur beschlossen?«

»Ich nehm's mal an, aber das werden Euch die ehrbaren Herren gleich selber sagen.«

Frantz stieg hinunter und sah zu seiner Überraschung neben dem amtierenden Lochschöffen Pömer den Ratsherrn Eisvogel vor der Folterkammer stehen. Als der seiner ansichtig wurde, lächelte er. »Meister Frantz, das war ja wirklich schnelle Arbeit. Mal schauen, ob wir dem Schurken genauso kurzen Prozess machen können, wie Ihr ihn gefangen habt. Der Tetzel ist unterwegs, deshalb unterstütze ich den Lochschöffen Pömer.«

Frantz wandte sich dem Ratsherrn zu, der zurzeit weisungsbefugt war. »Drohen und wehtun?«

Pömer nickte. »Die Geschichte der Maid hat den Rat ziemlich aufgebracht. Es gibt keinen Grund, an ihren Worten zu zweifeln. Katharina Leinfelderin hat die frischen Wunden gesehen, die geschworene Frau hat bestätigt, dass Clara Mülnerin gewaltsam … entjungfert wurde.« Er räusperte sich. Die Ader an seinem Hals schwoll an. »Der Schreiber ist schon im Ratsstüberl und bereitet alles vor.«

»Gut.« Frantz hatte den Mann noch nie so grimmig gesehen und nahm es zum Anlass, seinen eigenen Zorn gegen Kaiser zu zügeln. »Alsdann, erklären wir dem Delinquenten unser Handwerkszeug.«

Pömer lächelte gequält. »Tut das. Ich hoffe, er wird Euch nicht zu viel Arbeit machen, und doch würde mich sein Schmerz nicht dauern. Wie uns Clara Mülnerin verraten hat, seid Ihr bestens über den Fall informiert. Wir überlassen Euch die Fragen und schalten uns nur ein, wenn etwas unklar scheint.« Die ehrbaren Räte begaben sich zur Treppe, die vom Loch direkt hinauf ins Rathaus führte. Über der Kapelle genannten Folterkammer befand sich die kleine Ratsstube. Dorthin begaben sie sich nun. In der Wand öffnete sich ein Luftschacht nach unten, durch welchen die Herren alles, was in der Kapelle gesprochen wurde, mithören konnten. Frantz schaute den Löwen an. Der nickte und meinte: »Was für eine Ehre. Jetzt darfst du schon ganz offiziell die Verhöre führen. Bald arbeiten die Lochschöffen gar nichts mehr.«

Er schnaubte ein Lachen, dann riss er sich zusammen und schloss die Augen. In seinen Ohren rauschte es, und so hörte er die Pforte oben nur dumpf zufallen. Auch das knirschende Geräusch, als Augustin den Riegel zurückschob, nahm er kaum wahr. Frantz öffnete die Lider und schritt die paar Stufen hinunter in die Kapelle. Sebald Kaisers Blick konnte er leicht deuten: frech und selbstbewusst. Mit dem würde es schwer werden, der würde sich bis zum Schluss rauszureden versuchen. Die Hände des Gefangenen waren vor dem Körper gebunden.

Gut, dann konnten sie mit den Daumenschrauben anfangen. »Setzt Euch, Meister Sebald.« Er deutete auf den kleinen Schemel vor der Eisenzwinge.

Lächelnd ließ sich der Mann nieder, als wäre er gebeten worden, zum Mittagsmahl zu bleiben.

»Ihr leugnet also, mit Eurem Mägdlein, der vierzehnjährigen Clara Mülnerin, Notzucht getrieben zu haben?«

Mit übertriebener Entrüstung warf der Bortenwirker die gebundenen Arme empor. »So etwas würde ich niemals tun!«

»Ihr würdet es niemals leugnen?«, knurrte Frantz.

Augustin stand unter der Strappado-Winde und lauschte zur Öffnung hinauf auf Anweisung von oben. Eine Stimme, vermutlich die von Pömer, befahl: »Meister Frantz, waltet Eures Amtes.«

Mit grimmiger Befriedigung lächelte Frantz; dem Bortenwirker allerdings entglitten die Gesichtszüge. Hatte er geglaubt, man werde ihm nur drohen? »Legt Eure beiden Daumen unter die Klemmen.«

Erst jetzt betrachtete der Mann das Tischlein, an dem er saß, genauer.

»Muss Euch der Löwe helfen?«

Augustin kam gemächlich um ihn herumgeschlendert. »Ist doch gar nicht so schwierig, Mann.« Grob packte er dessen Hände und schob die Finger unter die eisernen Zwingen. Frantz drehte schnell zu, bis sich Kaiser nicht mehr befreien konnte.

»Hört auf, ich bin unschuldig! Das könnt Ihr nicht machen!« Flehentlich blickte er zum Loch in der Wand, aus dem die Stimme des Schöffen gedrungen war. »Wie soll ich denn mein Handwerk ausüben, wenn Ihr meine Daumen zerquetscht?«

Frantz erhöhte mit einigen Drehungen den Druck auf die Nägel. Kaiser keuchte und stöhnte, weigerte sich aber zu schreien – vorerst.

Da fiel Frantz etwas ein. Wussten die Schöffen überhaupt davon, dass Clara ihren Peiniger gekratzt hatte, und hatten sie schon geschaut, ob Kaiser solche Spuren aufwies? Trotzdem sagte er: »Augustin, die Knöchelquetsche.«

»Sehr gern«, sagte der Löwe und raunte dem zunehmend angespannter wirkenden Delinquenten in die Ohren: »Du bist ein Stück Dreck, Kaiser. Dir wehzutun macht uns mehr Spaß, als du mit dem Mägdlein gehabt hast. Und länger wird's auch dauern.«

Frantz nickte grimmig. Auch er fühlte keinerlei Mitleid mit dem Schuft, obwohl er genau wusste, welche Schmerzen der Mann gerade empfand und was ihn erwartete. Während Augustin sich Zeit ließ, die Quetsche aus einer Holzkiste zu kramen, nahm Frantz die Kerze und fuhr mit der Flamme den bloßen Unterarm des Mannes entlang. Der versuchte, den Arm von der Hitze fernzuhalten und verletzte sich den

Daumen noch mehr. »Verflucht, hört auf. Ich hab ihr nichts getan.«

Bevor sich der Mann erholen konnte, fixierte Frantz dessen rechtes Bein mit einem Lederriemen an einem der Stuhlbeine. »Hat dich ihr Schreien und Wimmern erst so richtig scharfgemacht?«

»Bestimmt«, brummte Augustin und legte dem Bortenwirker die Eisenklammer um den Knöchel. Innen befanden sich spitze Nägel. Langsam drückte er zu. Kaiser stieß einen gellenden Schrei aus, und Augustin ließ locker. »Hast du uns was zu sagen?«

»Sie ist doch nur ein Bastard! Die hat doch froh sein können, dass ich sie aufgenommen hab!«

Dann kannte er also Claras familiäre Situation? Das überraschte Frantz. Auf sein Zeichen hin drückte Augustin noch einmal zu. Frantz konnte ihm ansehen, dass er sich kaum zu beherrschen vermochte. Zum Glück wusste sein Knecht genau, dass jeder arme Sünder noch zum Hochgericht laufen können sollte.

Kaisers Schrei verebbte in einem Keuchen, als der Schmerz nachließ.

»Hat sie auch froh sein können, dass du sie nachts in ihrer Kammer überfallen hast?«

»Nein, nein! Ich war's nicht. Das war bestimmt der Goldschmied. Ihr Halbbruder. Wegen dem ist sie doch hergekommen. Der wollt sie endlich haben, obwohl sie seine Schwester ist. Also hat er sich zu ihr reingeschlichen. Vielleicht hat sie ihm sogar die Tür zum Hof aufgemacht, aber damit hat sie wohl nicht gerechnet, dass er sie mit Gewalt nimmt.«

Frantz wandte sich ab. Was für ein feiger Hund! Um hier rauszukommen, beschuldigte er Julius des Inzests und der Vergewaltigung und akzeptierte, dass dieser einen grausamen Tod unter dem Rad erlitt. Er blickte zum Loch in der Wand, doch es blieb still. Er drehte sich wieder zu Kaiser um. »Ihr Bruder hätte sie doch jederzeit haben können, so oft, wie sie sich getroffen haben. Der wär schön blöd gewesen, sich in ein Haus voller Leute zu schleichen.« Er drehte die Schraube auf.

Kaiser wimmerte und steckte sich die beiden blutunterlaufenen Nägel in den Mund wie ein kleiner Bub.

Einen Moment lang fragte sich Frantz, ob Clara diesen Mann zu Unrecht beschuldigt haben konnte, doch dann hätte sie nicht so lange gezögert. Und vor ihrem Bruder hatte sie offensichtlich keine Angst. »Es wird Zeit, die ersten Knochen zu brechen. Legt Eure Zeigefinger unter die Klemmen.«

»Nein, das könnt Ihr nicht tun! Ihr ruiniert mich! Hört in Gottes Namen auf, ich bin doch unschuldig.«

Augustin packte die Hände, doch Kaiser ballte sie nun zu Fäusten.

Da schob Frantz dessen Ärmel hoch und entdeckte zwei Kratzer am linken Oberarm. »Woher habt Ihr die Verletzungen?«

»Eine Katze«, keuchte Kaiser.

»Und am Rücken hat sie Euch auch erwischt, nicht wahr?« Er trat hinter den Mann und schob sein Hemd hoch. »Eine Katze mit ungewöhnlich großen Pfoten.« Schorf hatte sich bereits gebildet. Umso deutlicher zeichnete sich ab, dass Clara ihre Nägel tief und mit gespreizten Fingern in sein Fleisch gegraben hatte.

*

Max schlenderte über den Milchmarkt. Seine Aufgabe war es, dort nach verdächtigem Gesindel Ausschau zu halten, aber heute war alles ruhig. Umso mehr zuckte er zusammen, als ihn eine zierliche Frau ansprach. »He da, Stadtknecht.«

Ihr herrischer Ton ließ ihn die Schultern straffen. »Was gibt's?«, fragte er und musterte sie verwundert. Sie trug ein Reisekostüm, das nicht wenig gekostet haben konnte, und einen schlichten Hut, dessen Krempe ihr Gesicht halb beschattete. Üppiger Rüschenbesatz zierte die Bluse unter dem Jäckchen. Der Gestalt nach war sie ein Mädchen, doch die Stimme klang nach reifem Alter.

»Mein Gesinde sagt mir, mein Mann sei verhaftet worden. Weißt du etwas darüber?«

Ihr Mann? Dann war sie schon erwachsen, nur sehr klein und schmächtig. So weit er wusste, hatte es in den letzten Tagen nur eine Verhaftung gegeben, trotzdem fragte er: »Wie heißt Euer Mann?«

»Sebald Kaiser, Bortenwirker.«

Das sollte die Frau des Notzüchtigers sein? Er konnte es kaum glauben. Schnell riss er sich zusammen. »Ja, Kaiserin, Euer Mann ist im Loch verhaftet.«

»Dann bringt mich zu den Schöffen.«

Eigentlich sollte sie den Weg allein finden, und er hatte Besseres zu tun, doch die Neugier ließ ihn zustimmen. »Gern.«

Die Kindfrau lief vor ihm her, erstaunlich schnell, gemessen an ihrer Schrittlänge. Max nahm sich Zeit, sie eingehender von hinten zu betrachten. Der weite Rock bauschte sich, betonte die schmale Taille und verbarg möglicherweise ebenso schmale Hüften. Sie versuchte wohl, weiblicher zu erscheinen, als sie war. Mit zwei langen Schritten holte er zu ihr auf. »Ihr wart zur Kur?«, fragte Max in der Hoffnung, sie zum Sprechen zu bringen.

»Ja, und schlecht bekommen ist sie mir.« Sie wischte sich mit einer Hand eine Träne aus dem Augenwinkel.

Was sollte er daraus schließen? Besonders gesprächig war die Dame nicht. Er führte sie zur Kanzleistube und stellte sie vor. Doch bevor er ihr Anliegen vorbringen konnte, sagte sie in barschem Ton: »Ich will sofort meinen Mann sprechen!«

Der Amtmann erhob sich zu seiner vollen Größe und blickte auf sie hinab. »Was Ihr wollt, ist für mich von geringem Interesse.«

Als die Frau den Hut abnahm, erkannte Max, dass sie lächelte, aber es war kein freundlicher Ausdruck. »Es hat Euch zu interessieren. Sagt den Schöffen Bescheid«, blaffte sie.

Verdutzt sah der Mann zu Max herüber. Er hatte alle Mühe, sich ein Grinsen zu verkneifen, nickte dem Amtmann aber aufmunternd zu. Normalerweise würde dieser nach einem Ratsdiener läuten, doch jetzt schien er lieber die Kanzleistube zu verlassen, denn er hastete selbst los. Vielleicht wurde Kaiser ja gerade torquiert, was seine abweisende Haltung erklären könnte. Eine Unterbrechung der Folter bedeutete sicherlich keine Kleinigkeit.

Kaiserin sah ihn von der Seite an und flüsterte: »Sind hier alle so aufgeblasen?«

Hübsch war sie ja mit ihren tiefblauen Augen, und wenn sie nicht so herrisch auftrat wie vorhin, verlockten die sinnlichen Lippen durchaus ... Was dachte er denn da? Max schmunzelte. »Nur manche. Na ja, einige.«

Sie nickte. »Verstehe. Weißt du, wie es Clara geht?« Ihre Miene wirkte besorgt.

Wie viel durfte er ihr verraten? »Sie scheint auf dem Weg der Besserung, aber es hat sie sehr mitgenommen.«

»Das arme Ding, sie hat ihm so vertraut, zu ihm aufgeblickt wie zu einem Vater.« Sie seufzte. »Und ich hätte es kommen sehen müssen! Es ist meine Schuld, ich hätte nicht wegfahren dürfen.«

Da dämmerte Max manches. Kaiser schien eine Vorliebe für zierliche Frauen wie sie zu haben, und das wusste sein Weib. Daher waren vermutlich die anderen Mägde sicher vor seiner Lüsternheit, nicht aber die kindliche Clara.

»Oh, Sebald«, presste sie zwischen zusammengebissenen Zähnen hervor. »Wie konntest du?«

*

Frantz verlor allmählich die Geduld mit Kaiser. »Gut, dann hängen wir dich eben an die Strappado-Winde. Mal sehen, wie's dir gefällt, wenn wir dir langsam die Arme aus den Gelenken drehen. Augustin bind sie ihm auf den Rücken.«

»Nein, ich bin unschuldig!«, schrie Kaiser aus vollem Hals.

Der Mann war erstaunlich zäh, doch Frantz glaubte keinen Augenblick an die Möglichkeit, er könnte unschuldig sein – nicht seit er die Kratzer am Rücken gesehen hatte. Gerade wollte Augustin ihn vom Stuhl zerren, da ertönte Pömers Stimme aus der Wandöffnung. »Meister Frantz, wir unterbrechen die Tortur für ein paar Augenblicke. Die

Frau von Meister Sebald ist eingetroffen und möchte ihren Mann sehen.«

Kaisers Augen weiteten sich. »Nein«, hauchte er. »Sie darf nicht … soll nicht … erfahren …« Sein Adamsapfel hüpfte in wilden Schluckbewegungen auf und ab.

Frantz zog die Augenbrauen hoch. Der Mann fürchtete sich mehr vor dem, was seine Frau von ihm dachte, als vor den Schmerzen, die er ihm angedroht und bereits zugefügt hatte? »Sehr wohl, ehrbare Schöffen.« Er wechselte einen kurzen Blick mit Augustin, der sich kaum Überraschung anmerken ließ.

Besuch in der Folterkammer war äußerst ungewöhnlich. »Bleib du hier«, sagte er zum Löwen und ging hinaus. Auf die Frau war er nun wirklich gespannt.

Lochknecht Benedikt stand bereit. »Schon vorbei?«

Frantz schüttelte den Kopf. »Nein, wir bekommen Besuch.«

»Oh.«

»Ganz recht.« Da hörte er auch schon Schritte.

Max Leinfelder stiefelte voraus die Treppe herunter, eine Fackel in der Linken, die Rechte am Heft seines Schwerts. Angst sollte er vor der zierlichen Gestalt in seinem Gefolge allerdings nicht haben. Meinte er, sie beschützen zu müssen? Die Frau, stellte Frantz gleich darauf fest, reichte ihm kaum bis zum Brustbein. Glücklicherweise hatte er viel Erfahrung darin, seine Gesichtszüge zu kontrollieren. Er nickte zum Gruß.

»Meister Frantz, ich bin Ambrosia Kaiserin. Wie geht es meinem Mann? Musstet Ihr ihm arg zusetzen?« Ihre Stimme brach, doch der forschende Blick ihrer Augen hielt seinem Stand.

»Schmerzen, ja, aber noch keinen ernsten Schaden an seinem Leib«, sagte er wahrheitsgemäß.

»Und er hat noch nicht gestanden?«

»Nein.« Die Frau hielt ihren Mann offensichtlich für schuldig. Nun, wenn Kaiser sie begehrte, musste ihm auch ein Mägdlein wie Clara sehr verführerisch erscheinen.

»Bleibt an der Tür«, flüsterte sie und streifte im Vorbeigehen mit der Hand seinen Arm.

Hatte sie Angst vor ihrem Mann, oder warum wollte sie ihn in der Nähe wissen?

Sie nahm Max die Fackel ab und betrat die Kapelle. »Verschwinde«, befahl sie, und einen Augenblick später kam ein verblüffter Augustin heraus, der ihn fragend ansah.

Frantz zuckte die Schultern, dann lächelte er und stellte sich so in die Türöffnung, dass Kaiser ihn von seiner Position aus nicht sehen konnte, er ihn aber gut im Blick hatte.

Der Verdächtige hatte allerdings nur Augen für seine Frau. »Ambrosia, du bist früher zurückgekommen.« Seine Stimme klang rau.

Sie strich ihm übers Haar, zog dann aber schnell die Hand zurück. »Du konntest nicht auf mich warten. Nicht einmal eine Woche.« Plötzlich schlug die kleine, schmächtige Frau ihrem großen, kräftigen Mann ins Gesicht. »Das ist dafür, was du Clara angetan hast.« Nun schlug sie ihn auf die andere Wange. »Und das ist für die Schande, die du über mich gebracht hast.«

Diesmal zuckte Kaiser unter dem Schlag zusammen. »Bitte, Ambrosia, du weißt doch, dass ich nur dich liebe.«

Sie schnaubte verächtlich. »Liebe! Wenn ich die Stadt verlasse, kannst du dich nicht einmal ein paar Tage beherrschen, du Tier.«

Kaiser ließ den Kopf hängen, hob die gebundenen Hände, wagte aber nicht, seine Frau zu berühren. Fasziniert beobachtete Frantz das Schauspiel. Sah ganz so aus, als würde der Kerl gleich alles gestehen.

Kaiserin schüttelte den Kopf. »Ich hab einen Fehler nach dem anderen gemacht. Deinen Bastard hab ich als meinen Sohn großgezogen. Barbara durfte sogar bei uns bleiben, um ihn heranwachsen zu sehen. Alles nur, weil ich selbst keine Kinder bekommen kann …« Sie strich sich über den flachen Bauch. »Ich wollte dir deinen Sohn nicht verwehren. Und es war meine einzige Möglichkeit, ein Kind zu haben. Ich verachte mich dafür, und du musstest ja glauben, dass du dir alles erlauben kannst.« Sie wandte sich von ihm ab, um zu gehen, da griff er doch nach ihrem Handgelenk.

»Bitte, mein Herz. Ich hab die anderen doch nur gebraucht, wenn du nicht da warst.«

Unwillig drehte sie sich zu ihm um, doch als er sie flehend anblickte, schien sich etwas in der Kaiserin zu lösen. Kurz drückte sie seinen Kopf an ihre Brust. »Sei ein Mann, Sebald, und steh zu dem, was du getan hast. Wenigstens einmal in deinem Leben!«

Nun klammerte er sich mit seinen malträtierten Händen an ihren rechten Arm.

Aufschluchzend versuchte seine Frau, sich aus seinem Griff zu befreien. »Lass mich, du wirst mich nie wieder berühren. Du hast dein Leben verwirkt.«

»Nein!« Er zog sie noch fester an sich.

»Meister Frantz!«, keuchte Ambrosia Kaiserin.

Bewegt von dem, was er gerade gehört und gesehen hatte, trat er in die Folterkammer, packte Kaisers kleine Finger und bog sie zurück, bis sie aus den Gelenken sprangen. Schreiend ließ der Bortenwirker seine Frau los.

Die wich zurück und sah Frantz aus tränenfeuchten Augen an. »Danke. Macht Eure Arbeit, Nachrichter.« Dann lief sie hinaus.

Kaiser hielt seine Hände mit den in groteskem Winkel abstehenden kleinen Fingern vor sich und wimmerte. Als der Delinquent den Kopf hob, sah Frantz, dass auch ihm die Augen überliefen. »Ambrosia«, flehte er.

Zum ersten Mal empfand Frantz so etwas wie Mitgefühl, obwohl der Mann es nicht verdient hatte. Ratlos blickte er zur Tür, wo ebenso unschlüssig Augustin stand und die Schultern hob. Wie sollten sie einem gebrochenen Mann mit körperlichen Schmerzen etwas entlocken? Stattdessen versuchte er es mit Worten: »Ihr habt Eure Frau gehört. Sie wird nie wieder die Eure sein. Gesteht endlich und beweist ihr, dass Ihr kein Feigling seid, nur eine Bestie. Bereut, auf dass der Herr Eurer Seele gnädig sei.«

Kaiser schluchzte auf. Frantz nahm die Kerze und brachte die Flamme ganz nah an dessen Gesicht. Stur ließ er es geschehen, bis er doch vor der Hitze zurückweichen musste. »Hört auf, ich geb's ja zu.«

»Was gebt Ihr zu?« Aus dem Augenwinkel sah er Augustin näherkommen.

»Die Clara«, stöhnte er. »Ich hab sie gezwungen, Notzucht mit ihr getrieben.« Seine Stimme versagte. Er räusperte sich. »Der Barthel hat so laut geschnarcht, dass niemand was mitgekriegt hat.«

»Außer Clara natürlich.« Frantz biss sich auf die Zunge. Niemals einen Geständigen unterbrechen, am wenigsten mit Spott!

Wieder entfuhr Kaiser ein Schluchzen. »Ich wollt ihr doch nicht wehtun, wollt sie lieb haben. Grad weil sie mir erzählt hat, dass ihr Vater bei seiner Magd, ihrer Mutter gelegen ist, hab ich mich getraut und angenommen, sie würde das verstehen. Die Mutter ist ja gestorben, da hab ich mir gedacht, um die Maid schert sich niemand. Die wär froh, wenn ich ... sie ein wenig lieb hab.«

Natürlich, und dazu machte man sich eine Maid erst einmal mit Schlägen gefügig. Frantz schloss angewidert die Augen. Das Mädel hatte dem Kerl anscheinend sehr vertraut, sonst hätte sie ihm nicht ihre traurige Familiengeschichte erzählt – und er hatte ihre Situation schamlos ausgenutzt. »Es hat nicht so ausgeschaut, als wären ihr Liebkosungen widerfahren«, sagte er.

Kaiser schniefte und schüttelte den Kopf. »Clara war die Erste, die sich so angestellt hat. Die doch nicht wollte, obwohl sie mich immer so angehimmelt hat. So jung. Fast noch ein Kind.« Nun wurde sein Blick schon beinah sehnsüchtig. »Clara ... Hätt sie sich mal nicht so gewehrt! Ich hab noch nie zuvor einer Frau etwas angetan.« Kaiser sah ihn um Verständnis heischend an.

»Ihr habt noch nie zuvor eine Frau gezwungen?«, fragte Frantz und ließ leichte Überraschung in der Stimme mitschwingen.

»Nie! Ich mag sie anschmiegsam, sanft. Aber als Clara – sie hat schon geschlafen – vor Schreck geschrien hat, da hab ich zugeschlagen.« Wieder zog er die Nase hoch. »Wusst mir nicht zu helfen. Es sollte doch niemand mitkriegen.«

Frantz konnte ein verächtliches Schnauben nicht unterdrücken. »Und dann habt Ihr sie gegen ihren Willen genommen.«

»Ich konnt nicht zurück. Dann wär alles zerstört gewesen, ohne dass ich … Clara hätte mich nie mehr in ihre Nähe gelassen, meine Frau hätt gemerkt, dass was passiert ist. Ja, ich hab sie genommen, hab mir selber weisgemacht, es wird ihr schon gefallen.« Jetzt heulte er. Den ganzen Kerl schüttelte es.

Frantz sah Augustin an, der die Augenbrauen hochzog und ratlos dreinschaute. Ratlos? Warum kamen eigentlich von den Räten so gar keine Fragen? Hoffentlich hörten die noch zu. Er legte Kaiser eine Hand auf die Schulter. Der Mann zuckte zusammen, hörte aber sofort mit dem Schluchzen auf. Rotz und Wasser liefen ihm über den Mund.

»Warum wolltet Ihr den Verdacht auf Julius lenken, wenn Ihr schon wusstet, dass er Claras Bruder ist?«

Kaiser wischte sich mit dem Handrücken über den Bart. »Euer Erscheinen hat mir Angst gemacht. Ich wollte Euch ablenken. Mit ihrem Halbbruder konnt ich Clara einschüchtern, damit sie mich nicht verrät. Wenn die blöde Kathi nicht ausgerechnet Euch geholt hätte, um nach der Clara zu schauen, wär mir nichts passiert!«

»Das war wirklich rücksichtslos von ihr«, brummte Augustin und drückte die Hand des Mannes, dass er aufschrie. »Frantz, renk du lieber die Finger wieder ein, ich bin da nicht so geschickt.«

»Nein, bitte, das muss nicht sein«, wimmerte Kaiser.

»Schon gut, dann fassen wir sie nicht mehr an. Euch zu quälen, macht uns schließlich auch keinen Spaß.«

Augustin schnaubte. »Genau, so wenig es Euch gefallen hat, das Mägdlein zu quälen.«

Frantz trat zur Winde. »Ehrbare Herren, der arme Sünder ist bereit, sein Geständnis aufschreiben zu lassen.«

Nach einem kurzen Moment der Stille sagte Pömer: »Danke, Meister Frantz. Sebald Kaiser wird sofort abgeholt. Aber die Finger solltet Ihr ihm schon wieder einrenken. Wir sind ja keine Unmenschen.«

Bevor er sich wehren konnte, packte Augustin des Bortenwirkers Handgelenke, und Frantz zog am kleinen Finger der Rechten, bis er sich wieder ins Gelenk schieben ließ. Kaiser schrie aus vollem Hals. Jetzt wollte er sich wohl nicht mehr beherrschen, brüllte seinen ganzen Kummer hinaus, dass Frantz die Ohren klingelten. Widerstandslos ließ der Mann sich auch den anderen Finger einrenken. Dabei ging sein Schreien langsam in ein Wimmern über.

Erschöpft, aber zufrieden verließ Frantz mit Augustin die Kapelle.

»Vielleicht zieht er ja sein Geständnis zurück, dann dürfen wir ihn uns noch mal vornehmen«, sagte er laut genug, dass Kaiser ihn verstehen musste, bevor er die Tür schloss.

Augustin grinste ihn an. »Das war ja mal ganz was anderes! Was für eine Frau! Reicht mir nicht mal bis zur Schulter, aber mit der will man sich nicht anlegen.«

»Lieber nicht.« Frantz grinste zurück, was nach einer Torquierung nicht oft vorkam. Von der Treppe hörten sie Schritte, bestimmt ein Stadtknecht, der den Geständigen ins Verhörzimmer bringen sollte. Natürlich war es Max, dieser neugierige Vogel. »Ach, schon wieder der Leinfelder«, sagte er und gab sich überrascht.

»Wer sonst? Kaiserin hat mit mir oben gewartet, bis die Schöffen aus dem Ratsstüberl gekommen sind. Sie weiß schon Bescheid und wirkt erleichtert.«

»Ja, seine Frau hat ihm ordentlich zugesetzt, da war für uns nicht mehr viel zu tun«, sagte Frantz. »Gut, dass sie hergekommen ist.«

Max schaute ihn erwartungsvoll an. »Sie möcht gern Clara sehen.«

»Ich werd die Maid fragen, ob sie mit ihr sprechen will.«

»Richtig, das soll sie selbst entscheiden.«

Nun kamen auch schon die Ratsherren und der Schreiber mit zufriedenen Mienen herunter. Da sollte er ihnen doch gleich sein familiäres Anliegen vortragen, nachdem diese leidige Sache abgeschlossen war. »Auf ein Wort, meine Herren. Wäre es möglich, über Ostern zu meinem kranken Vater nach Bamberg zu reisen?«

»Hm.« Eisvogel rieb sich den Kinnbart. »Mal schauen, wie schnell wir die Hinrichtung veranlassen können.« Er senkte die Stimme. »Falls er bei seinem Geständnis bleibt und schon nächsten Dienstag gerichtet werden kann, sollte dem nichts im Weg stehen.«

»Euer Vater ist Henker in Bamberg?«, fragte Pömer.

»Richtig, Meister Heinrich.«

»Er hat Euch gut ausgebildet.« Nun lächelte der Schöffe. »Wir werden zusehen, dass Ihr Euch ein paar Tage freinehmen könnt.«

»Vielen Dank.«

Der Bastard des Bortenwirkers

Freitag, 6. April 1582

Kathi war gar nicht wohl dabei, Clara zum Haus der Kaisers zu begleiten, doch Meister Frantz hatte darauf bestanden, die Maid nicht allein gehen zu lassen. Die Bortenwirkerin war sich zu fein gewesen, zum Henkerhaus zu kommen, was dem Nachrichter auch ganz recht zu sein schien. Ob es Clara wirklich half, ein letztes Mal an den Ort des Geschehens zurückzukehren? Kathi erschauerte. Wie musste es da erst in dem Mädel aussehen? Sie drückte deren Hand fester. »Wird schon alles gut gehen.«

Clara nickte. »Die Herrin war immer nett zu mir, aber sie hat oft komisch dreingeschaut, wenn ihr Mann mir was gezeigt hat. Sie hat wohl was geahnt. Schauen wir noch schnell bei Julius vorbei?«

»Hm, aber der muss doch arbeiten.« Kathi behagte es gar nicht, schon wieder bei dem Goldschmied aufzutauchen. »Er kann von Glück reden, dass ihn sein Meister noch nicht rausgeworfen hat.«

»Drum meine ich ja, dass wir zu ihm gehen sollten. Er weiß doch, dass ich heut zum … dort hingeh. Am Ende schleicht er wieder ums Haus herum, ob's mir auch gut geht. Der Dummbatz macht sich für alles verantwortlich.«

»Gut, dann schauen wir schnell bei ihm vorbei.«

Sie betraten die Werkstatt und betrachteten die Silberkettchen an einem Eisenständer, als könnten sie sich so kostbares Geschmeide erlauben. Lange würde es natürlich nicht dauern, bis der Meister sie aufgrund ihrer einfachen Kleidung durchschaute, aber für den Moment mochte es gehen. Julius eilte lächelnd heran, doch als er sie erkannte, verdüsterte sich seine Miene. »Clara! Du gehst jetzt zu dem Weib?«

»Ja. Meister Frantz hält es für das Beste.«

Julius schnaubte. »Was kann die schon für dich tun, jetzt, wo's zu spät ist?«

»Weiß nicht«, antwortete Clara kleinlaut.

Kathi legte einen Arm um sie. »Wir werden es herausfinden und schauen auf dem Rückweg noch mal vorbei.«

»Ja, bitte, sonst hab ich hier keine Ruh.«

Da brummte eine grantige Stimme: »Was ist denn da schon wieder los?«

»Wir sind schon weg!«, rief Kathi und zog das Mägdlein hinaus auf die Straße. »Bringen wir's hinter uns.«

Clara ging immer langsamer, je näher sie dem Haus kamen, in dem sie die letzten Monate gelebt hatte. Kathi musste sie schon fast durch die Tür schieben. Am Eingang blieb die Kleine stehen und senkte den Kopf, drehte ihn aber wachsam nach links und rechts. Barbara sprang sofort von ihrer Arbeit auf. »Clara, du bist gekommen. Die Herrin wird sich freuen.« Die Magd sah nicht gerade glücklich aus, aber die beiden umarmten einander.

Kathi musste daran denken, was Meister Frantz ihr im Vertrauen erzählt hatte. Auch Barbara war beim Bortenwirker gelegen und hatte seinen Sohn zur Welt gebracht, Cuntz. Ob sie es dem Jungen erzählt hatten? Seltsamerweise wäre Kathi nie auf die Idee gekommen, dass der Lehrbub der Sohn des Bortenwirkers war. Ihn hatte er grober als alle anderen behandelt, eben wie einen lästigen Lehrling, der mehr Arbeit macht als leistet.

»Komm, die Herrin erwartet dich.« Barbara zog Clara zu einem angrenzenden Zimmer.

Neugierig folgte Kathi den beiden. Sollte die Kaiserin sie doch rauswerfen, wenn sie keine Zeugen der Unterredung wünschte. Doch die nickte ihr nur knapp zu, bevor sie Clara in die Arme schloss. »Es tut mir so leid, Kindchen. Ich hätte nicht wegfahren dürfen, hätte es ahnen müssen, aber ich hab gehofft, dass er mich genug liebt.«

Clara schniefte. »Ihr könnt doch nichts dafür.«

»Doch.« Die Kaiserin fasste Barbaras Hand. »Du warst nicht die Erste, nur die Erste, die er mit Gewalt genommen hat. Hoffe ich wenigstens. Jetzt ist es vorbei mit dem falschen Schein. Bald wird Sebald gerichtet.« Ihre feste Stimme brach nun doch. »Und mit ihm sterben die Lügen.«

Da sprudelte die Frage aus Kathi heraus: »Werdet Ihr Cuntz die Wahrheit erzählen?«

Die Kaiserin fuhr herum, dann fasste sie sich an die Brust und ließ sich auf einen Schemel sinken. »Ich hoffe, ich werde den Mut aufbringen.«

Kathi ging vor der Frau in die Hocke, denn sie wollte nicht auf sie herabschauen. »Zu mir wart Ihr immer streng, aber gerecht. Seid es auch zu Euch selbst. Der Junge sollte erfahren, wer seine Mutter ist. Ihr habt ihn immer gut behandelt.« Hoffte sie wenigstens! »Er wird Euch nicht verachten.«

Tränen liefen über das hübsche Gesicht der Kaiserin. »Meinst du?« Sie nestelte am Ausschnitt ihres Kleides herum.

Sie nickte. »Ja. Sonst muss es ja niemand wissen.« Sie blickte sich zu Clara um.

Die schaute verwirrt zwischen ihnen hin und her. »Wovon sprichst du, Kathi?«

»Und Clara darf es wissen, denk ich.«

Die Kaiserin glättete den zerknüllten Stoff ihres Mieders. »Cuntz ist Barbaras Sohn. Wir werden es ihm gemeinsam sagen.« Sie blickte zur Magd, die zögerlich nickte. »Die Werkstatt soll er trotzdem erben. Bis er alt genug ist, kann Barthel sich um alles kümmern. Ich werd weiter die Bücher führen.«

»Gut.« Kathi erhob sich und lächelte.

Die Kaiserin nahm ihre Hand. »Danke, Kathi. Danke, dass du gleich den Nachrichter geholt hast. Wer weiß, was sonst noch alles …« Wieder versagte ihre Stimme.

»Das musste ich doch tun.«

»Schweigen kann so viel leichter sein, und doch so schädlich.« Sie sah Clara an. »Möchtest du weiter hier arbeiten, oder werden dich die Erinnerungen zu sehr bedrücken?«

Das Mägdlein trat einen Schritt zurück und schüttelte den Kopf. »Hier kann ich nicht bleiben.«

Die Bortenwirkerin nickte, kramte in einer Schublade des Tischchens herum und holte eine Schatulle heraus, die sie Clara reichte. »Ein kleines Geschenk, das sicher nicht wiedergutmachen kann, was er dir angetan hat, aber es hilft vielleicht ein wenig. Die große Stadt ist gefährlich für ein junges Ding wie dich. Du solltest zu deiner Familie aufs Land zurückkehren.«

»Mein Bruder wird mir helfen.«

Kaiserin sah sie überrascht an. »Du hast einen Bruder?«

Nun strahlte Clara »Ja, einen Halbbruder, und es ist schön, ihn endlich so nennen zu dürfen, auch wenn ich trotzdem nur ein Bastard bin.«

»Macht doch nichts«, ertönte eine junge Männerstimme. »Ich bin auch einer!«

»Cuntz!« Die Kaiserin sprang auf. Alle Farbe wich aus ihrem Gesicht. »Wie lang stehst du schon da?«

»Lang genug.« Er sah Barbara an.

Die Magd schluchzte auf, lief zu ihm und drückte ihn an sich. »So lange … so lange konnte ich das nicht mehr tun. Du bist so schnell gewachsen.«

Als sie ihn losließ, sagte er: »Jetzt verstehe ich auch, warum er mich immer schlechter als alle anderen behandelt hat. Hab ihn ständig daran erinnert, was für ein Schwein er doch ist.«

Barbara schrie unterdrückt auf und lief hinaus. Kathi wechselte mit Clara einen Blick, dann folgten sie der aufgelösten Magd. Bestimmt wäre es am besten, wenn die Kaiserin erst einmal allein mit Cuntz sprach. Ihm erklärte …

Barbara hockte heulend an ihrem Tisch.

Kathi zog es die Brust zusammen. Sanft streichelte sie ihr über den Rücken. »Alles wird gut. Cuntz wird euch die Lügen verzeihen und sich freuen, dass er nun zwei Mütter hat.«

Die Magd beruhigte sich ein wenig, dann fasste sie Claras Arm. »Mir tut's auch furchtbar leid. Ich hätte dich warnen sollen. Du hättest bei mir in der Kammer schlafen können, weil der Traudel hätte er nichts getan. Aber ich hab lieber den Mund gehalten, wie schon all die Jahre.«

Clara entzog ihr die Hand. »Wie hast du das ausgehalten?«

Barbara schaute auf. »Als die Herrin zum ersten Mal weggefahren ist, um ihre Mutter zu besuchen, ist er zu mir geschlichen. Da war ich fast sechzehn und hab in einer eigenen Kammer geschlafen. Zwei Jahre später hat er's noch mal versucht ... obwohl die Kaiserin so eifersüchtig war.«

»Versucht?«, fragte Kathi. »Du hast ihn rauswerfen können?«

»Nein, er hat's nicht tun können. Ich war ihm wahrscheinlich schon zu alt, zu sehr Frau, gerade nach der Geburt vom Cuntz bin ich doch ziemlich auseinandergegangen. Aber damals hab ich gedacht, die Schuldgefühle gegenüber seiner Frau würden ihn nicht ... Manns genug sein lassen.« Ihr Blick hing flehend an Clara. »Ich hab gedacht, es wär vorbei. So lange ist nichts passiert, und dann bist du gekommen und hast ihn ...«

Clara biss die Zähne aufeinander, dass die Kiefermuskeln hervortraten. »Dann ist es also doch meine Schuld?«, rief sie gepresst.

Kathi legte eine Hand auf ihre Schulter. »Nein, dein Anblick hat wieder die Bestie in ihm geweckt.«

Barbara nickte. »Du kannst nichts dafür.«

Da kam Cuntz in die Werkstatt, den Kopf gesenkt.

»Mein Sohn«, hauchte Barbara.

»Nicht jetzt.« Sein Blick flog zum Ausgang. »Ich geh zum Loch und werd mit dem Dreckskerl reden.«

Barbara erhob sich langsam, rang die Hände. »Was erhoffst du dir davon?«

»Weiß nicht. Ich will ihm sagen, dass es gar keinen Sinn hat, sein Geständnis zu widerrufen, weil er für uns schon tot ist.« Er sah Clara an und brachte ein zaghaftes Lächeln zustande. »Vielleicht heiratest du mich ja eines Tages, wenn wir alt genug sind, dann leben wir als angesehene Bürger in seinem Haus.«

Clara lachte auf. »Vielleicht heirate ich dich, aber wohnen will ich hier nicht!«

Cuntz nickte und stapfte zur Tür. »Von unseren Hurenböcken von Vätern lassen wir uns nicht unterkriegen.« Er blickte über die Schulter und lächelte seine leibliche Mutter an.

*

Frantz konnte nur hoffen, dass es Clara wohltun würde, noch einmal an den Ort des Schreckens zurückzukehren und mit der Kaiserin zu sprechen. Die Frau des Bortenwirkers hatte ihn beeindruckt. Vielleicht konnte sie der Maid helfen, mit dem, was ihr angetan wurde, zurechtzukommen. Doch womöglich war es noch zu früh, und er hatte die dürftig vernähten Wunden wieder aufgerissen. Die Ungewissheit setzte ihm zu. Unruhig lief er in der guten Stube auf und ab, bis Maria mit dem strampelnden Vitus auf den Armen hereinkam.

»Es wird schon gut gehen, Kathi ist bei ihr.«

»Du hast recht. Ich sorge mich bestimmt ganz unnötig. Vielleicht sollte ich zum Rathaus gehen und fragen, wann Kaisers Hinrichtung stattfinden wird. Wenn die Herren sie für Dienstag anberaumen, kann ich nach Bamberg reisen.«

»Du willst uns gar nicht mitnehmen?« Sie wuchtete ihren Sohn ein Stück höher.

»Für euch beide wäre es ganz schön anstrengend.« Er lächelte und streichelte ihren Bauch. »Für euch drei. Und Vater ist krank, wird Ruhe brauchen.« Er strich Vitus über den wirren Schopf. »Keine lärmenden Rabauken.«

Maria seufzte. »Mir soll es recht sein, dann bleibe ich mit Clara zurück. Wollen wir sie fragen, ob sie als Magd für uns arbeiten möchte? Mit einem zweiten Kind auf dem Weg wird es Zeit, dass wir Hilfe bekommen.«

Er kratzte sich die bärtige Wange. »Mir wäre es immer noch lieber, wenn wir eine Magd aus einer unehrlichen Familie bekommen könnten. Clara steht noch ein gutes Leben offen, aber wenn sie erst einmal im Henkerhaus gearbeitet hat ...«

»Ach was. Es gibt so viele unehrliche Berufe. Da kann sie auch einen anständigen Mann finden.« Sie kraulte ihm den Kinnbart. »So wie ich.«

Vitus patschte ihm auf die Stirn, als hielte er ihn für einen Dummkopf. »Da sind sich zwei einig. Na gut, fragen wir sie, wenn sie zurückkommt.«

Maria küsste ihn. »Dann sieh mal zu, ob du im Rathaus was erfährst.«

»Mach ich.« Frantz warf seinen warmen Mantel über und schlüpfte in die Stiefel.

Draußen fiel etwas Schnee, dabei sollte endlich der Frühling kommen. Er schob die Hände trotz der Lederhandschuhe unter seinen Mantel und stapfte über den Säumarkt. Die Schweine in ihren Pferchen hatten es auch nicht besser. Nur schlichte Dächer über den Koben boten ein wenig Schutz vor der Witterung. Wenigstens stank der Mist in der Kälte nicht so arg.

Bald ließ er den belebten Platz hinter sich und schritt über die Brücke auf die Sankt Sebalder Seite der Stadt hinüber. Auf dem Weinmarkt sah er Augustin neben einem Weinhändler stehen. Der Pfänder schüttete einen Becher aus und spuckte, was er gekostet hatte, auf den Boden. »Ab in die Pegnitz mit der Kuhpisse, Löwe.«

»Jawohl.« Augustin wuchtete das Fass auf seinen Rücken und stapfte Richtung Flussufer. Als sich ihre Blicke trafen, schüttelte der Henkersknecht angewidert den Kopf und streckte die Zunge heraus. Der Wein musste wirklich übel sein. »Gehst zum Rathaus?«, fragte er.

»Ja, ich möcht wissen, ob's am Dienstag schon zum Hochgericht hinausgeht.«

Augustin blieb trotz der Last auf seinen Schultern stehen. »Ich hätt's auch gern vor Ostern hinter mir. Ist nicht schön, wenn man die Auferstehung des gekreuzigten Heilands feiert und weiß, dass man ein paar Tage später einen armen Sünder vom Leben zum Tod bringen soll.« Er ging weiter und lud das Fass am Ufer ab. Bevor er es ausschüttete, begann er zu trommeln, damit die anderen Händler und Weinbauern die Schmach des Kollegen mitbekamen.

Auch Frantz ging weiter, doch Augustins Worte hingen ihm nach. Das Osterfest. Der Karfreitag warf ihn immer in ein finsteres Tal der Verzweiflung. Jesus Christus wurde hingerichtet, damit er die Menschen erlösen konnte. Wenn Frantz damals gelebt hätte, wäre er dann ein Anhänger des Messias gewesen oder einer der Soldaten, die ihn ans Kreuz schlugen? Ein Schauer lief ihm über den Rücken, als er sich nicht zum ersten Mal im Geiste einen Nagel durch das Handgelenk des Heilands treiben sah. Er ging weiter. Gott war gütig. Es musste einen Grund geben, warum er ihn als Sohn eines unfreiwilligen Henkers hatte auf die Welt kommen lassen. Du sollst nicht töten, sprach der Herr zu Moses. Und doch tat Frantz es immer wieder im Dienst der Stadt Nürnberg. Konnte es seine Sünden aufwiegen, dass er als Heiler Menschenleben rettete? Nein, Gott war kein Buchhalter. Er blickte in die Seelen der Menschen. Was sah er in seiner? Frantz wusste es nicht.

Vor ihm ragte die prächtige Sebalduskirche auf. Einen Moment lang war er versucht, hineinzugehen und zu beten, doch er wollte keine Gläubigen mit seiner Anwesenheit verschrecken. Er ging um das Gotteshaus herum und warf einen Blick zum Pfarrhof mit dem reich verzierten Chörlein. Magister Krieg war vielleicht gerade bei Sebald Kaiser im Loch, um ihm Trost zu spenden. Ob es ihn besonders bedrückte, dass dieser arme Sünder nach dem Schutzheiligen der Stadt und seiner Pfarrei benannt war? Nein, das würde für den Geistlichen wohl kaum einen Unterschied machen.

Er ging schon auf die Schildwachen vor dem Rathaus zu, als ihm ein junger Bursche auffiel, der sich an einer Hausecke festhielt und auf das Straßenpflaster erbrach. Irgendwie kam er ihm bekannt vor. Natürlich, der Sohn des Bortenwirkers! Frantz eilte zu ihm und zog ein Schnäuztüchlein heraus. »Hier, wisch dir den Mund ab.«

Der Bub blickte nicht auf. »Hab selber eins, lass mich.«

»Warst du bei deinem Vater?«

Jetzt schreckte er hoch. »Meister Frantz!« Schnell wischte er sich den Mund ab. »Ja, ich ...« Er ließ die Schultern sinken und atmete tief durch. »Er konnte mir auch nichts sagen, was es verständlicher machen würde. Hat nur davon geredet, wie stolz er auf mich ist und wie froh, dass ihm Gott einen Sohn vergönnt hat – trotz seiner Untaten. Vielleicht sieht er mich am Ende als Zeichen für göttliche Vergebung und Duldung seiner Taten.« Er zog eine angewiderte Grimasse.

Bei den Worten wollte Frantz auch gleich speien. »Du wirst wahrscheinlich nie verstehen, was er getan hat. Quäl dich nicht.«

»Aber …« Cuntz sah ihn aus geröteten Augen an. »Ich bin Blut von seinem Blut – seinem schlechten Blut. Werde ich auch mal so wie er?«

Natürlich musste sich ein anständiger Junge so etwas fragen. Frantz schloss die Augen und sah eine Parade von armen Sündern vor seinem geistigen Auge vorbeiziehen. Zu oft schon hatte er Delinquenten gerichtet, deren Väter bereits am Galgen geendet waren. Allerdings konnte er nicht sagen, ob ihnen das Übel im Blut gelegen hatte oder sie einfach dem Vorbild ihrer Väter gefolgt waren.

»Ihr glaubt es also, dass ich auch so werde!«

Frantz riss die Augen auf. »Nein!«

Cuntz sah ihn verwirrt an. »Was, nein?«

»Du wirst nicht wie dein Vater. Du verachtest ihn, und du hast Mitgefühl. Ich hab schon allerlei Gelichter kennengelernt, Mörder, Diebe, Räuber, Notzüchtiger und auch Männer, die es lieber mit Kindern, Kühen oder ihresgleichen getrieben haben, statt bei einer Frau zu liegen.«

Der Junge öffnete den Mund, aber es kamen keine Worte. Bestimmt hatte er bereits das Feuer in seinen Lenden gespürt, nachts Träume gehabt, die ihn mit steifem Glied erwachen ließen. Nur was für Träume? Er räusperte sich. »Hast du schon mal beim Anblick eines jungen Mädchens Lust verspürt?«

»Ja, nein, also schon, aber … «, stammelte er. »Die Clara mag ich sehr gern, aber nicht weil sie noch so jung ist, sondern obwohl. Irgendwann würd ich sie gern heiraten.«

»Gut, dann kommst du nicht nach deinem Vater.« Er wandte sich zum Rathaus.

»Sie war heute da, die Clara mit der Kathi. Da ist alles rausgekommen. Dass ich der Sohn von der Barbara bin.«

Frantz hätte ihm am liebsten über den Kopf gestrichen, aber so etwas sollte er nicht in der Öffentlichkeit tun. »Ich denke, es ist gut, dass du alles weißt, aber du darfst dich nicht davon verrückt machen lassen. Du bist immer noch derselbe. Ein guter Junge.«

Cuntz presste die Lippen aufeinander, nickte aber.

Vorsichtshalber fügte Frantz noch hinzu: »Falls du doch einmal Lust auf ein sehr junges Mädchen verspürst, komm zu mir.«

Verblüfft sah das Bürschlein ihn an. »Und dann schlagt Ihr mir den Kopf ab?«

»Nein, dazu müsstest du erst ein Verbrechen begehen.« Frantz lächelte. »Ich kastrier dich einfach wie einen welschen Kapaun, dann kannst du niemandem schaden und deinen Kopf behalten.«

Die Augen des Jungen weiteten sich. Seine Hände wanderten über sein Gemächt.

Frantz beugte sich zu ihm. »Frauen sind wunderbar. Behandle sie immer gut, dann wirst du ein glücklicher Mann werden.« Mit diesen Worten ließ er den Jungen stehen und marschierte zu den Schildwachen.

»Meister Frantz.« Konrad Rumpler nickte ihm zu. »Ihr wollt die Schöffen sprechen?«

»Nicht unbedingt, ich will nur wissen, ob schon beschlossen wurde, wann die Hinrichtung von Sebald Kaiser stattfinden soll.«

»Moment.« Die zweite Schildwache verschwand flugs im Haus.

Rumpler grinste. »Der will wohl nicht allein mit Euch hier draußen bleiben.«

Auch Frantz erlaubte sich ein Lächeln. »Wie geht's Eurer Mutter?«

»Das Reißen war den Winter über wieder schlimm, aber Eure Salben helfen. Bald wird's wärmer, dann geht's ihr auch wieder besser.«

»Ja, der Frühling muss bald kommen.« Er blickte gen Himmel. Die Wolken sahen schon viel heller aus, und es schneite nicht mehr.

Da kehrte der andere Schütze zurück. »Dienstag ist Richttag. Kaiser hat heute sein Geständnis bestätigt.«

»Gut.« Vielleicht hatte ihm der Besuch seines Sohnes die letzte Hoffnung geraubt, noch irgendwie seinen Hals zu retten.

Der arme Sünder

Dienstag, 10. April 1582

Gekleidet in seine rote Pluderhose, das warme Wams und den steifen, ausladenden Kragen wartete Frantz vor dem Henkersstüblein darauf, dass der Stadtknecht auf dem Rathausturm aufläutete – sein Zeichen, den armen Sünder in den Rathaussaal vor den Richter und die Schöffen zu bringen. Zuvor musste in der heutigen Ratssitzung das Urteil bestätigt werden. Er umfasste das Heft seines Richtschwerts, das er am Gürtel trug.

Zu seiner Überraschung verspürte er eine leichte Unruhe, als könnte heute noch allerlei Unheil geschehen. Doch weshalb sollte Kaiser, statt vor dem Richter die Urgicht abzulegen, weitere Folter ertragen? Allerdings könnte Frantz dann nicht zu seinem Vater reisen ... Vielleicht machte ihn vor allem diese Möglichkeit so unruhig. Um nur über die Feiertage hinzureiten, war Bamberg doch zu weit weg, und wenn sein Vater nach ihm schickte, musste es schlimm um ihn bestellt sein. Meister Heinrich wurde allmählich alt. Lange würde er seinen Dienst als Bamberger Henker nicht mehr ausführen können.

Endlich wurde aufgeläutet. Frantz zog das Wams zurecht und zupfte an der Pluderhose herum. Der Stoff hatte schon einiges an Blut abbekommen, das Maria immer besonders eifrig auswusch, auch wenn es auf dem roten Stoff kaum zu erkennen war. Er besann sich auf die bevorstehende Aufgabe und betrat die Henkersstube. Der arme Sünder am Tischchen hatte kaum etwas von den köstlichen Speisen angerührt, seiner Henkersmahlzeit. Die Diakone von Sankt Sebald und Sankt Lorenz saßen mit einer aufgeschlagenen Bibel bei ihm. Magister Krieg sah traurig aus und älter als sonst. Alle Blicke richteten sich auf Frantz.

Er räusperte sich. »Sebald Kaiser, ich bitte Euch um Verzeihung, weil ich Euch vom Leben zum Tode bringen werde.«

Kaiser nickte. »Hab's nicht anders verdient. Die Welt wird nach meinem Tod eine Bessere sein.« Er leerte den Becher Wein und wischte sich den Mund ab, dann stand er auf.

Frantz band ihm die Arme vor der Brust zusammen und legte ihm das Armesünder-Mäntelchen um. Zwei Stadtknechte geleiteten sie zum großen Rathaussaal.

Kaiser schritt gesenkten Kopfes neben Frantz her. Hinter ihnen folgten die Geistlichen.

»Sagt Clara … es tut mir leid. Ich konnte mir nicht helfen. Es ist über mich gekommen.«

Frantz nickte nur, doch er glaubte fest daran, dass der Mann eine Wahl gehabt hatte.

»Meine Frau hat mich nicht mehr besucht«, jammerte er. »Es tut so weh, dass ich sie nicht mehr sehen werde. Nicht mehr berühren darf.«

»Ich denke, sie wird zum Hochgericht kommen.«

Kaiser sah ihn an. »Werde ich sie da noch einmal sprechen dürfen?«

»Vielleicht, wenn sie will.«

Der arme Sünder blieb stehen und wandte sich ihm zu. »Wenn nicht …« Er stockte. »Sagt Ihr Ambrosia bitte, dass ich sie aus ganzem Herzen liebe?«

Frantz betrachtete den Mann eingehend und glaubte ihm. Ambrosia war die vollkommene Frau für ihn, erwachsen, aber im Körper eines Kindes, und das war es, was er begehrte. »Ich werde es ihr ausrichten.«

»Danke.« Kaiser senkte den Kopf und ging weiter, Frantz an seiner Seite. Sie betraten den prächtigen, großen Saal, doch der arme Sünder hatte keine Augen für die erhabenen Malereien an Wänden und Decke. Er schlurfte vor das reich verzierte Messinggitter, hinter dem der Stadtrichter und die zwölf Schöffen saßen. Den ernsten Mienen der

Männer entnahm Frantz, dass es keine Überraschungen geben würde.

Als der Gerichtsschreiber die Urgicht verlas, beobachtete Frantz den armen Sünder. Tränen liefen Kaiser übers Gesicht, doch er sprach mit fester Stimme: »Ja, das ist mein Geständnis.«

Der Richter fragte: »Wurde das Urteil nach dem Rechte abgefasst?«

Ein Schöffe nach dem anderen hob die Schwurfinger und bestätigte dies. Der Gerichtsschreiber verlas das Urteil: Tod durch das Schwert. Dann fragte er: »Sebald Kaiser, wollt Ihr noch etwas sagen?«

Der Mann schien an den Worten zu würgen, bevor er seine Stimme fand. »Ich danke dem Rat für dieses gnädige Urteil. Ich konnte meine bestialischen Gelüste nicht in Zaum halten. Möge meine Seele einen ebenso gnädigen himmlischen Richter finden.«

»Möge der Herr sich Eurer Seele erbarmen«, sprach der Richter.

So gehört sich das, dachte Frantz. Echte Reue und einen Freispruch für den Stadtrat und ihn, seinen Scharfrichter ... Leider konnte niemand außer Gott ihnen ihre Sünden erlassen.

Nun sprach der Richter: »Meister Frantz, im Namen des Heiligen Römischen Reichs befehle ich Euch, den Delinquenten Sebald Kaiser zur gewöhnlichen Richtstatt zu bringen und das vorgenannte Urteil zu vollstrecken.«

Frantz nickte den hohen Herren zu und führte Kaiser hinaus, wo sich ihnen die Geistlichen wieder anschlossen. Sie würden auf dem ganzen Weg mit Kaiser beten. Augustin erwartete sie schon am Ende des Kreuzganges. Meister Sebald sollte zu Fuß zum Richtplatz gehen. Frantz würde sie dort schon erwarten, denn es konnte noch dauern, bis die Ratsherren sich für die Prozession versammelt hatten. Er übergab Augustin den armen Sünder und bahnte sich seinen Weg durch die Menschen, die zusammengekommen waren, um den Bortenwirker für seine Schandtat büßen zu sehen. Als er an den Ausläufern der Menge angelangt war, bemerkte er, dass ihm jemand dicht auf dem Fuße folgte. Er blickte sich um und erkannte Clara. »Du sollst nicht mit mir zusammen hinausgehen.«

»Ich will heute aber bei Euch sein.«

»Warum?«

»Weil Ihr die Welt für mich wieder in Ordnung bringen werdet.«

Da musste er doch lächeln. »Ich weiß nicht, ob das stimmt. Gewiss aber wird es dir gut tun, seine Hinrichtung mit anzuschauen. Trotzdem solltest du jetzt zurückbleiben. Ich muss allein sein und mich vorbereiten.«

»Gut. Nur eins noch. Ich kann Julius nicht finden. Er ist gestern Abend nicht ins Henkerhaus gekommen, da hab ich mir noch nichts gedacht, aber zur Hinrichtung müsste er doch erscheinen.«

Wirklich seltsam. »Das wird er sich wohl kaum entgehen lassen.

Lauf lieber zurück, dann findest du ihn schon.«

»Na gut. Kathi soll mir helfen, ihn zu suchen.«

*

Kathi schüttelte den Kopf. »Nein, ich hab ihn auch noch nicht gesehen. Aber Julius kommt bestimmt.«

Clara standen Tränen in den Augen, also drückte sie die Kleine an sich. »Max begleitet die Prozession zu Pferd. Der kann ihn leichter in der Menge ausmachen.« Sie zeigte auf ihren Mann. Dessen Gesicht wirkte sehr angespannt, während er den Blick über die Köpfe schweifen ließ. »Fragen wir ihn.« Sie rannten zu Max hinüber.

Sobald der sie ausmachte, lächelte er. »Kathi, komm lieber nicht zu nah an den Gaul ran. Der mag das Gedrängel gar nicht.«

Sie hielt respektvollen Abstand zu dem mächtigen Tier. »Kannst du von da oben Julius irgendwo sehen?«

»Hm, Moment.« Er stellte sich in die Steigbügel und blickte in alle Richtungen über den Marktplatz. »Nein, aber unter all den Hüten kann ich kaum Gesichter ausmachen. Weißt du, was er anhat?«

»Nein.« Sie sah Clara fragend an.

»Wird wohl etwas Braunes oder Graues sein«, antwortete diese.

»So wie die meisten, wenn es keine Räte in schwarzer Tracht sind.« Glucksend ließ sich Max wieder in den Sattel sinken. »Irgendwo wird er schon sein. Wohin soll ich ihn denn schicken, wenn ich ihn sehe?«

»Hm, gute Frage. Ich denke, wir werden einfach ziemlich weit vorn in der Prozession mitlaufen.«

Tatsächlich traten in diesem Augenblick die Honoratioren aus dem Gebäude, vorweg der Stadtrichter, dicht gefolgt von den Schöffen.

Clara packte ihren Arm. »Stellen wir uns lieber am Wegesrand hin und lassen die Leute an uns vorbeilaufen, dann sehen wir ihn am ehesten. Auch egal, wenn wir als Letzte hinkommen. Ich muss Meister Sebald nicht unbedingt in die Augen schauen.«

»Na gut.« So wäre es sicherlich am einfachsten, Julius zu finden.

»In Ordnung, wenn ich ihn sehe, schicke ich ihn nach hinten«, sagte Max.

Die Menschenkolonne setzte sich langsam Richtung Frauentor in Bewegung. Heute lachte niemand, anders als bei so manch anderer Hinrichtung. Sie sah nur ernste Gesichter, doch es waren viel zu viele. Kathi wurde klar, dass sie sich trennen mussten. »Ich geh auf die andere Seite, sonst übersehen wir ihn noch.«

»Gut, aber du läufst nicht mit?«

»Nein, bestimmt nicht.« Als sie sich jedoch durch die Menge der aus der Stadt strömenden Menschen kämpfte, wurde sie fast mitgerissen. Da hätte sie Clara beinah zu viel versprochen. Auf der anderen Seite angelangt, musste sie sich an die Rathauswand drücken, um nicht doch noch in den Strudel zu geraten. So viele Menschen kamen selten zu Hinrichtungen. Ob es an der Bekanntheit des Bortenwirkers lag oder an Claras zartem Alter? Nach dem ereignislosen Winter war es wohl auch eine aufregende Abwechslung. Gesichter glitten an ihr vorbei, doch wenn sie eines erkannte, gehörte es nicht Julius. Langsam lichtete sich der Zug ein wenig. Da sah sie die Kaiserin, begleitet von Barbara, Traudel und Cuntz. Das freute Kathi. Sie würden zusammenhalten! Jedoch sah sie immer noch keinen Julius. Allmählich machte sie sich wirklich Sorgen um den Burschen. Die Hinrichtung des Bortenwirkers würde er sich keinesfalls entgehen lassen. Hatten sie ihn im Gedränge verpasst, oder hielt ihn etwas anderes davon ab? Auch unter den Nachzüglern konnte sie ihn nicht erspähen. Schnell überquerte sie den Platz.

Clara wirkte vollkommen verzagt. »Er ist nicht hier!«

»Komm, vielleicht ist er schon voraus zum Richtplatz gegangen, wie Meister Frantz es immer tut.«

Das Gesicht der Maid hellte sich auf. »Natürlich! Er will bestimmt ganz vorn stehen.«

Sie hasteten los und versuchten, sich durch die Menge vorzuarbeiten.

»Obacht, nicht schubsen!«, rief ein ungehaltener Mann.

*

Frantz stand auf der gemauerten Plattform und schwang die Klinge seines Richtschwerts durch die Luft. Auch wenn die Hinrichtung ihres Peinigers Clara helfen würde und der Mann es verdient hatte, er konnte sein Unbehagen nicht abschütteln. Erinnerungen an seine Ausbildung stiegen in ihm hoch. Wenn sein Vater starb, wer konnte ihm dann Halt geben, seine Zweifel ausräumen, ob er auf Gottes Vergebung für seine Taten hoffen durfte? Nur der himmlische Vater konnte ihn dann stützen, und auf ihn baute er auch jetzt. Er betete ein Vaterunser und fühlte seine Brust weniger eng werden. Keinen Augenblick zu früh. Von der Stadt her näherte sich die Prozession. Er schuldete es Sebald Kaiser und den Nürnbergern, sich voll und ganz auf seine Aufgabe zu konzentrieren.

An der Spitze des Zuges konnte er bereits Gesichter erkennen. Die beiden schwarz gewandeten Geistlichen redeten auf den armen Sünder ein, würden ihm wohl Trost spenden oder mit ihm Gebete sprechen. Kaiser wirkte sehr blass. Hatte er den Wein abgelehnt, den Augustin für die Verurteilten stets bei sich führte? Ein tapferer Mann, aber leicht betrunken wäre er ihm lieber, weil er dann weniger gewahr würde, was um ihn geschah, und nicht zuckte. Frantz steckte das Schwert weg, stieg die Stufen hinunter und wandte all sein Denken auf die Hinrichtung. Er durfte nicht patzen.

Magister Krieg gab Kaiser das letzte Abendmahl und segnete ihn. Langsam schritt Frantz auf die Männer zu, während sich Massen von Zuschauern um die Richtstätte versammelten.

»Seid Ihr bereit, Sebald Kaiser?«

Der arme Sünder schaute suchend in die Menge, als hoffte er, seine Frau zu sehen – vergeblich. Schließlich nickte er und schlurfte neben ihm her zur Plattform. Frantz ließ den Mann zuerst hinaufsteigen. Oben angelangt fragte er: »Wollt Ihr sitzen oder knien?« Um ihn im Stehen zu köpfen, war der Mann zu groß, das gab einen schwierigen Winkel.

»Knien. Darf ich vorher noch zu den Menschen sprechen?«

»Natürlich.«

»Habt Ihr meine Frau gesehen?«

»Nein, aber ich habe auch nicht auf die Gesichter um mich herum geachtet.«

Kaiser trat an den Rand des Podests. »Liebe Nürnberger! Eine Bestie hat unter Euch gehaust. Ich bereue meine Tat zutiefst. Betet für mich.« Er stockte. »Ambrosia, ich liebe dich! Immer nur dich.«

Aufgebrachte Rufe stiegen von der Menge auf, als wollte niemand diesem Mann ein Gefühl wie Liebe zugestehen. Frantz fasste den Bortenwirker sanft am Arm und zog ihn ein Stück weg vom Rand. Schließlich sollte sein Körper nicht in die Menge fallen und die Zuschauer mit Blut bespritzen.

»Ich bin hier«, erhob sich eine feste Stimme über die gemurmelten Unmutsäußerungen.

Kaisers Kopf ruckte herum, ein beseligtes Lächeln erschien auf seinem Gesicht. »Ambrosia, du bist gekommen!«

Nun konnte auch Frantz nicht widerstehen und sah sich nach der Frau um. Sie hatte sich in die vorderste Reihe vorgekämpft, neben ihr stand Clara; beide starrten wie gebannt empor. Frantz wandte sich zu Kaiser um. Er stand an der richtigen Stelle. Frantz nahm ihm den blauen Mantel ab und reichte ihn Augustin. »Kniet nieder.« Während er ihm den Kragen löste und das Hemd über die Schultern streifte, fügte er leise hinzu: »Macht Eurer Frau nicht noch mehr Schande. Haltet ganz still.«

Der Bortenwirker nickte heftig und schloss dann die Augen, seine Lippen bewegten sich wie im Gebet. Das Stimmengewirr wurde leiser. Frantz trat ein Stück zur Seite, den Blick auf den Nacken des Mannes gerichtet. Ein Raunen drang zu ihnen hinauf. Er zog das Schwert und holte aus. Was er jetzt tat, tat er für all diese Menschen.

»Passt auf Clara auf«, wisperte Kaiser und öffnete die Augen. Frantz schlug zu, traf perfekt. Die Klinge glitt durch Haut, Fleisch und Wirbel. Der Kopf kugelte über die Plattform. Aus dem Halsstumpf spritzte das Blut in einer Fontäne, und der Körper sank langsam in sich zusammen. Frantz betete zu Gott für die Seele dieses Mannes und für seine eigene, dann dankte er dem Herrn für eine gelungene Hinrichtung.

Augustin zog den Rumpf an den Rand der Plattform und fing wie gewohnt das Blut des Mannes in einer Schüssel auf. Frantz blickte zu der Stelle, wo eben noch Kaiserin und Clara gestanden hatten, doch die beiden waren in der Menge verschwunden. Abscheu vor seinem Werk? Er würde es vermutlich nie erfahren.

Ein kleiner Gefallen

Schöffe Pömer näherte sich dem Hochgericht und winkte Frantz herunter. Er stieg die zwei Stufen hinab und sah den Mann verwundert an.

»Meister Frantz, saubere Arbeit. Ihr dürft nach Bamberg reisen, aber am Dienstag müsst Ihr wieder zurück sein und der Stadt Nürnberg zur Verfügung stehen.«

Frantz fühlte sich ungemein erleichtert. »Danke, die Zeit sollte reichen, wenn ich morgen früh aufbreche.«

»Genau, aber vorher brauchen wir Euch noch einmal.«

»Heute? Was ist geschehen?«

»Wir haben einen jungen Goldschmied im Loch verhaftet, der bei seinem Meister in der Werkstatt eine Kette einschmelzen wollte.«

Taten Goldschmiede so etwas nicht häufiger? Geduldig wartete Frantz darauf, dass der Mann weitersprach.

»Er hatte keinen Auftrag dazu, und gehören tut sie ihm gewiss nicht. Viel zu kostbar für einen Gesellen. Die ist zwar nur aus Silber, aber es hängen sieben Rubine dran. Da würde *ich* ja schon ins Grübeln kommen, ob ich meiner Frau so ein Geschmeide schenke.«

»Verstehe, Diebesgut.«

»Vermutlich. Allerdings haben wir keinerlei Beweise. Diebstahl wurde keiner gemeldet. Vorerst dürft Ihr ihm allenfalls drohen.«

»Gut.«

»Wenn Ihr ihn nicht zum Sprechen bringt, müssten wir den jungen Mann über Ostern im Loch behalten. Das wäre sehr bedauerlich, sollte sich später seine Unschuld erweisen.«

Frantz nickte. »Ich gehe gleich hin. Zur Not kann ich ihn mir morgen früh vor der Abreise noch einmal vornehmen.«

»Hoffen wir, dass es nicht nötig sein wird. Ihr habt Euch die freien

Tage wirklich verdient.« Er blickte zum leblosen Körper des Bortenwirkers. Einige Leute mit Bechern standen in einer Schlange, um etwas vom frischen Blut zu kaufen. »Abergläubisches Volk«, brummte Pömer. »Da ist allerdings noch etwas. Wenn Ihr schon in Bamberg seid, könntet Ihr einen Schuldner unseres geschätzten Jorgen Labenwolf ermahnen, ihm die überfällige Summe zu bezahlen.«

Frantz klappte der Mund auf. *Er* sollte Schulden eintreiben? Der Henker von Nürnberg? »Euch ist bewusst, dass ich in Bamberg von meinem Vater zum Scharfrichter ausgebildet wurde? Man kennt mich dort recht gut.«

Der ehrbare Schöffe lächelte. »Um so eindrucksvoller sollte Eure Mahnung wirken. Gleichzeitig schuldet Labenwolf einem anderen Bamberger, dem Peringer, dreißig Gulden, die er nicht aufbringen kann, solange der Fürsetzlich ihm das ausstehende Geld nicht zahlt. Labenwolf arbeitet an einem Brunnenwerk für den dänischen König, das zum versprochenen Zeitpunkt fertiggestellt werden muss, aber wenn ihm die Handwerker nichts mehr liefern, weil sie zu lange auf ihr Geld warten müssen ...«

Frantz Schmidt, das Nürnberger Schreckgespenst, sollte nun auch noch zahlungsmüde Handwerker in seiner früheren Heimat einschüchtern? Er blickte gen Norden in die Ferne, wo Bamberg lag.

Pömer seufzte. »Ihr bekommt dafür auch ein Ross aus der Peunt gestellt. Sagt dem Anschicker, dass ich Euch eins versprochen habe.«

Jetzt erlaubte sich Frantz ein Lächeln. »In Ordnung. Sagt mir die noch mal die Namen und verratet mir, wo ich die Männer finde.«

»Oh, wendet Euch deswegen am besten an Wenzel Jamnitzer. Als Genannter der Handwerke ist er besser mit dem Fall vertraut.«

Den Goldschmied von Kaisern und Königen sollte er deswegen belästigen?

»Ihr kennt den Jamnitzer, oder nicht? Alter Knabe, langer, grauer Bart, kurze Haare?«

Frantz hätte beinah gelacht, und das unpassenderweise am Hochgericht. »Natürlich kenne ich den großen Meister, aber ich kann doch nicht einfach in seine Werkstatt gehen. Oder doch?«

Pömer lächelte wieder. »Kommt mit, da hinten steht er. Und wie es der Zufall will, spricht er sowieso gerade mit dem Labenwolf.«

Auch das noch! Jamnitzer hatte ihn letztes Jahr berauscht von Bilsenkraut erlebt und ihn für einen Trunkenbold gehalten, obwohl er nur die Stärke des Krauts der Presiglin hatte testen wollen. Erfüllt von Unbehagen folgte er dem Schöffen.

Wenzel Jamnitzer unterhielt sich mit zwei jüngeren Männern. Einen von ihnen hatte er schon einmal gesehen, als der Galgen erneuert worden war. Der Mann hatte mit Jamnitzer irgendwelche Messungen hier draußen durchgeführt, und Meister Wenzel hatte der Konstruktion des Galgens ein paar wenig erbauliche Worte geschenkt. Doch hatte Frantz nie erfahren, was dem hohen Herrn missfallen hatte.

Pömer unterbrach das Gespräch der Männer. »Meister Jorgen, ich denke, ich habe einen Weg gefunden, wie Ihr bis Ostern Eure offenen Forderungen eintreiben und dann auch gleich Eure Schulden bezahlen könnt.«

Überrascht wandten sich die drei ihnen zu. Alle Blicke richteten sich sofort auf Frantz. Jamnitzer legte den Kopf zur Seite und musterte ihn neugierig. Der jüngere seiner Begleiter, den Frantz nicht kannte, trat einen Schritt zurück, während der andere schmunzelte und gleichzeitig die Augenbrauen hochzog.

»Und was hat Meister Frantz damit zu schaffen?«, fragte Jamnitzer.

Pömers Miene blieb völlig unbewegt, aber er sprach nun den Jüngsten direkt an. »Er wird morgen nach Bamberg reisen, um seinen kranken Vater zu besuchen. Dabei kann er gleich bei Eurem Schuldner vorbeischauen und das Geld eintreiben.« Das musste Jorgen Labenwolf sein, ein Rotschmied, soweit Frantz wusste.

Der Mann sah erschrocken drein. »Aber … aber er ist …«

Der Dritte im Bunde lachte laut auf. »Der Nachrichter von Nürnberg. Wenn Euch das nicht zu Eurem Geld verhilft, dann könnt Ihr es gleich in den Wind schreiben. Pömer, Ihr seid ein Genius.«

»Ach was, Meister Lencker. Es trifft sich eben gerade gut.«

Lencker … das war also Hans Lencker, ebenfalls ein berühmter Goldschmied. Frantz merkte, wie er in Gegenwart so bedeutender Männer immer mehr in sich zusammensank.

Jamnitzer fragte: »Was sagt Ihr dazu, Meister Frantz?«

Er räusperte sich. »Nun, wenn ich damit der Stadt Nürnberg dienen kann und der dänische König auf diese Weise schneller sein Brunnenwerk bekommt …« Die nächsten Worte wählte er mit Bedacht. »… trete ich auch gern in Bamberg als Schreckgespenst auf. Dort hat mich mein Vater ausgebildet.« Er sah Labenwolf an. »Euer Schuldner wird mich vermutlich erkennen und wissen, wer und was ich bin. Ihr solltet Euch gut überlegen, ob Ihr meine Dienste in Anspruch nehmen wollt.«

Der Rotschmied presste die Lippen aufeinander und schien über seine Worte nachzudenken. Schließlich nickte er. »Ihr würdet mir damit einen großen Gefallen tun, Meister Frantz.«

Lencker grinste wieder. »Ich wär ja so gern dabei, wenn Ihr zum Fürsetzlich geht!«

Nun erlaubte sich auch Frantz ein kleines Lächeln. »Ihr dürft gern mit mir reiten, Meister Hans.«

»Ha! Verlockend, aber ich muss zur Wahl, und meine Frau würde mich erschlagen, wenn ich mich über Ostern in einer anderen Stadt herumtreiben würde, noch dazu in einer katholischen.«

»Das wäre in der Tat sehr bedauerlich«, antwortete Frantz. Der Mann wirkte so vergnügt und unbeeindruckt von seiner Stellung als Nachrichter, dass er nicht anders konnte, als hinzuzufügen: »Dann müsste ich Euer Weib vermutlich mit dem Schwert richten.«

Lencker entglitten kurz die Gesichtszüge, dann lachte er schallend. »Die würde zucken und kreischen. Das gäb ein Spektakel.«

Die Vorstellung einer ersten verpatzten Hinrichtung mit dem Schwert jagte Frantz einen Schauder über den Rücken.

»Reiß dich zusammen, Hans«, gemahnte Jamnitzer. »Du bist hier nicht in einer Weinschenke, sondern am Hochgericht.«

Das erinnerte Frantz an jenen Tag vor einigen Jahren. Er blickte zum Galgen hinüber. »Werte Herren, darf ich fragen, was mit der Konstruktion nicht stimmt?«

»Wie bitte?« Jamnitzer sah ihn verwundert an.

»Der Galgen. Während der Bauarbeiten seid Ihr und Meister Hans hier draußen unterwegs gewesen, um mit ungewöhnlichen Gerätschaften die Gegend zu vermessen.«

»Ich erinnere mich«, sagte Lencker. »Wir haben die Perspektive geprüft. Für Radierungen. Was weiter?«

»Meister Wenzel meinte ...« Er musste kurz überlegen. »... die Proportionen wären schrecklich.«

Jamnitzer blickte noch überraschter drein. »Das hab ich vor Euren Ohren gesagt?«

»Nun, auch aus der Entfernung wart Ihr gut zu hören. Der Galgen steht immer noch.«

Lencker gluckste. »Das schon, aber wie der aussieht! Ihr hättet einen Würfel mit gleicher Seitenlänge errichten lassen sollen. Der gemauerte Sockel ist allerdings das größte Problem. Schwer, darauf etwas Ansehnliches zu bauen.«

»Ohne den wäre die Holzkonstruktion inzwischen bestimmt zusammengefallen«, erwiderte Frantz verwirrt.

Jamnitzer lächelte nun eindeutig, auch wenn man die Lippen unter dem langen Bart nicht sehen konnte, aber die Augen funkelten. »In der Tat, manchmal ist Funktionalität wichtiger als Ästhetik. Macht Euch keine Gedanken, Meister Frantz, wenn Euer Galgen in einigen Jahren noch einmal erneuert wird, zieht Ihr einfach Hans Lencker als Berater hinzu. Er wird Euch wunderbare Entwürfe zeichnen, aber wundert Euch nicht, wenn die Konstruktion zwölf Ecken hat.«

Vier oben, vier unten, doch wo sollten die anderen Ecken hin? Frantz blickte Lencker fragend an, der natürlich wieder grinste.

Schöffe Pömer räusperte sich. »Das ist ja alles sehr spannend, meine Herren, aber Meister Frantz hat heute noch Arbeit zu tun, bevor er morgen aufbrechen kann.«

Oh, natürlich, der Goldschmied im Loch. Vielleicht wussten diese Herren ja etwas darüber, also sagte er: »Es geht um einen Eures Berufsstands, wenn ich recht informiert bin.«

Lencker trat ein Stück zurück und legte eine Hand aufs Herz. »Nein, das kann nicht sein. Es gibt keinen ehrlicheren Berufsstand als unseren!«

»Außer Erzgießer«, wagte nun Labenwolf einzuwerfen, der sich allmählich zu entspannen schien. »Ich setze für Euch ein Schreiben auf, das Euch bevollmächtigt, das Geld für mich in Empfang zu nehmen.«

Frantz nickte. »Die Namen der Handwerker brauche ich auch noch, und wo ich sie finde.«

»Ich werde alles dem Rat Pömer geben. Wenn Ihr sowieso noch im Loch zu tun habt ...«

Der Verdächtige

Max hielt unter den Menschen, die nach dieser abschreckenden Vorführung von Gerechtigkeit langsam wieder zurück in die Stadt strömten, noch immer nach Julius Ausschau. Hoch zu Ross konnte er das Gelände gut überblicken. Ein Stück abseits des Hochgerichts entdeckte er Kathi und Clara. Das Mädchen schien recht aufgewühlt – kein Wunder. Eigentlich sollte Max den Ratsherren auf ihrem Weg zurück in die Stadt Geleitschutz geben, da es nach Hinrichtungen gelegentlich zu Ausschreitungen und Übergriffen kam, aber heute hatten die Zuschauer sehr beherrscht und zufrieden gewirkt, deshalb verharrte er noch bei der Richtstätte. Der Nachrichter war auch noch da und sprach mit drei Männern, die nach angesehenen Handwerkern aussahen, unter ihnen der unverkennbare Wenzel Jamnitzer, und Schöffe Pömer stand dabei. Sehr ungewöhnlich, besonders weil Meister Frantz noch mit dem Blut des armen Sünders besudelt war. Er trieb das Pferd an und hielt bei den Frauen. »Ihr habt Julius auch noch nicht gefunden?«

»Nein«, seufzte Clara.

Irgendetwas stimmte da doch nicht. Die hohen Herren verließen den Nachrichter und marschierten gen Stadttor, daher lenkte Max sein Ross zu ihm. »Meister Frantz, habt Ihr Claras Bruder gesehen?«

Der Nachrichter verengte die Augen zu Schlitzen. »Julius war heute nicht hier?«

»Jedenfalls hat ihn niemand gesehen.«

»Herr im Himmel, dann ist *er* das vielleicht, der im Loch sitzt!« Meister Frantz ballte die Hände zu Fäusten, dann schloss er die Augen, ganz so, als müsste er sich arg beherrschen.

»Was meint Ihr? Wieso … ich weiß von keinem Verhafteten … was?«, stotterte Max.

Der Nachrichter wischte sich mit der Hand übers Gesicht und sagte bekümmert: »Pömer hat mir eben von einem Goldschmiedgesellen berichtet, der beim Einschmelzen von vermeintlichem Diebesgut ertappt wurde. Den soll ich gleich befragen.«

Max konnte es nicht fassen. »Julius?« Wie würde Clara das aufnehmen? Er winkte die Frauen herbei.

Der Löwe trat an den Rand der Plattform. Auch er wirkte verunsichert. »Was ist, Frantz?«

»Ich fürchte, der Julius Spieß sitzt im Loch.«

Das hatte auch die sich nähernde Clara gehört. »Was?«, rief sie. »Das kann nicht sein. Warum?«

»Schöffe Pömer hat mich vorhin gebeten, einen Goldschmied im Loch zu befragen, der eine wertvolle Kette einschmelzen wollte, ohne Auftrag seines Meisters oder eines Kunden …«, wiederholte Meister Frantz.

»Aber die hat mir die Kaiserin geschenkt!«, rief Clara.

Kathi sah sie überrascht an. »Sie hat dir eine Kette geschenkt?«

»Die war in der Schatulle, die sie mir gegeben hat, weißt noch? Aber dann ist Cuntz hereingekommen. Und weil er so aufgebracht war, hab ich erst später reingeschaut und bin ganz erschrocken über das kostbare Geschenk. Ich hab sie Julius zur Aufbewahrung gegeben. Er hat gemeint, da könnten wir immer mal einzelne Edelsteine verkaufen, wenn wir in Not sind.« Sie fasste sich an die Brust. »An der Kette sind rote Steine. Rubine hat Julius sie genannt.«

Meister Frantz stöhnte. »Der Tag geht interessant weiter. Hoffentlich klärt sich das heut noch. Morgen muss ich nämlich nach Bamberg reisen. Aber weil mir die Herren ein Ross aus der Peunt versprochen haben, wäre es nicht so schlimm, falls ich erst später aufbrechen kann.«

Überrascht fragte Max: »Was wollt Ihr denn in Bamberg?«

»Ihr müsst hierbleiben und Julius retten!«, rief Clara.

Meister Frantz sah betreten drein. »Mein Vater ist dort Henker und schwer krank. Wenn ich warte, werde ich ihn vielleicht nicht lebend wiedersehen. Außerdem soll ich für einen Erzgießer Schulden eintreiben und begleichen.«

Das Mägdlein ließ den Kopf hängen. »Ihr müsst uns helfen!«

»Ich werde mein Bestes tun. Und wenn es so ist, wie du sagst, ist dein Bruder bald wieder frei.«

Max war zwar nicht ganz wohl dabei, dennoch versprach er: »Und ich werde Euch unterstützen, wo ich kann.«

Claras Miene hellte sich auf, was auch Max zuversichtlicher stimmte. Falls die Bortenwirkerin ihr den Schmuck tatsächlich geschenkt hatte, würde sich alles schnell klären lassen. Doch was, wenn Clara ihr die Kette gestohlen hatte – als Wiedergutmachung für ihr Leid? Dann müsste Meister Frantz die Maid als Diebin richten. Er erschauerte, was ausnahmsweise nicht an dem eisigen Wind lag, der ihnen um die Ohren pfiff. »Zunächst sollten wir feststellen, ob wirklich Julius im Loch verhaftet wurde und nicht doch ein anderer Goldschmied.«

»Ich komm mit!«, rief Clara.

»Ich auch«, stimmte Kathi ein.

Meister Frantz schüttelte den Kopf. »Darum soll Max sich allein kümmern, der ist schließlich Stadtknecht. Ihr beide geht zu meiner Frau und erzählt ihr, was geschehen ist. Wartet dort auf mich.«

»Und was macht Ihr?«, fragte Max.

»Ich komme nach. Schließlich soll ich den Goldschmied heute noch befragen.«

Hoffentlich keine peinliche Befragung! »Dann reite ich voraus und finde schon mal den Namen heraus.«

Als Meister Frantz nickte, gab Max dem Pferd die Sporen. Bald hatte er eine Gruppe von Ratsherren eingeholt. Unter ihnen befand sich auch Lochschöffe Pömer, der ziemlich schnell gegangen sein musste, um die anderen einzuholen. Sie wurden von Stadtknecht Michel Hasenbart begleitet. Da er sich nicht traute, einfach einen Schöffen anzusprechen, noch dazu, während er hoch zu Ross saß und auf die Herren hinabschaute, umrundete er die Gruppe und schloss zu seinem Kumpel auf. »He, Michel, weißt du, welcher Goldschmied im Loch hockt und darauf wartet, vom Nachrichter verhört zu werden?«

»Nee. Hab nichts mitgekriegt.« Michel sah ihn fragend an.

Irgendwer musste den Kerl doch verhaftet haben. Verwirrt ließ er den Blick schweifen und traf auf den des ehrbaren Pömer, der ihn neugierig musterte.

Max räusperte sich und wollte absteigen, bevor er sich an den Mann wandte, aber das widerspräche seinen Dienstanweisungen, zu Pferde für Ordnung bei der Hinrichtung zu sorgen. Da führte man nicht einfach seinen Gaul spazieren und unterhielt sich mit Schöffen. »Ehrbarer Rat, könnt Ihr mir sagen, welcher Goldschmied im Loch verhaftet ist?«

Nun lächelte Pömer. »Das hat sich ja schnell herumgesprochen. Ich hätte den Nachrichter nicht für einen Schwätzer gehalten.«

Max schoss die Hitze ins Gesicht. Was sollte er sagen? Er schluckte. »Das ist er nicht. Clara Mülnerin, das Mägdlein, das Sebald Kaiser …«

Pömer wischte mit der Hand durch die Luft. »Ich weiß, wer sie ist.«

»Sie ... sie kann einen ... Bekannten, mit dem sie in Altdorf aufgewachsen ist, nicht finden. Dabei wollte er auf alle Fälle – schon ihretwegen – bei der Hinrichtung dabei sein. Er ist Goldschmied. Sie macht sich Sorgen, hat sich an den Nachrichter gewandt, und der hat mich gebeten ...«

Die Stirn des Lochschöffen umwölkte sich. »Hör auf zu plappern. Julius Spieß ist sein Name. Dann reit mal schön zurück zum Nachrichter.«

»Danke!« Erleichtert wegen der offiziellen Erlaubnis und gleichermaßen bestürzt über die Bestätigung ihrer Befürchtungen, wendete Max das Ross und preschte zurück. Meister Frantz kam ihm entgegen. Wo waren Clara und Kathi? Ah, sie gingen zum Spittlertor, weil es von dort näher zum Henkerhaus war. Der Richtplatz lag jetzt verlassen da. Lediglich Augustin Ammon schrubbte noch das Blut weg.

Max zügelte das Pferd vor Meister Frantz. »Pömer hat's bestätigt. Es handelt sich um Julius Spieß. Das war doch der Familienname von Claras Bruder, oder?«

»Richtig. Ich hoffe, du hast dem Schöffen nichts von der Verwandtschaft erzählt.«

»Um Himmels willen, nein.« Dafür hatte er herumgestottert wie ein Idiot.

Meister Frantz sah sich nach den Frauen um und rieb sich das Kinn.

»Wir verraten es ihnen besser noch nicht, wie?«, sagte Max.

Jetzt lächelte der Nachrichter. »Du kannst meine Gedanken lesen.« Dann nickte er. »Wird wohl besser sein, wenn ich erst einmal mit dem Burschen rede.«

»Ich werd mich nach Möglichkeit in der Nähe des Rathauses aufhalten, falls Ihr mich braucht.«

*

Der Lochwirt selbst öffnete Frantz das Tor zum Verlies. »Hab Euch schon erwartet, Meister Frantz.«

»Hat Pömer den Verdächtigen in die Folterkammer bringen lassen?«, fragte er mit Unbehagen.

Schaller schüttelte den Kopf. »Nein, der Lochschöffe meinte, das könnt Ihr nach Eurem Gutdünken handhaben, nur wehtun dürft ihr ihm noch nicht.« Der Lochwirt neigte den runden Kopf zur Seite und schürzte die Lippen, dass sich die Barthaare aufstellten. »Bald lässt man Euch hier schalten und walten, wie es Euch gefällt.«

Frantz lachte. »Nur solange dem Rat gefällt, was ich tue.«

»Schaut da überhaupt noch jemand hin?«, fragte der Mann und schloss das Tor.

Frantz stieg die Stufen hinunter. »Ihr wisst ja, an Ostern wird der Rat neu gewählt, da scheint niemand Zeit fürs Tagesgeschäft zu haben.«

»Stimmt, sie müssen alle wichtig tun.« Schaller griff nach einer Fackel und führte ihn in einen der düsteren Zellengänge. »Hier ist er drin. Bin ja mal gespannt, ob wir den Burschen auch über Ostern zu Gast haben werden.«

»Ich auch«, sprach Frantz.

Schaller öffnete die Keuche und reichte ihm die Fackel. »Beeilt Euch. Die Lochknechte sind noch nicht wieder da. Ist ja Richttag.«

Frantz trat ein.

Der Bursche auf der Pritsche hielt sich die Arme vor die Augen. »Ist das hell.«

Es war wirklich Julius. »Du gewöhnst dich dran.« Hinter Frantz fiel die Tür zu, und der Riegel schabte gegen das Holz. Der Lochwirt wollte wohl nicht das geringste Risiko eingehen, wenn er schon selbst Wache halten musste. Frantz steckte die Fackel in eine Halterung und setzte sich auf die Holzbank an der Wand. »Wie geht's dir?«

Der Bursche schnaubte. »Wie soll's mir schon gehen? Dreckig. Der Meister hat mich erwischt, wie ich aus einer Silberkette die Edelsteine herauslösen wollte.«

»Und er hat sofort gedacht, dass es Diebesgut sein muss?«

»Genau, hat gleich nach den Stadtknechten gerufen, und ein Schütz ist gelaufen gekommen. Die zwei haben mich dann ins Loch gebracht und angezeigt, dabei hab ich doch gar nichts angestellt.«

»Wo hast du die Kette her?«

Julius presste die Lippen aufeinander.

Frantz konnte es nicht fassen. »Du vertraust mir immer noch nicht?« Oder war die Kette doch Diebesgut? Nur hatte nicht er, sondern seine Schwester sie gestohlen …

Der Bursche wandte den Kopf ab.

»Wenn das so ist. Du hast sie von Clara, so viel weiß ich. Nur woher hat Clara sie?«

Julius ruckte herum und starrte ihn an. »Sie hat es Euch erzählt?«

»Natürlich, sie macht sich Sorgen um dich. Da kommt sie selbstverständlich zu mir. Du hast eine gelungene Hinrichtung versäumt. Und deine Schwester war sehr aufgebracht, weil du nicht erschienen bist.«

Er hob seine Hände, die in Eisenschellen steckten.

»Erzähl mir alles, oder wir sehen uns nächstes Mal in der Folterkammer wieder. Die wird gern Kapelle genannt, nicht nur wegen der gewölbten Decke, sondern weil dort jeder beten lernt.«

Julius zog die Nase hoch. »Redet mit Clara, von mir erfahrt Ihr nichts.«

Frantz schlug mit der Faust gegen die Wand. »Warum?«

»Ich hab Angst.«

»Vor der Tortur offensichtlich nicht, sonst würdest du das Maul aufmachen.«

»Angst um Clara.« Nun sah er Frantz direkt an. »Kann ich Euch wirklich vertrauen?«

»Ja. Wenn du dir nichts zuschulden hast kommen lassen, werde ich dir helfen. Gleiches gilt für deine Schwester. Wenn ihr ein Verbrechen begangen habt, werde ich euch richten oder ausstreichen müssen. Das tue ich dann auch, mit Bedauern im Herzen.«

Wieder schnaubte der Flegel. »Euer Bedauern könnt Ihr behalten.«

Was war der Kerl verstockt! Da wollte Frantz ihn ebenfalls nicht ins Bild setzen, was Clara ihm noch alles erzählt hatte. Vielleicht hatte sie ihrem Bruder ja eine andere Geschichte über die Herkunft der Kette aufgetischt. »Du willst unbedingt deine Schwester schützen. Das kann nur bedeuten, dass sie den Schmuck auf unredliche Weise erworben hat.« Er stand auf und ging zur Tür. »Ich werde sie verhaften lassen, dann erfahren wir schon die Wahrheit.«

»Nein! Das dürft Ihr nicht!«

Endlich eine starke Reaktion. Frantz wandte sich zu Julius um. »Selbstverständlich darf ich das. Ich muss sogar.«

Julius sprang auf, schüttelte wild den Kopf und hob in einer hilflosen Geste die Arme. »Bitte, tut ihr das nicht an! Diese ewige Dunkelheit, nach allem, was sie erst durchgemacht hat. Bitte.«

Er seufzte. »Nein, ich lasse sie nicht verhaften. Noch nicht.« Aus dem Burschen würde er so schnell nichts herauskriegen, auch nicht wenn er ihm die Folterwerkzeuge zeigte. »Wir sehen uns spätestens morgen früh wieder.« Hoffentlich schaffte er es, rechtzeitig nach Bamberg aufzubrechen. Verärgert hämmerte er an die Tür. Schaller öffnete beinah sofort. Frantz reichte ihm die Fackel. »Wahrscheinlich seht Ihr mich heute noch einmal.«

Mit langen Schritten eilte er zum Ausgang. Er brauchte frische Luft und klare Gedanken. Nein, vorher sollte er sich von Kaisers Blut reinigen. Im Brunnenraum schöpfte er einen Eimer Wasser und begab sich ins Henkersstüblein. Hier zeugte nichts mehr von den letzten Stunden des Bortenwirkers. Frantz zog Wams und Hemd aus. Während er sich den Oberkörper wusch, drangsalierten ihn seine Gedanken weiter. Dass Julius Clara zu beschützen suchte, konnte nur eines bedeuten: Er glaubte nicht daran, dass sie den Schmuck von der Kaiserin geschenkt bekommen hatte. Wie sollte Frantz es dann glauben können?

Die Blutrubine

Max prüfte auf dem Markt vor dem Rathaus gerade die Handelsgenehmigung eines Kramers, den er noch nie zuvor in Nürnberg gesehen hatte. Da stapfte Meister Frantz aus der Gasse, die zum Lochgefängnis führte, als wollte er die Pflastersteine für irgendeine Untat bestrafen.

Ein Passant sah ihn und rief: »Schöne Hinrichtung, Meister Frantz!«

Der Nachrichter nickte nur und würdigte den Mann keines Blickes. Max reichte dem Kramer seine Erlaubnis zurück und schlenderte Meister Frantz entgegen. Als dieser ihn bemerkte, winkte er ihn sogleich heran.

Max ging schneller. »Ihr seht gar nicht zufrieden aus.«

»Kein Wunder«, brummte er. »Der Bursche will das Maul nicht aufmachen.«

»Was machen wir jetzt?«

»Gehen wir zur Bortenwirkerin und fragen sie, ob sie Clara eine Kette geschenkt hat.«

Max nickte, und sie gingen in Richtung Milchmarkt. »Vielleicht sollte ich erst mal allein mit ihr reden.«

»Warum?«, fragte der Nachrichter. »Ich war jetzt oft genug in dem Haus.«

»Die anderen Male war sie aber nicht da.«

»Das stimmt natürlich.« Er blickte auf seine Pluderhose hinab. Der rote Stoff ließ keine Blutspritzer erkennen, trotzdem würde er sie unweigerlich an das Schicksal ihres Mannes erinnern. Sollten sie die Witwe wirklich heute, am Richttag, belästigen? Nun, für den Fall, dass Julius ungerechtfertigt verhaftet worden war, mussten sie es tun. »Du ahnst bestimmt, wovor mir graut.«

Max schluckte. Wenn die Kaiserin das Geschenk abstritt, müsste Meister Frantz womöglich als Nächstes Clara richten – schreckliche Vorstellung. »Glaub schon.«

An der letzten Straßenecke, bevor sie die Werkstatt erreichten, blieb Meister Frantz stehen. »Ich warte hier.«

Max nickte und ging die belebte Gasse hinauf. Die Leute sprachen über die Hinrichtung und darüber, wie gefasst Kaiser gewesen war. Seine Liebeserklärung an seine zwergenhafte Gemahlin hätte manches Weib gar zu Tränen gerührt. Er konnte dem Geschwätz nicht entkommen und fragte sich, was die Leute wohl tratschen würden, wenn Clara ihre Herrin wirklich bestohlen hatte.

Vor der Werkstatt angelangt hämmerte er an die Tür und war sich der auf ihn gerichteten Blicke gewahr. Was wollte ein Stadtknecht bei der Witwe des armen Sünders?

Endlich öffnete eine der Mägde. Erstaunt starrte sie ihn an. »Was? Du?«

Er nickte. »Darf ich die Kaiserin sprechen?«

Die Frau seufzte. »Ihr ist nicht wohl. Ausgerechnet heute willst du sie belästigen?«

»Das tut mir sehr leid, aber es ist wichtig und dringend.«

Sie winkte ihn herein.

»Bist du die Traudel?«

»Ja.«

Um die Mutter des jungen Cuntz zu sein, war sie auch viel zu jung. Ob Kaiser auch bei ihr gelegen hatte? Max musterte sie lieber nicht zu genau, sonst mochte sie an seinem Gesicht ablesen, was ihm durch den Kopf ging. Die Frau verriegelte die Werkstatt hinter ihm und führte ihn eine Stiege hinauf in eine gemütliche Stube mit Kachelofen. Um einen großen Tisch herum standen Stühle. Die Bortenwirkerin saß auf der Ofenbank, doch trotz Decke über den Beinen schien ihr kalt zu sein. Sie zitterte. »Was führt einen Stadtknecht an diesem Tag in mein Haus? Ich hätte eher mit einem Pfaffen gerechnet.«

Max schaffte es gerade noch, ein Grinsen zu unterdrücken. »Der kommt bestimmt auch noch vorbei. Ich bedauere, dass ich Euch gerade heute belästigen muss, aber es geht um Clara und ihren Bruder.«

Die Bortenwirkerin wirkte überrascht. »Was ist mit den beiden?«

Max gemahnte sich, nicht zu viel zu verraten. »Lasst mich zunächst fragen, ob Ihr eine mit Rubinen besetzte Silberkette besitzt.«

»Rubine?« Ihr Blick trübte sich. Sie rieb sich mit den Händen über die Unterarme. »Blutstropfen auf Silber«, murmelte sie und drehte ihr Gesicht zum Fenster, auch wenn dessen Butzenscheiben ihr die Sicht nach draußen verwehrten. »Nein, so eine Kette besitze ich nicht.«

Das Gebaren der Frau bereitete ihm großes Unbehagen. Vielleicht hatte die Hinrichtung ihres Mannes ihr den Verstand geraubt. Trotzdem fragte er: »Ihr habt auch keine solche Kette verschenkt?«

Sie wandte sich ihm wieder zu und öffnete langsam die Lider, als wären diese ungeheuer schwer. »Nein. Ich kenne keine solche Kette.«

Was war dann in der Schatulle? Kathi hatte gesehen, wie Kaiserin sie Clara überreichte. Also fragte er: »Habt Ihr Clara etwas zum Abschied geschenkt?«

Das Gesicht der kleinen Frau hellte sich auf und sah jetzt richtig schön aus. »Oh ja, ich habe ihr eine äußerst kunstvolle hölzerne Schatulle geschenkt, mit Intarsien der feinsten Art.«

Max nickte, auch wenn ihm übel wurde. Vorsichtshalber fragte er: »In der Schatulle war nichts?«

Kaiserin schüttelte den Kopf und zog die Augenbrauen zusammen.

»Nein, wieso? Ich hab zwar nicht noch einmal reingeschaut, aber das wüsste ich.«

Woher stammte dann die verfluchte Kette? Hatte das Mägdlein sie doch gestohlen? Nur wem? »Vielen Dank, und ich bitte Euch noch einmal um Verzeihung für die Störung – ausgerechnet heute.«

»Ausgerechnet heute«, wiederholte sie und wirkte ganz verloren.

Irgendetwas Aufmunterndes müsste ihm jetzt einfallen! Kathi wüsste bestimmt ... Natürlich. »Meine Frau schickt liebe Grüße. Ich bin Max Leinfelder, Kathis Mann.«

Die Bortenwirkerin sah ihn jetzt mit klarem Blick an. »Die gute Frau. Sie war so hilfreich. Wäre Kathi nicht gewesen ...«

Max nickte. »Ja, so ist sie. Ich wünsche Euch noch ...« Herr im Himmel, beinah hätte er der Witwe des armen Sünders einen schönen Tag gewünscht! »... alles Gute für die Zukunft.«

»Danke.«

Max floh aus der guten Stube und rannte beinah die Magd um, die vor der Tür gewartet und vielleicht auch gelauscht hatte.

Als er dem Nachrichter von der Unterredung berichtete, knirschte der hörbar mit den Zähnen. Dann legte er Max eine Hand auf die Schulter. »Ich *muss* morgen nach Bamberg reiten. Wenn ich bis dahin nicht die Wahrheit aus den Geschwistern herausgeholt habe, musst du übernehmen.«

Was könnte er schon tun, wenn selbst der Nachrichter versagte? Trotzdem erwiderte er: »Das mach ich.«

»Gut. Ich geh zur Peunt und frag im Bauamt, ob das mit dem Pferd in Ordnung geht. Pömer mag sich das etwas zu einfach vorstellen. Anschließend nehme ich mir noch mal Julius vor.«

»Und ich geh zum Henkerhaus und werde Clara ausfragen. Kathi ist hoffentlich noch dort. Sie spürt meist sehr schnell, ob jemand aufrichtig ist oder nicht.«

*

Kathi stürmte beim ersten Klopfen zur Tür. Max! Er sah gar nicht glücklich aus. Sie versuchte, in seinen Augen zu lesen, was geschehen war, dann fiel sie ihm um den Hals. Er drückte sie fest an sich, küsste ihre Wange und flüsterte in ihr Ohr: »Der Mann im Loch ist tatsächlich Julius, aber er zeigt sich verstockt, also waren wir bei der Kaiserin. Die behauptet nur leider, sie kennt die Kette nicht.«

Verwirrt löste sie sich aus seinen Armen. Max trat in die gute Stube. Sofort richtete sich Claras besorgter Blick auf ihn. »Ist es Julius? Sprich schon.«

»Ja, dein Bruder ist im Loch verhaftet. Der Nachrichter war bei ihm, doch er wollte nicht verraten, woher er die Kette hat.«

»Na, von mir. Die Bortenwirkerin hat sie mir geschenkt.«

Kathi blickte in das strenge Gesicht ihres Mannes und ahnte, dass er nicht sanft mit der Maid umgehen würde. Hin- und hergerissen stand sie zwischen den beiden, blickte von einem zum anderen. Max schüttelte langsam den Kopf. »Die Kaiserin sagt, sie kennt die Kette nicht, will sie nie gesehen haben.«

»Was? Aber die war in der Schatulle, die sie mir geschenkt hat.«

»Sie behauptet, die Schatulle war leer.«

Clara riss die Augen auf und sprang vom Stuhl. »Wer verschenkt denn eine leere Schachtel?«, rief sie. Röte stieg ihren Hals empor und schoss in ihre Wangen.

Da kam Maria mit einem Kräutertrunk ins Zimmer. »Was ist denn hier los?« Sie warf Max einen vorwurfsvollen Blick zu.

Kathi meinte: »So eine Schachtel kann an sich schon wertvoll sein.«

»Genau.« Max warf ihr einen dankbaren Blick zu, dann forderte er Clara auf, ihm die Schatulle zu zeigen.

Er war immer noch schrecklich barsch zu ihr, dabei war Kathi sich ziemlich sicher, dass Clara die Wahrheit sprach. Sie ging mit ihr ins angrenzende Behandlungszimmer. »Keine Sorge, wir werden schon herausfinden, woher die Kette stammt.«

»Das heißt, du glaubst nicht, dass ich sie gestohlen habe?«

Kathi lächelte. »Wem denn? Sicher nicht der Bortenwirkerin. Die will sie ja nicht kennen.« Da wurde ihr schlagartig etwas bewusst. »Doch Julius hat ständig mit dem Schmuck anderer Leute zu tun.«

»Oh Kathi, sag so was nicht.« Sie holte die hölzerne Schatulle unter dem Bett hervor. »Wie wär die Kette denn da hineingekommen, wenn er sie gestohlen hätte?«

»War Julius mit deinem Geschenk allein, bevor du es geöffnet und die Kette gefunden hast?«

»Nein!«, schrie Clara. »Er hat sie auch nicht gestohlen.« Wütend stapfte sie hinaus. Kathi eilte ihr hinterher und sah, wie sie Max die Schatulle entgegenschleuderte. Der duckte sich gerade rechtzeitig, und das schöne Stück knallte gegen die Wand. Da sprang der Deckel ab.

»Da seht ihr's, die fällt gleich auseinander.« Unsicher und vielleicht auch ein wenig beschämt sah sie sich im Raum um. »So was schenkt man doch niemandem, wenn nichts drin ist.«

Maria strich ihr über den Rücken. »Beruhig dich, Kind.«

Max hob das Behältnis auf und strich über die glänzende Oberfläche. »Feinste Intarsien. Solche Arbeit macht sich niemand, wenn das Ding als Wurfgeschoss verwendet werden soll.«

Schluchzend sank Clara auf einen Stuhl. »Tut mir leid. Wirklich.«

Vom anderen Ende der Wohnung drang ebenfalls eine weinerliche Stimme.

»Jetzt ist Vitus wach geworden.« Maria legte eine Hand auf Kathis

Rücken und schob sie zu dem heulenden Mädchen.

Max setzte sich an den Tisch ihnen gegenüber. »Julius –«

»Nein!«, keuchte Clara und zog die Nase hoch.

Er setzte erneut an. »Julius weigert sich zu sagen, woher er die Kette hat. Entweder, weil er dich nicht in Verdacht bringen will …«

Clara beruhigte sich ein wenig und sah zu ihm auf. »Oder?«

»Weil er sie selbst gestohlen, sie vielleicht sogar in der Schatulle versteckt hat.« Er sah Kathi an. Bestimmt hatte ihr Mann gehört, was sie nebenan geredet hatten, weil er jetzt diesen Verdacht aussprach.

Clara kniff den Mund zusammen und funkelte ihn zornig an.

Kathi legte eine Hand auf ihre. »Wir haben dir schon einmal geholfen, und wir werden es wieder tun, wenn du ganz ehrlich zu uns bist.«

Sie nickte langsam. »Ich weiß, dass ihr es nicht böse meint, aber ich hab euch alles gesagt.«

Maria kam mit Vitus herein. »Weiß jemand, ob Frantz morgen nach Bamberg reisen darf?«

Max nickte. »Ja. Morgen früh wird er vielleicht noch einmal mit Julius reden, danach sind wir auf uns allein gestellt. Auch jetzt wollte er noch einmal zu ihm gehen.«

Die Henkerin rieb ihre Wange an der ihres Sohnes. »Dann werden wir zwei zum ersten Mal ein paar Tage ohne ihn sein.«

»Darf ich trotzdem bleiben?«, fragte Clara. »Sonst weiß ich gar nicht mehr, wo ich hin soll.«

»Natürlich kannst du bleiben.«

Kathi holte Becher und schenkte ihnen allen von dem Kräutertrunk ein.

*

Frantz betrat erneut die Keuche. Julius lag auf der Pritsche und machte sich nicht einmal die Mühe zu schauen, wer gekommen war. Wieder schloss Schaller ihn mit dem Verdächtigen ein, allerdings trug dieser keine Eisen mehr.

»Die Kette ist nicht von der Kaiserin.«

Julius brummte etwas und setzte sich auf. »Ihr habt sie gefragt?«

»Ja.« Er meinte Überraschung im Gesicht des jungen Mannes zu sehen, war sich aber nicht sicher.

»Wem gehört sie dann?«

Frantz lächelte. »Das weißt du nicht, obwohl du sie zerlegen wolltest?«

»Ich dachte …«

»Dass Clara sie gestohlen hat?«

Er hob die Schultern. »Vielleicht. So ein kostbares Stück verschenkt man doch nicht. Da sind Rubine dran!«

Endlich kamen sie weiter. »Wann hat sie dir den Schmuck gezeigt?«

Er rieb sich mit beiden Händen über das Gesicht. »An dem Abend, als sie von der Bortenwirkerin zurückgekommen ist. Ich bin zu Euch gekommen, und alle haben nur von Cuntz geredet, dass er nicht der Sohn der Kaiserin ist, sondern von einer der Mägde. Weibergespräche halt. Dann springt Clara auf und meint, dass sie mir was zeigen muss. Sie hat's in der Aufregung ganz vergessen. Jedenfalls zieht sie mich ins andere Zimmer und holt die Schatulle unter dem Bett hervor. Da hat sie die zum ersten Mal aufgemacht, und wir haben alle beide ziemlich gestaunt und sie schnell wieder weggepackt. Kaum besitzt man was Kostbares, schon will man es vor aller Welt verstecken. Sogar vor dem Nachrichter. Man weiß ja nie, wem man vertrauen kann.«

Frantz lachte halbherzig und sank auf die Bank. »Das hast du jetzt von deinem Misstrauen. Hättet ihr sie uns an dem Abend mal lieber gezeigt.«

»Was hätte das geändert?«

Dann hätten sie bezeugen können, dass die Kette in der Schachtel war, aber wenn die Kaiserin das abstritt ... »Du hast recht, es hätte nichts geändert.«

»Ihr glaubt mir?«

»Ich weiß nicht, aber ich bin froh, dass du mit mir redest. Hör zu, du wirst hier nicht rauskommen, wenn du den Schöffen nicht verrätst, dass du die Kette von Clara hast.«

»Und wenn ich's ihnen sag, dann landet sie hier.«

»Genau.« Frantz betrachtete ihn eingehend. Der Bursche schien nicht einen Moment versucht, diesen Ausweg zu wählen. »Das Gute ist allerdings, dass ich bis nach Ostern weg sein werde.«

Julius blickte besorgt drein. »Was soll daran gut sein? Wer wird dann herausfinden, was wirklich passiert ist?«

»Max, Kathi, Clara. Und in meiner Abwesenheit kann ich nicht die Anweisung bekommen, dich zu torquieren.«

Jetzt lächelte der Mann. »Das ist allerdings gut.«

Außer Augustin würde damit beauftragt, allerdings war das sehr unwahrscheinlich, also verkniff er sich die Bemerkung und fragte: »Du willst also das Osterfest hier unten feiern?«

Er schnaubte. »Wollen? Das nicht gerade, aber was bleibt mir schon übrig?«

»Ich werd die Schallerin bitten, dich wie einen Feiertagsgast zu behandeln.«

»Das will ich sehen!«

Frantz stand auf. »Falls sie dich an ihren Tisch einlädt, benimm dich anständig und stell bloß nichts an.«

»Was denn anstellen?« Julius wirkte tatsächlich ratlos.

»Einen Fluchtversuch zum Beispiel.«

»Damit Clara ins Loch geworfen wird? Und ich kann dann, den Rest meines Lebens als Flüchtiger verbringen. Bestimmt nicht.«

»Gut, wir sehen uns nächste Woche wieder.« Als Nächstes musste er den Lochschöffen berichten, nur was konnte er ihnen sagen? Nichts. Hoffentlich befahlen sie ihm nicht, in Nürnberg zu bleiben, um morgen nach der Ratssitzung mit der peinlichen Befragung zu beginnen. Da mochte es hilfreich sein, dass er auch noch Schulden eintreiben sollte.

Teil II

Sondersiechenschau

Mittwoch, 11. April 1582

Max hoffte, in der Nähe des Rathauses zum Dienst eingeteilt zu werden, um neue Entwicklungen bezüglich Julius mitzubekommen. Doch als er sich morgens in der Kriegsstube meldete, erhielt er den Auftrag, einen Nürnberger Briefmaler in einen der Gefängnistürme zu führen.

»Wieso das denn? Unbezahlte Schulden?«, fragte Max verblüfft, denn etwas Harmloseres als einen Briefmaler konnte er sich nicht vorstellen.

Der Kanzlist schnaubte verächtlich. »Der hat heimlich außerhalb der Stadt in einer unredlichen Werkstatt gearbeitet. Dafür muss er nun zwei Tage einsitzen.«

»Oh. Der Name?«

»Balthasar Gallen. Wohnt im Söldnergässlein. Ich denke nicht, dass er dir Schwierigkeiten machen wird, aber nimm lieber einen Schützen mit.«

»Jawoll.« Max verließ die Kammer und ging zum Rathaus. Hier hielt er vergeblich nach dem Nachrichter Ausschau. Falls der nicht bereits nach Bamberg aufgebrochen war, könnte Max vielleicht noch schnell im Henkerhaus vorbeischauen, um sich mit ihm zu beraten. Die Brückenwohnung schloss sich direkt an den Gefängnisturm an. Erst einmal musste er zur Schützenstube auf der Südseite des Rathauses, wo sechs Schützen Dienst taten. In der Büttelstube daneben hielt sich immer mindestens ein diensthabender Stadtknecht auf. Max lugte hinein. Natürlich lungerte an diesem kalten Morgen auch sein Kumpel Hasenbart dort herum. Kurzerhand beschloss er, den mitzunehmen. »He, Michel, gibt Arbeit.«

Übertrieben stöhnend warf Michel sich seinen Mantel über. »Was denn?«

»Einen Briefmaler verhaften.«

Er lachte. »Die sind natürlich sehr gefährlich, da kann ich dich nicht allein hingehen lassen, sonst ersticht er dich mit seiner Feder.«

»Genau«, rief Max zurück und rieb sich die kalten Hände. Wann kam endlich der Frühling?

Sie marschierten in Richtung Kaiserburg, in deren klammen und kahlen Räumen selten genug ein Kaiser zu finden war. Wenn seine Majestät nach Nürnberg kam, stieg er lieber in einem gemütlich eingerichteten Patrizierhaus ab. Halb den Berg hinauf, bogen sie nach links ins Söldnergässlein. Vor einem kleinen, sehr alten Haus blieb Max stehen. »Das muss es sein.« Er schlug mit der Faust gegen die Tür. »Balthasar Gallen, aufmachen.«

Bald darauf flog die Tür auf, und ein grimmig dreinschauender Kerl musterte sie. »Ist es schon so weit?«

»Dann bist du wenigstens zu Ostern wieder daheim. Ist doch auch was.«

Gallen schnaubte, griff sich ein Bündel und schlüpfte in eine schon sehr abgetragene, aber warme Schaube. »Gehen wir.«

Auf dem Weg zum Gefängnisturm am Nordufer der Pegnitz schimpfte der Mann die ganze Zeit vor sich hin. »Wenn man doch in Nürnberg kaum genug verdienen kann, um den Hauszins zu bezahlen.«

Wenigstens hat der ein eigenes Haus, dachte Max. Sein Mitleid hielt sich in Grenzen.

»Der Stadtrat regiert ganz willkürlich. Alles wollen sie uns vorschreiben oder verbieten. Jetzt haben sie sogar einen Goldschmied ins Loch geworfen. Niemand weiß, warum.«

Das hatte sich ja schnell herumgesprochen. »Kennst du den Julius Spieß?«

»Freilich, arbeitet doch beim Hildebrandt. Der hat ihn abführen lassen, kriegt aber das Maul nicht auf, was sich sein Gesell hat zuschulden kommen lassen. Der alte Grantlhuber.«

Da sprach der Richtige. Der Briefmaler konnte kaum älter als dreißig sein, redete aber daher wie ein Greis. Von denen hörte man auch immer nur, wie viel besser es doch in der alten Zeit war.

»Wisst ihr vielleicht, was der Spieß getan haben soll?«

Max rieb sich den Bart. Ob er von dem Kerl was Nützliches erführe, falls er ihm von der Kette erzählte? Wohl kaum. Und wenn der wieder aus dem Turm kam, würde er es jedem, der es hören wollte, weitertratschen. Da konnte manch einer auf die Idee kommen zu behaupten, der Schmuck gehöre ihm. Lieber den Mund halten. »Darf ich nicht verraten.«

Gallen schnaubte eine Dampfwolke. »Immer das Gleiche: Alles geheim halten. Da soll man sich nicht die schlimmsten Dinge ausmalen. Bestimmt wird der Mann zu einem stattlichen Preis nach Venedig verkauft. Nürnberger Goldschmiede sind schließlich in der ganzen Welt berühmt.«

»Menschen kann man nicht verkaufen«, brummte Michel. »Du redest wirr, guter Mann.«

»Ha, das nennen sie dann Galeerenstrafe. Aber natürlich leugnen Schergen wie ihr so was. Ihr gehört schließlich dazu. Ich sag euch, eines Tages wird auch noch der Jamnitzer gefangen und verkauft. Vielleicht nach Prag, vielleicht nach Paris. Dahin hat man seinen Sohn verschleppt, und seitdem ward er nimmer gesehen.«

Überrascht sah Max seinen Kumpel an. Der stöhnte und meinte: »Der Sohn vom Jamnitzer war in dessen Auftrag in Frankreich. Da hat ihn irgendwer umgebracht, oder er ist sonst wie gestorben. Ist schon einige Jahre her. Seine Majestät, der König von Frankreich, hat daraufhin die ganzen Waren, die er mit sich führte, eingezogen und wollt sie nicht mehr hergeben.« Michel lachte. »Das Eigentum von Fremden, die bei den Franzosen sterben, fällt an den Staat, sprich den König. Praktisch, oder? Da hat der Alte erst mal beweisen müssen, dass die schönen Sachen ihm gehört haben, nicht seinem Sohn.«

Gallen klatschte in die Hände. »Natürlich! Deshalb haben sie die Franzosenkrankheit erfunden! Damit mehr Fremde bei ihnen sterben! Die kommt gar nicht aus der Neuen Welt. Oder die Franzosen haben sie nur zu diesem Zweck mitgebracht!«

Michel verdrehte die Augen und schlug dem Briefmaler auf den Rücken. »Ja, ja, so muss es gewesen sein. Blöd nur, dass kaum einer dran stirbt, ist lediglich eine Geißel der Menschheit.«

»Ja, ja«, sagte auch Max in der Hoffnung, den Wirrkopf damit zum Schweigen zu bringen. Vielleicht sollten sie ihn gleich ins Närrische Prisaun führen statt in einen Gefängnisturm, aber dazu war er vielleicht noch nicht verrückt genug.

Endlich hatten sie den Turm erreicht. Michel hämmerte gegen die Pforte. Es dauerte ewig, bis einer der Hüter öffnete. »Was gibt's?«

»Den Briefmaler Balthasar Gallen bringen wir euch für zwei Tage.«

»Auf den haben wir schon gewartet.« Er packte den Mann und zog ihn hinein. Sofort flog die Tür wieder zu.

»Na, so was«, brummte Michel. »Was sind denn das für ungehobelte Klötze hier?«

Max lachte. »Wenn die mehr von der Sorte eines Gallen einsitzen haben, wundert es mich nicht.«

»Man kann sich die Strolche nicht aussuchen«, ertönte eine sonore und wohlbekannte Stimme. Der Nachrichter stand hinter ihnen, ein Ross am Zügel haltend, von dessen Sattel ein Stoffsack hing.

Michel lachte nur. Meister Franz schmunzelte. Er trug einen mit Schaffell gefütterten Mantel.

»Ihr brecht auf?«, fragte Max überflüssigerweise.

»Ja. Ich war heute Morgen gar nicht mehr bei Julius, bringt im Moment sowieso nichts, fürchte ich.«

»Was ist denn mit dem?«, fragte Michel.

Max sah den Nachrichter fragend an. Durfte er seinen Kumpel einweihen? Meister Frantz zog die Schultern hoch und ließ sie langsam wieder sinken, dann schwang er sich in den Sattel des Pferdes. »Spätestens am Dienstag bin ich zurück.« Er hob die Hand zum Abschied und trieb das Ross in Richtung Neutor.

»Oh, reitet er etwa zur Siechenschau?«, fragte Michel neidvoll.

»Na ja, wenn er nach Bamberg will, dürfte das der nächste Weg sein.«

»Schade, dass ich nicht zum Dienst dort eingeteilt worden bin. Die paar Schützen schaffen das doch kaum.«

Max schüttelte nur den Kopf. Einmal hatte er selbst dabei helfen müssen, die Kranken zu den Stadtärzten zu führen, die dann die Gauner von den echten Leprösen trennten. Noch mal wollte er das nicht tun.

Michel jedoch maulte: »Schade, dass die Siechenschau nicht mehr hier oder gar vor dem Rathaus abgehalten wird, jetzt da der Sondersiechenkobel nach Johannis verlegt worden ist. Das war immer ein schönes Spektakel.«

»Na, mir ist es schon lieber, wenn die Leprakranken nicht drei Tage lang in der Stadt herumlaufen, da kann man sich doch anstecken.«

*

Frantz kannte den Michel Hasenbart kaum, aber wenn Max ihm vertraute, sollte er ihn ruhig einweihen. So sehr es ihn drängte, seinen Vater zu besuchen, war es ihm doch schwergefallen, Clara in völliger Ungewissheit zurückzulassen. Maria konnte das Mädchen auch nur trösten, ihr aber nicht helfen. Hoffentlich konnten Kathi und Max mehr herausfinden, als er es vermochte.

Sowie er durch das Neutor hinausritt, sah er schon einige Menschen, die zur Sondersiechenschau in Johannis unterwegs waren. Die meisten humpelten, gingen an selbst gebastelten Krücken und trugen Lumpen und Verbände. Die Lepra war eine bösartige Krankheit, doch leider nutzte auch schamloses Gelichter die wohltätige Veranstaltung in der Marterwoche aus. Als er sich dem Siechenkobel näherte, zügelte er sein Ross. Was für eine unglaubliche Menge von Menschen! Sie strömten aus allen Richtungen heran, um drei Tage lang verköstigt und medizinisch versorgt zu werden. Wie sollte er da durchkommen? Hätte er doch lieber den Fürther Weg genommen. Zu seiner Rechten lagen Felder, doch der Gaul würde vermutlich im feuchten Erdreich einsinken. Er streichelte den Hals des Tieres, das immer nervöser zu werden schien, reckte sich und suchte nach einem Umweg, der ihn schneller voranbringen würde.

Da rief jemand: »Der Henker!«

Frantz blickte sich nach dem Rufer um und sah gleich mehrere Leute auf sich zuhumpeln. »Berührt mich, Meister Frantz!«, rief der Vorderste.

»Mich auch!«, schrie jemand weiter hinten.

Weitere Rufe erschallten. »Eure Hände heilen uns!«

Er starrte auf seine ›zaubermächtigen‹ Hände, die arme Sünder vom Leben zum Tode brachten. Nun sollten sie auch noch die Lepra heilen? Dabei würde er zu gern mal einen Leprakranken genauer untersuchen, aber nicht hier. Da lief er eher Gefahr, dass sie ihn in Stücke rissen, um seine Körperteile als Heilmittel und Glücksbringer zu verwenden. Er schüttelte sich. Abergläubisches Gelichter! Hastig wendete er das Pferd und trabte zurück gen Nürnberg, bog aber bei der ersten Gelegenheit nach Norden ab. Auch auf dieser Straße kamen ihm Sieche entgegen, doch die erkannten ihn nicht. Seine Verfolger hatten glücklicherweise aufgegeben. Eine Meile nördlich von Sankt Johannis wandte er sich erneut gen Bamberg.

Je weiter der Tag fortschritt, desto weniger Kranke auf dem Weg zur Almosenschau begegneten ihm. Auch Häuser und Gehöfte wurden seltener. Im Wald war er dann ganz allein unterwegs, doch das konnte täuschen; hier mochten Räuber auf Beute lauern. Frantz trug nur einen Dolch ... Trotzdem tat es ihm gut, einmal nicht in der lauten, nach Schweinemist, Ruß, Gerbstoffen und Abortgruben stinkenden Stadt zu sein. Er sog die kühle Luft tief ein, in der noch kaum ein Hauch von Frühling lag. Immerhin bildete mancher Baum bereits Knospen. Da musste er an seine Zeit als Henker auf Wanderschaft denken. Ein hartes Leben, immer unterwegs, und bezahlt wurde man nur, wenn es auch jemanden zu richten oder zu foltern gab. Damals hatte er noch weit mehr unter dem Zwiespalt gelitten, Menschen töten oder martern zu müssen, um sein Auskommen zu haben.

Auch Gottes Sohn war gefoltert worden ... Gerade hatte die Karwoche begonnen, in der dem Leiden Jesu Christi gedacht wurde. Ein Unschuldiger, doch das hatte ihn nicht retten können. Bisher hatte Frantz noch keinen Menschen torquieren müssen, den er nicht für äußerst verdächtig gehalten hatte. Doch nächste Woche mochte ihm genau das bevorstehen: erst Julius, und wenn ihm der Schmerz die Zunge gelöst hatte, vielleicht auch noch Clara. Ostern war immer die Zeit, in der er am meisten mit seinem Beruf haderte. Umso mehr freute er sich darauf, seinen Vater zu sehen. Der wusste die richtige Antwort, wenn es um den Widerstreit der Pflichten eines Scharfrichters mit den Geboten Gottes ging. Schließlich hatte auch Meister Heinrich Schmidt lange mit seinem Schicksal gehadert und mit seinem Glauben gerungen. Ihn, den ehrlichen Förster und Vogelfänger, hatte der Markgraf von Brandenburg Kulmbach einst gezwungen, drei Männer zu richten, die es angeblich auf Albrecht Alcibiades abgesehen hatten. Hätten sie den Schandgrafen nur gemeuchelt, dann wäre den Menschen der zweite Markgrafenkrieg und viel Leid erspart geblieben!

Frantz ließ seinen Gedanken und Erinnerungen freien Lauf, und so merkte er kaum, wie die Zeit verging, bis er aus einem Waldstück herauskam und vor ihm die Mauern der Stadt Erlangen aufragten. Über die Zinnen erhob sich die trutzige Veste. Irgendwer hatte ihm mal erzählt, dass die dortige Münze vor über hundert Jahren geschlossen worden war, weil der Münzmeister selbst ein Falschmünzer gewesen war. Einer von Frantzens Vorgängern hatte den Fälscher dann in Nürnberg gerichtet. Ob die Geschichte stimmte, wusste er allerdings nicht.

Er ritt um die Stadt herum. Ungefähr bei Heroldsbach hätte er die Hälfte der Strecke nach Bamberg zurückgelegt. In dem kleinen Ort wollte er sich und dem Ross eine längere Rast gönnen. Die Sonne sollte dann ihren Höchststand erreicht haben. Schon jetzt wärmte sie ihm den Rücken. Wenigstens waren die gut dreißig Meilen an einem Tag zu schaffen. Er stieg ab, um ein Stück neben dem Gaul herzulaufen und sich die Beine zu vertreten.

Zurück ins Loch

»Ich will aber Julius sehen! Die müssen mich zu ihm lassen.« Clara stampfte so fest mit dem Fuß auf, dass der Holzboden in der guten Stube des Henkerhauses ins Schwingen geriet.

Vitus trommelte mit seinen Patschhändchen gegen den Schrank in der Ecke, als wollte er ihre Forderung unterstützen.

Kathi seufzte in ihrer Ratlosigkeit. »Und was willst du den Schöffen als Grund nennen? Etwa, dass du seine Schwester bist? Der Bastard seines Vaters?«

Das Mägdlein schien in sich zusammenzufallen und sank auf einen Stuhl. »Ach, ich weiß auch nicht.«

Maria legte Kathi eine Hand auf den Rücken und flüsterte: »Kannst du nicht vielleicht die Schallers überreden, die Kleine zu ihm zu lassen.«

»Was tuschelt ihr da?«, fragte Clara in misstrauischem Ton.

Kathi seufzte noch vernehmlicher, damit Clara auch zu schätzen wusste, was sie alles für ihre Sache auf sich nahm. »Na gut, wir können es versuchen. Das Mittagsläuten ist jetzt auch schon einige Zeit her, da sollte die Lochwirtin nicht mehr allzu viel Arbeit haben.«

Clara sah sie verwirrt an. »Was willst du tun?«

»Versuchen, dich ins Loch zu schmuggeln, ohne dass du groß Erklärungen abgeben musst. Du bist nur eine Bekannte aus seinem Heimatort. Wie heißt der noch mal?«

»Altdorf«, wisperte sie, als müsste jetzt schon die Heimlichkeit beginnen.

Lächelnd zog Kathi sie auf die Beine. »Na los, bevor ich es mir anders überlege.«

»Danke! Du bist wunderbar.«

Maria wollte sie gerade zur Tür begleiten, da machte Vitus Anstalten, den Schrank zu öffnen. Mit drei langen Schritten war sie bei ihm. »Nein, darin hast du nichts verloren.« Ihre Miene verdüsterte sich.

»Was ist denn da drin?«, fragte Kathi und trat näher.

»Das Schwert.«

Oh! Sie strich dem Buben über das flaumige Haar. Eines Tages würde er vielleicht selbst so eins besitzen. Kurz umarmte sie Maria, dann verließ sie mit Clara das Henkerhaus. Auf dem Säumarkt war einiges los. Da suchte sich mancher für die Feiertage ein wohlgenährtes Tier aus. Die Sau-Stecher würden in den nächsten Tagen viel Arbeit haben.

Auch auf dem Weinmarkt wurde reger Handel getrieben. Die Kontrolleure wirkten besonders geschäftig, ganz so, als würden vor den Feiertagen besonders viele Leute betrügen und schlechte Waren in die Stadt bringen. Vielleicht war dem auch so, schließlich wurde zu Ostern gefeiert, dass Jesus die Sünden der Menschen auf sich nahm. Da konnte man sich wohl ein paar zusätzliche Sünden leisten, solange man nicht von der Obrigkeit erwischt und gestraft wurde.

»Darf ich allein mit Julius reden?«, unterbrach Clara ihre müßigen Gedanken.

»Warum willst du das tun?«, fragte Kathi und spürte einen Anflug von Misstrauen in sich aufkeimen.

»Wenn er tatsächlich glaubt, dass ich die Kette gestohlen habe, und du bist dabei, dann wird er auch erwarten, dass ich das Gegenteil behaupte, und es für eine Lüge halten.«

Oh natürlich, das ergab Sinn. »Mal sehen, ob wir überhaupt zu ihm dürfen. Also du. Mich würde die Schallerin bestimmt reinlassen. Da könnte sie immer noch sagen, dass ich mal wieder ausgeholfen habe.«

»Machst du das manchmal?«, fragte die Maid überrascht.

Kathi grinste. »Ja, vor allem, wenn es der Wahrheitsfindung dient. Mit mir sprechen die Leut offen, auch wenn sie in der Keuche sitzen.«

»Wenn sie mich nicht lassen, kannst du ihm wenigstens etwas Trost spenden? Ihm sagen, dass ich nichts gestohlen habe?«

Sie nickte. »Ich versuch mein Bestes.« Allzu erpicht war sie allerdings nicht darauf, das Verlies zu betreten, in dem sie selbst einmal unschuldig verhaftet gewesen war. Sie erinnerte sich noch gut an die Zeit in der stockfinsteren Keuche.

Vor dem Rathaus hielt schon wieder der ekelhafte Konrad Rumpler Schildwache, der sie damals in Maxens Kammer im Schützenhof erwischt hatte. Sie atmete tief durch und ignorierte ihn. Wenn sie allerdings nicht verhaftet worden wäre, hätte Max sie niemals geheiratet, denn dann wäre sie bei der nächsten Gelegenheit aus Nürnberg geflüchtet.

Kathi blieb vor der Tür der Lochhüterwohnung stehen. Vielleicht war die Schallerin ja hier oben. Sie klopfte zaghaft.

Clara sah sie überrascht an. »Hier geht's doch nicht ins Loch.«

Da öffnete sich die Tür, und die Lochwirtin schaute heraus. »Kathi, das ist ja schön, dass du mich besuchst.« Sie schaute zu Clara, und ihr Lächeln verschwand, denn deren Gesicht sah man immer noch deutlich die Schläge an. »Und wer bist du?«, fragte sie.

»Clara Mülnerin.«

»Oh, das Mägdlein, das Kaiser ...«

Die Kleine nickte. »Ja, das bin ich. Aber heute würde ich gern einen Gefangenen besuchen.« Sie schaute Hilfe suchend zu Kathi.

»Die Clara kennt den Julius Spieß, der im Loch sitzt. Sind zusammen in Altdorf aufgewachsen.«

»Hm.« Die Schallerin zupfte sich die Haube zurecht, dann sagte sie: »Tut mir leid, aber wir dürfen niemanden zu ihm lassen. Vielleicht, wenn ihr am Ostersonntag wiederkommt. Da ist der Rat mit allem beschäftigt, nur nicht mit den Vorgängen im Loch.«

Das wäre sicher besser, dachte Kathi, aber da fing Clara an zu schluchzen. »Er ist doch mein Halbbruder.«

Oh je, nun war es raus, und sie mussten die Schallerin anflehen, es niemandem zu verraten. Das konnte für die gute Frau sehr unangenehm werden.

»Kommt erst mal hier rein«, sagte sie nicht gerade freundlich.

Kathi schob die Kleine durch die Tür und folgte ihr. In der Stube umfing sie die angenehme Wärme eines Kachelofens.

»Setzt euch hin und erzählt mir alles.« Dabei sah sie Kathi vorwurfsvoll an.

»Ihr dürft niemandem etwas verraten, sonst wird es wirklich verzwickt. Deshalb hab ich Euch angelogen.«

Die Schallerin machte eine wegwerfende Geste. »Nun weiß ich offensichtlich schon zu viel, also erzählt mir auch den Rest. Dann werde ich sehen, ob ich es melden muss.«

Abwechselnd erzählten Clara und sie, wie es dazu gekommen war, dass Julius verhaftet wurde, und dass Clara die Nächste wäre, wenn jemand erfuhr, dass sie ihm die Kette gegeben hatte.

Die Lochwirtin schloss die Augen und atmete tief durch. »Na gut. Ich werde zumindest bis nach den Feiertagen schweigen, dann werden wir weitersehen.« Sie zog einen warmen Umhang über und ging zur Tür. »Kommt ihr?«

Überrascht sprang Kathi auf und zog Clara mit sich. »Danke, Schallerin!« Sie hatte nicht erwartet, Julius doch noch besuchen zu dürfen.

»Mein Mann ist gerade nicht da. Ist besser, wenn er nichts davon erfährt.« Da wandte sie sich zu Clara. »Du hast für Kaiser als Magd gearbeitet?«

»Freilich.«

»Gut, dann sagen wir jedem, der fragt, du suchst eine neue Stellung. Kathi, die ja schon gelegentlich hier ausgeholfen hat, empfiehlt dich.«

Oh, ja, das konnten sie den Lochknechten oder den Lochschöffen vorgaukeln, falls sie denen begegneten.

Sie verließen die Wohnung und gingen zum Eingang des Gefängnisses, obwohl Kathi vermutete, dass es von Schallers Behausung einen direkten Zugang gab. Falls ja, wurde der bestimmt geheim gehalten.

»Aufmachen, ich bin's!«, rief die Schallerin und wummerte mit der Faust gegen die Tür. »Die schlafen wieder alle, wenn der Eugen nicht da ist.« Nun trommelte sie mit beiden Fäusten dagegen, bis sich das Tor öffnete.

»Schallerin, kommt rein.« Der ehemalige Stadtknecht Benedikt trat zur Seite und ließ sie vorbei. »Ach, die Kathi lässt sich auch mal wieder sehen. Möchtest doch hier arbeiten?«

Sie schob Clara vor. »Ich nicht, aber meine Freundin vielleicht.«

»Was?« Er starrte das Mägdlein verdutzt an. »Die ist aber arg jung für so eine Umgebung.«

»Ich muss aber was arbeiten«, antwortete Clara kleinlaut, dann folgte sie der Lochwirtin die Steinstufen hinunter.

Kathi lächelte Benedikt zu. »Dir scheint die Arbeit hier zu gefallen.«

»Ist auf jeden Fall immer was los.« Er feixte.

»Kann ich mir vorstellen.« Schnell lief sie die Treppe hinunter.

Die Schallerin tastete Clara ab. Das wurde bei allen Besuchern gemacht, damit sie den Gefangenen keine Waffen einschmuggelten. »Ihr beeilt euch besser«, sagte sie. »Bald kommt mein Mann zurück.« Mit schnellen Schritten ging sie in einen der Zellengänge, nahm eine Fackel von der Wand und reichte sie Kathi.

Jetzt musste sie sich entscheiden. Sollte sie Clara allein mit ihrem

Bruder reden lassen oder mit hineingehen? Sie entschied sich, die Magd zu begleiten, nickte der Schallerin zu und öffnete den schweren Riegel. Später konnte sie die Geschwister immer noch kurz allein lassen.

Clara sah sie unsicher an, als fürchtete sie sich vor dem, was sie in dem finsteren Loch vorfinden würde, also ging Kathi zuerst hinein und steckte die Fackel in eine Wandhalterung.

Julius musste ihre Stimmen gehört haben, denn er stand vor der Pritsche. »Was machst du denn hier?«, fragte er bei Kathis Anblick.

In diesem Moment schlüpfte Clara an ihr vorbei und fiel ihm um den Hals. Die beiden schluchzten und klammerten sich aneinander.

Kathi setzte sich auf die Holzbank und schaute zur Tür, in deren Öffnung noch immer die Schallerin stand, einen Dolch in der Rechten. Wo hatte sie den auf einmal her? Als sie Kathis Verwirrung bemerkte, verbarg sie die Waffe zwischen den Falten ihres Rocks und schloss die Tür von außen.

Die Geschwister saßen inzwischen eng umschlungen auf der Pritsche. »Ich hätte nicht gedacht, dass sie dich zu mir lassen«, sagte Julius.

»Das haben wir mal wieder Kathi zu verdanken.«

Julius strahlte sie an. »Danke!«

»Hab ich gern gemacht, aber ihr dürft niemandem davon erzählen, sonst kriegt die Lochwirtin Schwierigkeiten.«

Sie nickten eifrig, doch plötzlich schienen ihrer beider Lippen versiegelt. Kathi empfand deutlich, wie sehr sie bei dieser Familienzusammenkunft störte. Sie musste den beiden einfach vertrauen. »Ich lass euch etwas allein, aber viel Zeit habt ihr nicht.« Sie stand auf, ging zur Tür und stellte überrascht fest, dass diese sich öffnen ließ.

Unbewacht war sie jedoch nicht. Die Schallerin packte Kathis Arm und zog sie in den Gang, bevor sie die Tür wieder schloss und den gezückten Dolch sinken ließ. »Jetzt verrate mir mal, was an dem Jungen so besonderes ist? Der Nachrichter hat mich auch gebeten, ihm die Feiertage möglichst angenehm zu machen.«

Kathi lächelte. »Wir halten ihn für unschuldig, aber er muss hier bleiben, damit seine Schwester nicht an seiner statt verhaftet wird. Sie wäre nämlich die nächstbeste Verdächtige. Dabei hat Clara mit Sebald Kaiser schon genug durchgemacht.«

Die Lochwirtin nickte, dann schüttelte sie den Kopf. »Das sieht euch mal wieder ähnlich, dir und Meister Frantz.« Sie schien kurz zu überlegen, dann sagte sie: »Komm doch einfach mit dem Mädel am Sonntag nach der Messe zum Essen zu uns, dann holen wir den Burschen dazu.«

»Oder wir essen alle im Henkersstüberl. Ist weniger gefährlich?«

»Oh nein.« Die Schallerin wiegte bedächtig den Kopf. »Das bringt kein Glück. Dort nehmen die armen Sünder ihre letzte Mahlzeit ein. Am Ende erwischt die beiden der Fluch des Ortes, und sie enden nebeneinander am Galgen.«

Kathi erschrak fürchterlich bei diesen Worten. »Daran hab ich nicht gedacht. Tut mir leid. Wie dumm von mir.«

»Das konntest du ja nicht wissen. Kannst deinen Max am Sonntag auch mitbringen.«

»Gern, da wird er sich freuen.« Ach nein, da musste ihr Mann die Ratsherren zur Wahl einladen. Jeder musste persönlich aufgefordert werden, dabei gab es nur sechzehn Stadtknechte und über fünfhundert Genannte im Großen Rat. Konnten die sich nicht merken, dass an jedem Ostermontag gewählt wurde? Und solche Leute regierten die Stadt. Sie schüttelte den Kopf. »Max wird wahrscheinlich keine Zeit haben.«

»Ach so, die Wahl. Hast recht, da werden die Stadtknechte den ganzen Tag auf den Beinen sein. Dann bringst du eben nur das Mädel.«

Da öffnete sich die Tür der Keuche. Diesmal zückte die Schallerin nicht die Waffe, und das war auch gut so, denn Clara trat heraus. »Wir können gehen. Ihr sollt wegen uns keine Schwierigkeiten kriegen.«

»Braves Kind«, sagte die Schallerin, holte die Fackel heraus, verriegelte die Tür und führte sie hinaus.

Sie verabschiedeten sich vor deren Wohnung von der Lochhüterin und versprachen, gleich nach der Sonntagsmesse zu ihr zu kommen und beim Kochen zu helfen. Dann schlenderten sie über den Markt und besahen sich die Waren: verhutzelte Äpfel aus dem letzten Jahr, Runkelrüben, Rote Bete, Saubohnen, Kraut und Kohlrüben.

»Sollen wir der Henkerin was mitbringen?«, fragte Clara. »Ich kann mich doch nicht immer von ihr durchfüttern lassen.«

Kathi musste lächeln. »Keine Sorge, der Henker verdient gut. Sag mir lieber, was du und Julius geredet habt.«

Sie ließ den Kopf hängen. »Er hat wirklich gedacht, dass ich der Bortenwirkerin die Kette gestohlen habe. Deshalb wollte er sie wohl auch einschmelzen und was anderes draus machen, auch wenn er behauptet hat, dass er nur vorhatte, die Rubine rauszulösen. Ich hab ihm gesagt, wie's war, aber da wollt er wissen, wem ich sie sonst geklaut habe, wenn nicht der Kaiserin. Ich versteh ihn nicht. Wir haben doch zusammen die Schatulle aufgemacht. Stellt er sich vor, ich hab ihm meine Überraschung nur vorgespielt?«

Kathi zuckte die Schultern.

»Ach, Kathi, ausgerechnet ihn soll ich getäuscht haben. Das tut weh.«

»Hat er dir denn eben geglaubt, dass der Schmuck schon in der

Schatulle war, als du sie bekommen hast?«

»Weiß nicht recht. So ganz überzeugt hab ich ihn wohl nicht, deshalb wollte ich auch so bald wieder weg.« Tränen glitzerten in ihren Augen. »Wahrscheinlich denkt er, nach allem, was mir Kaiser angetan hat, hab ich keinen Anstand mehr.«

»Das tut mir wirklich leid.«

Sie nickte. »Ihr alle habt mehr Vertrauen zu mir als mein eigener Bruder. Halbbruder.«

Darauf wusste Kathi auch nichts Tröstliches zu sagen. Jede in ihre eigenen Gedanken versunken schlenderten sie zurück zum Henkerhaus. Auf der Brücke zum Säumarkt meinte Kathi: »Schon komisch, dass er dich unbedingt schützen will, obwohl er dich für schuldig hält.«

»Der Dummbatz hält sich für verantwortlich, weil er nicht besser auf mich aufgepasst hat.«

Konnte das wirklich der einzige Grund sein? Ein böser Verdacht ließ Kathi schaudern: Vielleicht hatte doch Julius die Kette gestohlen und in der Schatulle versteckt. Dann diente sein jetziges Verhalten nur dazu, Meister Frantz, Max und sie von seiner Unschuld und seinem Edelmut zu überzeugen. Doch das sprach sie lieber nicht aus.

»Und wenn er es getan hat? Den Schmuck gestohlen ...«, fragte Clara und sah sie traurig an.

Kathi seufzte. Nun konnte sie die Gefühle der Kleinen nicht mehr schonen. »Ich halte es nicht für unmöglich. Was hat er denn dazu gesagt, als du die Schachtel geöffnet hast?«

»Der Anblick der wertvollen Kette hat mich so verblüfft, ich hab anfangs gar nicht drauf geachtet, wie er reagiert.«

Der Henker von Bamberg

Frantz rastete des Öfteren auf seinem langen Ritt, damit das Pferd trinken und grasen konnte. Er nutzte die Pausen auch, um sich die Beine zu vertreten, dennoch taten ihm Rücken und Hintern weh, als endlich die Mauern Bambergs vor ihm lagen. Er lenkte sein müdes Ross zur Halbinsel in der Rednitz nordöstlich der Stadt, wo sein Vater mit der Stiefmutter ein geräumiges Haus bewohnte. Schöne und schaurige Erinnerungen brachen über ihn herein, als er sich seinem früheren Heim näherte. Er sah sich wieder als verwirrten Jungen, dem der Vater sein grausiges Handwerk beibrachte, weil Frantz wenig andere Wege offenstanden, seinen Lebensunterhalt zu verdienen. Heinrich Schmidt war für ihn entsetzlicher Meister und zugleich frommer Vater gewesen, der oft mit ihm in der Bibel las.

Beim Haus angelangt stieg er ab und rang auf wackligen Beinen um sein Gleichgewicht. Er war das Reiten wirklich nicht mehr gewohnt. Er führte das Pferd in den Hof zu einer Tränke und band es dort an.

Er war noch nicht ganz bei der Haustür angelangt, da flog diese auf, und seine Stiefmutter kam gelaufen. »Frantz! Du bist wirklich gekommen! So eine Freude.« Sie umfing ihn mit beiden Armen und drückte ihn an sich. »Ach du liebe Güte, du wächst wohl immer noch«, stieß sie hervor und ließ ihn los.

Frantz schaute auf das strahlende Gesicht hinab und grinste. »Eigentlich wachse ich schon seit ein paar Jahren nicht mehr, aber du hältst mich halt immer noch für einen kleinen Buben.«

Anna Schmidtin lachte. »So wird's wohl sein. Komm rein, du hast bestimmt Hunger.« Sie nahm seine Hand und wollte ihn ins Haus ziehen.

Frantz hielt sie zurück. »Warte. Sag mir erst, wie es dem Vater geht. In seinem Brief hat er sich sehr bedeckt gehalten.«

»Schon besser, aber mir ist trotzdem angst und bang. Es hat ganz plötzlich angefangen mit Stechen in der Brust. In den frühen Morgenstunden. Der Dummbartel wollte mich erst nicht wecken, aber dann hat er's doch nicht mehr ausgehalten. Erbrochen hat er sich auch. Kalter Schweiß am ganzen Körper.« Sie schüttelte sich. »Ein paar Tage war es wirklich schlimm, aber jetzt scheint's aufwärtszugehen. Trotzdem, die Brust ist ihm immer noch ganz eng.«

Das Herz, dachte Frantz, trotzdem rang er sich ein Lächeln ab. »Da bin ich wirklich froh, dass es ihm bereits besser geht. Ihr müsst alle beide ziemlich erschrocken sein. Gehen wir zu ihm.«

Anna führte ihn durchs Haus, und Frantz ließ den Blick über vertraute Dinge schweifen. In der guten Stube lag immer noch das feine Spitzendeckchen auf dem Tisch, dasselbe kleine Bild einer Waldlandschaft hing an der Wand. Ein Patient hatte es seinem Vater geschenkt. Der Kachelofen stand in der Ecke. Im nächsten Raum befand sich die Küche. Auch hier hatte sich kaum etwas verändert.

Sie stiegen die Treppe hinauf ins obere Stockwerk, wo sich die Schlafgemächer befanden. In seiner ehemaligen Kammer stand sicher immer noch seine alte Bettstatt. Seine Stiefmutter ließ ihn voraus ins eheliche Schlafgemach gehen. Sogleich richtete sich sein Blick auf den Kranken. Blass sah Heinrich Schmidt aus. Schweiß glänzte auf seiner Stirn.

Als unter Frantzens Tritten eine Diele knarrte, öffnete sein Vater die Augen. »Frantz! Du bist da.« Die Stimme des einst so starken und beherrschenden Mannes klang schwach.

»Vater.« Er setzte sich auf die Bettkante und befühlte die Stirn seines Vaters. Der legte die rechte Hand über seine. »Nein, kein Fieber, Frantz.«

Richtig, kühl und klamm fühlte sich die Haut an. »Das Herz?«, fragte er.

»Bestimmt. Meine Kardinalsäfte fließen nicht mehr richtig, auch wenn ich nicht weiß, warum. Die Luft ist gut hier am Fluss, auch wenn der bisweilen viel Abfall mit sich führt. Über die Lunge wird kein Gift ins Blut gelangt sein.« Er seufzte und schloss die Augen. »Ich werd nicht jünger. Mir geht das Feuer langsam aus.«

»Bestimmt hast du zu hart gearbeitet.«

»Ach was, ich überlasse inzwischen dem Peinlein die ganzen Leibstrafen.«

Frantz musste lächeln. In Bamberg hieß der Henkersknecht Peinlein, was doch gleich viel ungefährlicher klang als Löwe. »Das ist sehr vernünftig.« Frantz sah sich um, doch Anna war verschwunden. Später würde er ihr ein paar Rezepte für Arzneien aufschreiben, wenn ihr Mann das nicht schon längst getan hatte. »Nimmst du jeden Tag Zimtsaft in Rosenwasser?«, fragte er vorsichtshalber.

»Der Zimt ist aus, hab mich mit Antimon und Karbunkelwasser beholfen, aber das geht auch zur Neige.«

Frantz räusperte sich unbehaglich. Es fiel ihm immer noch nicht leicht, seinem Vater zu widersprechen, wenn es um fachliche Dinge ging. »Dr. Camerarius hält gar nichts von Antimon und Quecksilber. Er vertritt die Ablenk- und Reizbehandlung. Dabei wird der Körper gestärkt, sodass dieser mit eigenen Mitteln die Krankheiten bekämpfen kann.«

»Joachim Camerarius? Willst du mir erzählen, du berätst dich jetzt schon mit so einem wichtigen Mann?«

Frantz nickte bedächtig. »Sicher, jeden Sonntag nach der Messe, bei der ich natürlich in den vordersten Reihen sitze.«

Sein Vater schmunzelte. »Ich halte es ja lieber mit Paracelsus, dessen Geist mir jede Nacht erscheint und mir sein Wissen ins Ohr flüstert.«

»Auch kein schlechter Ratgeber.« Er lachte.

»Aber was sagst du dazu, dass deine Schwester wieder heiratet?«

»Was soll ich sagen? Überrascht hat es mich schon. Erzähl mir von ihrem Auserwählten.« Irgendwie hätte er nicht gedacht, dass Kungunda noch einmal heiraten wollte oder die Gelegenheit dazu bekäme. Welcher Mann traute sich schon, ein Weib zu nehmen, das bei einem Henker gelegen hatte? Seine Schwester war schließlich die Witwe von Frantzens Vorgänger als Nachrichter von Nürnberg. »Ist der auch Scharfrichter?«

»Nein, der Sohn eines Töpfers. Friedrich Werner heißt er.«

»Das ging ja schnell.«

Da kam Anna mit Brot, Käse und Wurst herein. Dazu reichte sie einen Napf mit Suppe. »Hier, esst erst mal was, alle beide.«

»Danke.« Er langte hungrig zu, während sein Vater die Suppe löffelte. »Habt ihr den Bräutigam schon getroffen?«, fragte Frantz zwischen zwei Bissen.

Anna schüttelte den Kopf. »Nein, aber sie wollen uns diesen Sonntag besuchen. So lange bleibst du doch hier, oder?«

»Ich muss erst am Ostermontag zurückreiten. Natürlich will ich Kunigunda wiedersehen und mir ihren Verlobten anschauen.«

»Wunderbar.« Sie legte eine Hand auf seine Schulter. »Dann sind wir mal wieder alle zusammen.«

»Ja, das wird schön«, murmelte sein Vater, um bedrückt fortzufahren: »Bis zur Hochzeit werde ich wohl nicht schon wieder gesund genug sein, um eine Reise zu machen.«

Anna winkte ab. »Gibt ja so viele Beschränkungen, was die Zahl der Gäste betrifft und wo man feiern darf. Wir laden sie einfach im Sommer zu uns ein, wenn's dir wieder besser geht. Du solltest auch eine Heimladung für die beiden machen, Frantz. Kunigunda wär bestimmt froh, mal wieder nach Nürnberg zu kommen.«

»Das mache ich gern. Und Maria wird sich auch freuen.«

»Wie geht's deiner Frau denn?«, fragte Anna. »Warum ist sie nicht mitgekommen?«

Frantz lächelte. »Sie trägt wieder ein Kind unter dem Herzen, fünfter Monat, da habe ich sie lieber zu Hause gelassen. Und irgendwer muss sich ja um Vitus kümmern.«

Anna legte die Hände auf die Brust. »Das ist schön. Noch ein Kind.«

»Und eine Magd leistest du Geizkragen dir immer noch nicht?«, brummte sein Vater. »Dabei verdienst du mehr als ein Schulmeister.«

Schon kam er sich wieder wie ein ungezogener Junge vor. »Ich weiß zwar nicht, wie viel ein Schulmeister verdient, aber am Geld liegt's nicht. Es soll halt eine sein, die man gern im Haus hat, der man vertrauen kann.« Vielleicht würde Clara ja die Stellung annehmen. Maria wollte sie demnächst fragen.

Anna lachte. »Ich seh schon, du hast zu viel mit allerlei Gelichter zu tun. Dein Vater stellt sich genauso an, wenn wir jemand Neues ins Haus holen müssen. Ob Magd oder Knecht, erst werden sie einem Verhör unterzogen.«

»Ach was«, protestierte der und schien schon fast wieder der Alte. »So schlimm bin ich gar nicht.«

»Ich auch nicht.« Frantz nahm sich einen Kanten Brot und belegte ihn dick mit Wurst. »Trink deine Suppe aus, kranker Mann.« Genüsslich biss er ab, dass die Kruste zwischen seinen Zähnen knirschte.

Lächelnd half Anna ihrem Gatten, sich im Bett aufzurichten und stopfte ihm noch ein Kissen hinter den Rücken. »Kapaunensuppe. Es gibt nichts Besseres, um gesund zu werden.«

»Willst du mich auch gleich noch füttern?«, knurrte er. »Ich bin doch kein Krüppel!«

Frantz grinste breit. »Du wirst bald wieder auf den Beinen sein, Vater.«

»Schon allein euch zum Trotz.« Auch über das faltige Gesicht zog sich nun ein Lächeln, und die wässrigen Augen funkelten.

»Ich lass euch mal wieder allein. Die Arbeit macht sich ja nicht von selbst, aber du könntest einen Haarschnitt und eine Rasur vertragen, Frantz.«

Erst jetzt bemerkte er, dass Anna Vaters Bettlägerigkeit genutzt hatte, um seinen Bart sehr kurz zu schneiden. Frauen konnten ganz schön hinterhältig sein.

»Pass bloß auf, Bub, dass sie dir mit ihren Scheren und Messern nicht zu nahe kommt.«

Frantz lachte und hob abwehrend die Hände. »Hinweg, fürchterliches Weib! Du weißt doch, wie es Samson ergangen ist!«

»Genau!«, stimmte Vater ein. »Alle Manneskraft hat der Kerl verloren. Kein Wunder, dass ich mich so langsam erhole.«

»Tss, Männer. Ihr benehmt euch, als wären Haare alles.« In gespielter Empörung schritt sie aus dem Gemach.

»Die muss reden«, brummte Vater. »Haare bis runter zum Hintern, und stolz wie die leibhaftige Sünde auf das wenige Grau darin.«

Heinrich Schmidt war um einiges älter als seine zweite Frau, und Anna sah sogar jünger aus, als sie war. »Sie hat sich wirklich gut gehalten, obwohl sie nun schon mindestens zwanzig Jahre mit dir Grantler verheiratet ist.«

»Ja, das ist auch gut so.« Seine Stimme versagte einen Moment. »Eure Mutter ist viel zu früh gestorben.«

Frantz schwieg. Leider hatte er nur vage Erinnerungen an sie, und vielleicht waren das auch nur Dinge, die er sich aufgrund der Erzählungen von Vater und Schwester zusammengereimt hatte.

»Aber sag, mein Sohn, wie bekommt dir das Leben als Nachrichter von Nürnberg?«

»Viel besser, als in der Gegend herumzuziehen, ewig auf der Suche nach Arbeit.«

»Sei froh, dass du für eine Freie Reichsstadt arbeiten darfst, nicht einem Feudalherrn dienen musst.«

»Der Bamberger Fürstbischof scheint mir aber doch ein verständiger Mann.«

»Schon.« Er stellte den leeren Kumpen neben das Bett. »Aber hier nimmt der Aberglaube immer mehr zu. Inzwischen soll ich mehr Menschen wegen Hexerei peinlich befragen als Diebe und Mörder. Meist muss mir auch da der Peinlein die Drecksarbeit abnehmen. Ich sag dir, ich hab mein Los immer mit sturem Stolz getragen, seit mich der Markgraf in die Unehre gezwungen hat und ich Henker geworden bin. Wenigstens hab ich gewusst, dass ich Recht tue, aber diese zunehmende Angst vor Zauberkräften bekümmert mich. Ich hab oft genug Zweifel, ob man mich nicht Unschuldige martern heißt, und das schlägt mir auf die Gesundheit. Egal, welches Unglück passiert, immer soll gleich der Teufel mit seiner Heerschar von Hexen und Hexern am Werk sein. Fällt ein Kind in den Brunnen oder schlägt irgendwo der Blitz in einen Heustadel ein, dann war's der Teufel. Dem Fürstbischof kann's nur recht sein, dann laufen die Leute immer brav in die Kirche und schließen sich bestimmt nicht der Reformation an.«

»Aber … als Mann Gottes kann er doch nicht wollen, dass unschuldige Menschen gefoltert oder getötet werden.«

»Nein, so eine Schuld will er bestimmt nicht auf sich laden, aber die Pfaffen hier schüren gern die Angst vor dem Beelzebub. Vielleicht hat er noch gar nicht gemerkt, dass die Anklagen wegen Schadenszauberei zunehmen. Allerdings streicht er das Vermögen der Verurteilten ein, da wollte er schon mitbekommen, was vorgeht. Vielleicht ist es ihm ja ganz recht …«

Frantz hatte auf einen klugen Rat seines Vaters gehofft. Wie sollte er damit umgehen, wenn er Julius oder Clara foltern müsste, obwohl er an ihre Unschuld glaubte? Aber nun wurde ihm klar, dass Meister Heinrich noch mit ganz anderen Dämonen zu kämpfen hatte. Hexen und Zauberer wurden in Bamberg lebendig verbrannt, wie es die *Carolina* vorschrieb. Bisweilen durfte der Peinlein sie dabei erwürgen, damit es schneller ging. Frantz konnte wirklich froh um seine Anstellung in Nürnberg sein, da wurden meist nur die Leichen von armen Sündern verbrannt.

Sein Vater verzog das Gesicht und stöhnte.

»Du hast Schmerzen!« Frantz griff nach dessen Handgelenk und fühlte den Herzschlag. Viel zu schnell und unregelmäßig. »Ganz ruhig, Vater. Denk nicht mehr an die Arbeit. Du musst wieder gesund werden.«

»Ich bin mir gar nicht so sicher, ob ich das will.«

»Ach was, du hast dich noch nie vor etwas gedrückt. Willst du irgendeinem Säufer und Stümper deine Arbeit überlassen? Das kannst du den Leuten nicht antun.«

Vater schloss die Augen. »Du kennst auch keine Gnade, Henker!«

Frantz musste schmunzeln, auch weil er fühlte, wie sich der Herzschlag seines Patienten beruhigte. »Dafür werde ich bezahlt.«

»Hm.«

»Wie siehst du das?«, fragte er nun doch. »Darf ich jemanden laufen lassen, von dessen Unschuld ich überzeugt bin, obwohl er bei der peinlichen Befragung gestanden hat?«

Die Lider des alten Mannes flatterten, dann schlossen sie sich wieder. Bestimmt war er schon dabei einzuschlafen. Frantz schob die Hand seines Vaters wieder unter die Decke und erhob sich leise.

»Du darfst keinen Unschuldigen richten, sonst droht dir ewige Verdammnis«, murmelte der Henker von Bamberg.

Frantz stand wie erstarrt. Diese Antwort hätte er nicht von seinem Lehrmeister erwartet, oder sprach da ausschließlich der Vater?

»Für mich war es schon zu spät. Die drei Männer damals in Hof waren bestimmt unschuldig ...« Seine Stimme wurde immer leiser.

Er meinte seine erste Hinrichtung auf Befehl des Markgrafen. Hätte sein Vater die Anweisung nicht ausgeführt, hätte Albrecht Alcibiades einen anderen bestimmt und seinen Vater sowie zwei weitere Unbeteiligte gleich mit aufhängen lassen. Mit dieser Drohung hatte er Heinrich Schmidt zum Gehorsam gezwungen. Frantz konnte nicht glauben, dass der Herrgott seinen Vater deswegen verdammen würde, wollte es nicht glauben. Leise ging er hinaus und in seine Kammer. Dort hatte Anna schon sein Lager bereitet und einen Krug Wasser und eine Schüssel bereitgestellt. Obwohl er hundemüde war, würde er mit seinem aufgewühlten Gemüt keinen Schlaf finden. Da ging er lieber hinunter zu seiner Stiefmutter.

Er fand sie am Küchentisch, ein Kleidungsstück flickend. Als sie ihn bemerkte, lächelte sie. »Ist er eingeschlafen?«

»Ja. Schläft er viel?«

Sie nickte. »Das ist das Beste für ihn, oder?«

»Oh ja.« Wenn Vater schlief, konnten ihn auch keine Zweifel plagen. Frantz setzte sich zu der Frau, die ihn großgezogen hatte. Sie war ihm eine gute Mutter gewesen, die ihn immer ein wenig vor der strengen Erziehung seines Vaters hatte schützen wollen.

»Das Pferd hab ich schon in den Stall gebracht und versorgt, du kannst dich also ausruhen.«

»Danke, Anna.«

»Nun erzähl, wie geht es dir, wie Maria und Vitus?«

Frantz zeichnete ein besonders schönes Bild der familiären Idylle, damit sie sich – und ihn – nicht fragte, wie er mit seiner Arbeit zurechtkam. Anna lachte viel, wenn er von Vitus und seinen Streichen erzählte. Was der kleine Racker im Alter von gut einem Jahr schon alles anstellte! Als sie sich zur Nachtruhe begaben, schlief Frantz mit angenehmen Gedanken an seine Familie ein.

Es war noch stockdunkel, als er aus einem fürchterlichen Traum hochschreckte. Kaisers Kopf kreiselte auf der gemauerten Plattform des Richtplatzes und rief immer wieder: »Passt auf Clara auf!« An mehr konnte Frantz sich nicht erinnern und wollte es auch nicht. Hellwach lag er auf der harten Unterlage aus Stroh und Schafwolle. Warum nur hatte Kaiser das kurz vor dem Schwertstreich zu ihm gesagt? Damals war es ihm wie ein Ausdruck der Reue für dessen schändliche Tat erschienen, aber jetzt grübelte er darüber nach, welche Gefahr der Bortenwirker, den eigenen Tod vor Augen, für das Mägdlein vorhergesehen hatte.

Schuld und Schuldner

Donnerstag, 12. April 1582

Max hatte sich gerade in der Kriegsstube seine heutige Dienstanweisung abgeholt und schlenderte nun am Rathaus vorbei. Da hörte er aufgebrachte Stimmen aus der Gasse, die zum Lochgefängnis führte, und wandte seine Schritte kurzerhand dorthin. Ein älterer Mann beschimpfte Lochknecht Benedikt, weil der sich weigerte, ihn zu Julius Spieß zu lassen. Das war doch mal interessant.

»Ich darf das nicht, Meister Friedrich. Redet mit den Lochschöffen.«

»Pah, die feinen Herren haben ja noch nicht mal eine peinliche Befragung dieses hintertriebenen Burschen angeordnet.«

Jetzt hatte Max die beiden erreicht und sagte: »Gibt's Probleme, Benedikt?«

Sein ehemaliger Kollege atmete sichtlich auf. »Max! Gut, dass du da bist. Das ist Friedrich Hildebrandt, der Meister vom Spieß, der bei uns einsitzt. Er will unbedingt rein.«

»Was wollt Ihr von dem Gefangenen?«, fragte Max den Goldschmied.

»Ich werd ihn grün und blau schlagen, bis er endlich sagt, woher er die Kette hat.«

Benedikt schnaubte. »Dann darf ich Euch gleich gar nicht reinlassen. Tortur steht nur dem Nachrichter zu.«

»Und wo ist der, wenn man ihn braucht?«

Max seufzte. »Auch der darf nur foltern, wenn es der Rat befiehlt. Beruhigt Euch, Meister Friedrich. Das Osterfest steht bevor. Wollt Ihr da wirklich Eure Seele belasten? Vielleicht ist der Julius ja unschuldig, doch Ihr wollt ihn am liebsten kreuzigen.«

Die Worte taten ihre Wirkung. Friedrich Hildebrandt sackte in sich zusammen. »Ihr habt ja recht«, stöhnte er. »Aber ich muss doch wissen, ob er das Geschmeide unredlich erworben hat. So ein Verdacht ist schlecht fürs Geschäft. Deshalb hab ich ihn gleich verhaften lassen, damit nur ja kein Gerede aufkommt. Ich verkauf kein Diebesgut, und meine Gesellen auch nicht! Sonst kann ich die Werkstatt gleich zumachen.«

»Kommt, gehen wir ein Stück, dann könnt Ihr mir mehr erzählen.« Er nickte Benedikt zu und zog den Mann sanft am Ellenbogen mit sich fort. »Was ist denn der Spieß für einer?«

»Macht seine Arbeit ganz anständig, aber oft genug schleicht er sich davon, treibt sich sonst wo rum. Allerdings sitzt er dann meistens am Abend noch länger da und holt nach, was er versäumt hat.«

Max nickte. »Dann könnt Ihr ihm wenig vorwerfen.«

»Aber die Kette! Wo will er denn so ein kostbares Stück herhaben? Ist ja nicht das Silber, das mich gleich misstrauisch gemacht hat. Die Rubine sind's! Solche kann sich doch kaum jemand leisten, wenn er kein Patrizier ist. Höchstens ein paar wohlhabende Handwerker noch.«

»Ihr habt die Kette auch nie zuvor gesehen? Bei Eurer Kundschaft zum Beispiel.«

Der Mann schüttelte den Kopf. »Nein, und die wär mir aufgefallen. Aber ... so eine in der Art hab ich vor ewigen Zeiten mal für einen Kunden gemacht, allerdings nur mit einem einzigen Rubin.«

»Wer war das?«

»Der Sebald Kaiser.«

Oh, das konnte doch kein Zufall sein. »Wie schwierig wär es denn gewesen, noch weitere Steine dranzumachen?«

Hildebrandt zuckte die Schultern. »Wenn einer unser Handwerk versteht, nicht sehr schwer. Aber zu mir ist Kaiser damit nicht mehr gekommen, falls es dasselbe Geschmeide ist.«

Max versuchte sehr, sich nichts anmerken zu lassen. Dann gehörte die Kette doch der Kaiserin! Hatte sie ihn angelogen? Ihr Benehmen war schon sehr merkwürdig gewesen, als er sie danach gefragt hatte. Wie hatte sie es ausgedrückt? Blutstropfen in Silber. Dabei wollte sie den Schmuck doch nie gesehen haben. Himmel, warum hatte er da nicht gleich gestutzt. Vielleicht sollte er sie noch einmal fragen, aber unter welchem Vorwand? Dafür müsste er sich die Erlaubnis eines der Schöffen holen, und die hatten im Moment nur noch die Wahl im Kopf.

»Und was mach ich jetzt?«, fragte Hildebrandt.

»Abwarten. Nach Ostern kommen wir der Sache schon auf den Grund.« Wenn endlich der Nachrichter wieder in Nürnberg wäre ...

Sie waren schon fast beim Milchmarkt angelangt. Er verabschiedete sich und ging hinauf zum Haus des Bortenwirkers. Die Werkstatt war geschlossen, und ein Schild verkündete, dass sie erst nach dem Osterfest wieder öffnen würde. Max wollte die Witwe nicht schon wieder belästigen. Wenn sie die Kette wirklich nicht kannte, wäre sein Besuch die reinste Qual für sie.

*

Frantz wollte so bald wie möglich Labenwolfs Schuldner aufsuchen, damit dieser genug Zeit hätte, vor seiner Abreise das Geld aufzutreiben. Danach würde er in der Apotheke Medizin für seinen Vater besorgen und sich anschließend ganz dessen Pflege widmen. Bald nach dem Frühstück brach er auf. Auch wenn das Ross den langen Ritt von Nürnberg gut verkraftet zu haben schien, ließ er es im Stall und ging zu Fuß. In der Stadt konnte er es schließlich nicht einfach irgendwo festbinden und hoffen, dass es nicht gestohlen wurde. Während er am Rednitzufer entlangschlenderte, begann es zu nieseln, doch der breitkrempige Hut hielt die Feuchtigkeit von seinem Gesicht fern.

Lorenz Fürsetzlich hieß der Schuldner und betrieb Kunsthandel. Der Nürnberger Erzgießer hatte einige Bronzefiguren für ihn angefertigt, doch der Mann hatte ihn noch nicht bezahlt. Angeblich, so hatte er dem Labenwolf gegenüber lamentiert, ließen sich die Statuen nur langsam absetzen, obwohl es sich vor allem um religiöse Motive handelte. Besonders in einer katholischen Stadt sollten sich diese sehr gut verkaufen, und so kurz vor Ostern noch mehr.

Am Stadttor stand ein junger Wächter, den er nicht kannte. Umso besser, dann musste er kein Schwätzchen halten. Frantz grüßte ihn und schritt hindurch. Der mehrere hundert Jahre alte Dom prägte das Stadtbild. Nirgends sonst hatte er ein Gotteshaus mit vier Türmen gesehen, zwei ältere im Osten, und zwei später hinzugefügte im Westen. Dahinter ragte das Benediktiner-Kloster auf dem Michelsberg auf.

Viele Menschen waren auf den Beinen, um vor den Ostertagen noch allerlei zu besorgen oder zu erledigen. Frantz vermied enge Gassen, in denen andere Leute mit ihm zusammenstoßen und, falls sie ihn erkannten, zu Tode erschrecken mochten.

Auf Umwegen – zweimal musste er die Rednitz überqueren – gelangte er zu der kleinen Kunsthandlung, über deren Tür eine hölzerne Muttergottes hing. Frantz tastete in seiner Manteltasche nach der Vollmacht, die Labenwolf ihm mitgegeben hatte, zusammen mit der unterschriebenen Empfangsbestätigung einer beachtlichen Bestellung, dann trat er ein. Talglampen leuchteten den Raum auch am Tag aus. Der Händler scheute keine Kosten, um seine Waren ansehnlich zu präsentieren. Frantz sah sich um. Kleine Gemälde hingen an den Wänden, die größten vielleicht eine Elle hoch. Es gab vor allem Darstellungen der Kreuzigung, aber auch Maria mit dem Jesuskind auf dem Arm. Rosenkränze hingen an Holzständern, und es roch nach Weihrauch. Frantz ging zum Ladentisch. Sofort eilte ein älterer Mann herbei. »Kann ich Euch helfen, guter Mann?«

Guter Mann hatte ihn noch nie jemand genannt. Frantz lächelte. »Ich hab gehört, Ihr verkauft Bronzefiguren von dem Nürnberger Künstler Labenwolf. Ich meine den jüngeren, Jorgen Labenwolf.«

Der Mann nickte eifrig, verzog dann aber das Gesicht. »Leider habe ich nur noch ganz wenige Werke von dem großen Erzgießer.« Er eilte davon und brachte ein schlichtes Kreuz mit einem ausgesprochen detailreich gestalteten Heiland. Frantz musterte es eingehend. Das Gesicht Jesu spiegelte eindrucksvoll das Leid und die Liebe zu den Menschen wider. Labenwolf war wirklich gut. »Was verlangt Ihr dafür?«, fragte er. Seine Frau würde sich bestimmt darüber freuen.

»Zweieinhalb Gulden.«

Frantz schluckte. Das war ein ganzer Wochenlohn. »Sonst habt Ihr nichts von Labenwolf?«

»Nur noch die hier.« Meister Lorenz stellte eine Madonna auf den Tisch, die beinah eine Elle groß war.

»Für die wollt Ihr gewiss noch mehr?«, fragte er, um schon mal dem späteren Klagen des Mannes vorzubeugen. Natürlich würde er als Anhänger Luthers keine Muttergottes in sein Haus stellen, und wenn sie noch so kunstfertig gearbeitet war.

Der Händler nickte langsam. »Dafür muss ich fünf Gulden verlangen. So viel hab ich schon fast dafür bezahlt. Ihr müsst verstehen, es ist ein ganz besonderes Stück! So eine bekommt Ihr sonst nirgends. Es gibt nur die eine.«

Frantz nahm den Hut ab und legte die Schriftstücke vor den Mann. »Ihr habt zwanzig davon gekauft, für je einen Gulden, und noch einige andere Bildnisse. Meister Labenwolf bittet um Bezahlung der offenen Rechnungen.«

»Aber …! Wo habt Ihr das her? Das ist doch …«

»Eure Unterschrift.«

Erst jetzt hob der Mann den Blick von dem belastenden Dokument, in dem er den Empfang bestätigt hatte; sein Mund öffnete sich leicht; seine Augen weiteten sich. »Ihr … ich kenne Euch. Seid Ihr nicht der Sohn des …«

Er nickte. »Ich bin Frantz Schmidt, Nachrichter zu Nürnberg, Sohn von Meister Heinrich, Henker zu Bamberg.«

Der Mann keuchte, dann hob er eine Hand und huschte in einen Raum hinter dem Ladentisch.

Frantz setzte den Hut wieder auf, falls Kunden hereinkamen. Die mussten ihn ja nicht unbedingt erkennen.

Fürsetzlich kehrte mit einem Lederbeutel zurück. »Die volle Summe. Bitte geht.«

Er öffnete den Beutel und zählte die Summe darin nach. Fünfunddreißig Gulden. Es stimmte. Frantz wollte sich schon umwenden, da rief der Mann. »Halt, wartet. Nehmt dieses Kreuz als Geschenk.«

Erstaunt sah Frantz ihn an. »Ihr wollt mir so etwas Kostbares schenken?«

Der Händler nickte, doch statt es ihm zu reichen, deutete er nur darauf. »Bitte nehmt es, dann … fühle ich mich besser.«

»Schuldgefühle, weil Ihr so lange nicht bezahlt habt?«

Er schüttelte den Kopf. »Weil ihr meinen Laden betreten habt. Das nimmt vielleicht den Fluch von mir. Und Ihr habt es angefasst. Das kann ich doch nicht mehr verkaufen.«

Frantz sog geräuschvoll Luft durch die Nase. »Dann muss ich den Schaden wohl wieder gutmachen. Aber bezahlen tu ich dafür, und wenn es nur der Preis ist, zu dem Ihr es erworben habt.« Er legte einen halben Gulden auf den Tisch und nahm das Kreuz.

Fürsetzlichs Blick huschte von der Münze zu ihm und zurück, als könnte er sich an beidem verbrennen. Er schüttelte den Kopf. Seufzend nahm Frantz das Geldstück wieder an sich und verließ den Laden. Bestimmt wischte der Händler gleich den Türgriff mit einem in Weihwasser getränkten Lappen ab, innen und außen. Frantz ertappte sich dabei, wie er mit den Zähnen mahlte, und entspannte seine Kiefer. Das Kreuz war wirklich schön. Er steckte es zusammen mit dem Lederbeutel in die Tasche. Da er so viel Geld nicht gern mit sich herumtrug, machte er sich gleich auf den Weg zu Peringer. Dreißig Gulden schuldete Labenwolf dem Mann, wenn er die aus dem Beutel beglich, bliebe nur noch eine kleine Summe übrig.

Peringer war Formschneider, Erzstecher und Rotschmied, der Modelle und spezielle Werkzeuge für Labenwolf angefertigt hatte. Frantz kannte ihn nicht, und mit etwas Glück beruhte das auf Gegenseitigkeit. Auch wenn er zur Werkstatt nur einige Minuten brauchte, hielt er den Arm gegen den Beutel in seiner Tasche gepresst. Wenn ihm den jemand stähle … Er könnte die Summe erst in Jahren zurückzahlen, und eventuell beschuldigte Labenwolf ihn der Unterschlagung. Erst jetzt fiel ihm ein, dass Fürsetzlich zu verschreckt gewesen war, um sich den Empfang des Geldes bestätigen zu lassen. Alberner Mensch. So könnte Frantz einfach behaupten, es nie erhalten zu haben, doch so schändliches Verhalten lag ihm fern. Sonst müsste er sich am Ende selbst aus Nürnberg ausstreichen.

Vor Peringers Schmiede zog er den Hut tiefer ins Gesicht, doch als er die düstere, rauchige Werkstatt betrat, sah er zunächst kaum etwas und lupfte die Hutkrempe ein wenig. »Meister Peringer?«

»Was willst?«, rief jemand zurück.

Er folgte der Stimme und einem schwachen Lichtschein zu einem Feuer, vor dem ein junger Mann etwas schmiedete. Ein Älterer saß an einem groben Werktisch und sah ihn erwartungsvoll an.

»Jorgen Labenwolf aus Nürnberg schickt Grüße und will seine Rechnung bezahlen.«

»Ha, dass ich das noch erleben darf!« Der Mann stand auf und wischte sich die Hände an einem Lappen ab. »Der hält mich schon ewig hin, dabei hat ihm der dänische König doch gleich tausend Gulden im Voraus bezahlt. Ist halt ein Schlawiner.«

So nah beim Feuer war es ziemlich warm. In seinem dicken Mantel kam Frantz ins Schwitzen und nahm den Hut ab, bevor er sich eines Besseren besinnen konnte.

Peringer starrte ihn an, hob einen Finger, dann gluckste er. »Frantz Schmidt? Der Bub vom Meister Heinrich?«

Frantz verfluchte sich für seinen Fehler, andererseits schien seine Anwesenheit den Mann wenig zu verstören. Er nickte. »Bub bin ich allerdings keiner mehr.«

»Ich weiß. Nachrichter zu Nürnberg. Ha! Hat dir der Rat befohlen, den Labenwolf zu foltern, bis er endlich seine Schulden zahlt?«

Frantz erlaubte sich ein Grinsen. »Das war nicht notwendig, aber ich bin gebeten worden, für ihn Schulden einzutreiben. Hier in Bamberg. So kann ich auch gleich seine Rechnungen begleichen.« Er holte den Beutel hervor und spürte das Kreuz in der Tasche. Die Freude daran war ihm sowieso vergällt, also reichte er es dem Mann. »Das schenkt er Euch als kleine Wiedergutmachung für seine Säumnis.«

»Oh.« Peringer nahm das Kruzifix und betrachtete es anerkennend. »Sehr nobel von ihm.«

Frantz zählte ihm die dreißig Gulden hin und bat um eine Empfangsbestätigung.

Viele Herrlichkeiten

Sonntag, 15. April 1582

Nach der feierlichen Ostermesse verließ Kathi am Arm ihres Mannes die Lorenzkirche, erfüllt von neuer Hoffnung. Bestimmt würde alles gut werden. Kurz nach ihnen kam auch Clara aus dem Gotteshaus. Deren Blick richtete sich auf Max. »Kommst du doch mit zum Essen bei der Lochwirtin?«

Er schüttelte den Kopf und zupfte an seiner schwarz-roten Pluderhose. »Bin ab jetzt im Dienst, muss jede Menge Ratsherren zur morgigen Wahl bitten.« Er kratzte sich die Schläfe. »Vielleicht schau ich ja kurz vorbei, wenn mich der Hunger arg plagt.«

Da gesellte sich Maria zu ihnen: »Ein frohes Osterfest wünsche ich euch allen.« Sie trug Vitus auf dem Arm und war in Begleitung zweier Frauen, die Kathi als Marias Schwester und Mutter erkannte.

Sie erwiderte die Grüße fröhlich. Es gab wahrlich kein schöneres Fest. Der Heiland war auferstanden! Sie wandte sich an Maria: »Komm doch mit zur Schallerin zum Essen.«

»Nein, wir werden alle zusammen bei Ellena speisen. Ihr Mann ist mit dem kleinen Jakob schon vorausgegangen.«

Der Mann war nicht sehr gesellig, wie Maria ihr erzählt hatte.

»Alsdann. Ich muss jetzt wirklich los«, sagte Max und wirkte jetzt schon ganz gehetzt.

Kathi küsste ihn auf die Wange, und er schritt von dannen. Gut sah er aus, ihr Gemahl.

Maria stellte ihren Sohn aufs Pflaster, das er sofort neugierig musterte. »Vitus ist heute so brav gewesen. Ich hab's kaum glauben können, dass er während der Messe nicht gequengelt hat. Wir haben uns nahe dem Ausgang gesetzt, damit ich notfalls mit ihm rausgehen kann, und dann haben ihn die Lieder und die ungewohnte Umgebung ganz wunderbar bei Laune gehalten.« Sie hob ihn hoch und küsste sein Köpfchen. »Du hast bestimmt die Nähe des Herrn und seines auferstandenen Sohnes gespürt.«

»Labla!«, verkündete Vitus.

Sie lachten. »Bestimmt hat er schon wieder Hunger«, meinte Clara.

»Hat er ja immer, ganz der Vater. Grüßt die Schallers von mir. Ich werd sie bald wieder besuchen.« Maria ging mit ihrer Familie davon. Irgendwie tat es Kathi leid, dass Meister Frantz nicht mit zu diesem Familientreffen gehen konnte. In Ellenas Haus dürfte er sich wohler fühlen, als vor zwei Jahren beim Essen in der Fetten Gans. Damals hatte er so unglücklich dreingeschaut, dass der Schankknecht Lucas ihn zu einem vermeintlichen Patienten gerufen hatte. Aber Meister Frantz war sicherlich froh, seinen Vater noch einmal zu sehen, falls dieser sterbenskrank war.

»Gestern hat mich die Schmidtin gefragt, ob ich für sie als Magd arbeiten will«, sagte Clara, als sie sich zum Rathaus aufmachten.

»Das solltest du wirklich tun.«

Sie nickte. »Vielleicht mach ich das. Ich hab ja sowieso keinen Ruf mehr zu verlieren. Jeder hier weiß, dass ich keine Jungfer mehr bin.«

»Na, das kommt öfter vor, dass die Braut nicht mehr unberührt ist. Mach dir nicht so viele Sorgen. Das wird schon alles. Dann trägst du halt bei der Trauung ein Kränzlein aus Stroh.«

»Stimmt, wir sollten uns lieber um Julius sorgen.«

Kathi seufzte. »Das sollten wir.« Bedrückt zog sie die Freundin zur Wohnung der Schallers. Inzwischen betrachtete sie Clara tatsächlich als Freundin.

*

Max hatte schon vier der acht Genannten der Handwerke geladen, und sein Magen knurrte, als er bei Wenzel Jamnitzer an das schwere Tor zur Werkstatt pochte. Der Mann vertrat die Goldschmiede im Rat. Ob er Julius kannte? Er sollte ihn fragen.

Eine ältliche Magd öffnete und seufzte: »Alle Jahre wieder. Komm rein.«

Er folgte ihr die Treppen hinauf ins oberste Stockwerk. Sie klopfte sanft an eine Tür, bevor sie den Kopf in die Stube steckte. »Herr, der Stadtknecht ist da.«

»Was?«, tönte eine ungehaltene Stimme in den düsteren Korridor. »Ach so. Ja, schick ihn rein.«

Die Magd trat beiseite. »Halt meinen Herrn nicht zu lang auf, wenn er schon mal Zeit hat, sich mit dem zu beschäftigen, was ihn wirklich interessiert!«, ermahnte sie ihn im Ton eines Befehlshabers.

Verdutzt trat Max ein. Bestimmt hatte Wenzel Jamnitzer mal wieder einen Auftrag von seiner kaiserlichen Majestät oder einem König erhalten. »Ehrbarer Rat, man schickt mich, um Euch ...« Was waren das denn für seltsame verwinkelte Gebilde auf dem Schreibtisch? Sahen aus wie zwei schief ineinander gesteckte Würfel.

Jamnitzer sah ihn amüsiert an. »Ich soll morgen zur Wahl des Kleinen Rates erscheinen, und zwar pünktlich.«

Schnell riss Max sich zusammen. »Genau, im großen Rathaussaal.«

Der Goldschmied winkte ab. »Als ob das Ergebnis nicht längst feststehen würde.«

»Aber ... eine Republik braucht doch Wahlen«, protestierte Max.

Unter dem langen Bart schien sich der Mund zu einem breiten Grinsen zu verziehen, doch wirklich erkennen konnte Max das nicht.

»Sicher, sicher.«

Die Tür flog auf, und ein Mann, der vielleicht zwanzig Jahre jünger sein mochte, stürmte mit allerlei Gerätschaften herein. Bestimmt ein Sohn oder einer der Schwiegersöhne, aber dass der auch am Ostersonntag für den Alten arbeiten musste, war verwerflich. Oh, den hatte er nach Kaisers Hinrichtung schon mit Jamnitzer und Meister Frantz reden sehen.

»Bist du bereit, Wenzel? Legen wir los?«

»Gemach, Lencker.« Jamnitzer hob eine Hand und sah wieder Max an. »Du hast ja recht, der Beschluss des Triumvirats muss schließlich abgesegnet werden. Ich werde selbstverständlich zur Wahl erscheinen.«

»Als hätten wir nichts Besseres zu tun.« Lencker schüttelte den Kopf. »He, dein Buch liegt gleich beim Eingang in der Buchhandlung. Meine beiden haben sie ganz hinten in ein Regal gestellt. Was für eine

Unverschämtheit, dabei hab ich vor dir veröffentlicht!«

»Das eine Jahr.« Jamnitzer gluckste. »Deine umfallenden Buchstaben sind halt schon ein alter Hut.«

Lencker schnaubte. »Alter Hut? Meine *Perspectiva literaria* ist mindestens so bedeutend wie deine verstaubte *Perspectiva corporum regularium*. Und Buchstaben sind das Fundament der Erkenntnis. Aber wahrscheinlich hätte ich in meinem zweiten Buch nicht verraten dürfen, wie mein Perspektivgerät funktioniert. Schon sagen die Künstler, denen ich ein Hilfsmittel an die Hand geben wollte: Das ist ja nur ein Handwerker. Und die gelehrten Mathematiker sind noch schlimmer. Bei denen heißt es: Der hat ja nicht einmal studiert.«

»Hock dich hin, Hans, und bau schon mal auf.« Jamnitzer holte ein seltsames Gestänge aus seinem Schreibtisch hervor und legte es auf den Tisch.

Max wandte sich zum Gehen. Hier hatte er nichts mehr verloren und verstand sowieso kaum etwas von dem, was die Herren redeten. Umfallende Buchstaben! Er war froh, wenn er welche zu Papier brachte, die ein Wort ergaben.

»Die echten Triumvirn sind sowieso der Stöer, der Jamnitzer und ich«, murmelte Lencker.

Max klappte der Unterkiefer runter. Sprach er hier mit den wahren Stadtregenten? Ehrfürchtig drehte er sich noch einmal um.

Lencker gackerte. »Das Triumvirat der Perspektive, junger Mann! Nur welche zwei von uns drei Obersten Perspektivherren dürfen auch Losunger werden?«

»Na, du und ich«, sagte Jamnitzer. »Was muss der Stöer auch nach Augsburg ziehen. Selber schuld, aber ich bin der Vorderste Losunger und der erste Perspektivherr. Geht schließlich nach Anciennität.«

Lencker schnaubte. »Wie alt bist du jetzt? Bald achtzig, oder?«

»Werd nicht frech, Bürschlein. Da fehlen noch fünf Jahre.«

Grinsend zuckte der Jüngere die Schultern. »Das kann ich auch noch abwarten und wenn du dem ultimativen Perspektivherrn gegenübertritst, dann rück ich automatisch nach. Ganz an die Spitze.« Nun sah er Max an. »Du schaust ganz schön verwirrt drein, junger Mann.«

Er sollte sich wirklich davonmachen, doch da winkte ihn Lencker heran. »Stadtknecht, schau mal her, ich zeig dir was.«

»Leinfelder heiß ich«, brummte er und trat näher.

»Schau, das sind die Duumvirn, die zwei Losunger.« Er legte zwei kleine Holzstäbe auf den Tisch. »Der Jamnitzer und ich. Außerdem sind wir gleichzeitig die drei Hauptmänner, ähm Obersten Perspektivherren. Dazu brauchen wir noch einen dritten, den Stöer.« Er legte noch einen Stab an die anderen und bildete ein Dreieck.

»Und was soll das mit den Perspektivherren?«, fragte Max. »Noch nie gehört.« Er kannte nur die drei Obersten Hauptleute, seine höchsten Vorgesetzten.

Jamnitzer schüttelte nur den Kopf, Lencker aber blähte die Brust auf und behauptete: »Wir sind die Einzigen mit den richtigen Perspektiven, deshalb haben wir auch die oberste Befehlsgewalt.«

Davon wüsste ich, dachte Max, hielt aber den Mund.

Lencker klebte die Stäbe mit einer grauen Masse aneinander und hielt das Dreieck an einer Spitze hoch und drehte es. »Das musst du korrekt abmalen können, egal wie ich es halte.« Grinsend schob er Max einen Stift und Papier hin.

Er stöhnte, was vielleicht schon eher nach einem Grunzen klang, und winkte ab.

»Ja, das ist gar nicht so einfach. Dann brauchen wir noch vier alte Zausel, um das Septemvirat vollzukriegen.« Lencker legte mit vier Holzstöcklein ein Viereck und schob es an das Dreieck. »Die Septemvirn, oder auch die Älteren Herren. Da muss auf alle Fälle der Jost Amman dazugehören, der alte Kupferstecher!«

Jamnitzer strich sich mit einer Hand über Bart und Brust. »Nun bin ich gespannt, wie du die dreizehn Älteren und dreizehn Jüngeren Bürgermeister darstellen willst.«

»Hm, dreizehn ist eine blöde Zahl. Aber die bestehen doch immer aus sechs Schöffen und sieben Räten, oder umgekehrt.«

»Das variiert, aber ja, da hast du einen schönen Ausweg gefunden.« Einen Schalk in den Augen fügte Jamnitzer hinzu: »Nur gehören die Septemvirn ja zu den dreizehn Älteren Bürgermeistern.«

Lencker warf beide Arme in die Luft. »Da hast du mich schön aufs Glatteis geführt. Brauchen wir nur noch ein Sechseck zu unseren Septemvirn dazu. Aber das macht alles nichts her.« Er wischte Drei- und Viereck von sich.

Max schwirrte der Kopf. Er hatte wirklich genug gehört und musste auch noch die anderen Genannten der Handwerke sowie weitere Räte zur Wahl laden. Sein Kollege Michel war ganz schön neidisch gewesen, weil Max die ganze Prominenz abklappern durfte, aber wenn das so weiterging, wurde er nie fertig.

Jamnitzer nahm sich das Blatt Papier. »Nein, deine Stäbchen geben nichts her. Wir brauchen einen hexagonalen Sockel.« Der Goldschmied zeichnete ein gestauchtes Sechseck. Dann zog er von den vier unteren Ecken Linien nach oben, die alle ungefähr gleich lang waren. Diese verband der Mann mit Strichen und zeichnete eine spitze Mütze darauf. »Und auf den setzen wir eine hexagonale Pyramide.«

Plötzlich schien vor den Augen von Max die Figur aus dem Papier herauszutreten und die Form eines Turnierzelts anzunehmen. Er lachte. »Das ist also der Kleine Rat?«

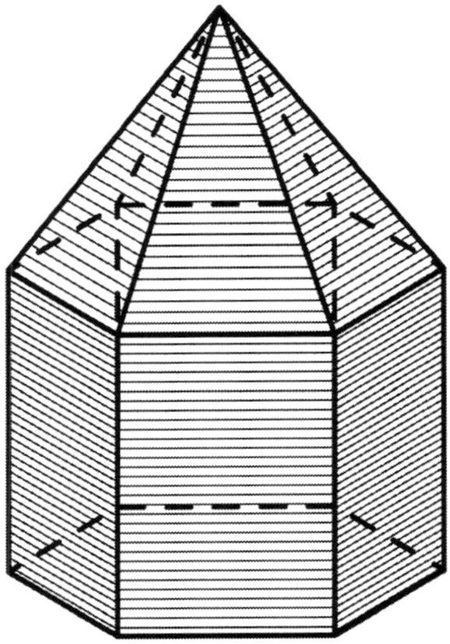

»Nur die dreizehn Älteren Bürgermeister.« Jamnitzer nickte zufrieden, nahm eine dicke, kurze Kerze aus Bienenwachs zur Hand und begann, daran herumzuschnitzen. Seitlich schnitt er Scheiben ab und murmelte: »Da haben wir schon mal sechs Seitenflächen für die Ratsherren, die zu den Septemvirn gehören.« Nun schnitt er von jeder Fläche des Sechsecks in Richtung Docht noch einmal Stückchen ab.

Max fühlte sich unheimlich klug, als er einwarf: »Das sind aber auch nur sechs Flächen. Damit sind's zwölf.«

Jamnitzer lachte und sah zu seinem Freund. »Der Bursche hat Verstand.« Dann drehte er die Kerze um. »Hier hast du die dreizehnte Fläche. Gleichzeitig lässt sich so auch die Einteilung in jeweils sechs und sieben Schöffen und Räte darstellen.«

Max klappte der Mund auf.

»Ein Dekatriahedron, das auch noch dreizehn Ecken hat, nicht nur Flächen! Das ist genial«, flüsterte Lencker andächtig und nahm die Kerze in die Hände. »Egal, wie du sie drehst, sie passt immer!« Er tippte auf den Boden der Kerze. »Wenn wir die Flächen nehmen, ist das der Vorderste Losunger. Von den angrenzenden Flächen suchen wir uns einen zweiten Losunger aus. Da haben wir unser Duumvirat.« Er markierte mit dem Fingernagel eine Fläche und noch eine weitere. »Das ist unser dritter Oberster Hauptmann.« Nun strich er über die spitz zulaufenden Flächen. »Hier hängen noch die anderen sechs Älteren Bürgermeister dran.«

Max wollte den Kopf schütteln, wagte es aber nicht. Die Organisation des Stadtrats war verflucht kompliziert.

Lencker strahlte ihn an. »Aber wenn wir nach den Ecken gehen, ist die Spitze mit dem Docht der Vorderste Losunger!«

»Genau, dann brauchen wir nur noch einen zweiten Körper derselben Form, und wir haben auch die dreizehn Jüngeren Bürgermeister dargestellt.« Jamnitzer blickte stolz in die Runde.

»Fehlen nur noch die acht Genannten der Handwerke und die acht Älteren Genannten«, warf Lencker ein.

»Ich muss jetzt schauen, dass ich weiterkomme. Alsdann.«, rief

Max, bevor sie ihn noch länger von der Arbeit abhielten.

»Fang!«, rief Lencker und warf ihm einen Würfel zu und noch einen zweiten, der allerdings dreieckige Flächen hatte.

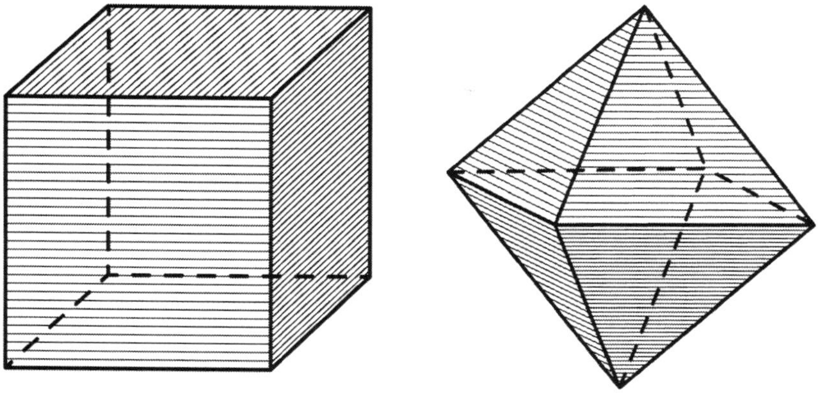

Max grinste. »Der eine hat acht Ecken, aber nur sechs Flächen, und bei dem anderen Ding ist es genau umgekehrt.«

»Richtig.« Jamnitzers Augen funkelten. »Zwei reguläre Körper. Der Würfel, also das Hexahedron für die Älteren Genannten, denn er symbolisiert nach Platon die Erde. Und ein Oktahedron für die Handwerke, das Symbol für die Luft.«

Lencker grunzte. »Umgekehrt passt besser. Auf den Handwerken fußt in Nürnberg doch alles. Die sollten das Erdsymbol bekommen. Die alten Genannten halten doch immer nur die Nase schön in die Luft.«

Max kratzte sich die Stirn mit der linken Hand, während er auf die hölzernen Gebilde in seiner Rechten starrte. Luft und Erde? Die Herrschaften hatten wohl zu viel Bilsenkraut genascht. Und wer zum Henker war dieser Platon? Er legte die Holzfiguren auf den Tisch und lugte zur Kerze. »Kann ich die haben?«, fragte er mit einer Forschheit, die ihn selbst überraschte und ein wenig erschreckte.

Jamnitzer zog die Augenbrauen hoch und schüttelte den Kopf. »Tut mir leid, die brauch ich noch. Sonst sitz ich an den Feiertagen im Dunkeln. Hier.« Er reichte ihm das Papier mit der Zeichnung. »Nur ein sehr grober Entwurf.«

Grob oder nicht, Max konnte ganz klar die Figur darin erkennen, obwohl sie flach war. »Vielen Dank!« Wenn ihm der Mann so ein Geschenk machte, konnte er ihn doch auch nach Julius Spieß fragen …

Lencker hantierte bereits mit dem merkwürdigen Gerät aus Stäben, die auf einer Holzplatte steckten, und zog eine Schnur von einem Stab zum nächsten.

Max räusperte sich. »Meister Wenzel, kennt Ihr den im Loch verhafteten Goldschmiedgesellen Julius Spieß?«

»Hmm«, der Mann strich sich über das kurze Haupthaar. »Kann sein, dass der sich mal hier vorgestellt hat. Was hat er denn verbrochen?«

»Bisher steht nur fest, dass er eine Silberkette in der Werkstatt seines Meisters hat einschmelzen wollen.«

Jamnitzer sah ihn aufmerksam an. »Und wem die Kette gehört, weiß niemand?«

»Genau.«

»Wer ist denn sein Meister?«, fragte Lencker.

»Friedrich Hildebrandt.«

»Na, von dem wird der Bursche nicht viel lernen. Wäre er mal zu mir gekommen.«

Oh, dann war Lencker auch Goldschmied?

»Wer kennt dich schon?«, frotzelte Jamnitzer. »Bei mir war er sicherlich, nur erinnern kann ich mich nicht an den Gesellen.«

Max nickte. Bestimmt wollte jeder am liebsten bei ihm lernen und als Geselle arbeiten. Julius hatte ja auch erwähnt, dass Jamnitzers Werkstatt seine erste Wahl gewesen wäre.

Lencker wandte sich wieder den Gerätschaften zu. »Mich kannst du auch schon als zur Wahl geladen betrachten; ich bin im Großen Rat und heute nicht zu Hause anzutreffen.«

Max sah ihn überrascht an. Das hätte er nicht gedacht, aber wenn der Mann Bücher mit umfallenden Buchstaben drucken ließ, sollte ihn das nicht verwundern.

Lencker blickte auf und machte eine wegwerfende Geste. »Zu sagen hab ich nichts.«

Max lächelte. »Dann wünsche ich den Herren frohe Ostern!«

»Frohe Ostern«, erwiderten beide, und nun hatte auch Jamnitzer nur noch Augen für die Dinge auf seinem Schreibtisch.

Max trat hinaus und sah sich einer verwunderten Magd gegenüber.

»Das hat aber lange gedauert«, sagte sie.

Er nickte bedächtig. »Wir haben ja auch sehr weise Gespräche geführt.« Grinsend lief er die Treppen hinunter. Ein Glück, dass Kathi ihm ein wenig Rechnen beigebracht hatte. Er sollte kurz bei den Schallers vorbeischauen und ein wenig angeben. Schließlich hatte der Goldschmied von Kaisern und Königen eine Zeichnung eigens für ihn angefertigt.

*

Kathi und Clara hatten fleißig geholfen, das Ostermahl zu bereiten, dessen verlockende Düfte die Stube durchzogen. Nun war der große Moment gekommen. Schaller verkündete, er wolle jetzt Julius aus dem Verlies holen. Genau wie Kathi gedacht hatte, musste es von der Wohnung des Lochwirts aus einen direkten Zugang zum Loch geben, denn er verließ dazu nicht das Gebäude. Da riskierte der Mann einiges, seinem Häftling diesen Weg zu zeigen, doch er konnte ihn schlecht vor aller Augen über die Straße in seine Unterkunft bringen.

Als die beiden in die gute Stube kamen, fiel Clara ihrem Bruder um den Hals. Lange umarmten sie sich. Ein schöner Anblick, und das zu Ostern! Kathi ging das Herz auf. Sie setzte sich schon mal an den Tisch, um nicht im Weg herumzustehen.

Schaller räusperte sich, und die beiden ließen voneinander ab. Julius sah sich verlegen im Raum um und schnupperte. »Riecht ganz wunderbar, aber am besten gefällt mir, nicht mehr im Dunkeln zu sein.«

»Hock dich hin«, brummte Schaller. »Ich muss dir die Fußeisen anlegen, falls ein Stadtknecht oder Ratsherr vorbeischaut. Dann kann er mich nur der Barmherzigkeit bezichtigen, nicht der Nachlässigkeit.«

Julius nickte und setzte sich auf einen Stuhl. »Verstehe. Danke Schaller. Für alles.« Während der Lochwirt ihm die Eisen anlegte, verzog der Bursche allerdings das Gesicht. Clara ließ sich auf dem Stuhl neben ihm nieder und tätschelte seine Hand.

Da pochte es an der Tür. Erschrocken sahen sie einander an. Julius blickte zum Gang, aus dem er mit Schaller gekommen war, doch der legte ihm beruhigend eine Hand auf die Schulter. »Als hätte ich's geahnt«, brummte er und ging zur Tür.

Von ihrem Platz aus konnte Kathi nur den Kniewulst einer schwarzroten Pluderhose sehen. Tatsächlich ein Stadtknecht! Sie warf der Schallerin einen flehenden Blick zu, doch die lächelte.

»Frohe Ostern!«, rief da auch schon eine vertraute Stimme.

»Max! Hast du uns erschreckt«, rief Kathi ihrem Mann zu.

Der lachte nur. »Na so was, jetzt fürchtet sich mein Weib schon vor mir. Ich hab gehört, hier gibt's Speis und Trank.«

Die Lochwirtin lachte. »Gleich können wir essen.«

»Habt Dank.« Er setzte sich neben Kathi und legte eine Hand auf ihren Schenkel. »Ich komm gerade vom Jamnitzer.«

»Was?« Julius war plötzlich ganz aufmerksam. »Wieso?«

»Ich muss die Ratsherren auffordern, morgen zur Wahl zu erscheinen, also auch ihn. Meister Wenzel hat das hier für mich gezeichnet.« Er reichte Julius ein Blatt Papier.

Kathi konnte kaum glauben, mit welcher Begeisterung ihr Mann von seinem Besuch bei dem berühmten Goldschmied erzählte. Am Ende wollte Max noch mehr Rechnen von ihr lernen. Dank ihres Unterrichts konnte er mühelos bis hundert zählen sowie addieren und subtrahieren, wenn die Zahlen nicht zu groß waren. Und seinen Namen schreiben, wenn auch mit Mühe, und einigermaßen lesen; was man halt so im täglichen Leben brauchte. Noch mehr überraschte sie allerdings der Gesichtsausdruck von Julius, der die komische Figur auf dem Papier anstarrte, als könnte er ihre Bedeutung dadurch entschlüsseln.

»Bei dem hab ich mich damals auch vorgestellt, aber Jamnitzer hab ich nicht zu Gesicht bekommen«, sagte er in andächtigem Tonfall. »Nur einen Mann, der für ihn die Werkstatt führt. Das dürfte einer seiner Schwiegersöhne gewesen sein.«

In diesem Moment stellte die Schallerin das Osterlamm auf den Tisch. »Iss was, Max, sonst fällst du noch um, wenn du die ganzen Ratsherren ablaufen musst.«

Schaller lud Knödel und Blaukraut auf die Schüsseln. »Ja, ist genug für alle da.«

Kathi konnte kaum die Augen von den Bratenstücken nehmen. Ihr lief schon das Wasser im Mund zusammen.

»Und diese Form hat Jamnitzer aus einer Kerze geschnitzt?«, fragte Julius, der anscheinend nicht sehr hungrig war, denn er studierte wieder das Papier.

Goldschmiede sind seltsame Leute, dachte Kathi und machte sich über die Speisen her. »Köstlich, Schallerin.« Auch Clara nickte zustimmen, mit vollen Backen kauend. Da musste Kathi wieder an die Zwangslage der Geschwister denken und dass die beiden vielleicht zum letzten Mal zusammen schmausten. »Wenn wir nur beweisen könnten, dass die Kette in der Schatulle war, als du sie bekommen hast!«, rief sie aus.

»Vielleicht sollten wir mit der Kaiserin reden«, nuschelte Clara mit vollem Mund.

»Warum?«, fragte Kathi erstaunt.

»Womöglich fällt ihr doch was zur Kette ein, wenn wir sie ihr beschreiben.«

»Das hab ich schon gemacht«, rief Max. »Sie will das Geschmeide nie gesehen haben. Könnte sich aber trotzdem lohnen. Meister Friedrich hat mir nämlich erzählt, dass Kaiser bei ihm so eine Ähnliche hat anfertigen lassen – mit nur einem Rubin. Vielleicht hat ja später ein anderer Goldschmied welche dazugefügt.«

Das hatte er Kathi noch gar nicht mitgeteilt. Dann hatte Kaiser die Kette anfertigen lassen, sie aber nicht zwingend seiner Frau geschenkt. Wem dann? Kathi wollte am liebsten nie mehr in die Kaiser-Werkstatt zurückkehren. Selbst die Bortenwirkerin war ihr unheimlich geworden, auch wenn sie sich Clara gegenüber anständig verhalten hatte … »Oh, Herr im Himmel, bei all der Aufregung hab ich ja Kaisers letzte Bestellung ganz vergessen. Den Korb mit Materialien hab ich irgendwo zu Hause stehen. Hoffe ich wenigstens.« Ihre Wangen glühten vor Scham.

Clara blickte versonnen drein. »Dann hast du einen guten Grund, die Kaiserin aufzusuchen, und ich komm mit.«

»Genau«, meinte Max. »Frag am besten, ob sie die Sachen, die du für ihren Mann hättest machen sollen, noch brauchen kann. Sonst bringst du ihr halt das Material zurück.«

Oh je, dann musste sie der Frau eingestehen, dass sie die Bestellung völlig vergessen hatte. Bisher war die Kaiserin immer streng, aber gerecht gewesen. Nur waren Kathi und Clara daran schuld, dass ihr Mann nicht mehr lebte. Nein, er war selbst schuld! Aber trotzdem ... »Ist wohl besser so.«

Die Brautleute

Am Ostersonntag fühlte sich Frantzens Vater kräftig genug, das Bett zu verlassen, um mit ihnen in der guten Stube zu sitzen. Die Tränke aus Zimtsaft, Zitrone und ein wenig Theriak hatten ihm gut getan. Da er, wie er brummelte, vor seinem künftigen Schwiegersohn nicht allzu gebrechlich wirken wollte, riss er sich zusammen.

Frantz konnte es kaum erwarten, seine große Schwester wiederzusehen. Immer wieder öffnete er das Fenster und schaute hinaus. Nach dem Tod der Mutter hatte vor allem sie sich um ihn gekümmert, bis Anna kam. Dabei war Kunigunda damals kaum älter als zehn Jahre gewesen und er gerade mal zwei. Endlich sah er sie mit einem rothaarigen Mann die Straße entlanglaufen. »Sie kommen!« Er lief in den Gang hinaus. »Gleich sind sie hier«, rief er in die Küche und verließ das Haus.

Kunigunda winkte ihm auch gleich zu. Er rannte ihr entgegen und drückte sie an sich. »Kuni! Wie geht's dir?« Er ließ sie los und betrachtete sie.

»Bestens, Brüderchen!« Die dunkelblonden Haare trug sie inzwischen unter einer Haube versteckt, aber die blauen Augen funkelten ihn spöttisch an wie eh und je. Mehr Falten hatte sie inzwischen, aber es schienen keine Sorgenfalten zu sein. Als sie ihn anlächelte, gruben sich die Furchen tiefer, dafür trieb die Freude mädchenhafte Röte in ihre Wangen. »Gut siehst du aus, Frantz.«

»Und du immer noch wie eine junge Maid.«

Sie lachte und winkte ab. »Mach keine Sprüche, ich bin schon weit über dreißig.« Jetzt drehte sie sich zu ihrem Begleiter um. »Friedl, das ist mein Bruder Frantz.«

»Grüß dich, Friedl.« Frantz reichte dem Mann die Hand und wurde von einem sehr festen Händedruck überrascht. Da wollte wohl jemand seine Kraft unter Beweis stellen. Er grinste, als hätte er nichts bemerkt.

Da ließ Friedl los und lächelte versonnen. »Hab schon viel von dir gehört. Nachrichter zu Nürnberg. Nicht schlecht. Musst heut wieder los, oder hast noch ein paar Tage freibekommen?«

»Ich kann bis Montag bleiben, aber dafür hab ich für den Rat hier noch was erledigen müssen. Gehen wir erst mal rein, falls du dich traust, das Haus des Bamberger Scharfrichters zu betreten.«

Friedl lachte und ließ dabei ungewöhnlich ebenmäßige Zähne aufblitzen. Der rötliche Bart hatte gerade die richtige Länge, dass Anna nicht versucht wäre, ihn zu stutzen. Das gepflegt wirkende Haar trug er schulterlang, und auf dem Kopf saß eine flache Kappe, unter deren Krempe grünlich-braune Augen verschmitzt hervorfunkelten. »Ich fürchte mich vor nichts und niemandem.« Bei diesen Worten drückte er die breiten Schultern nach hinten.

Frantz nickte und hielt das Kinn etwas höher, dabei überragte er den Mann sowieso schon um eine Handbreit. Wenn sein künftiger Schwager so gern die Muskeln spielen ließ, durfte er sich sogar noch kleiner vorkommen.

Kunigunda hakte sich bei ihnen beiden unter und zog sie zum Haus, wo sie von Anna freudig begrüßt und in die gute Stube gescheucht wurden. Kuni küsste den Vater auf die Stirn. »Bleib sitzen, du bist bestimmt noch nicht wieder ganz gesund. Das ist mein Verlobter, der Friedrich Werner, aber alle nennen ihn nur Heffner Friedl, weil sein Vater doch ein Töpfer ist.«

»Der Stiefvater«, korrigierte Friedl. »Mein Vater war sogar Bürger von Nürnberg.« In den Händedruck für den Bamberger Henker schien er wesentlich weniger Kraft zu legen. »Ich hoffe, Euch geht's bald wieder besser, Meister Heinrich.«

Frantz und Friedl setzten sich an den Tisch, während Kuni hinauseilte. Um in der Küche zu helfen, wie sie behauptete, aber bestimmt wollte sie vor allem mit Anna ratschen.

Während der Vater Friedl nach seiner Arbeit fragte, musterte Frantz den baldigen Schwager von der Seite. Er wusste noch nicht recht, ob er ihn mochte, nachdem der sich gleich durch Händequetschen als Platzhirsch hatte beweisen wollen.

»Im Moment arbeite ich in der Töpferei mit. Bin einige Jahre Söldner gewesen, aber das wirft in Friedenszeiten nicht viel ab. Vielleicht frag ich bei den Sandhasen in Nürnberg um Arbeit nach.« Er lachte.

Frantz rang sich ein Lächeln ab. Ob er jetzt auch schon zu den Sandhasen zählte, wie die Nürnberger wegen des allerorten verbauten Sandsteins genannt wurden?

»Oder hier in Bamberg«, fuhr Friedl fort. »Einen zuverlässigen

Stadtknecht kann man überall brauchen, und kämpfen kann ich.«

Frantz hätte ihn gern gefragt, in wessen Sold er gestanden hatte, wollte ihn aber nicht gleich ins Verhör nehmen. Also fragte er: »Wo und wann findet denn die Hochzeit statt?«

»In zwei Wochen bei meinem Vater daheim, aber ihr wisst ja, dass nur eine begrenzte Zahl von Gästen erlaubt sind. Da können außer der Familie gerade noch zwei gute Freunde mitfeiern, sonst täten wir uns natürlich freuen, wenn die ganze Schmidtsche Sippschaft auch dabei wär.«

Der Vater nickte. »Haben wir uns schon gedacht. Der Frantz wird eine Heimladung in Nürnberg für euch ausrichten. Und wenn's mir bis dahin besser geht, kommen wir womöglich auch dazu.«

Friedl strahlte Frantz an und schlug ihm mit ziemlicher Wucht auf den Rücken. »Das freut mich, Schwager. Vielen Dank! In drei oder vier Wochen? An einem Samstag? Dann können wir bei euch übernachten. Die Kuni schwärmt immer noch von der Wohnung über der Pegnitz, wo sie mit dem Lippert gewohnt hat.«

Am liebsten hätte er dem großspurigen Kerl gesagt, dass sie nicht genug Platz hatten, aber seine Schwester wusste es besser. Stattdessen lehnte er sich im Stuhl zurück. Sollte sich Friedl was Neues überlegen, wie er ihm seine Kraft demonstrieren konnte, oder sich die Hand an der Lehne brechen. »Sagen wir in vier Wochen?«

»Ja, sollt passen.«

»Wo wohnt ihr denn jetzt?«

»Bei Hiltpoltstein hinter Gräfenberg.«

Das gehörte zum Nürnberger Gebiet. Vielleicht konnte er ja mal nach einer Hinrichtung vorbeischauen. »Die Kinder müssen aber auch mitkommen.«

»Ja, genau, warum habt ihr meine Enkel eigentlich heute nicht mitgebracht?«, fragte der Vater. Kunigunda hatte ihrem ersten Mann sieben Kinder geboren, allerdings hatten nur fünf davon überlebt.

Friedl kratzte sich den Bart. »Ist halt schon ein G'schiss, mit der ganzen Brut so eine Strecke zu reisen.« Er nickte vor sich hin. »Vielleicht bringen wir die zwei Ältesten mit nach Nürnberg.«

»Den Lorenz und den Jobst? Das würde uns freuen«, sagte Frantz. »Und wie geht's den Mädeln?«

Friedl senkte den Blick und knetete die Hände. Mit belegter Stimme sagte er: »Du weißt es noch nicht, aber die Margreth ist im Januar gestorben. Eine schlimme Grippe. Wir waren fast alle krank, aber sie … hat's nicht geschafft.«

Frantz zog es die Brust zusammen. Er sah zu seinem Vater, der ebenfalls den Blick senkte und seine Lippen wie im tonlosen Gebet bewegte. Frantz würde später für ihre junge Seele beten, wenn er allein war. »Sie war erst … sieben, oder?«

»Noch nicht ganz. Ihren Geburtstag hat sie nicht mehr erlebt. Die Kuni hat's ziemlich mitgenommen, noch ein Kind zu verlieren.«

»Wieso habt ihr niemandem eine Botschaft gesandt?«

Vater hatte Tränen in den Augen, als er aufblickte. »Wir haben's schon erfahren, aber du hast doch selbst einen noch so kleinen Buben, so verletzlich. Da haben wir dir lieber nicht geschrieben. Es ist immer schlimm.«

Frantz nickte. Welch grausame Vorstellung, Vitus zu verlieren.

Sie schwiegen eine Weile, dann fragte Friedl: »Was hast du denn für den Nürnberger Stadtrat hier in Bamberg zu tun gehabt?«

Sein Vater gluckste. »Der Frantz ist jetzt unter die Schuldeneintreiber gegangen.«

»Was? Wie das?«

Frantz grinste. »Stell dir vor, bei dir bestellt ein König was, aber du kannst das Kunstwerk nicht fertigstellen, weil dir einer die Rechnungen nicht bezahlt und du kein Material kaufen kannst.«

»Ha, und für den hat der Henker das Geld lockermachen müssen?«

»So ungefähr.«

»Muss aber ein ganz schöner Batzen gewesen sein, wenn er deswegen nicht hat weiterarbeiten können.«

»Nicht nur deswegen, aber reden wir von was anderem.« Frantz wollte lieber nicht die verkommene Zahlungsmoral unter den Händlern und Handwerkern vor seinem künftigen Schwager ausbreiten. Noch weniger wollte er ihm vom Entsetzen des Kunsthändlers bei seinem Anblick erzählen, auch wenn Friedl die Geschichte bestimmt sehr lustig gefunden hätte.

Zu seiner Erleichterung kamen in dem Moment Anna und Kunigunda mit Töpfen und Schüsseln herein und unterbrachen das Gespräch. Der Geruch ließ Frantz das Wasser im Mund zusammenlaufen.

»Was gibt's denn Gutes?«, fragte Friedl.

»Wildsau«, sagte Anna. »Dazu Schupfnudeln und Sauerkraut.«

Heffners linkes Auge zuckte. »Gib mir lieber kein Kraut, dafür mehr Bratensoße. Ich mag das Zeug nicht recht.«

Kuni seufzte. »G'naschig ist er. Fleisch und Kuchen jederzeit, aber Gemüse …«

Der Vater grinste. »Ist halt ein Mannsbild.«

Frantz fiel ein, dass Hiltpoltstein ungefähr auf halber Strecke zwischen Nürnberg und Bamberg lag, nur ein kleiner Schlenker nach Osten. »Dann können wir morgen ein Stück des Wegs zusammen reisen.«

Kuni lächelte, doch ihr Verlobter schüttelte den Kopf und sagte: »Nein, wir wollen morgen noch in Bamberg bleiben. Haben noch einiges zu erledigen.«

Seine Schwester sah enttäuscht und auch ein wenig überrascht drein, doch sie widersprach nicht. Frantz fragte sich, ob der Mann sich scheute, mit einem Henker unterwegs zu sein, ihn gar mit zu seinen Eltern zu nehmen. Verständlich wäre es, aber er hätte sich gefreut, seine Neffen und Nichten wiederzusehen. Hoffentlich ging es ihnen gut bei Friedls Eltern.

Kuni tätschelte seine Hand, wie um ihn zu trösten. »Essen wir, bevor's kalt wird.«

Der Vater sprach das Tischgebet, und sie griffen zu. Während alle mit Essen beschäftigt waren, fragte Frantz sich, ob Friedls Eltern überhaupt wussten, dass ihr Sohn die Tochter, Schwester und Witwe von Scharfrichtern heiraten wollte.

Kuni unterbrach seine Gedanken. »Frantz, du kennst doch den Lienhardt Hertl. Das ist ein guter Freund vom Friedl, und ich mag ihn auch gern. Der kommt zur Hochzeit.«

»Der Hertl, der mal Schütz in Nürnberg war?« Und ob er sich an den erinnerte. Der hatte ihnen letztes Jahr geholfen, drei wüste Diebe und einen Mörder zu fangen.

»Genau der«, antwortete Friedl. »Er lässt dich grüßen. Hat gesagt, dass er dir dankbar ist, weil du ihn nicht verraten hast.«

»So? Er hat doch gar nichts angestellt.«

Friedl grinste breit. »Nicht? Na, dann.«

Sein künftiger Schwager erschien ihm immer rätselhafter. Sicher, Schöffe Eisvogel hätte den Hertl letztes Jahr gern festgesetzt, weil dem Presigl angeblich acht Gulden gestohlen worden waren. Frantz hatte dem Ratsherrn nicht verraten, dass Hertl ihr Gespräch darüber heimlich mitgehört hatte.

Nach dem Essen beobachtete Frantz besorgt, wie es seinem Vater ging, doch der schien nur müde. Während Heinrich Schmidt sein Mittagsschläfchen hielt, ging der Rest der Familie am Rednitzufer spazieren, weil endlich mal wieder die Sonne schien. Nach ihrer Heimkehr gesellte Vater sich wieder zu ihnen. Bei einsetzender Dämmerung verzogen sich Anna und Kunigunda in die Küche, um das Abendmahl vorzubereiten.

»Ist Wein im Haus?«, fragte Friedl. »Dann rutscht das Essen besser runter.«

Frantz verzog das Gesicht. Ziemlich dreist! »Ich hab gestern einen Krug geholt, damit uns niemand verdurstet, sonst gibt's nur Bier.«

»Bier? Dann können wir auch gleich Wasser saufen wie das Vieh. Ob ein Krug reicht?« Friedl rieb sich die bärtige Wange. »Vielleicht sollt ich noch zwei holen.«

»Der Vater und ich trinken nichts. Die Anna wahrscheinlich auch nur einen Schluck.«

Friedl rutschte auf dem Stuhl herum. »Ich und die Kuni, wir genehmigen uns zu besonderen Anlässen schon gern mal ein wenig mehr.«

Mehr als einen Krug zu zweit? Nun, seine Schwester hatte schon immer gern gezecht. Sie wusste allerdings genau, wann sie aufhören musste, im Gegensatz zu Frantz.

»Wieso trinkst du nichts?«, fragte Friedl und betrachtete ihn neugierig.

»Weil man davon blöd im Kopf wird.« Er studierte die Reaktion des Mannes, erst überrascht, dann belustigt. Da er aber nichts darauf erwiderte, stand Frantz auf. »Ich frag mal die Weibsleut, ob sie mehr wollen.« Kurz wechselte er einen Blick mit seinem Vater, der über die schnell austrocknende Kehle seines künftigen Schwiegersohns auch nicht gerade erfreut wirkte.

Aus der Küche drang Kunis und Annas Geschnatter – wie in alten Zeiten. Er stellte sich in den Türrahmen. »Wollt ihr auch Wein zum Essen, dann könnte der eine Krug doch etwas wenig sein.«

Annas Augen glänzten. »Ach, heute würd ich schon gern einen Becher trinken. Oder zwei?«

»Ich auch!«, rief Kunigunda.

»Dann lauf ich noch mal vor zum Weinschenk.«

»Bist ein Schatz!« Kuni küsste ihn auf die Wange.

Frantz konnte sowieso etwas Ruhe brauchen. Den ganzen Tag geschwätzige Menschen um sich herum zu haben, war anstrengend. Nun, sie hatten sich lange nicht gesehen, da war es kein Wunder, dass es viel zu erzählen gab. Draußen wurde es allmählich finster, also sollte er sich beeilen.

Unterwegs kam ihm ein junger Mann entgegen, und sie nickten einander zu, sonst begegnete er niemandem, bis er an der Schenke anlangte. In der Gaststube hockten allerdings ein paar Männer.

Der Schankwirt sah ihn überrascht an, als er schon wieder bei ihm auftauchte. »Sind die Schmidts jetzt unter die Säufer gegangen? Das sind ja ganz neue Sitten.«

Lächelnd schüttelte er den Kopf. »Durstiger Besuch. Was will man da machen?«

»Mir soll's recht sein. Einer oder zwei Krüg?«

Kurz überlegte Frantz, dann gewann die Abscheu überhand. »Einer muss reichen. Sonst schicken wir sie zu dir.«

»Gern.« Der Wirt füllte einen Krug ab, und Frantz zahlte. Auf dem Rückweg begegnete ihm keine Menschenseele, aber in Bamberg brannten schon einige Lichter. Auch aus zwei Fenstern seines Elternhauses drang inzwischen der sachte Schein von Talglampen, in der Küche und der guten Stube. Als er beim Näherkommen Stimmen im väterlichen Hof hörte, erschrak er. »Wer da?«, rief er.

Zwei Gestalten lösten sich aus dem Schatten der neben dem Wohnhaus befindlichen Scheune. »Frantz?« Das klang nach dem Friedl.

»Wer sonst?«

»Ich wollt dir grad nach, um dir Gesellschaft zu leisten, da ist mir ein alter Bekannter über den Weg gelaufen.«

»So ein Zufall«, sagte Frantz und stellte sich absichtlich an eins der erleuchteten Fenster. Tatsächlich gesellten sich die beiden zu ihm. Der Neuankömmling mochte der Mann sein, dem er vorhin begegnet war. »Ich bin der Frantz Schmidt«, sagte er in der Hoffnung, den Namen des Fremden zu erfahren.

Der wechselte kurz einen Blick mit dem Friedl, dann antwortete er: »Der Heinrich Heut bin ich, und ich muss jetzt auch wieder weiter.«

»Freilich, Heinrich.« Friedl kopfte ihm auf den Rücken. »Wir sehen uns bald wieder. Denk dran, was ich dir gesagt hab.«

Der Fremde nickte, hob eine Hand zum Abschied und eilte davon. Frantz schaute Kunis Verlobten an. »Was war denn das für einer?«

»Ach, niemand. Mit dem hab ich mal gearbeitet.«

»Als was?«

Friedl gluckste. »Du bist ganz schön neugierig. Trinken wir lieber den Wein. Essen ist auch gleich fertig.«

Witwen

Montag, 16. April 1582

Trotz des Feiertags machte sich Kathi in aller Frühe auf den Weg zur Bortenwirkerei. Den Rest des gestrigen Tages hatten Clara und sie damit zugebracht, so viele Kordeln wie möglich herzustellen, damit die Kaiserin sie nicht für ein faules oder nachlässiges Weib hielt. Bei der einfachen Arbeit mussten sie sich nicht so sehr konzentrieren wie bei komplizierten Stickarbeiten und hatten viel Zeit zum Grübeln und Reden gehabt. Meist ging es dabei natürlich um das Schlimmstmögliche, das eintreffen könnte. Als Max völlig erschöpft nach Hause gekommen war, hatten sie immerhin viel Arbeit geschafft. Clara war dann auch schnell verschwunden. Den Korb mit der halb fertigen Bestellung und den noch nicht verbrauchten Materialien trug Kathi jetzt am Arm. Wenn sie von der Werkstatt keine weiteren Aufträge bekäme, müsste sie geschwind andere Arbeit suchen, die den Verdienst ersetzte. Sie strich sich über den Bauch. Ihre Monatsblutung ließ noch immer auf sich warten. Wenn sie wirklich schwanger war, sollte die Arbeit lieber nicht zu anstrengend sein, und doch anständig bezahlt.

Erst holte sie Clara vom Henkerhaus ab, dann gingen sie zusammen zur Bortenwirkerin, einträchtig schweigend. Kathi wusste inzwischen gar nicht mehr, was sie denken sollte. Letzte Nacht hatte sie selbst im Schlaf noch gegrübelt und schreckliches Zeug geträumt: Clara erschlug ihre Herrin und stahl die Kette. Julius fiel über seine Schwester her … Schauderhaft! Da war sie froh gewesen, als es dämmerte. Die düsteren Gedanken ließen sich jedoch auch bei Tageslicht nicht abschütteln, so sehr sie sich auch bemühte. Hatte doch eines der Geschwister die Kette gestohlen? Dann wusste das andere darüber inzwischen sicher Bescheid. Hätte sie die zwei doch nicht in der Zelle allein gelassen! Sie war womöglich zu leichtgläubig, wie Max oft sagte, aber sie wollte so gern glauben, dass beide unschuldig waren. Als sie den Säumarkt hinter sich gelassen hatten, betrachtete sie Clara von der Seite. Die aufgesprungene Lippe war noch nicht ganz verheilt. Das Auge, noch immer leicht geschwollen, färbte sich allmählich grün und gelb, aber die langen blonden Haare verbargen es ein wenig.

Das Mägdlein schien ihren Blick bemerkt zu haben. Sie schielte zu Kathi herüber. »Graust es dich auch, das Haus wieder zu betreten?«

»Schon, aber bestimmt nicht so sehr wie dich.«

»Am liebsten würd ich da nie wieder hingehen, aber du musst.« Sie blickte zum Korb an Kathis Arm. »Und ich auch, sonst kommt Julius niemals aus dem Loch.«

Kathi nickte. »Genau. Je früher wir es hinter uns bringen, umso besser.«

In der Stadt war noch recht wenig los. Einige Leute kamen vermutlich von der Frühmesse, aber sie erspähte auch einige Männer in feinen Schauben, die dem Großen Rat angehören mochten und zur Wahl gingen.

Der Milchmarkt lag ganz still und verlassen da. »Unheimlich«, entfuhr es Kathi. »Wenn hier nichts los ist«, fügte sie schnell hinzu.

»Ich bin das gewohnt. Ist an Sonn- und Feiertagen immer so.«

Sie verfielen in erneutes Schweigen, bis sie die Werkstatt erreichten. An deren Tür hing ein Schild, dass die Bortenwirkerei bis nach Ostern geschlossen bliebe. Lange schauten sie einander an, bevor Kathi schweren Herzens mit der Faust gegen das Tor schlug, dann noch ein paar Mal.

Es dauerte, bis Traudel öffnete. »Oh, ihr seid es.« Sie blickte nach hinten und trat zögerlich beiseite. »Kommt rein.«

»Wie geht's deiner Herrin?«, fragte Kathi und betrat die Werkstatt.

»Na ja, nicht sehr gut. Das war natürlich ein Schlag für sie.« Traudel wandte sich Clara zu. »Aber viel wichtiger ist, wie es dir geht.«

»Wird schon wieder«, antwortete sie, blickte aber auf ihre Füße, die in abgewetzten Kuhmaulschuhen steckten.

»Und was wollt ihr hier?«

Kathi hob den Korb an. »Ich bin noch nicht ganz fertig mit der letzten Bestellung, wollte aber lieber erst mal fragen, ob die überhaupt noch gebraucht wird, jetzt da Meister Sebald … nicht mehr ist.«

Traudel nickte und schob eine lose Strähne aus dem Gesicht. »Ich frag die Herrin. Vielleicht kommt sie auch selber runter.« Sie huschte beinah lautlos die Stiege hinauf.

Kathi atmete tief durch. Da fasste Clara ihre Hand, und sie war dankbar, nicht allein an diesem Ort zu sein. »Vielleicht hätten wir bis morgen warten sollen, statt an einem Feiertag zu stören. Bestimmt will die Kaiserin die Messe besuchen.«

»Morgen sind hier wieder alle am Arbeiten«, meinte Clara. »Und Kundschaft geht ein und aus. Ist schon besser, es heut zu machen.«

»Ist sowieso zu spät, jetzt noch zu verschwinden.« Dabei täte sie das nur allzu gern.

Die Bortenwirkerin kam die Treppe herunter, gefolgt von Barbara. Traudel kehrte nicht mit ihnen zurück.

»Guten Morgen«, sagte Kathi lahm, während Clara stumm blieb.

Ambrosia Kaiserin nickte nur. Ihr Gang wirkte leicht schwankend, das Gesicht war ungewöhnlich blass. Da schritt Kathi ihr lieber entgegen. »Entschuldigt bitte die Störung an einem Feiertag.«

»Schon gut. Was wollt ihr zwei?«

Erst jetzt kam Clara langsam näher, und Kathi brachte ihr Anliegen vor. Die Kaiserin blickte in den Korb, zupfte herum und seufzte. »Mach ruhig die Bestellung fertig, wir werden das Zeug schon los. Der Barthel und ich werden für Cuntz die Werkstatt weiterführen, bis er bei einem anderen Meister ausgelernt hat.« Sie strich sich über die feuchte Stirn. »Heiraten werde ich bestimmt nicht mehr.«

»Ach, wer weiß«, versuchte Kathi zu trösten. »Vielleicht in ein paar Jahren, wenn Ihr einen guten Mann findet.«

»Einen wie meinen Sebald werd ich –« Sie schlug sich eine Hand vor den Mund und starrte Clara aus weit aufgerissenen Augen an. »Was … was rede ich da?«

Barbara legte einen Arm um sie. »Schon gut. Wird schon wieder.«

Die Frau ließ die Arme sinken und blinzelte ein paar Tränen fort. Dann fragte sie Clara: »Willst du doch wieder hier arbeiten?«

Kathi erschrak ein wenig, als Barbara ganz leicht den Kopf schüttelte, ohne dass es die Kaiserin sehen konnte. Warum wollte die nicht, dass Clara zurückkam? Die Gefahr war doch nun vorbei. Ach, sie sah schon überall Gespenster! Bestimmt glaubte die Magd, dass es nicht gut für Clara wäre.

Das Mägdlein senkte den Kopf. »Nein, das kann ich nicht mehr.«

»Ich verstehe«, sprach die Kaiserin.

Langsam hob die Kleine den Kopf und flüsterte: »War wirklich nichts in der Schatulle, die Ihr mir gegeben habt?«

Da schlang die Witwe beide Arme um den Oberkörper, als fröre sie, und blickte zu dem Platz, an dem ihr Mann immer gesessen hatte. Lange schwieg sie, dann endlich sagte sie beinah genauso leise: »Nein, nichts.«

Kathi lief ein Schauder über den Rücken. Nun kam es ihr wirklich so vor, als säße der Kaiser an seinem Platz. Die ganze Werkstatt kam ihr plötzlich unheimlich vor. »Ist gut. Wir gehen wieder«, sagte sie in die Stille hinein.

Clara regte sich nicht, sah die Frau nur unverwandt an, bis Kathi sie am Ärmel zupfte.

»Ja«, raunte sie. »Gehen wir.«

Kathi wünschte den Frauen nicht einmal ein schönes Osterfest, bevor sie den gruseligen Ort verließen. Wenn sie sich schon so anstellte, wie musste es da Clara ergehen? Erst nachdem sie ein paar Häuser weiter waren, blieb sie stehen und nahm die Hände ihrer Freundin. »Alles in Ordnung mit dir?«

Sie nickte, dann flüsterte sie: »Die Kaiserin hat ihren Mann geliebt.«

Ja, genauso hatte sie gewirkt. »Stimmt. Sie trauert um ihn. Trotz allem.«

»Er hat sie auch immer wie seine *Kaiserin* behandelt, ist beinah hündisch um sie herumgeschlichen, wenn sie im Raum war und er sonst nichts zu tun hatte.«

»Das fehlt ihr jetzt, meinst du?« Die Frau hatte auf Kathi wahrlich seltsam gewirkt, so als sei ihr Verstand getrübt.

Sie nickte wieder. »Bestimmt.«

Vielleicht wollte Barbara nicht, dass Clara wieder dort lebte und arbeitete, weil die Kaiserin nicht mehr ganz bei Sinnen war? Die Kleine würde sie immer nur an ihren Verlust erinnern. Wie auch immer, es war für beide besser so, für das Opfer und die Witwe des Notzüchtigers.

»Glaubst du ihr, dass die Schatulle leer war?«, unterbrach Clara ihre Gedanken.

Kathi dachte an die merkwürdige Reaktion der Frau, den Blick zum Werktisch ihres Mannes, das Frösteln. »Ich weiß nicht recht. Könnte Sie das nur behaupten, um sich an dir zu rächen?«

»Aber Julius sitzt doch im Loch, nicht ich.«

»Stimmt.« Kathi seufzte. »Ach, ich weiß auch nicht. Hoffentlich kommt der Nachrichter heute zurück. Der weiß bestimmt Rat.«

*

Frantz saß vor einer Schüssel Morgensuppe und einer Scheibe Brot bei Anna in der Küche. Außer seiner Stiefmutter und ihm war noch niemand auf. In der letzten Nacht unter dem Dach seines Vaters hatte er sehr unruhig geschlafen, denn Kunigunda teilte sich mit ihrem Verlobten die Kammer neben seiner, in der sie auch als junges Mädchen geschlafen hatte. Es war nicht zu überhören gewesen, dass die beiden nicht bis zur Hochzeit mit dem Vollzug der Ehe warteten. Als Witwe sah seine Schwester wohl keinen Grund zum Verzicht, und er konnte ihr auch keinen Vorwurf machen. Ihr erster Mann war viel älter als sie und schon jahrelang nicht mehr recht gesund gewesen. Nun, bei Lienhardt Lippert hatte sie auch gelegen, bevor sie ihn hatte heiraten können. Dessen Frau war einfach davongelaufen, sodass er sich nicht alsbald von ihr hatte scheiden lassen können. Dass sie sich jetzt bedenkenlos einem jüngeren, kräftigen Mann hingab, wunderte ihn jedenfalls nicht, nur hätten die beiden etwas leiser sein können. Sie hatten allerdings kräftig dem Wein zugesprochen, wobei Friedl sich mit Wonne über Frantzens Enthaltsamkeit lustig gemacht hatte.

Während er müde seine Suppe löffelte, musste er wieder an diesen merkwürdigen Spießgesellen denken, mit dem sich Friedl im Hof herumgedrückt hatte. Sein künftiger Schwager war ihm nicht ganz geheuer, aber Kuni wusste selbst am besten, ob er der Richtige für sie war. Er wollte ihr nicht ihr Glück madigmachen.

Falls im Gemach der Eltern etwas vom leidenschaftlichen Treiben der beiden zu hören gewesen war, ließ Anna sich nichts anmerken. »Ich bring deinem Vater schnell seine Suppe. Soll ich Kuni und ihren Verlobten aufwecken, damit du sie noch siehst, bevor du losreitest?«

»Lass sie lieber ausschlafen. Sie kommen ja bald nach Nürnberg.«

»Schade, dass du schon wieder fortmusst.«

»Die Arbeit wartet, und Vater braucht jetzt vor allem seine Ruhe. Die Arznei sollte einige Wochen reichen, und dann kann er vermutlich selbst schon wieder welche herstellen.« Er war wirklich erleichtert, dass es nicht schlimmer um seinen Vater stand. Keine Frage, er befand sich auf dem Weg der Besserung.

Anna schien seine Zuversicht zu spüren, lächelte ihm dankbar zu und trug einen dampfenden Kumpen hinaus.

Frantz aß fertig und packte sich noch etwas Brot und Wurst für unterwegs in ein Tuch, dann ging er ebenfalls hinauf, um noch einmal nach seinem Vater zu sehen und sich von ihm zu verabschieden. Danach sollte er wirklich aufbrechen. Für die Strecke würde er wieder den ganzen Tag brauchen, wenn er das Ross nicht zuschanden reiten wollte – was ihm der Rat sicher übel nähme. Den Verlust müsste er auf alle Fälle ersetzen.

Anna hatte wohl kurz gelüftet, denn im Gemach roch es frisch. Vater hatte seine Suppe bereits ausgelöffelt. Die gesunde Farbe seiner

Wangen machte Frantz neue Hoffnung auf baldige Genesung. »Wie fühlst du dich heute?«, fragte er.

»Jeden Tag ein wenig besser. Vielleicht liegt es daran, dass mal wieder alle unter einem Dach vereint sind.«

Frantz setzte sich auf den Stuhl neben seinem Bett, und Anna ging mit der leeren Schüssel hinaus.

»Ich muss leider gleich aufbrechen, aber Kunigunda und Friedl wollen noch bleiben.«

Vater nickte. »Sie will ihm die Stadt zeigen. Morgen nimmt sie dann wieder ein Fuhrmann mit nach Hiltpoltstein.«

»Du solltest dich noch einige Tage schonen, Vater, bist nicht mehr der Jüngste, und mit Herzproblemen ist nicht zu spaßen.« Er fasste das faltige Handgelenk und fühlte den Puls. Langsam, aber nicht ganz regelmäßig. Hoffentlich löste die Arznei bald die Verstopfungen, an denen die Säfte blockiert wurden.

»Anna passt schon auf, dass ich nicht über die Stränge schlage.«

Er tätschelte die Hand seines Vaters. »Das macht sie bestimmt gut. Ich hoffe, ich kann dich bald wieder besuchen, aber für die Heimladung in Nürnberg wirst du wohl noch nicht gesund genug sein.«

»Das kann ich mir auch nicht vorstellen. Dann laden wir sie im Sommer zu uns ein, und ihr kommt auch.«

»Maria wird voraussichtlich im August niederkommen. Das könnte schwierig werden.«

»Ach, natürlich. Nein, dann werd ich deine Frau und deinen Sohn wohl so bald nicht wieder sehen, außer wir schaffen es, dieses Jahr nach Nürnberg zu reisen.«

»Nimm dir nicht gleich wieder alles Mögliche vor.« Frantz erhob sich. »Gute Besserung, Vater.«

»Dank dir, mein Sohn, gute Heimreise.«

Heim … Ja, Nürnberg, Maria und Vitus waren nun sein Zuhause. Lächelnd ging er hinaus. Aus Kunigundas Kammer drang ein scharrendes Geräusch und leichtes Schnarchen. Gern hätte er den Vater gefragt, was er von ihrem Verlobten hielt, aber das hätte ihn vermutlich aufgeregt. Stattdessen fragte er in der Küche seine Stiefmutter. Sie seufzte und zog die Schultern hoch. »Ich weiß nicht recht, ob ich ihn mag, aber sie tut es, und das ist das Wichtigste.«

Frantz nickte. Kunigunda wirkte sehr zufrieden mit ihrer Wahl. »Irgendwie kommt es mir so vor, als wär er stolz darauf, bald mit zwei Henkern verwandt zu sein und die Witwe des früheren Nachrichters von Nürnberg zu heiraten.«

Anna sah ihn überrascht an, öffnete den Mund, zögerte dann aber. Schließlich nickte sie. »Du könntest recht haben, aber das ist sicher besser, als wenn er Angst vor euch hätte.«

Da musste Frantz lächeln. Seine Stiefmutter dachte immer zuerst an die guten Dinge im Leben. »Das stimmt natürlich.« Er küsste sie auf die Wange. »Danke für alles.«

»Ach, was hab ich schon groß getan?«

»Du warst immer für uns da, auch wenn wir mal eine Tracht Prügel brauchten.« Er lächelte sie an. Wenn Anna einem den Hintern versohlte, war es immer ein großer Schreck. An Schmerzen konnte er sich allerdings nicht erinnern. »Und du bist es noch.«

»Du meinst, ich soll Kunigunda übers Knie legen? Dafür ist sie schon etwas zu alt.« Lächelnd reichte sie ihm ein Bündel, das sie geschnürt hatte. »Ich hab dir Käse und Äpfel vom letzten Jahr eingepackt.«

»Danke.« Er küsste sie auf die Wange und ging hinaus in den Stall, wo er das Pferd sattelte. Sein Vater hatte keinen eigenen Gaul mehr, dafür eine Milchkuh, Hühner und zwei Schweine. Gerade hatte er dem Ross das Zaumzeug angelegt, als ihn eine Stimme an der Tür zusammenzucken ließ.

»Du willst dich einfach wegschleichen, Frantz?« Kunigunda, noch im Nachthemd, schlang einen Arm um ihn. »Sprich, Bruder, was hältst du von meinem Verlobten.«

»Du holst dir den Tod bei der Kälte«, ermahnte er sie ausweichend.

»Du magst ihn nicht, ich hab's schon geahnt.« Sie zog einen Schmollmund.

Frantz lächelte. »Ich muss ja auch nicht mit ihm zusammenleben. Dir scheint er gut zu tun, und das ist das Wichtigste. Vor Henkern fürchtet er sich auch nicht, also werden wir dich wiedersehen können. Wenn du ihn magst, bin ich zufrieden.«

Lachend umarmte sie ihn. »Ich weiß, du willst nur das Beste für mich und bist schon wegen deiner Arbeit misstrauisch gegen alle und jeden.«

Oh, sie hatte seinen Argwohn dem Friedl gegenüber wahrgenommen. »Dabei haben Vater und ich uns so bemüht, ihn nicht zu verhören.«

»Na, wenigstens habt ihr nicht die Folterinstrumente ausgepackt.«

Da musste auch er lachen. »Ist doch schon was. Aber ich sollte jetzt wirklich losreiten, sonst machen mir die Wächter die Tore Nürnbergs vor der Nase zu und verlangen eine Gebühr, um mich einzulassen.«

Kunigunda atmete tief durch. »Manchmal vermisse ich Nürnberg, aber da ist alles so eng. So viele Menschen auf so wenig Platz.«

»Und es werden immer mehr.« Er führte das Ross hinaus. Kunigunda begleitete ihn in den Hof, doch der eisige Wind ließ sie schlottern. Schnell umarmten sie einander, und seine Schwester lief zurück ins Haus. »Komm gut nach Hause!«, rief sie und verschwand im Warmen.

Immer noch lächelnd stieg Frantz auf und trieb das Pferd an. Es war schön gewesen, seine Familie wiederzusehen, aber zu Hause warteten Maria und Vitus auf ihn, die beiden wichtigsten Menschen in seinem Leben. Vorfreude erfüllte ihn, während er seinem Elternhaus den Rücken kehrte. Zwei Häuser weiter trat der alte Sailer in den Hof und nickte ihm grüßend zu. »Haust schon wieder ab, Frantzl?« Der Mann sah in ihm immer noch den Buben des Henkers.

Er tippte sich an den Hut. »Die Arbeit ruft!«

»Ja, ja, die Verbrecher halten auch keine Feiertage ein …«

*

Kathi schlenderte mit Clara zum Flussufer. Erreicht hatten sie bei der Bortenwirkerin nichts, aber wenigstens konnte sie mit der Bestellung noch etwas Geld verdienen. Einen weiteren Auftrag erwartete sie allerdings nicht mehr. Die Kaiserin wäre vermutlich froh, wenn sie und Clara ihr nie wieder unter die Augen kämen.

»Setzen wir uns hin?«, fragte Clara und deutete auf einen großen Stein am Ufer.

»Da wird uns bestimmt schnell kalt.«

»Macht nichts.« Clara ließ sich nieder und starrte auf das Wasser.

Kathi atmete tief durch. An dieser Stelle trieben wenigstens noch keine Schlachtabfälle im Fluss. Eine Frage beschäftigte sie, seit sie zu Clara in die Kammer gegangen war und sie so übel zugerichtet vorgefunden hatte. Nur hatte es danach immer dringendere Probleme gegeben. Jetzt fasste sie sich ein Herz und fragte direkt: »Warum wolltest du Kaiser nicht gleich anzeigen?«

Clara zog die Nase hoch. »Kannst du dir das nicht denken? Meister Frantz hat's gesagt: Angst.«

»Wovor?«, fragte Kathi. »Vor ihm?«

Sie nickte. »Er hat gedroht, mich rauszuwerfen und allen Leuten zu erzählen, ich sei eine Hure, hätte mich bei ihm eingeschmeichelt und ihn schließlich in mein Bett gelockt. Was niemanden überraschen würde, beim Bastard eines Altdorfer Goldschmieds. Meinen und Julius' Ruf hat er zu vernichten gedroht. Dabei sollte doch niemand wissen, dass wir Halbgeschwister sind und ich ein Bastard bin. Wenigstens dafür hat mein leiblicher Vater gesorgt, dass ich als ehelich gelte. Meister Sebald hätte alles verraten.«

»Warum hast du ihm überhaupt davon erzählt?«

»Er war so nett zu mir.« Clara stöhnte und hielt sich beide Hände vors Gesicht. »Wie ein Vater, den ich nie gehabt hab. Der Bauer hat mich immer wie eine Dienstmagd behandelt. Was für eine dumme Gans ich doch war.« Sie beugte sich vor und schluchzte.

Kathi rieb ihren Rücken und schalt sich eine neugierige Närrin, weil sie die Wunden wieder aufgerissen hatte. »Du musst nichts weiter sagen, wenn du nicht willst.«

Sie ließ die Hände sinken, sah sie aber nicht an. »Wenn ich mich nicht gewehrt hätte, wäre es vielleicht nicht so schlimm geworden. Dann hätte er mich nicht geschlagen, vielleicht sogar liebkost, aber ich wollt auf keinen Fall … meine Mutter …« Ihre Stimme brach. »Jede Nacht wache ich auf und denk, er ist wieder da, und ich könnte meinen Fehler wiedergutmachen.«

»Fehler?« Entsetzt packte Kathi ihre Schulter. »Du hast nichts falsch gemacht, Kind! Er hätte niemals zu dir schleichen dürfen.«

Sie schniefte, hielt aber immer noch den Kopf gesenkt. »Meine Mutter hat es doch auch über sich ergehen lassen, dann hätte ich das gleichfalls aushalten können.«

»Du bist noch viel zu jung, Clara. Und er wäre bei jeder Gelegenheit wieder zu dir gekommen, bis du ihm zu sehr Frau geworden wärst.«

Sie schüttelte den Kopf. »Viele Frauen heiraten doch einen Kerl, den sie nicht lieben und dann in ihrem Bett ertragen müssen, ihm auch noch unter Schmerzen Kinder gebären. Wir sind Evas Nachkommen und werden für ihre Sündhaftigkeit bestraft.«

Gütiger Gott, lass mich die richtigen Worte finden, um es mit der Bibel aufzunehmen, flehte Kathi. »Die Schlange hat Eva verführt, es war das Werk des Teufels. Und Adam hätte ja nicht reinbeißen müssen in den Apfel.«

Da gluckste das Mägdlein und deutete aufs Wasser. »Hast du das gesehen? Die Ente hat einen Erpel mit dem Schnabel weggescheucht.«

Kathi lachte und sandte ein Dankgebet gen Himmel. »Siehst du, man muss gar nichts aushalten, auch nicht als Weib.«

Clara sah sie an und wischte sich die Augen. »Genau, eine Kuh lässt sich auch nicht jederzeit bespringen.« Sie lachten und sahen den Enten auf dem Wasser zu, wie sie nach allerlei Treibgut pickten.

»Ach Kathi, ich komme mir so unendlich blöd vor. Da jammere ich dir vor, weil mich mein Vater nie als seine Tochter anerkannt und meine Mutter mir ihre Schande verheimlicht hat, dabei bist du ein Findelkind. Das ist doch noch viel schlimmer. Du musst mich für sehr albern halten.«

Kathi lächelte sie an. »Vielleicht ist es einfacher, wenn man seine Eltern gar nicht erst kennengelernt hat, sich nur alles Mögliche und Unmögliche vorstellt. Dann kann man ihnen keine Vorwürfe machen. Manchmal stelle ich mir auch vor, sie wären wunderbare Menschen gewesen, die in fürchterliche Not gerieten und wollten, dass es mir besser geht als ihnen.«

»Meine Mutter hätte mich auch im Findelhaus abgeben sollen.«

Kathi legte einen Arm um sie. »Dann hättest du deinen Bruder niemals kennengelernt.«

Sie nickte. »Denkst du, wir können Julius noch mal besuchen?«

»Lass es uns rausfinden.«

*

Frantz legte schon ein paar Meilen hinter Bamberg die erste Pause ein, um das Pferd grasen und an einem Fischweiher trinken zu lassen, denn die Rednitz war genauso mit Unrat verschmutzt wie die Pegnitz. Es wäre kein Wunder, wenn bald die Mühlen stehen blieben. Da würde der Rat fluchen, doch vorher unternahm niemand etwas. Ob Eisvogel wieder in den Rat berufen wurde? Der Mann war schon nicht verkehrt, vor allem, wenn er Frantz freie Hand ließ. So oder so konnte er Julius nicht helfen, wenn der nicht sagte, woher die Kette stammte. Solches Verhalten war verdächtig genug.

Er führte das Ross ein Stück, um sich die Beine zu vertreten. Hoffentlich würden seine Beinmuskeln morgen nicht wieder krampfen wie am Tag nach seiner Ankunft in Bamberg. Als vor ihm die dunklen Stämme des Waldes aufragten, stieg er wieder in den Sattel und trabte los. Zu Fuß wäre er leichte Beute für Räuber. Die Sonne warf bizarre Muster von Licht und Schatten auf den unbefestigten, aber gut passierbaren Weg. Moos und Laub dämpften den Hufschlag des Rosses, der ihm dennoch ungeheuer laut vorkam. Sonst hörte er nur Vogelgezwitscher und gelegentliches Rascheln im Unterholz.

Plötzlich ließ ihn ein schriller Pfiff zusammenzucken. Das war kein Tier des Waldes! Er stieß dem Gaul die Fersen in die Flanken und preschte los. Verflucht, man konnte wirklich nicht vorsichtig genug sein!

»Meister Frantz!« Die Männerstimme übertönte gar den Hufschlag.

Er zügelte das Ross und schaute hinter sich. Eine Gestalt in zottigen Pelzen stand mitten auf dem Wegstück, das er eben passiert hatte.

Der Kerl hielt beide Hände hoch. »Bin unbewaffnet«, rief er.

Er vielleicht schon, aber zwischen den Bäumen mochten seine Kumpane lauern. Trotzdem ließ Frantz den Mann näherkommen.

»Ich bin's nur, der Lienhardt Hertl.«

Ausgerechnet der? Hier? Langsam wendete Frantz und ritt ihm ein Stück entgegen.

Hertl schob die Wildschweinfellmütze hoch. »Ich bin's wirklich.«

Tatsächlich, die leuchtend blauen Augen, die krumme Nase …

»Und warum lauerst du mir hier auf?«, fragte er immer noch misstrauisch.

Hertl grinste. »Reiner Zufall. Hab mich versteckt, wie ich den Hufschlag gehört hab. Hätt ja sein können, dass Ihr ein Räuber seid.«

Frantz sah sich um. »Dann begleite mich doch ein Stück; zu zweit ist es im Wald sicherer. Ich will allerdings vor Einbruch der Nacht nach Nürnberg kommen.«

»Gern.« Hertl schritt neben seinem Gaul her. »Ich wollt Euch nicht erschrecken.«

»Schreckhaft bin ich nicht, nur vorsichtig. Du weißt ja, dass ich öfter mit Lumpen zu tun hab als mit anständigen Leuten.«

»Recht habt Ihr.« Hertl lachte. »Und zu welcher Sorte gehör ich?«

Wenn er das wüsste. Da musste Frantz an den Kerl denken, mit dem Friedl gestern gesprochen hatte, und er fragte: »Kennst du einen Heinrich Heut?«

»Schsch«, zischte Hertl beinah tonlos. »Reitet einfach weiter. Hinter der nächsten Biegung seid Ihr in Sicherheit.«

Verflucht, hatte man ihm tatsächlich einen Hinterhalt gelegt – und Hertl beschützte ihn? Das konnte doch nicht wahr sein! »Andere Frage.« Auch er sprach jetzt leise. »Hast du dem Presigl die acht Gulden gestohlen?«

Der ehemalige Schütze im Dienst der Freien Reichsstadt Nürnberg schüttelte den Kopf. »Verrat ich nicht.«

Frantz überlegte, ob er sich bei einem Angriff besser auf dem Ross oder vom Boden aus verteidigen konnte. Hertl hatte ihn aufgehalten, aber warum? Damit er nicht kopflos in den Hinterhalt ritt, oder um ihm die eigentliche Falle zu stellen? Aus dem Sattel konnte er mit seinem kurzen Dolch nicht viel ausrichten, wenn ihn Räubergesindel mit Schwertern oder gar Büchsen angriff, nur schneller fliehen, falls sie ihm vorher nicht den Gaul unter dem Hintern wegschlachteten. Er blickte den Pfad zurück, sah aber niemanden, dann musterte er Hertl von der Seite. »Ich würde dir jetzt gern die Nase brechen.«

Hertl rückte ein Stück von ihm ab. »Ich hab Euch doch nie was getan, höchstens geholfen.«

»Eben.«

»Hä?«

»Wenn ich dir deine Nase breche, kann ich sie dir hinterher gerade richten.«

Da lachte der Mann schallend. »Ihr wollt mir also nur was Gutes tun?«

»Genau, schließlich hast du uns letztes Jahr wertvolle Dienste geleistet.« Frantz beschloss, ihm noch einmal zu vertrauen, und stieg ab.

»Schsch.« Hertl zog die Nase hoch. »Aber als Schütz wollen's mich nicht mehr haben in Nürnberg, oder?«, raunte er.

»Kann ich mir nicht vorstellen. Da sind ja noch die verschwundenen acht Gulden.« Während sie redeten, beobachtete Frantz das Unterholz zu beiden Seiten des Pfads und lauschte auf verdächtige Geräusche. »Von was lebst du denn jetzt?«

»Überwintert hab ich beim Heffner Friedl. Den kennt Ihr ja. In der Töpferei von seinem Stiefvater hab ich die grobe Arbeit übernommen und die Kunigunda wieder getroffen. Die schuftet auch wie ein Pferd.«

Frantz nickte. Er rätselte immer noch, was den Mann dazu bewogen haben mochte, ihn auf dem Weg abzupassen und vor dem Räubergesindel zu warnen. »Den Friedl kennst du schon länger?« Inzwischen näherten sie sich der Biegung.

Hertl kratzte sich die Stirn und deutete dann unauffällig zur Seite. »Na ja, er war noch Söldner und ich ein Herumtreiber, als wir uns kennengelernt haben.«

Frantz lachte, während er in die angezeigte Richtung schaute. Hier lauerten die Halunken also. Im Unterholz entdeckte er ein Stück Seil, das quer über den Weg gelegt und mit Laub bedeckt worden war. Kaum zu sehen! Hätte er sich im Trab oder gar Galopp genähert, wäre das Seil gespannt worden, und ... Er wischte sich die Hände am Wams ab und fasste nach dem Dolch. Das Herz schlug ihm bis zum Hals, aber er ließ sich nichts anmerken, grinste Hertl an. »Und dann hast du eine Galeerenstrafe abgerudert.«

»Das wisst ihr inzwischen also auch?«

»Eva Druckmüllerin hat's verraten. Du kannst dir bestimmt vorstellen, dass diese Erkenntnis dem Stadtrat von Nürnberg doch etwas unangenehm war.«

Hertl gluckste. »Dabei bin ich so wieder auf den rechten Weg gekommen.«

»Und, was für einer ist mein künftiger Schwager?«

»Der Heffner ist ein großartiger Mann. Eure Schwester wird sehr glücklich mit ihm werden«, sagte Hertl übertrieben laut. Vielleicht für die Ohren der Räuber?

Frantz lauschte auf die Geräusche um sie herum. Es kostete ihn größte Mühe, sich nicht bei jedem Rascheln umzuschauen. Schweigend legten sie noch ein Stück des Wegs zurück.

»Ihr könnt jetzt unbehelligt weiterreiten«, murmelte Hertl.

»Danke.« Er musterte ihn eindringlich und wollte fragen, wer da im Dickicht lauerte, aber es spielte keine wirkliche Rolle. Also fragte er: »Was ist der Heffner wirklich für einer?«

»Na ja ...«

»Jetzt red schon, du willst mir doch irgendwas erzählen.«

»Könnt schon sein, dass Ihr eines Tages als Henker mit ihm zu tun kriegt.«

»Was sagst du da?« Er blieb stehen und starrte ihn an. Hatte Friedl was mit dem Hinterhalt hier zu tun? Aber der war doch noch mit Kunigunda in Bamberg. Jedoch mochte er diesen Heinrich Heut auf ihn angesetzt haben. Nur, warum sollte er das tun?

»Geht weiter. Vielleicht kommen sie uns nach. Was lernt man im Krieg?«

»Töten«, stieß Frantz verärgert hervor, setzte sich aber wieder in Bewegung.

»Und was noch?«

»Plündern.«

»Genau.«

Er biss die Zähne zusammen, bis die Kiefer schmerzten, dann sagte er: »Du willst mir also erzählen, dass meine Schwester einen Räuber und Mörder heiraten will?«

Hertl zuckte die Schultern. »Wenigstens war er mal einer.«

Das Ross rieb seinen Kopf an Frantzens Arm, als wollte es ihn trösten. Um etwas Zeit zu schinden, streichelte er den kräftigen Hals des Tieres. »Ja, du willst auch nach Hause, genau wie ich.«

Hertl winkte ab. »Ich wollt Euch nur gewarnt haben.«

Langsam wandte Frantz sich ihm zu, doch dessen Miene war ernst und frei von Spott. »Warum willst du mich warnen? Und wer hat mir dahinten aufgelauert?«

Hertl flüsterte wieder: »Ich hab nur mitgekriegt, wie die drei losgezogen sind, weil ein Reiter mit fetter Börse heute früh hier vorbeikommen sollt. Mich hat's fast umgehauen, wie ich Euch erkannt hab.«

Fette Börse? Die Schulden, die er für Labenwolf eingetrieben hatte? Davon wussten nur wenige Leute. »Und der Heinrich Heut ist dabei?«

»Ich verrat keine Namen.«

Frantz rang mit sich. Er musste Lienhardt Hertl dankbar sein, aber in seinem hilflosen Zorn hätte er ihm am liebsten wirklich die Nase gebrochen. »Du wolltest nicht bei dem Raub mitmachen?«

»Mir hat niemand was davon gesagt. Die trauen mir nicht recht, ehemaliger Schütz und so.«

»Gut, keine Namen, aber die kennen alle den Friedl?«

Hertl nickte. »Der kennt viele Leut und macht viele Geschäfte. Die Kunigunda hat einen besseren verdient als den Friedl.«

»Dich vielleicht?«

Er schüttelte schnell den Kopf. »Um Himmels willen, dann wär ich ja mit Euch verschwägert!«

Frantz schnaubte. »Dem Friedl scheint die Vorstellung zu gefallen.«

Zu seiner Überraschung nickte Hertl. »Eben. Kann ja nicht schaden, gleich mit zwei Henkern verwandt zu sein, falls man doch eines Tages erwischt wird.«

»Du meinst das alles ernst, oder?« Frantz wurde übel.

»Schon, aber noch hat er nichts verbrochen, wenn ich dabei war.«

»Dann hoffen wir, dass es so bleibt. Meine Schwester scheint ganz vernarrt in ihn. Sie wird ihn heiraten, auch wenn ich mich dagegen ausspreche.«

Hertl stöhnte. »Das fürcht ich auch. Mit Weibsleut kann er gut umgehen. Eine hat sogar mal mich stehen lassen, um sich mit ihm im Heuhaufen zu vergnügen.«

»Trotz deiner schönen Nase?« Frantz konnte ein Grinsen nicht ganz unterdrücken. Vielleicht trug der kleine Gauner dem Friedl heute noch nach, dass er ihm ein Weib ausgespannt hatte, und erfand all diese Geschichten. »Unvorstellbar«, spottete er.

»Ihr nehmt mich nicht ernst.«

Frantz schwang sich in den Sattel. »Danke, dass du's mir gesagt hast. Und für vorhin. Ich werd mir den Kerl genauer anschauen, wenn sie in ein paar Wochen zu uns kommen.«

»Dann ist es zu spät«, murmelte Hertl.

»Ich sag doch, sie wird ihn so oder so heiraten.«

Er nickte und wandte sich um. »Lebt wohl!« Dann marschierte er den Weg zurück, den sie gerade gekommen waren.

Frantz sah ihm nach und wunderte sich noch mehr. Was hatte der Mann von ihm erwartet, und warum sorgte er sich um Kunigunda? »Hertl, warte!« Er ritt zu ihm hin. »Der Friedl behandelt Frauen aber doch anständig, oder nicht?«

»Woher soll ich das wissen? Bin keine Frau«, grummelte er und kämpfte sich durchs Unterholz in den Wald.

Frantz atmete tief durch. Am liebsten würde er zurück nach Bamberg reiten und sich den Heffner Friedl ordentlich zur Brust nehmen, doch er konnte ihm nichts vorwerfen, und hinter ihm warteten vermutlich immer noch die Räuber – wenn nicht auf ihn, so doch auf eine neue Gelegenheit. Den Rest des Waldes durchquerte er im Galopp; erst als sich rechts und links des Wegs Felder erstreckten, ließ er das Ross Schritt gehen. Schließlich hielt er an und stieg ab. Das Pferd machte sich sofort über Gräser und Blumen am Wegesrand her. Was, wenn der Hertl den Pfiff ausgestoßen und das Seil selbst ausgelegt hatte, damit es so aussah, als wollten irgendwelche Schurken ihn überfallen? Es konnte alles eine sehr geschickte List gewesen sein, nur zu welchem Zweck? Um seine volle Aufmerksamkeit zu erlangen, wenn er den Friedl schlechtredete? Für so gewitzt hielt er den Mann nicht, und er hatte außer Andeutungen nichts Handfestes gegen seinen alten Kameraden vorgebracht. Davon konnte Hertl sich nichts versprechen. Friedl hatte offen über seine Söldner-Vergangenheit geredet, und jeder konnte sich vorstellen, was für ein Leben das war. Frantz sollte Hertls Worte einfach vergessen; er konnte sowieso nichts ändern. Kunigundas glückliches Gesicht heute Morgen, die Laute der Lust letzte Nacht … Sie würde sich niemals davon abbringen lassen, diesen Mann zu heiraten.

Er stieg wieder auf und ritt weiter gen Nürnberg. Das Pferd musste heute Abend schließlich wieder in der Peunt im Stall stehen, und schon morgen mochte der frisch gewählte Rat die peinliche Befragung von Julius anordnen. Doch was konnte er für den Goldschmied tun?

*

Max war dazu eingeteilt worden, auf dem Marktplatz für Ruhe und Ordnung zu sorgen, und so sah er die vielen Herren ins Rathaus strömen. Sie alle vertraten die Bürger der Stadt im Großen Rat und würden jetzt den Inneren oder Kleinen Rat neu wählen. Wenn er Jamnitzer glauben durfte, dann bestätigten sie eigentlich nur den Vorschlag der Septemvirn. Oder war es das Triumvirat, das die Vorschläge machte? Da sollte sich irgendwer auskennen! Nun, er musste lediglich wissen, wer die drei Obersten Hauptleute waren, denn die hatten das Sagen: über ihn und den Rest der Stadt. Philipp Geuder war letztes Jahr gestorben, also musste an seiner Stelle ein neuer Hauptmann eingesetzt werden, aber Balthasar Derrer blieb bestimmt Oberster der drei Hauptleute.

Insgeheim hielt Max nach dem Rauschebart von Wenzel Jamnitzer Ausschau. Der Goldschmied von Kaisern und Königen hatte schließlich versprochen, zur Wahl zu erscheinen. Stattdessen entdeckte er Kathi und Clara im Getümmel. Sie schienen zum Lochgefängnis zu wollen, also eilte er zu ihnen.

»He da, wohin des Wegs?«

Beide zuckten zusammen und drehten sich langsam um. Er grinste sie an.

»Ach Max, du bist es nur!«, rief Kathi.

»Nur?«

Sie stöhnte. »Du hast uns erschreckt, bist aber kein übler Schurke, sondern *nur* mein Mann.«

Er schnaubte in gespielter Empörung. »Ich hab euch auf frischer Tat ertappt. Ihr wolltet schon wieder zu Julius ins Loch schleichen.«

Schuldbewusst senkten sie die Blicke. Er nahm Kathis Arm, küsste ihr Ohr und flüsterte: »Das ist heute gar keine gute Idee. Die Mächtigen der Stadt tummeln sich hier. Wer weiß, die neu gewählten Schöffen werden vielleicht noch heut das Lochgefängnis besuchen wollen, damit Schaller weiß, mit wem er es ab morgen zu tun haben wird.«

Sie drückte sich kurz an ihn und wisperte: »Du hast recht, eine dumme Idee.«

Er ließ sie los und fragte: »Wie war's bei der Kaiserin?«

Die beiden sahen einander an. Clara zuckte die Schultern. Kathi verzog einen Mundwinkel. »Sie ist seltsam, kommt anscheinend gar nicht gut damit zurecht, dass ihr Mann nicht mehr lebt.«

Clara ergänzte: »Dabei war sie so garstig zu ihm, nach allem, was der Nachrichter von ihrem Besuch im Loch erzählt hat.«

Er nickte. »Heute Abend kommt Meister Frantz zurück, hoffentlich.

Neue Lochschöffen werden ihren Dienst beginnen, dann wird sich einiges bewegen.«

Clara schniefte. »Bestimmt wird er Julius foltern müssen.«

Max sah seiner Frau an, dass sie widersprechen wollte, doch dann besann sie sich und schwieg. Also sagte er: »Wenn es der Rat anordnet, hat er kaum eine Wahl. Allerdings gibt es keinerlei Beweise oder auch nur einen Kläger, dem eine Kette gestohlen worden ist.«

»Du hast recht«, sagte Kathi und hakte sich bei Clara unter. »Gehen wir nach Hause, das heißt, zur Henkerin.«

»Genau, und heute Abend halten wir dort selber Kleinen Rat.«

»Du willst Ratsherr werden, Leinfelder?«, fragte eine raue Männerstimme.

Max zuckte zusammen, entspannte sich aber gleich wieder und drehte sich um. »Dafür bin ich nicht klug genug, werter Jamnitzer.«

Im Bartgewölle des Mannes blitzte ein Lächeln auf. Dann sagte er: »Schade. Wir hätten dich vielleicht gewählt.«

Kathi kicherte. Max blickte sich nach ihr um. »Hast du gehört, Weib? Der ehrbare Meister Wenzel würde mich in den Stadtrat wählen.« Erst jetzt merkte er, dass Clara blass geworden war und den Goldschmied anstarrte. Natürlich, der war das große Vorbild ihres Bruders! Er stellte die Frauen vor: »Meine Frau Kathi und Clara, eine Freundin. Ihr Bruder ist ebenfalls Goldschmied.« Die Worte rutschten ihm heraus, bevor er sich eines Besseren besinnen konnte. Ein Fehler oder das Gegenteil?

»Ach?« Jamnitzer sah sie neugierig an. »Aber nicht der Geselle, der im Loch verhaftet ist, oder doch?«

Sie nickte, und der Ratsherr wandte sich Max zu. »Gibt es was Neues in der Angelegenheit?«

»Noch nicht. Woher die Kette kommt, die er einschmelzen wollte, ist immer noch völlig unklar.«

»Bitte«, sagte Clara schüchtern. »Könnt Ihr ihm nicht helfen?«

»Wir werden sehen«, brummte Jamnitzer. »Erst müssen wir einen neuen Rat wählen, dann muss festgestellt werden, ob er ein Verbrechen begangen hat. Alsdann, ich muss weiter.« Er wandte sich um und ging gemäßigten Schritts zur Freitreppe, die zum großen Ratssaal führte.

»Hoffentlich wird Meister Frantz nicht aufgehalten«, raunte Max. Der Nachrichter wusste, wie man mit Räten und Lochschöffen umging.

»Wenn doch, kann er Julius nichts tun«, wandte Clara ein.

Max meinte, wieder den muffig-feuchten Geruch seiner Keuche im Loch zu riechen, und erwiderte barscher als beabsichtigt: »Das bringt deinen Bruder aber auch nicht weiter.«

Als er Claras betroffenen Blick bemerkte, fügte er hinzu: »Du willst doch, dass er freikommt.«

Sie nickte und ließ die Schultern sinken, um die Kathi schnell ihren Arm legte. »Wir gehen erst mal zu uns. Du kannst mir helfen, die Bestellung für die Kaiserin fertig zu machen. Das Geld teilen wir uns.«

Clara war immer noch sehr blass, wodurch der Bluterguss unter dem linken Auge umso stärker hervortrat, doch sie ging willig mit.

*

Als Frantz endlich das Ross auf der Peunt abgeben konnte, freute er sich vor allem auf sein Bett – und seine Bettgefährtin.

Der Stallknecht nahm ihm missbilligend die Zügel ab. »Den will bestimmt keiner mehr reiten, wenn sich rumspricht, wer zuvor draufgesessen hat.«

»Obacht, der Gaul tritt dich gleich, während du ihn trocken reibst.« Er schnaubte verächtlich und stapfte davon. Es war schon fast ganz dunkel, doch vor dem Rathaus standen noch einige Leute herum. Natürlich, die Wahl. Frantz sah sich im Schein der Talglampen nach bekannten Gesichtern um und entdeckte Nützel. Der Mann war wirklich immer auf den Beinen, wenn sich etwas Interessantes tat. Da er aber inmitten einer Traube von Ratsmitgliedern stand, wagte Frantz nicht, zu ihm zu gehen.

»Na, seid Ihr neugierig, wie sich der Kleinere Rat zusammensetzt?«

Die Stimme erkannte er! Lächelnd wandte Frantz sich zu Eisvogel um. »Ihr seid doch hoffentlich wieder dabei, werter Schöffe.«

Der Mann grinste breit. »Natürlich, ich bin erneut Älterer Bürgermeister. Sonst hat sich auch nicht viel geändert. Der Schlüsselfelder bleibt zweiter Losunger, auch wenn er unbedingt mehr Zeit für sein Geschäft braucht, sonst geht's den Bach runter, und wir wissen ja, was das nach sich ziehen kann.«

Frantz nickte nur. Die Verlockung, sich aus der Stadtkasse zu bedienen, war in Zeiten der persönlichen Bedrängnis groß. »Und wer ist als siebter Älterer Herr berufen worden?« Theoretisch könnte die Wahl auf Eisvogel gefallen sein.

Der Ratsherr stieß ein Schnauben aus. »Keiner. Ich versteh's auch nicht, nachdem ihnen der Geuder weggestorben ist, aber vorerst bleibt's bei sechs Älteren Herrlichkeiten. Der Derrer bleibt natürlich Vorderster Losunger, und den Hans Rieter haben sie zum dritten Obersten Hauptmann ernannt.«

»Wisst Ihr schon, wer ab morgen als Lochschöffe tätig ist?«

Eisvogel winkte ab. »Morgen passiert sowieso noch nichts, aber ich hab mich gleich angeboten. Und der Tetzel muss jetzt seine versäumte Schicht nacharbeiten.«

Frantz lächelte. »Das ist gut.«

Der Rat nickte. »Dann kann ich mir den Goldschmied vornehmen, der im Loch hockt. Ich hab keine Ahnung, was dem Burschen angelastet wird.«

Sie verabschiedeten sich, und Frantz eilte nach Hause. Müde war er! Nur den Reisestaub wollte er sich noch abwaschen, bevor er ins Bett fiel – mit Maria. Während er die Stiege des Henkerturms erklomm, wanderte sein Blick nach oben, wo die leer stehende Kammer lag. Er seufzte. Das sollte eines Tages eine Gesindekammer werden, vielleicht für Clara, doch zuvor müsste er das alte Gerümpel herausräumen, das sein Vorgänger und Kunigunda dort angesammelt hatten.

Endlich daheim! Breit lächelnd öffnete er die Tür zu seiner Wohnung und … starrte in vier erwartungsvolle Gesichter. Nur Vitus, der wie so oft unter dem Tisch saß, beachtete ihn nicht. Da verging ihm das Lächeln. »Was ist denn hier los?«

»Hier tagt der Kleinste Rat, nur Ihr habt noch gefehlt, Meister Frantz«, sagte Max Leinfelder. Kathi gluckste, aber Maria und Clara verzogen keine Miene.

Immerhin umarmte seine Frau ihn. »Schön, dass du wieder da bist. Wie geht's deinem Vater?«

»Er wird schon wieder, aber es ist das Herz. Da kann es jederzeit schnell vorbei sein.«

Maria sah ihn traurig an. »Bestimmt hast du Hunger und bist arg müde.«

Er nickte. »Und auf ein Bad hab ich mich gefreut.«

»Setz dich hin, ich bring was zu essen, dann mach ich Wasser für den Zuber warm. So lange könnt ihr reden. Aber die Wasserkannen musst du selber schleppen, mein Kreuz tut furchtbar weh.« Sie drückte den Rücken durch.

»Mach ich.« Er strich ihr über den gewölbten Bauch. Für einen Moment existierte niemand außer ihnen beiden und dem werdenden Leben. Er küsste sie innig auf den Mund und besann sich nur langsam der Gäste. Als er sich von ihr löste, hatten sich Marias Wangen gerötet. Schnell huschte sie davon, und er setzte sich stöhnend an den Tisch. Seine Beine wollten ihn kaum noch tragen. »Also, werte Räte, was war in Nürnberg los?«

Leinfelder seufzte. »Nicht viel, die Feiertage und die Wahl haben alles lahmgelegt. Aber morgen …« Er blickte zu Clara.

Ja, morgen schon konnte der neue Rat die peinliche Befragung von Julius anordnen, wenn der weiter schwieg.

Kathi räusperte sich. »Clara und ich waren erneut bei der Kaiserin, weil ich doch noch eine Bestellung zu machen hatte. Da wollte ich fragen, ob sie die überhaupt noch brauchen kann.«

Frantz hörte nur mit einem Ohr zu, während das andere seinem Weib nachlauschte. Wie gern würde er jetzt –

»Sie vermisst ihren Mann«, sagte Kathi.

Er horchte auf. »Was meinst du damit?«

Clara sagte: »Ich glaube, sie hat ihn geliebt. So wie er war. Und er sie. Ganz so, wie sie war.«

Der kindliche Körper ... Seine letzten Worte vor dem Tod ein Liebesschwur für Ambrosia. Nein, Kaisers allerletzte Worte waren eine Warnung gewesen: ›Passt auf Clara auf!‹ Weswegen? Vor wem sollte er das Mädchen schützen?

War es möglich, dass die Kette doch Ambrosia Kaiserin gehörte und sie diese dem Opfer ihres Mannes hatte schenken wollen? Nach der Hinrichtung könnte ihr schmerzlich bewusst geworden sein, wie einsam und lieblos ihr Leben von nun an verlaufen würde. Als dann Max bei ihr auftauchte, um sich nach der Kette zu erkundigen ... Aber das ergab trotzdem alles keinen Sinn! Sie selbst hatte ihren Mann zu einem Geständnis bewegt. Warum sich dann an dem Mägdlein rächen oder vielmehr an ihrem Bruder?

»Woran denkt Ihr, Meister Frantz?«, fragte Max.

»Morgen Nachmittag sollte ich die Witwe ebenfalls besuchen.«

»Warum? Ich meine, was hofft Ihr dort zu erreichen?«, fragte Kathi, sah ihn aber voller Zuversicht an.

Frantz schüttelte den Kopf. »Das weiß ich leider noch nicht.« Die Frauen sollten lieber nicht zu viel erwarten.

Maria brachte eine üppige Brotzeit auf einem Brett. »Nur für dich. Die anderen haben schon gegessen.«

»Ah!« Er grunzte beseligt, doch bevor er zugriff, sah er Max auffordernd an. »Schleppst du für Maria die Wasserkannen?« Max schien nicht begeistert, für ihn den Knecht zu spielen, aber das war Frantz heute egal. Alle wollten etwas von ihm, da konnte er auch mal um einen Gefallen bitten. »Mir tut alles weh, bin das lange Reiten nicht mehr gewöhnt«, erklärte er und ließ die Schultern kreisen.

»Sicher.« Leinfelder stand auf und ging mit Maria hinaus.

Wer nestelte denn da an seinen Schuhen? Vitus! Er zog den Racker unter dem Tisch hervor. »Na, mein Kleiner, kennst du mich noch?«

»Bab!«, rief sein Sohn und patschte ihm auf den Kopf.

Er lachte und drückte ihn an sich. Wie sehr er seine Familie vermisst hatte! Leider durfte er sich noch nicht entspannen. »Jetzt erzählt mal der Reihe nach, was genau passiert ist.«

*

Max schleppte Kanne um Kanne in des Nachrichters Behandlungszimmer und schüttete das heiße Wasser in den Zuber. So weit war es schon mit ihm gekommen: Hausknecht des Henkers.

Als er sich umdrehte, stand plötzlich Meister Frantz in der Tür. Er sah wirklich müde aus, ganz grau im Gesicht.

»Danke Max, ich weiß es zu schätzen.« Er begann sich zu entkleiden.

»Dann ist ja gut.« Max zögerte, zurück zu den Frauen zu gehen, denn er vermisste noch immer einen Plan, wie es weitergehen sollte. Wenn der Nachrichter erst badete … »Wisst Ihr schon, was Ihr tun werdet?«

Meister Frantz schüttelte den Kopf. »Nicht wirklich. Kommt ganz darauf an.«

Enttäuscht trat Max zur Tür. »Dann gehen Kathi und ich jetzt heim.«

»Ich bin Lienhardt Hertl begegnet«, sagte der Henker und stieg in die Wanne. »Ah, was für eine Wohltat.«

Max drehte sich noch einmal zu ihm um. »*Dem* Lienhardt Hertl? Ehemaliger Schütze der Reichsstadt?«

»Genau der, hat mir im Wald aufgelauert und so getan, als würde er mich vor Räubern schützen. Ob's stimmt, weiß ich nicht.« Er sank bis zum Hals ins Wasser.

Verwirrt fragte Max: »Und was hat er gewollt?«

»Mir vielleicht wirklich den Hals retten und bei der Gelegenheit meinen zukünftigen Schwager schlechtmachen.«

In diesem Moment kam seine Frau herein. »Was redest du da von deinem Schwager?«

Meister Frantz wiederholte, was er Max erzählt hatte, und fügte hinzu: »Übernächstes Wochenende heiraten sie, und zwei Wochen darauf hab ich sie zu uns eingeladen.«

»Ach schön. Dann lerne ich ihn auch mal kennen. Hoffentlich bringen sie die Kinder mit, alle fünf.«

»Vier«, korrigierte ihr Mann mit belegter Stimme.

Maria rieb über ihren Bauch. »Oh nein. Wer?«

»Die kleine Margreth.«

Bedrückt ging Max ins andere Zimmer und ließ die Eheleute allein. Er setzte sich neben Kathi, legte seinen Kopf auf ihre Schulter und streichelte über ihren Bauch. »Hat sich schon was getan?«

»Nein, immer noch keine Blutung.« Sie lächelte ihn an und streichelte ihm übers Haar.

Clara schluchzte auf. »Hoffentlich kommt sie bei mir bald!«

Schon verflog der behagliche Moment der Freude auf möglichen Nachwuchs. Für die junge Clara wäre es ein Fluch.

Das Reich der Kaiserin

Donnerstag, 19. April 1582

In den beiden folgenden Tagen musste Frantz das Bett hüten. Er hatte sich eine Erkältung eingefangen, ausgerechnet jetzt! Aber kein Wunder, wenn er in der Kälte herumritt und sich um alle möglichen Leute sorgte, statt auf sich selbst zu achten: Kunigunda und ihr Verlobter, Hertl, Räuber, Clara, Julius …

Am Morgen des Donnerstags nach Ostern legte Maria eine kühle Hand auf seine Stirn. »Du bist nicht mehr ganz so heiß.«

»Ich muss zum Rathaus!«

»Unmöglich! Ich mach dir frische Wadenwickel, und dann brüh ich dir Lindenblüten, Pfefferminze und Sanddorn auf. Kampfer willst du nicht?«

»Nein, davon hab ich mal zu viel eingenommen. Da ist es mir dann richtig schlecht gegangen. Seitdem nur noch als Salbe.«

»Na gut. Deinem Vater hast du gegen die Herzbeschwerden auch keinen gegeben?«

»Doch, aber nur ganz wenig, weil er drauf bestanden hat. Gib lieber Thymian dazu. Quittensaft gegen das Fieber«, murmelte er noch und schloss die Augen.

Maria verließ das Gemach, und Frantz döste wieder ein. Schon bald riss ihn ihre Rückkehr aus dem Halbschlaf. Sie verkündete: »Gerade war schon wieder ein Stadtknecht an der Tür und hat nach deinem Befinden gefragt.« Mit flinken Fingern öffnete sie das mitgebrachte Salbentöpfchen.

»Ich muss ins Rathaus!« Mühsam stemmte er sich hoch und schwang die Beine aus dem Bett, doch als er sich aufsetzte, schwindelte ihm.

»Langsam! Es gibt nichts Dringendes. Bitte bleib liegen.« Sie wollte ihn wieder aufs Bett drücken, doch er packte ihre Hand und zog sie auf seinen Schoß. »Hilf mir lieber, mich anzuziehen. Wie lange soll Julius denn noch im Loch bleiben?«

Seufzend legte sie ihren Kopf an seine Schulter und rieb seine Brust mit der Salbe ein.

»Mmmh, schön.« Allein die Berührung ihrer Finger sandte neues Leben in seinen Körper.

»Was willst du im Rathaus für den Jungen tun?«

Eine wahrlich gute Frage … »Hören, was sie von mir wollen. Möglicherweise gibt's Neuigkeiten. Julius könnte gestanden haben, nur um es endlich hinter sich zu bringen. Verstehst du?«

Maria sah ihn erschrocken an. »Meinst wirklich?«

»Wer weiß, ich war ja schon seit über einer Woche nicht mehr im Loch. Alles Mögliche kann passiert sein. Muss mit Eisvogel reden.«

»Na gut, ich helf dir in deine Kleidung und bring dich hin.«

Das Anziehen strengte ihn so sehr an, dass er ihre Hilfe gern in Anspruch nahm.

In der guten Stube blickte Clara von ihrer Handarbeit auf und sah ihn entsetzt an. »Ihr seht aus wie ein Gespenst, Meister Frantz!«, rief sie. »So könnt Ihr nicht aus dem Haus gehen!«

»Ich muss«, keuchte er, doch ihre Worte hatten etwas in seinem trägen Verstand in Bewegung gesetzt. »Ein Gespenst?«

Maria reichte ihm den warmen, mit Schafspelz gefütterten Mantel.

Er schüttelte den Kopf. »Die schwarze Schaube.«

»Aber die ist doch nicht warm genug und viel zu elegant für einen Werktag.«

Da musste er lächeln. »Dafür sehr angemessen für ein Gespenst. Ich werde auch die Witwe Kaiserin besuchen. Je fürchterlicher ich aussehe, desto besser.«

»Aber ...« Maria sah ihn ungläubig an. »Ich versteh nicht.«

»Vertraut mir einfach.« Er lächelte Clara aufmunternd zu, aber ihrem Gesichtsausdruck nach zu urteilen, fiel sein Versuch eher kläglich aus.

»Ich komm mit!«, rief sie.

»Nicht zur Bortenwirkerin. Bei der muss ich allein erscheinen.« Er sah sich nach Vitus um. »Wo ist mein Sohn?«

»Unter der Bank.« Clara zog den sich windenden Burschen hervor und setzte ihn neben sich. Wütend trommelte er auf die Tischplatte und strampelte mit den Beinchen. »Soll ich etwa auf ihn aufpassen? Allein?« Sie sah unbehaglich drein.

»Traust du dir das nicht zu?«, fragte Maria.

Da wurde Frantz bewusst, dass er sie selten mit dem Kindlein auf den Armen gesehen hatte. Sehr ungewöhnlich für ein Weib. »Natürlich schaffst du das«, sagte er und lächelte ihr aufmunternd zu. Erinnerte sie der Junge daran, dass sie selbst schwanger sein konnte? Zu viele Probleme! Am liebsten hätte er sich wieder ins Bett gelegt. Stattdessen schlang er einen Arm um Marias Schultern und stützte sich auf sie, als sie die Treppen hinunterstiegen. »Schön vorsichtig, Weib. Du darfst nicht stürzen. Denk an unser Kind in deinem Leib.«

»Pass du lieber auf, nicht zu stürzen, du Narr.«

»Stimmt auch wieder.« Unten angelangt fragte er: »Hat Clara etwas gesagt, ob ihre Blutung überfällig ist?«

Maria seufzte. »Wie soll sie das wissen? Sie ist ja noch so jung, und ihre Blutungen kommen unregelmäßig. Letzten Sommer war das erste Mal.«

»Ach so. Hoffentlich kann sie bald aufatmen.«

Auf dem Säumarkt zogen sie einige Blicke auf sich, denn oft kamen sie nicht Arm in Arm aus dem Haus, wie ein verliebtes Paar. Genau diesen Eindruck wollte er erwecken, auch wenn es ihm sicherlich nicht sehr gut gelang. Die Menschen, die ihn als Heiler aufsuchten, sollten ihn nicht für siech halten.

Zwischen Wein- und Milchmarkt schwanden seine Kräfte, und er deutete zu einem Trinkwasserbrunnen. »Ich muss mich hinsetzen.« Seine Beine fühlten sich sehr wackelig an. »Kannst du zum Rathaus laufen und nach Eisvogel fragen?«

»In Ordnung. Bleib hier und rühr dich nicht vom Fleck!«

Er lächelte sie an. »Bestimmt nicht.«

Frantz sah noch einen Moment ihren fliegenden Röcken nach, dann schloss er die Augen. Schlafen … er wollte nur schlafen, doch die Steinumfassung war zu kalt und hart, und wenn er nicht aufpasste, fiele er in den Brunnen.

Ihm schien, als wäre keine Zeit vergangen, als er die vertraute Stimme des Schöffen hörte. »Meister Frantz! Ihr seht aus wie das Leiden Christi! Ihr gehört ins Bett!«

»Hör auf den ehrbaren Rat«, stimmte Maria ein.

Er schaffte ein kleines Lächeln und öffnete die Augen. »Gibt's was Neues über die Kette? Hat der Goldschmied geredet?«

»Nein und nein. Wir tappen immer noch im Dunkeln. Ihr sollt dem Burschen drohen, ihm die Werkzeuge vor Augen halten, damit er endlich den Mund aufmacht. Aber das hat Zeit, bis Ihr Euch wieder besser fühlt.«

Er schluckte mühsam. Sein Hals war ganz trocken. Hätte er mal lieber erst noch den Kräutertrunk zu sich genommen. »Ich hab eine bessere Idee«, sagte er und streckte seine Hand aus.

Maria zog ihn hoch und schlang seinen Arm um ihren Hals.

»Wir gehen zur Birkenworterin.«

»Was?«, blaffte Eisvogel, und Maria fasste ihm an die Stirn.

Was plapperte er da? »Zur Bortenwirkerin.« Sein Hals schmerzte, seine Stimme krächzte wie ein Rabe, aber das konnte zu seinem Vorteil sein. »Los.«

»Und was ist mit mir?«, fragte Eisvogel.

»Ihr bleibt hier, bis wir zurückkommen?«

»In Ordnung, aber beeilt Euch.« Eisvogel blies sich in die Hände und rieb sie dann.

Vor der Werkstatt angekommen sagte Maria mit Bestimmtheit: »Ich komm mit!«

»Dann wär alles umsonst«, wisperte er. »Du darfst für mich gegen die Tür hämmern, dann läufst du weg.«

»Aber …«

»Bitte!« Er sah sie flehend an. »Meine Elendsgestalt wird hilfreich sein, glaub mir.«

Seufzend hämmerte sie gegen das dicke Holz und eilte zur nächsten Hausecke. Bestimmt ließ sie ihn nicht aus den Augen, bis er im Haus verschwunden war.

Geselle Barthel öffnete brummelnd. »Ist doch offen. Oh! Meister Frantz? Seid Ihr's wirklich?«

Er nickte. »Mit deiner Herrin muss ich sprechen.«

»Wie seht Ihr denn aus? Kommt herein.« Ohne zu zögern, packte Barthel seinen Arm und half ihm durch die Werkstatt zur Treppe. »Schafft Ihr es da rauf? Die Herrin ist in der guten Stube.«

»Wenn du mir hilfst.« Ohne dessen Stütze würde er vermutlich zusammenbrechen.

»Freilich.«

Von der Werkstatt her hörte er das Geräusch huschender Schritte und Geflüster – die Mägde. Es scherte ihn nicht, was sie von seinem Auftritt dachten. Barthel zog ihn die Stufen förmlich hinauf, und ohne den Mann hätte er es kaum geschafft. Oben angelangt musste er erst einmal verschnaufen. »Moment, gleich geht's wieder.«

»Ihr braucht einen Arzt, Meister Frantz.«

»Nein«, keuchte er. »Ich brauche Seelenfrieden. Bring mich zu ihr.«

»Na dann.« Barthel stützte ihn weiter auf seinem schwankenden Gang durch den Korridor, an dessen Ende er an eine Tür klopfte, die er sogleich öffnete. »Besuch, Herrin.«

Frantz konzentrierte sich mit aller Kraft auf die Reaktion der Witwe: erst unwillige Überraschung, gefolgt von Erkennen und Entsetzen. Weil er so einen erbärmlichen Anblick bot, oder lag es doch eher an seinem Amt?

»Meister Frantz.« Die Kindfrau erhob sich. »Was ist mit Euch?«

»Sitzen«, keuchte er.

Sie deutete auf einen Stuhl, und Barthel führte ihn hin. Endlich. Er ließ sich sinken, streckte die Beine aus und legte den Kopf in den Nacken. »Keine Nacht länger«, wisperte er.

»Lass uns allein, Barthel.« Die Kaiserin näherte sich ihm von der Seite, hielt aber Abstand.

Als die Tür vernehmlich ins Schloss gefallen war, drehte er den Kopf und sah sie an. »Euer Mann. Jede Nacht sucht er mich heim.«

Ihre Augen weiteten sich vor Schreck, und sie rief aus: »Warum?«

Frantz fuchtelte mit den Händen, wie um einen Schemen abzuschütteln. »Die Kette. Er hält sie mir vor die Nase und raunt: ›Ihr habt versprochen, auf Clara aufzupassen.‹ Sein Kopf … Er … Manchmal dreht er sich. Rundherum, immer rundherum …« Zufrieden hörte er seine krächzende Stimme versagen. Das sollte Eindruck machen.

»Herr im Himmel, hilf!«, rief die Frau. »Ihr habt ihm doch nichts versprochen. Warum sucht er Euch heim?«

»Doch, vor dem Schwertstreich. Er hat mir ...« Er hustete und richtete sich auf. Seine Augen tränten. Gut so. »Er hat mir das Versprechen abgenommen, auf Clara aufzupassen.«

Die Witwe ließ sich auf dem Stuhl neben ihm nieder. »Ich verstehe nicht. Wieso aufpassen? Was will Sebald von Euch?«

»Seine Seele findet keinen Frieden«, presste er hervor und fühlte sich wirklich immer elender.

»Warum nur?«, japste sie.

»Die Kette ...« Seine Stimme krächzte noch mehr als zuvor. »Ein Fluch.«

Da schrie sie auf. »Der Allmächtige steh mir bei! Ja, verflucht sind die Blutrubine!«

Endlich! Sie kannte die Kette, das reichte ihm, um das Spiel noch weiter zu treiben. »Clara ist in Gefahr«, quetschte er heraus. »Entweder sie oder jemand, den sie liebt. Ich hab mein Versprechen nicht gehalten. Morgen muss ich Julius torquieren. Er wird verraten, woher er sie hat ... und dann ... Clara! Euer Mann wird ...« Er ließ seine Stimme verklingen. Sollte sie sich selbst ausmalen, was dann alles passieren mochte.

Sie schlug die Hände vors Gesicht und wiegte sich wimmernd vor und zurück. »Noch im Tod quält er mich!«, rief sie aus. »Hätte ich ihn doch nie kennengelernt! Viel zu sehr hab ich ihn geliebt, und er mich.« Schluchzer schüttelten sie, dann ließ sie die Hände sinken und setzte sich gerade hin. Sie richtete ihren tränenfeuchten Blick auf ihn. »Es tut mir so leid, Meister Frantz. Ich hätte nicht lügen dürfen, doch als der Leinfelder nach der Kette gefragt hat ...« Wieder schluchzte sie. »Ich wollt sie nicht haben, war so froh, dass ich sie Clara hab geben können. Sie hat sie verdient! Die Einzige, die ...« Ihre Stimme ertrank in einem neuen Sturzbach an Tränen.

»Die was?«, raunte er unbarmherzig.

Da schrie sie ihn an: »Die sich gewehrt und ihn angezeigt hat.« Wieder zuckte ihr Körper, doch sie unterdrückte die Schluchzer.

»Wie viele waren es?«

Sie schüttelte den Kopf. »Ich weiß es nicht, aber ... vielleicht sieben.«

Sieben? »Ein Rubin für jedes Mägdlein?«, fragte er sanft.

»Glaube ich jedenfalls«, wisperte sie. »An der Silberkette hing nur ein Rubin, als er sie mir zur Hochzeit geschenkt hat. Ein paar Jahre später hab ich ihn mit Barbara erwischt. Er hat mir einen zweiten geschenkt und sie ihm einen Sohn.«

Frantz schnürte es die Kehle zu. Fehlten noch fünf Mägdlein … zusätzlich zu Clara, für die es wohl den achten Rubin gegeben hätte, wenn Kaiser noch dazu gekommen wäre, einen zu besorgen.

Seine Witwe sprach weiter: »Danach hat es mehr als zwei Jahre gedauert, bis ich die Kette wieder tragen wollte, und da prangte ein dritter Rubin daran.«

»Ihr habt ihn nicht danach gefragt?«

»Doch, dieses eine Mal. Er hat gesagt, Rubine würden niemals ihren Wert verlieren – so wie ich. Versteht Ihr?« Sie sprang auf. »Ich war die eine, die immer ein Maidlein für ihn blieb, aber manchmal konnte er der Versuchung nicht widerstehen! Ich hab ihn gehasst, aber kein Mann sonst hat mich je so angesehen wie er. Begehrt zu werden, mit diesem Körper …« Sie strich mit ihren Händen über den kindlichen Leib. Wut und Schmerz verzerrten ihr ebenmäßiges Antlitz. Sie packte eine Schale mit Nüssen und getrockneten Äpfeln und schleuderte sie gegen eine Wand.

Frantz zuckte zusammen. Er musste die Frau beruhigen, bevor sie schlimmeren Schaden anrichtete. »Die wahre Hölle muss das für Euch gewesen sein, und doch voller Wonne.«

Verwundert sah sie ihn an und trat näher. »Ihr versteht?«

Er nickte. »Ich kann mir nicht wirklich vorstellen, wie Ihr das all die Jahre ausgehalten habt, aber ich verstehe Euer Leid und … Euer Schweigen.« Letzteres war gelogen, aber er musste ihr einen Ausweg bieten, wenn er Julius und Clara helfen wollte. Und die Frau dauerte ihn wirklich. Die Bestie war ihr Mann gewesen, nicht sie.

Die Tür flog auf. Cuntz und Barbara stürmten herein. »Geht's Euch gut?«

Die Kaiserin nickte. »Lasst uns. Mir geht es gut. Dem Nachrichter nicht so sehr. Mein Sebald sucht ihn heim.«

Voll Unbehagen knetete die Magd ihre Schürze. Dann entdeckte sie die Scherben und begann, die verstreuten Gegenstände aufzusammeln. Cuntz stand noch im Türrahmen und schaute ihr wie benommen zu.

»Aufräumen lohnt sich vielleicht noch nicht«, meinte ihre Herrin.

Frantz entfuhr ein Glucksen. Alle drei starrten ihn an, und er deutete zu einem Korb. »Wollt Ihr den nicht auch gegen die Wand schleudern?«

Die Kaiserin schnaubte, dann stahl sich ein Lächeln auf ihr Gesicht. »Nein, ich glaube, ich habe mir genug Luft gemacht. Begleitet Ihr mich zum Rathaus?«

»In meinem Zustand? Lieber nicht. Ich muss schlafen. Ihr wisst ja, keine Nacht hab ich Frieden gefunden.« Allerdings wollte er sichergehen, dass sie es sich nicht doch noch anders überlegte. »Bis zum Milchmarkt begleite ich Euch, wenn's recht ist.« Dort wartete hoffentlich immer noch Schöffe Eisvogel.

»Natürlich. Ich mach mich schnell fertig. Hilf mir, Barbara.« Die Frauen eilten aus dem Zimmer.

Cuntz stand immer noch unschlüssig da. »Werdet Ihr sterben?«, fragte er schließlich.

Frantz schüttelte den Kopf. »Nein, mir geht es bald wieder gut.« Wenigstens hoffte er das. Falls sich die Fäule in seinen Lungen einnistete ... Er hustete erbärmlich.

Der Junge nickte. »Mein Vater war ein Schwein. Trotzdem hat sie ihn geliebt. Wie geht das?«

Frantz atmete tief durch. Was wollten die Menschen noch alles von ihm? Wie sollte er so etwas erklären? Er war doch nur ein Henker. Ein Schwein ... der Hütejunge ... »Schweine wälzen sich im Dreck, fressen Abfall, und doch schmeckt ihr Fleisch gut, und sie sind klug.«

»Was?« Der Bursche runzelte die Stirn und trat näher. »Klug?«

»Ich bin mal über Land zu einer Hinrichtung geritten. Da ist mir ein Hütebub mit seinen Schweinen begegnet. Eins davon hat er abgerichtet, auf seine Kommandos zu hören«, krächzte er.

»Das geht doch gar nicht!«, protestierte Cuntz.

»Doch, es hat ihm auf Befehl seinen Stock gebracht, sich hingelegt oder hingesetzt, hat Essen mit der Schnauze aufgefangen. Wie ein Hund.«

»Und was hat das mit meinem Vater zu tun?«

»Vielleicht hat deine Mutter geglaubt, ihn auch abrichten zu können.«

»Sie ist nicht meine Mutter.«

Die Bortenwirkerin trat ein. »Aber ich wäre es gern gewesen.« Sie rieb Cuntz den Rücken. »Gräm dich nicht, er ist es nicht wert. Das muss auch ich langsam einsehen.« Erwartungsvoll sah sie Frantz an. »Kommt Ihr? Ich will diese Last loswerden. Clara soll nicht länger um ihren Bruder fürchten.«

Mit größter Anstrengung erhob er sich aus dem Stuhl. Cuntz sprang sofort zu ihm und packte seinen Arm. »Euch geht's wirklich nicht gut.«

»Ich brauche nur viel Schlaf.« Dem Jungen wollte er nicht vorschwindeln, dass er vom Geist seines Vaters heimgesucht wurde. Der war viel zu empfindsam und leicht zu beeindrucken. Als Nächstes würde er selbst Gespenster sehen.

*

Ruhelos stapfte Max am Rathaus vorbei. Zu dumm, dass der Henker krank war. Das legte sie alle lahm und verurteilte Julius zu noch längerer Haft. Konrad Rumpler, der mal wieder als Schildwache Dienst hatte, winkte ihn heran. Dem musste noch langweiliger sein als ihm, und er durfte nicht herumlaufen. »Na, was gibt's, Rumpler?«

»Stell dir vor, die Henkerin war grad da und hat den Eisvogel geholt.«

»Was? Na so was. Geholt? Ans Krankenbett vom Meister Frantz oder was?«

»Hat sie nicht gesagt, nur verlangt, ihn zu sprechen.«

Die zweite Wache nickte. »Dann sind sie alle beide recht schnell in Richtung Weinmarkt gegangen.«

Also tatsächlich zum Henkerhaus? »Na, vielleicht schau ich auch mal in die Richtung.«

»Sag Bescheid, wenn du was erfährst!«, rief Konrad ihm nach.

»Mach ich.« Er lief um die Sebalduskirche herum und rannte beinah den Diakon über den Haufen. »Entschuldigung, Magister Krieg.«

»Die jungen Leut haben's halt immer eilig«, sagte der Geistliche, der ihn und Kathi im Loch getraut hatte.

»Ausnahmsweise wirklich!«, rief er und hastete weiter, allerdings mit mehr Achtsamkeit. Am Milchmarkt sah er den Schöffen Eisvogel um einen Brunnen herumlaufen, stehen bleiben und seine Arme reiben, aber keine Maria Schmidtin. Gemäßigten Schrittes näherte er sich ihm. »Ehrbarer Rat, was führt Euch hierher? Doch nicht die Milch?«

»Ah, Leinfelder, fragt mich was Leichteres. Mit etwas Glück bringt der Nachrichter bald interessante Neuigkeiten. Mit etwas Pech tragen ihn die Totengräber hier vorbei.«

Max konnte es nicht fassen. »Meister Frantz ist auf den Beinen?«

»Mehr oder weniger. Seine Frau musste ihn ja schon fast zur Bortenwirkerei tragen.«

»Zur Kaiserin?«

»Genau. Der Wahnsinnige meint doch tatsächlich, in seinem erbarmenswerten Zustand mehr aus ihr herauszukitzeln.«

»Das muss das Fieber sein. Wir sollten einen Medicus holen. Darf ich ...« Da sah Max eine geisterhafte Gestalt heranwanken, die sich nur dank zweier Frauen aufrecht zu halten schien. Henkerin und Bortenwirkerin stützten Meister Frantz. Max rieb sich die Augen, riss sie aber gleich wieder auf, um weiterzugaffen.

Als er der Gruppe einige Schritte entgegengegangen war, fiel der Blick der Kaiserin auf ihn. Sie senkte das Haupt, wirkte beinah verschämt, dann ließ sie den Nachrichter los und kam zu ihm. »Leinfelder, du hast mich doch nach der Kette gefragt?«

»Ja.«

Da gesellte sich Eisvogel zu ihnen, und die Kaiserin nickte dem Ratsherrn zu. »Gut, dass Ihr auch hier seid, Schöffe. Ich war nach der Hinrichtung meines Mannes verwirrt, wie vor den Kopf geschlagen. Die Kette, nach der ich gefragt worden bin, hat mir gehört. Ein Geschenk meines unseligen Mannes. Ich hab sie Clara gegeben, als kleine

Wiedergutmachung. Es tut mir sehr leid, dass dieser junge Mann deswegen schon so lang unschuldig im Loch verhaftet ist.«

Eisvogel blähte die Brust auf und sah sie missbilligend an. »Na, dann kommt mit in die Kanzlei, auf dass wir ihn bald freilassen können.«

»Natürlich, dorthin war ich gerade unterwegs.« Sie setzte sich sofort in Bewegung, als wollte sie eine leidige Aufgabe möglichst schnell hinter sich bringen, und das aus freien Stücken.

Eisvogel hatte alle Mühe, die Frau einzuholen. Lächelnd wandte sich Max dem Nachrichter zu, der gefährlich schwankte, jetzt, da ihn nur noch Maria hielt. Schnell packte er dessen anderen Arm. Gerade noch rechtzeitig, bevor dem Siechen die Beine wegsackten. »Himmel, Ihr hättet wirklich im Bett bleiben sollen.«

»Und Julius im Gefängnis?«, murmelte er.

»Hilf mir, ihn heimzubringen«, flehte die Henkerin.

»Natürlich«, antwortete Max sogleich, doch auch zu zweit hatten sie noch ihre liebe Mühe, den groß gewachsenen Meister Frantz zum Säumarkt und dann den Turm hinauf in die Wohnung zu schaffen.

Clara sah bei ihrem Eintreten auf und starrte sie an. »Was ist passiert?« Wie um sich und den Buben auf ihrem Schoß zu schützen, schlang sie die Arme um Vitus.

»Julius kommt frei«, rief Max. »Die Kaiserin gibt zu, dass sie dir die Kette geschenkt hat. Gerade jetzt sagt sie auf dem Rathaus aus.«

Da klatschte Clara vor Freude in die Hände, und Vitus fing vor Schreck an zu weinen. Oh je!

»Bett«, wimmerte Meister Frantz und hustete garstig.

Sowie sie ihn aufs Lager gelegt und zugedeckt hatten, schien er auch schon einzuschlafen.

»Ein Glück, dass du vorbeigekommen bist«, sagte Maria. »Ich hätte ihn allein nicht heimgekriegt.«

»Soll ich einen Medicus holen?«

Sie seufzte. »Lassen wir ihn erst mal ruhen.«

»Dann geh ich jetzt mit Clara zum Lochgefängnis, den Julius abholen.«

»Mach das. Ich hoffe, es geht ihm gut.«

Er marschierte zurück durch Küche und Behandlungszimmer in die gute Stube, gefolgt von Maria. Die Magd trug bereits ihren Mantel und wäre wohl auch ohne ihn losgelaufen. Vitus hatte sich an einem Stuhl hochgezogen und stand jetzt aufrecht, aber schwankend wie vorhin sein Vater. Anders als dessen fiebertrüber Blick war der, mit dem der Bub ihn musterte, kritisch. Plötzlich krähte er los. Maria hob ihn auf und fragte die Magd: »Hat er dir Ärger gemacht?«

Clara lächelte. »Gar nicht. Er ist allerdings ein recht aufgewecktes

Kerlchen, dem schnell langweilig wird, wenn man ihn nicht beschäftigt.«

»Oh ja.« Maria strahlte ihren Sohn an, der schon wieder ganz vergnügt aussah.

Max dachte an Kathi. Bald hätten sie hoffentlich auch so einen kleinen Quälgeist zu Hause.

»Max begleitet dich zum Loch«, sagte Maria und erinnerte ihn an seine vordringliche Aufgabe.

»Dann schnell.« Clara packte seinen Arm und zog ihn zur Tür hinaus.

Max konnte nur darüber grinsen, wie flott die Magd plötzlich unterwegs war. Wie ein Geißlein sprang sie vor ihm her, wich Hindernissen aus und eilte zielstrebig voran. So glücklich hatte er sie noch nie gesehen, und der Anblick wärmte sein Herz. Die junge Maid würde die Schrecken, die sie im Haus der Kaisers erlebt hatte, bald hinter sich lassen.

Vor der Sebalduskirche holte er sie ein. »Gemach, Clara. Dein Bruder läuft dir nicht weg.«

»Das sagst du so einfach.« Sie zog einen Schmollmund, ging aber langsamer. »Ich kann's kaum glauben. Gleich kann ich –« Plötzlich zuckte sie zusammen und nahm seinen Arm.

Max folgte ihrem Blick und sah die Bortenwirkerin aus dem Rathaus treten.

»Diese Hexe«, zischte Clara. »Ich glaub, sie hat's mit Absicht gemacht. Um mich zu bestrafen.«

»Mag sein, aber ich denke, sie ist selbst gestraft genug.«

Sie zog die Schultern hoch. »Vielleicht. Gehen wir zu Julius.«

Auf ihr Pochen hin öffnete Schaller höchstpersönlich das Tor zu den Verliesen. »Ha, ihr habt aber schnell mitbekommen, dass der Bursche rausdarf. Man könnt meinen, ihr kennt die richtigen Leute.«

»Sowieso«, sagte Max und grinste.

»Gleich ist er da. Meine Frau hat ihn noch etwas gestriegelt, damit er nicht gar so zerlumpt ausschaut.«

Wenig später warf sich Clara weinend und lachend zugleich in die Arme ihres Bruders. Tatsächlich, die Schallerin hatte dem Goldschmied die Haare geschnitten, sogar den Bart gestutzt. Das hatte sie für Max damals nicht getan! Aber gut, er hatte auch wirklich nur noch hier rausgewollt.

»Ist es wirklich vorbei?«, fragte Julius und sah ihn dabei über Claras Schulter hinweg an.

Max lächelte. »Ja. Der Nachrichter hat der Witwe Kaiserin ins Gewissen geredet, oder was auch immer. War nicht dabei. Jedenfalls hat sie zugegeben, deiner Schwester die Kette geschenkt zu haben.«

»Darf ich die jetzt wirklich behalten?«, fragte Clara.

»Freilich.«

Julius streichelte ihr über den Rücken. »Ich mach dir irgendwas anderes draus.«

»Und jetzt geht's erst mal zum Henkerhaus?«, fragte Max. »Meister Frantz ist allerdings ziemlich krank, seit er aus Bamberg zurück ist.«

Julius zuckte unsicher mit den Schultern. Der wusste wohl auch nicht, wie es jetzt weitergehen würde, nachdem sein Meister ihn angezeigt hatte.

Sie schlenderten in Richtung Grüner Markt am Rathaus vorbei. Vor dem Gebäude schimpfte ein Mann, der Lederschürze nach zu urteilen ein Schmied, auf den Ratsherrn Pömer ein. »Ihr hättet den Nachrichter nicht beauftragen sollen, mein Geld gleich wieder auszugeben«, rief er. »Ich könnt's jetzt gut brauchen.«

Pömer hob beide Hände. »Wir haben Euch bis Ostern Zeit gegeben, Eure Schulden in Bamberg zu bezahlen, Labenwolf, und das ist nun geschehen.«

Max musste über das wütende Gesicht des Handwerkers grinsen. Jorgen Labenwolf, ein bekannter Rotschmied und Erzgießer, sollte doch ein Brunnenwerk für den dänischen König machen. Das würde ihm kaum gelingen, wenn er sich das Material dafür nicht leisten konnte, allerdings hatte der Mann den stolzen Betrag von tausend Gulden im Voraus bekommen.

In diesem Moment gesellte sich Ratsfreund Wenzel Jamnitzer zu den beiden. »Ihr solltet froh sein, Jorgen, endlich sitzt Euch nicht mehr der Rat wegen Eurer unbezahlten Rechnungen im Nacken. Arbeitet weiter an Eurem Brunnenwerk. Vielleicht können wir es dann bald mal testen. Ich bin sehr neugierig.«

Sie hatten die Gruppe längst passiert, als Max merkte, dass ihm die Geschwister nicht mehr folgten. Er wandte sich um und sah sie in der Nähe der Herren tuscheln. Er ging zurück. »Was ist los?«

Julius deutete mit dem Kinn in Richtung der drei Männer. »Auch wenn mich der Hildebrandt weiterbeschäftigen muss, würd ich lieber für Meister Wenzel arbeiten.«

Clara ergänzte im Flüsterton: »Hab ihm gesagt, er soll ihn einfach fragen.«

Max blickte zu den Räten. »Pömer scheint sich schon zu verabschieden. Warten wir noch einen Moment, dann stören wir weniger.«

Sowie der Schöffe im Gebäude verschwunden war, zog Clara ihren Bruder zu den Handwerkern. Max folgte und war gespannt, wie der Goldschmied von Kaisern und Königen auf die Anfrage von Julius reagieren würde. Er fasste in die Tasche seines Wamses und spürte den Zettel, auf den der große Künstler das Poly-Dingens gekritzelt hatte.

»Meister Wenzel«, sagte Julius und machte eine knappe Verbeugung. »Ich bin Goldschmiedgeselle, derzeit bei Friedrich Hildebrandt in Stellung. Allerdings würde ich es vorziehen, für Euch zu arbeiten.«

»Oh …« Jamnitzer sah von ihm zu Clara und dann zu Max, bevor er Julius eingehender musterte. »Du bist der Spieß, oder? Unschuldig im Loch verhaftet, weil dich dein Meister angezeigt hat.«

»Genau der. Noch ein Grund, warum ich nicht mehr beim Hildebrandt arbeiten will.«

»Und der andere Grund?«

»Von dem kann ich nichts mehr lernen.«

In Jamnitzers Bartgewölle kam Bewegung, als lächelte er. »Im Moment kann ich niemanden brauchen, aber wenn du in vier oder sechs Wochen vorbeikommst und mir einige deiner Arbeiten zeigst …«

»Gern! Ich werd eigens für Euch etwas anfertigen.« Julius strahlte den Mann an.

»Abgemacht.« Jamnitzer schritt davon.

Da mischte Labenwolf sich ein: »Wenn der dich nicht nimmt, kann ich dich vielleicht brauchen. Verzierungen fürs Brunnenwerk.«

Bei so viel Aufmerksamkeit schien Julius zu wachsen. »Mal schauen, Meister Jorgen. Euer Brunnenwerk würd mich natürlich schon interessieren.«

»Na dann.« Er wandte sich Max zu. »Stadtknecht, weißt du, ob der Nachrichter im Loch ist?«

»Nein, der ist krank daheim. Geht's um das Geld, das er Euch aus Bamberg gebracht hat?«

Labenwolf nickte. »Das brauch ich so schnell wie möglich, auch wenn's nicht viel ist.«

Er seufzte. »Ich bring's Euch spätestens morgen vorbei.«

»Nicht, dass er's einfach behält«, brummte der Rotschmied und stapfte davon.

»Was denkt der von Meister Frantz!«, rief Clara. Dann sah sie ihren Bruder an. »Für den würd ich nicht arbeiten wollen.«

Julius grinste noch breiter. »Meinst, ich kann's mir bald aussuchen?«

»Bestimmt.«

Da wandte er sich an Max. »Hast du noch die Zeichnung vom Jamnitzer? Wenn ich die Figur aus Silber schmiede, meinst, das könnte ihn beeindrucken?«

»Das denk ich schon, gute Idee!« Er zog sie aus der Tasche und überreichte sie Julius. »Die will ich aber wiederhaben!«

»Freilich.« Julius schlug ihm auf den Rücken. »Danke! Für alles.« Dann schaute er Clara an. »Darf ich die Kette dafür einschmelzen?«

Sie warf einen skeptischen Blick auf die Zeichnung. »Ich weiß ja nicht, was wir damit anfangen sollen, aber wenn dir das eine Stellung beim Jamnitzer bringt, jederzeit!«

Julius strahlte.

Heimladung

Samstag, 5. Mai 1582

Elende Lungenfäule! Frantz hatte zwei Wochen gebraucht, um vollständig zu genesen. Jetzt sog er am offenen Fenster in der guten Stube die frische Luft ein und freute sich, nicht mehr dauernd husten zu müssen. Noch mehr, weil er nun ohne Bedenken seine Schwester und ihren frischgebackenen Ehemann eine Woche früher ins Henkerhaus laden konnte. Es drängte ihn sehr, mit seinem Schwager zu reden, um nach Möglichkeit seine Sorgen wegen Lienhardt Hertls unheilvollen Worten zu zerstreuen. Seine Fieberträume hatten ihm die unsinnigsten Schandtaten des Heffner Friedl vorgegaukelt. Konnte sich der ehemalige Schütz nur einen Spaß mit ihm erlaubt haben – als kleine Rache, weil Frantz ihn aus Nürnberg ausgestrichen hatte? Auch wenn es wenig Sinn ergab, wollte er lieber das glauben, als seinen Schwager für einen Räuber zu halten.

Die Leinfelders sowie Julius und seine Schwester würden auch zur Feier kommen. Den Burschen hatten sie seit dessen Entlassung aus dem Loch nicht viel gesehen. Angeblich arbeitete er häufig bis spät in den Abend, was merkwürdig anmutete eingedenk dessen wiederholter Beteuerungen, nicht länger für Meister Hildebrandt arbeiten zu wollen. Clara ging Maria zur Hand, als wäre sie ihre Magd, auch wenn sie noch immer davor zurückscheute, die Stellung offiziell anzunehmen. Doch sie lebte weiterhin unter ihrem Dach, da war es nur recht und billig, dass sie mitarbeitete. Während seines Siechtums hatten die beiden Frauen mithilfe von Kathi die Kammer im Turm leer geräumt und die Dinge, die Maria nicht haben wollte, nach unten geschafft. Wenn auch Kunigunda sie nicht mitnehmen wollte, sollte Augustin sie entsorgen.

Leider konnte sein Vater die Reise nicht auf sich nehmen. Dessen angeschlagene Gesundheit war mit ein Grund, dass Frantz die Heimladung schon jetzt halten wollte, um ihn gar nicht erst in Versuchung zu führen. Im Sommer könnte Vater Kunis Familie nach Bamberg einladen oder sie in Hiltpoltstein besuchen. Das war nicht so weit entfernt wie Nürnberg. Er freute sich darauf, seine Schwester im Nürnberger Henkerhaus willkommen zu heißen, ihrem einstigen Heim. Wie gern hatte er sie, ihren Mann und die Kinder hier früher besucht – nun waren ihre Rollen vertauscht, er der Hausherr und sie Gast. Wenn sein zweites Kindlein geboren war, würde es in der Wohnung über der Pegnitz wieder ähnlich laut und fröhlich zugehen wie damals.

Nun denn, was sollte er an diesem prächtigen Samstagmorgen zuerst tun, um alles für die Feierlichkeiten vorzubereiten? Nachdenklich rieb er sich die Hände.

Maria kam in die gute Stube. »Du stehst ja immer noch herum und stiehlst dem Herrgott den Tag.«

»Hast ja recht, ich hol Stühle vom Augustin.«

»Gut.« Sie lächelte ihn an. »Es ist schön, dass du wieder ganz gesund bist.«

»Weil du mich jetzt wieder herumscheuchen kannst.« Er küsste sie auf den Hals, dann trat er in den Turm und pochte bei Augustin an die Tür.

Er hörte ein unwilliges Brummen und schwere, sich nähernde Schritte, dann öffnete der Henkersknecht – im Nachthemd. »Ach du bist es!« Er strich sich in einem vergeblichen Versuch, seine strubbeligen Haare zu glätten, über den Kopf.

Frantz schmunzelte. »Guten Morgen, Augustin. Du leihst uns doch deine drei Stühle, oder?«

»Nimm sie mit, dann ess ich eben mein Frühstück im Bett.« Er schlurfte in seine Wohnung zurück und deutete auf ein Fass. »Das kannst auch haben. Geschmuggelter Wein. Hab nur die Hälfte in die Pegnitz geschüttet. Wenn da bei dem ganzen Unrat noch Fische drin sind, sollen sie ja nicht gleich alle stockbesoffen werden.«

Skeptisch beäugte Frantz das Fass. »Und der ist nicht verdorben oder gestreckt?«

Augustin grinste. »Hab ihn letzte Nacht erst verköstigt, um ganz sicher zu sein. Du siehst ja, mir geht's blendend.«

Frantz lachte. »Besten Dank, mein Freund. Das weiß ich natürlich sehr zu schätzen.«

»Bloß wissen darf das niemand, sonst muss ich mich selbst an den Pranger stellen. Wahrscheinlich müsst ich dabei auch noch eigenhändig die Trommel schlagen, während du die Rute auf meinen Rücken sausen lässt.«

»Na, solange du trotzdem Löwe bleiben darfst.« Er schmunzelte, allerdings hatte Augustin ganz recht. So etwas war verwerflich, und der Rat würde ihnen das nicht einfach durchgehen lassen, wenn er's wüsste. Doch heute war ihm das völlig gleich. Die Heirat seiner Schwester sollte gefeiert werden! Er rollte das Fass hinüber in seine Behausung und holte dann die Stühle. Augustin lag wohl schon wieder im Bett, jedenfalls begegnete er ihm bei seinem Hin und Her nicht noch einmal.

Maria hatte inzwischen den Holzboden gefegt. »Wenn sie die Kinder mitbringen, müssen wir sie ins Behandlungszimmer setzen, weil's hier zu eng wird. Räum lieber die gefährlichen Sachen weg.«

Frantz lachte. »Du meinst, dann stören sie uns nicht mit ihrem Geschrei?«

»Auch das. Du darfst dich gern zu ihnen setzen.«

*

Während ihr Mann sich mit ihren zwei Stühlen abmühte, schleppte Kathi den Gemüsetopf zum Henkerhaus. Durch das offene Tor im Turm sah sie Meister Frantz und eine ihr fremde Frau in den Sachen herumwühlen, die sie für des Nachrichters Schwester bereitgestellt hatten. Die Hochzeiter waren anscheinend schon eingetroffen! »Das ist bestimmt Kunigunda«, flüsterte sie Max zu.

»Schätze ich auch.« Sie traten ein.

Da drehte der Nachrichter sich um. »Oh, ihr seid's!« Mit zwei Schritten war er bei ihnen und riss Kathi den großen Topf aus den Händen. »Danke, den bring ich schon mal rauf. Kathi, Max, das ist meine Schwester Kunigunda« Er stieg die Treppe hoch, und schon bald hörte man oben die Tür gehen.

Kathi musterte Kunigunda, hielt Ausschau nach Ähnlichkeit mit dem Nachrichter, aber bis auf die dunkelblonden Haare ähnelte sie ihrem Bruder wenig. Kräftig schaute sie aus, was man von Meister Frantz noch nicht wieder sagen konnte. Der war während seines Siechtums ziemlich abgemagert.

»Wir sind auch gerade erst angekommen.« Kunigunda lächelte. »Freut mich, euch kennenzulernen. Schön, dass der Frantz hier Freunde gefunden hat. Ist nicht leicht als Nachrichter.«

Kathi umarmte sie. »Deinen Bruder muss man einfach mögen.«

Kunigunda lachte. »Du bist die, die er aus dem Loch geholt hat, oder?«

Die Erinnerung jagte Kathi einen Schauder über den Rücken. »Ja, ich dachte schon, um mich wär's geschehen, aber Glück im Unglück: So hab ich meinen Mann kennengelernt. Vorher kannte ich ihn nur als aufgeblasenen Schützen.«

»He, ich war nie aufgeblasen!«

Sie feixte. »Benommen hast du dich jedenfalls so.«

Max räusperte sich. »Wenn ihr mich durchlasst, dann kann ich die Stühle hochtragen.«

Lachend sprang Kathi beiseite. Als Max auf dem Weg nach oben war, beugte sie sich zu Kunigunda. »Aber sag, wie war denn dein Bruder als Bub?«

Die große Schwester grinste. »Ein Frechdachs.«

Kathi lachte. »Ist er heute auch noch manchmal.«

*

Unter jedem Arm einen Stuhl schob sich Max seitwärts durch die Tür, die glücklicherweise offen stand. »Einen schönen guten Tag wünsch ich.«

Meister Frantz und Julius nahmen ihm seine Last ab.

»Das ist mein Schwager, der Friedrich Werner«, sagte der Nachrichter. »Und das ist der Max Leinfelder, Stadtknecht und guter Freund. Seine Frau ratscht bestimmt noch mit meiner Schwester.«

Guter Freund! Auch wenn er Meister Frantz inzwischen sehr schätzte, das hatte Max nicht erwartet. Erfreut reichte er dem rothaarigen Mann die Hand.

Der quetschte ihm die Pfote, als wollte er ihm alle Knochen brechen. Endlich ließ er los und rief: »Stadtknecht bist? Eine Scheißarbeit! Da hättest du auch gleich Henker werden können.« Er lachte schallend.

Die Augen von Meister Frantz verengten sich für einen Moment, dann fiel er in das Lachen ein und schlug seinem Schwager mit Wucht auf den Rücken. »Genau. Der Friedl ist ein ganz lustiger.« Die Mundwinkel des Nachrichters zogen sich nach hinten, aber mit einem Lächeln hatte das wenig zu tun.

Julius sah auch nicht gerade fröhlich drein, also ging er zu ihm und fragte: »Und wie kommst vorwärts mit dem … Wie nennt man so was?«

»Wird langsam.« Der Goldschmied grinste: »Für mich schaut's ja aus wie ein Turnierzelt.«

Ihr Lachen zog Friedls Aufmerksamkeit auf sie. »Genau, erzähl mehr von deiner Arbeit, Julius. Da hast du dauernd Gold und Silber in den Fingern?«

Julius wechselte kurz einen Blick mit Meister Frantz, der immer missmutiger dreinschaute, dann nickte er zögerlich und sagte: »Und Edelsteine.«

Friedl rieb sich mit einer Hand über den Mund und sah ihn versonnen an. »Goldschmied wär ich auch gern geworden. Erzähl mehr.«

Max konnte den Kerl nicht ausstehen. In seinen Ohren schrillten die Alarmhörner. Meister Frantz schien es ähnlich zu ergehen. Immer tiefere Furchen gruben sich in seine Stirn, die erst das Eintreten von Kathi und seiner Schwester zu glätten vermochte.

»Hoppla!«, rief Friedl und stieß Max mit dem Ellenbogen an. »So ein sauberes Weibsbild hast du dir geangelt?«

»Freilich. Kathi, das ist der Friedl.«

»Du hast es auch nicht schlecht getroffen, Friedl«, antwortete sie und lächelte Kunigunda zu. »Ich helf Maria, dann können wir früher essen«, rief sie und marschierte durch die Räume.

»Ich kann auch helfen«, meinte Kunigunda, aber ihr Mann hielt sie zurück. »Wir sind doch die Ehrengäste, Weib. Da können wir uns schon mal bedienen lassen.«

Seufzend stellte sie sich zu ihm und schlang einen Arm um seine Hüfte. Was die Frau wohl an dem fand? Sie wirkte viel netter als ihr Mann. Er schalt sich einen Narren. Das ging ihn wirklich nichts an. Max entdeckte ein Weinfass in der Ecke der guten Stube. Den musste der Nachrichter der Gäste wegen besorgt haben, denn er selbst trank so gut wie nie Wein. Max freute sich schon auf den guten Tropfen – sonst könnte er den Bräutigam vermutlich nicht lange ertragen.

In diesem Moment kam Augustin Ammon mit einem Fass Bier auf dem Rücken herein und rief: »Jetzt kann's losgehen, Leut. Der Kuni ihre Hochzeit muss gefeiert werden!«

Der Friedl sprang gleich zu ihm und half, das Fass abzusetzen. »Recht hast, Löwe. Gefeiert muss werden.«

Augustin legte dem Bräutigam seine Pranken auf die Schultern. »Und wenn du sie nicht gut behandelst, Friedla, dann weißt ja, was passiert.«

Max nahm das zum Anlass, dem unangenehmen Kerl kräftig auf den Rücken zu schlagen und zu raunen: »Genau Friedl. Sei immer schön lieb zu deiner Frau.«

»Augustin!«, rief Kunigunda. »Verschreck nicht mein Mannsbild.«

Der Löwe ließ die Hände sinken, umarmte und küsste die Braut. »Gut schaust aus, Kuni. So eine Freud, dass du mal wieder da bist. Aber wo sind denn deine Kinder?«

»Daheim bei den Schwiegereltern. Wär doch ein ziemliches G'werch gewesen, alle mitzubringen. Und wenn wir nur die Buben mitbracht hätten, hätten die Mädel zwei Tag lang mit Fleiß die Oma geärgert.«

Augustin lachte. »Das geht natürlich nicht. Die Oma müssen's schon alle miteinander ärgern. Dafür hat man sie ja.«

Die Oma oder die Kinder, wollte Max fragen, als Kunigunda meinte, »Der geht's aber auch nicht so gut, da müssen die Kinder schon bei der Arbeit helfen.«

Da kam Clara herein und brachte eine große Pfanne. »Essen gibt's!«

»Ja, wer bist denn du?«, fragte Friedl und setzte sich als Erster an den Tisch direkt vor die Pfanne, doch als seine Frau neben ihn auf die Bank rutschte, musste er weiterrücken.

Maria brachte eine riesige Schüssel Knödel und antwortete an ihrer Stelle: »Das ist die Clara, unsere Magd.«

Kathi brachte allerlei Rübengemüse, das sie gestern den halben Tag geputzt und gekocht hatte, und stellte es vor den Bräutigam. Der rümpfte die Nase und schob die Schüssel weiter. Max funkelte ihn an, ohne dass der es merkte. Dem Kerl sollten sie gar nichts anderes zu Essen geben.

*

Frantz verteilte Rindsbraten und Fisch – was der Rat gar nicht gutheißen würde. Eine Sorte Fleisch oder Fisch sollte einem anständigen Nürnberger genügen, aber heute fühlte er sich leichtsinnig. Maria reichte sogleich die Beilagen herum, und Augustin schenkte allen vom konfiszierten Wein ein. Sogar Frantz ließ sich den Becher füllen, um auf das Brautpaar anzustoßen – auch wenn sein Schwager ein ekelhafter Wichtigtuer war. Maria und er setzten sich den Jungvermählten gegenüber. Der Friedl verlangte mit lauter Stimme alsbald Nachschub. Überhaupt kannte er wohl nur eine Lautstärke beim Reden, und alle anderen mussten mithalten, wenn sie auch mal Gehör finden wollten. Es grenzte an ein Wunder, dass Vitus im Zimmer nebenan friedlich schlief, während sie hier so einen Lärm machten.

»Bist gut heimkommen von Bamberg?«, fragte Friedl ihn unvermittelt und wischte sich mit dem Handrücken das Fett vom Kinnbart.

»Freilich. Warum fragst?« Frantz spitzte die Ohren und behielt ihn genau im Blick.

»Na, weil du doch Schulden hast eintreiben müssen für einen Handwerker in Nürnberg. War das der Julius?«

Frantz schüttelte den Kopf. »G'schmarri, dem schuldet niemand so viel Geld. Vielleicht wenn er mal Meister ist und seine eigene Werkstatt hat.«

»Wie viel war's denn?« Sein Schwager hörte sogar auf zu essen.

»Fünfunddreißig Gulden«, antwortete Frantz und musterte ihn aufmerksam.

Friedl öffnete den Mund, dann schob er den Kiefer zur Seite. »So viel«, raunte er schließlich. »Herrschaftszeiten.« Seine Hand ballte sich zur Faust.

Hatte sein Schwager ihm tatsächlich Räuber auf den Hals gehetzt? »Das Geld hab ich aber gleich einem anderen Bamberger gegeben, bei dem der Erzgießer Schulden gehabt hat.«

Da lachte Friedl und wirkte ... erleichtert? Er stopfte sich wieder den Mund voll und fragte: »Warst nicht in Versuchung, einfach damit abzuhauen?«

Kunigunda stieß ihm den Ellenbogen in die Rippen. »Was redest'n du für einen Schmarren daher?«

Frantz sah Maria an. »Und Frau und Kinder daheim verhungern lassen? Nein, auf die Idee wär ich nie gekommen.«

Sie küsste ihn auf die Wange. »Deshalb hab ich dich geheiratet.« Dann fragte sie Friedl: »Und du, wärst du auf und davon mit dem Geld?«

Der Bräutigam gluckste und nahm Kunis Hand in seine. »Dann hätt ich doch dieses wunderbare Weib nicht heiraten können, aus einer angesehenen Henkerfamilie.« Er hob den Weinbecher. »Wird Zeit, auf das Brautpaar anzustoßen, oder?«

Frantz prostete ihm zu, erinnerte sich dabei allerdings an seine schaurigen Fiebertraumbilder: Raub, Mord und Totschlag, begangen von eben diesem Friedrich Werner.

»Trinkst du heut auch mal was Richtiges?«, frotzelte sein Schwager.

»Freilich, euch beiden zu Ehren. Auf das Brautpaar. Mögt ihr lange, glücklich und zufrieden leben!« Und möge mein Schwager nicht durch mein Schwert sterben, fügte er in Gedanken hinzu.

Die anderen stimmten mit guten Wünschen ein, und sie tranken. Frantz spürte die Säure auf der Zunge und verzog das Gesicht. Er musste an seinen letzten Vollrausch denken. Damals war er noch nicht mal Meister gewesen und bei einer Hure im Bett gelandet, ohne Erinnerung daran, wie es so weit hatte kommen können. Seither hütete er sich vor dem Zeug, hatte nur noch bei seiner Hochzeit Wein getrunken – und einmal bei Magister Krieg, als Kathi und Max sich in Leib- und Lebensgefahr befunden hatten. Er sah Friedl in die Augen, die jetzt mehr grün als braun wirkten. Der Mann hielt seinem Blick stand und grinste ihn an.

Frantz atmete tief durch und nahm einen Bissen. Nein, der Kerl gefiel ihm gar nicht, doch für seine Schwester machte er gute Miene zum bösen Spiel. Hoffentlich würde Friedl sie anständig behandeln, auch wenn er ansonsten ein Schurke war. Mit Sicherheit aber würde Frantz heute keinen Schluck Wein mehr trinken.

Unter dem Tisch drückte Maria seinen Schenkel, schaute aber nicht zu ihm herüber. Bestimmt sorgte sie sich auch um Kunigunda.

*

Kathi meinte, die Spannung zwischen Meister Frantz und seinem Schwager mit Händen greifen zu können, auch nachdem sich die beiden nun nicht mehr anstarrten und sich das Tischgespräch anderen Dingen zugewandt hatte. Was der Friedl gerade sagte, beunruhigte sie allerdings fast noch mehr: Clara solle für ihn und Kunigunda als Magd arbeiten.

»Deinen Bruder kannst auch mitbringen, für den finden wir schon Arbeit. In Hiltpoltstein gibt's auch Goldschmiede.«

Sie schüttelte heftig den Kopf. »Nein, ich mag nicht fort aus Nürnberg, mir gefällt's hier.« Sie lächelte Maria zu. »Und mein Bruder hat Aussicht, demnächst für den Wenzel Jamnitzer zu arbeiten! Was Besseres kann ihm gar nicht passieren.«

»Wieso, was ist an dem so besonders?«, fragte Friedl.

»Na, der macht Schmuck und Pokale und Tafelsilber für Kaiser, Könige und natürlich für die Patrizier. Er ist der Beste! Von dem kann Julius viel lernen, und dann wird er selbst berühmt.«

»Na ja, erst mal muss er mich nehmen. Um ihm zu beweisen, was ich taug, mache ich gerade etwas ganz Besonderes als Werkstück. Nach einer geometrischen Zeichnung, die der Meister selbst angefertigt hat.«

»So, so.« Friedl leckte sich die Lippen. »So was kann ihm Hiltpoltstein natürlich nicht bieten, auch wenn in der dortigen Burg das Pflegamt untergebracht ist. Die paar Wichtigtuer werden sich nicht viel Goldschmuck oder Pokale leisten können.« Er schob seinen Becher Augustin zu. »Krieg ich noch was, Löwe?«

Kathi fragte sich, warum er Augustin nie beim Namen nannte. Fehlte nur noch, dass er seinen Schwager als Nachrichter und Max als Stadtknecht anredete, ganz so, als wären sie hier als Fremde statt als Freunde und Familie versammelt.

Augustin seufzte, stand auf und schenkte ihm nach. »Für unsere Herrlichkeit, Fürst Friedla von Sauf mich blau. Aber pass auf, dass du nicht unterm Tisch liegst, bevor die Musik gespielt hat.«

»Was, Musik gibt's auch noch? Saubere Feier!« Friedl grinste in die Runde. »Der Nachrichter lässt sich nicht lumpen, wenn's um seine Schwester geht.«

Da, jetzt hatte er es getan! Kathi hätte dem Kerl am liebsten einen ganzen Knödel in den Mund gestopft, um ihn zum Schweigen zu bringen, aber zum einen war die Schüssel leergeputzt, zum anderen wären die zu schade für den Lump gewesen. Jetzt beugte er sich näher zu Julius, der am schmalen Ende des Tisches auf der Eckbank saß, und drückte dabei Clara immer mehr gegen ihren Bruder. Was für ein grober Flegel! Wie hatte Kunigunda den heiraten können?

»Machst du das Teil aus Gold?«, fragte er.

»Um Himmels willen, wo sollt ich das denn hernehmen? Aus Silber natürlich.«

»Hm.« Der Mann schaute enttäuscht drein. »Wie groß wird's denn?«

Julius streckte den Daumen hoch. »Ungefähr so.«

»Und was soll's werden?«

Der Goldschmied grinste. »Max behauptet, die Figur symbolisiert den Stadtrat. Der Jamnitzer hat's für ihn gezeichnet.«

»Den Stadtrat? Hm.« Friedl rieb sich eine Schläfe.

Ein Pochen ließ sie alle zur Tür schauen. Meister Frantz sprang auf, öffnete und begrüßte den Neuankömmling mit Begeisterung. Kathi erkannte Abdecker Reichelt, und er hatte seine Fiedel dabei!

»Wie geht's Elsa und der kleinen Franzi?«, fragte der Nachrichter sofort und kam damit Kathi zuvor.

Der alte Mann nickte. »Beide sind wohlauf. Sie schicken Grüße und die besten Wünsche fürs Brautpaar.«

Kunigunda bedankte sich herzlich dafür, dass er für sie spielen wollte. »Lasst uns den Tisch abräumen und zur Seite schieben. Mal schauen, ob mein Bruder das Tanzen schon wieder verlernt hat.«

Meister Frantz verzog das Gesicht, doch sein gespieltes Entsetzen überzeugte nicht recht. Kathi stand auf und begann sogleich, das Geschirr abzuräumen. Endlich mal wieder tanzen! Und die Klänge von Reichelts Fiedel sowie Augustins Trommel würden den lauten Friedl übertönen. Den musste Clara erst noch aus dem Weg scheuchen, bevor sie Kathi helfen konnte.

Maria öffnete für sie die Tür des Behandlungszimmers, damit sie weiter in die Küche laufen konnte, und da wäre sie beinah auf Vitus getreten. Der Bub musste ganz allein aus seinem Korb gekrabbelt sein und hatte sich auf Erkundungsreise begeben.

»Vitus, du willst wohl auch tanzen.« Maria stellte die Teller ab und hob ihn auf. »Dann bringe ich dich mal zu deiner Tante.«

Kathi eilte in die Küche und ließ das schmutzige Geschirr in die Waschschüssel gleiten. Clara brachte auch schon den nächsten Schwung. Auf dem Weg zurück sah sie Maria und Kunigunda im Behandlungszimmer stehen und die Sachen von Meister Frantz durchschauen. Als Witwe seines Vorgängers kannte sie sich bestimmt gut mit Heilmitteln aus. Ein sehr viel überraschenderer Anblick bot sich ihr, sowie sie die gute Stube betrat. Friedl hielt den kleinen Vitus eng an sich gedrückt und hopste mit ihm durchs Zimmer. Der Mann konnte ja richtig nett ausschauen, wenn er so ausgelassen war. Jetzt stemmte er den Kleinen mit beiden Armen hoch und schwang ihn durch die Luft. Vitus quietschte vor Freude, und auch dessen Vater wirkte bei diesem Anblick vergnügt. Was Kinder doch für einen Unterschied machen konnten! Jetzt freute sie sich noch mehr auf ihres. Sie ging zu Max und zog ihn auf die Beine. »Ich will auch tanzen!«

*

Mit einsetzender Dämmerung entzündete Frantz die ersten Lampen. Noch wurde niemand des Feierns müde, nur sein Sohn lag erschöpft auf der Bank. Er zwängte sich zwischen den Tanzenden hindurch und nahm ihn auf die Arme. Maria tanzte gerade mit Augustin und lächelte ihm zu. Auch ihr tat so ein geselliges Zusammensein mit anderen Leuten gut. Er trug den unverständliches Zeug murmelnden Buben ins Schlafzimmer, legte ihn ins Ehebett und deckte ihn zu. »Schlaf schön, mein Sohn.« Er strich ihm über das seidige Haar.

Vielleicht war der Friedl gar nicht so verkehrt. Jedenfalls mochte er Kinder, und das konnte nur gut für Kunigundas Nachwuchs sein. Auf dem Rückweg durchquerte er das Behandlungszimmer, in dem heute seine Schwester und ihr Mann schlafen würden. Ein Lager auf dem Boden hatten sie ihnen schon bereitet. Zu seiner Überraschung traf er hier auf den Friedl, der ihn versonnen anschaute.

»Einen schönen Buben habt ihr zwei. Der wird bestimmt mal kräftig und schlau wie du.«

Verblüfft nickte Frantz. »Hoffentlich.« Allerdings fragte er sich, warum sein Schwager ihn für schlau hielt.

Im Nebenzimmer legte Reichelt gerade eine Pause ein. Die Musik wurde von Gelächter und Gerede abgelöst. Friedl schob die Tür zu und kam näher. Er wollte wohl nicht in der guten Stube gehört werden. Er neigte den Kopf und schaute verschämt zu ihm auf. »Frantz, du hast dir bestimmt schon ausgerechnet, dass ich Dummbatz, ich saublöder, dem Heut erzählt hab, dass du in Bamberg unter die Schuldeneintreiber gegangen bist. Ich hätt's wirklich besser wissen müssen.«

Das war ja mal interessant. Vielleicht bekam er nun doch noch ein paar Antworten auf seine quälenden Fragen. »Hat dir der Heut erzählt, was passiert ist?«

Friedl schüttelte den Kopf. »Nein, der nicht, aber der Hertl. Hat mitgekriegt, wie dir die Strolche auflauern wollten, da ist er einfach zu dir hin und ist mit dir mitgegangen, damit sie dich in Ruh lassen. Ein Glück. Vor dem haben die Saukerle Respekt. Und anscheinend hält der Lienhardt viel auf dich, sonst hätt er nicht seinen Hals so weit rausgestreckt. Er ist ja doch eher ein Feigling.«

Da musste Frantz lächeln. »Den Hals rausstrecken, obwohl der Nachrichter in der Nähe ist, da gehört schon was dazu.«

Friedl lachte. »Eben. Ich wollt bloß sagen, dass ich nichts damit zu tun gehabt hab. Mein einziger Beitrag war eine zu große Klappe.«

Frantz klopfte ihm auf den Rücken. »Da bin ich wirklich froh. Die Kuni ist glücklich mit dir. Ich hoff, das bleibt auch so.«

Friedl lächelte. »An mir soll's nicht liegen. Beim nächsten Tanz bin ich wieder dran, sonst brennt sie mir noch mit einem anderen durch!« Mit federnden Schritten ging er hinüber. Frantz folgte langsamer. Anscheinend hatte er den Mann falsch eingeschätzt, weil der sich wie ein eingebildeter Mistkerl benahm. Leider interessierte er sich viel zu sehr für die Werkstatt, in der Julius arbeitete, das gefiel Frantz gar nicht.

Reichelt sprach ihn an: »Meister Frantz, noch zwei, drei Stücke, dann muss ich los, bevor sie mir das Stadttor vor der Nase zusperren.«

»Natürlich. Vielen Dank noch mal.« Er nahm seine Frau in die Arme. »Tanz mit mir, Weib, sonst behauptet die Kuni wieder, ich hätt's verlernt.«

Maria lachte. »Viel Gelegenheit kriegen wir ja nicht.«

Ausstreichen

Donnerstag, 10. Mai 1582

Frantz ging mit Augustin zum Rathaus, um einen Dieb auszustreichen. Allmählich fand er wieder in sein normales Leben zurück nach den zwei Wochen Lungenfäule und dann der Heimladung ... Eine beunruhigende Zeit, gefolgt von einem schönen Fest. Sein Schwager war ihm allerdings immer noch nicht ganz geheuer. Am Morgen vor der Abreise hatte er wieder das Großmaul gegeben, das Hände quetschte. Nur bei Augustins Pranke hatte er auf Granit gebissen.

Da freute er sich beinah darauf, den aus Gräfenberg stammenden Dieb auszustreichen. Wenigstens war das ein klarer Fall: Wolf Pfeuffer war auf frischer Tat beim Diebstahl eines Dolchs erwischt worden.

Aus Gräfenberg ... Ob der den Heffner Friedl kannte? Von dort waren es keine fünf Meilen nach Hiltpoltstein und zur Töpferei des Stiefvaters. Vielleicht sollte er den Langfinger fragen.

Vor dem Rathaus standen nur ein paar Leute herum, doch als Augustin die Trommel schlug, kamen mehr Zuschauer herbei. Bald darauf trat auch schon der Bannrichter aus dem Rathaus. Zwei Stadtknechte schafften den Delinquenten auf den Platz. Gundelfinger verkündete den Bann und befahl Frantz, den Mann aus der Stadt auszustreichen.

Frantz öffnete dessen Hemd und streifte es ihm über die Hüften, dann zog er die Rute aus seinem Halfter. »Bist ein Kumpan vom Friedrich Werner?«

Der Mann zog die Augenbrauen hoch und sagte mit unbewegter Stimme. »Der Stiefsohn vom Heffner? Der hat noch nie was taugt, mit so einem will ich nichts zu schaffen haben.«

Frantz verzog das Gesicht. Das hatte er nicht wirklich hören wollen.

Der Bannrichter warf ihm einen missmutigen Blick zu, und er riss sich zusammen. »Na dann.« Er packte das Seil, mit dem die Hände des Diebs gebunden waren, trat zwei Schritte zurück und hieb zum ersten Mal auf den blanken Rücken ein.

Pfeuffer schrie auf.

»Los, zum Frauentor.«

Die Menschen bildeten bereits eine Gasse für sie, trotzdem sah sich der Mann unsicher um. Der kannte sich nicht gut aus hier. Hatte er sich einfach in der Stadt herumgetrieben und wahllos eine Schmiede ausgesucht, um zu stehlen? Möglich war das.

»Gradaus«, rief Frantz und schlug zu. Mit gleichmäßigen Streichen trieb er den Mann vor sich her und schalt sich einen Narren. Inzwischen sah er schon bei jedem Unheil die Hand seines Schwagers im

Spiel. Wunder war es aber keines, wenn schon kleine Diebe behaupteten, dass sie nichts mit dem Heffner zu schaffen haben wollten.

»Was macht denn der da?«, brummte Augustin zwischen zwei Hieben.

»Wer?« Er sah sich verwundert um.

»Dein Schwager.«

Frantz vergaß, die Rute zu schwingen, als sein Blick in der Tat auf den Friedl traf. Der Mann schmunzelte, hob eine Hand wie zum Gruß, doch dann schwang er sie, als ließe er eine Rute durch die Luft sausen. Schnell besann Frantz sich wieder auf seine Arbeit und schlug zu. Was zum Teufel machte der schon wieder in der Reichsstadt?

Endlich durchschritten sie das Frauentor. Jetzt nur noch vorbei an den Schweinepferchen und über die Wiese zum Birkenhain. Er schaute nicht mehr, wer ihnen folgte, starrte nur auf den mit roten Striemen übersäten Rücken vor ihm, bis Augustin ihn anstieß.

Abrupt blieb er stehen. Sie hatten den Waldrand erreicht. In seinem ohnmächtigen Zorn auf seinen Schwager hätte er den wimmernden Kerl vielleicht noch ein paar Meilen vor sich hergetrieben. Augustin blickte ihn kurz verwundert an, dann löste er die Fesseln und zog dem Mann das Hemd wieder über den Rücken. Der Richter sprach die Bannformel und drohte mit schlimmerer Bestrafung, falls der Dieb sich noch einmal nach Nürnberg wagte. Frantz hörte kaum zu. Nur eine Frage ging ihm durch den Kopf: Was wollte der Friedl hier? Er sollte doch bei Kunigunda in Hiltpoltstein sein. Am Ende steckten er und der Pfeuffer doch unter einer Decke.

»Meister Frantz?«

Langsam drehte er sich um und blinzelte.

Julius stand vor ihm. »Geht's Euch nicht gut?«

»Doch«, hauchte er. »Mir schon. Hast du unter den Zuschauern meinen Schwager gesehen?«

»Freilich, der ist doch mit mir zum Rathaus kommen, weil er Euch mal bei der Arbeit sehen wollt.« Er lächelte unsicher.

Frantz nickte, dann schüttelte er den Kopf. »Der Friedl war bei dir?« Das wurde immer verdächtiger.

»Ja, ist einfach hereinspaziert und hat nach mir gefragt. Dem Meister hat das natürlich nicht gefallen, aber er hat sich auch einige Schmuckstücke für seine Frau zeigen lassen, da hat ihn der Alte schlecht rauswerfen können.«

»Gekauft hat er nichts, oder?«

»Nein, der wollt sich nur anschauen, was ich so mach. Mein Werkstück für den Jamnitzer hab ich ihm auch gezeigt.« Julius lachte. »Natürlich hat er mich wieder gefragt, was das sein soll.«

Kein Wunder, dachte Frantz. »Pass gut auf. Wenn der Friedl noch mal bei dir in der Werkstatt auftaucht, und du bist allein, dann sei bloß auf der Hut.« Er sah dem Pfeuffer nach, doch die Bäume verbargen ihn bereits. »Wahrscheinlich treffen sie sich gleich und ziehen miteinander weiter.« Und er Dummbartel hatte dem Kerl geglaubt, dass er mit einem wie dem Heffner nichts zu tun haben wollte.

»Aber das … kann ich nicht glauben.«

»Und ich will's nicht glauben. Trotzdem.« Er sah dem Burschen in die Augen, bis der nickte.

»Ich werd auf der Hut sein. Bin ich immer.«

»Gut so.« Frantz atmete tief durch und ermahnte sich, keine Gespenster heraufzubeschwören.

»Dein Schwager ist ein komischer Kerl«, brummte Augustin. »Aus dem werd ich nicht schlau.«

»Geht mir genauso.«

»Was findet denn die Kuni an so einem Maulaffen?«

»Jung und stark ist er, und scharf auf sie. Wer weiß, ob sie schon jemals mit so einem Mannsbild zusammen war.« Frantz erinnerte sich an die lustvollen Geräusche aus Kunigundas Kammer in Bamberg.

Augustin schnaubte. »Ich halt ihn für einen Galgenvogel. Ist nur die Frag, ob wir ihn henken oder wer anders.«

»Noch können wir ihm nichts vorwerfen. Vielleicht benimmt er sich ja nur so zwielichtig, um uns alle an der Nase herumzuführen. Er treibt ja gern seine Späße mit anderen.«

»Vielleicht.« Der Löwe trat einen Stein ins Unterholz.

*

Am Frauentor hielt Kathi Clara am Arm fest. »Wollen wir nicht lieber umkehren?«

»Hast recht, wir haben genug Gerechtigkeit gesehen für einen Tag.« Das Mädchen lächelte, was leider immer noch ein seltener Anblick war.

Da erschrak Kathi. Schritt doch der Schwager von Meister Frantz in der Menge auf sie zu. Als er sie bemerkte, gesellte er sich zu ihnen. »Na, ihr zwei Hübschen, wollt ihr euch das letzte Stück Weg sparen?«

»Genau«, sagte Kathi schnippisch. »Ist nicht so was Besonderes, mit anzuschauen, wie jemand geschlagen wird.«

Friedl lächelte. »Stimmt, da gibt's schon aufregendere Sachen.« Er sah Clara an. »Ich hab's ernst gemeint. Wenn du willst, kannst jederzeit bei uns als Magd anfangen.«

Sie hob das Kinn und sah ihn an. »Ich hab schon eine Arbeit.«

»Beim Nachrichter von Nürnberg.« Er schnaubte. »Wem's gefällt. Wir sehen uns bald wieder, aber jetzt muss ich noch was erledigen.«

Beide starrten sie ihm nach wie einer Geistererscheinung. »Der sollte doch schon längst wieder daheim sein«, murmelte Kathi.

»Ja, bei seiner frisch angetrauten Frau. Komisch, dass er sich hier rumtreibt.« Clara schlang die Arme um ihren Oberkörper. »Ich würd jetzt gern mit der Bortenwirkerin reden. Aber die hab ich hier leider nicht gesehen.«

»Warum?« Überrascht drehte Kathi sich zu ihrer Freundin um. »Was willst du denn von der noch?«

»Ich würd gern von ihr hören, ob sie den Julius absichtlich im Loch hat sitzen lassen. Meister Frantz hat ja kaum was erzählt, was die zwei miteinander geredet haben.«

Kathi strich ihr mit den Fingern über die Wange. »Macht's einen Unterschied?«

Sie blickte zu Boden und zog die Schultern hoch. »Weiß nicht. Ich tät's schon gern wissen, aber in das Haus will ich nie mehr.«

»Dann lass uns heimgehen.«

»Was glaubst du?«

Kathi atmete tief durch. »Ich denk schon, dass sie's mit Absicht gemacht hat. Du hast ihr den Mann genommen.«

Clara nickte und hakte sich bei ihr unter. »Ich glaub auch. Und es ist gar nicht mehr wichtig. Vielleicht treff ich sie irgendwann, aber ob sie mir dann eine ehrliche Antwort gibt, ist noch eine ganz andere Frage.«

Im Schmiedefeuer

Sonntag, 27. Mai 1582

Max mochte es, an einem Sonntag Dienst zu tun, vor allem, da endlich der Frühling mit lauer Luft Einzug gehalten hatte. Es war wenig los in der Stadt, höchstens, dass abends mal ein paar Betrunkene anfingen zu raufen. Er ging durch die Zisselgasse und machte dann einen Schwenk in die Hundsgasse, wo die Werkstatt vom Friedrich Hildebrandt lag. Julius hatte ihm erzählt, dass er so gut wie fertig war mit dem Turnierzelt. Bestimmt arbeitete der Geselle auch am Tag des Herrn daran, um Wenzel Jamnitzer demnächst mit seiner Kunstfertigkeit beeindrucken zu können. Kurzerhand drückte er die Klinke herunter, und tatsächlich ließ sich das Tor öffnen.

In der hintersten Ecke der Ladenwerkstatt hockte Julius und feilte an seinem Werkstück herum. »Hab ich's mir doch gedacht«, rief er und ging zu ihm. »Auch am siebten Tag werkelst du noch für Ruhm und Ehre.«

Der Bursche zuckte zusammen. »Max! Erschreck mich nicht so. Ich hab dich gar nicht reinkommen hören.«

»Dann dürft ihr die Türangeln nicht so gut ölen.« Hier lag sicherlich ein kleines Vermögen an Gold, Silber und Edelsteinen herum. »Wenn du allein hier bist, solltest du lieber die Tür zusperren.« Er sah sich um, musste aber feststellen, dass alle Preziosen und Edelmetalle weggeräumt waren. Vermutlich hatte der Hildebrandt irgendwo einen geheimen Eisenschrank mit guten Schlössern.

»Ja, ja, mach ich, sobald alle neugierigen Stadtknechte fort sind.« Er hielt das Turnierzelt in den Schein der Talglampe. »Jetzt wird's langsam was. Vielleicht geh ich morgen schon rüber zum Jamnitzer.«

Max lachte. »Falls du jemals wirklich zufrieden damit bist.« Er beugte sich vor, um besser zu sehen. »Für mich sieht es jetzt schon sehr interessant aus und handwerklich fein gemacht. Ob irgendjemand so etwas haben will, weiß ich allerdings nicht.« Die Flamme spiegelte sich im Metall.

»Darum geht's gar nicht. Ich kann ja jederzeit wieder eine Kette draus machen«, murmelte Julius. »Aber das hier ist nach einem Jamnitzer-Entwurf gearbeitet! Hast du mal in sein Perspektivbuch reingeschaut?«

»Nein.«

»Findest du vermutlich in jedem Buchladen der Stadt. Schau's dir mal an. Allein die Bilder sollten dir schon einen Eindruck vermitteln, was den Mann interessiert.«

Er wollte schon einwerfen, dass er durchaus lesen konnte, aber das wäre dann doch etwas zu viel gesagt. Nur weil er die meisten Buchstaben erkannte, musste er doch ziemlich an den Worten herumrätseln. »Na gut, mach ich demnächst. Jetzt überlasse ich dich wieder deiner Aufgabe.« An der Tür rief er: »Sperr hinter mir zu!«

»Ja, ja, gleich.«

Bestimmt vergaß er es wieder, aber der Geselle war alt genug, Verantwortung für sein Handeln zu übernehmen. Max trat hinaus und zog die schwere Tür hinter sich zu. Er ging weiter zum Milchmarkt und konnte es nicht lassen, bei der Bortenwirkerei der Kaisers vorbeizuschauen. Hier war alles ruhig, aber von unter der Veste drangen laute Rufe aus einer Weinschenke. Oh je, der Anfang einer Rauferei? Er eilte dem Lärm entgegen und betrat das Lokal, in dem sich zwei Streithähne schreiend gegenüberstanden. Immerhin trennte sie der schwere Holztisch, doch der eine hielt einen Tonkrug, als wollte er damit zuschlagen. Handgreiflichkeiten lagen in der Luft.

»He, was ist denn hier los?«, rief Max.

»Der hat angef –«

Hornsignale ließen sie alle erstarren. Verflucht, Feueralarm! Einer von Nürnbergs Türmern blies die Feuerwache zusammen. Max rannte los. »Alle mitkommen. Wasser schleppen!« Auf der Straße lauschte Max, aus welcher Richtung das Signal erschallte. Das kam eindeutig vom Neutor! Max fiel ein, dass Jamnitzer in dieser Ecke Gassenhauptmann war. Ob der alte Mann es noch in sich hatte, das Löschen eines Brandes zu organisieren? Er rannte zurück zur Zisselgasse. Inzwischen trugen auch die anderen Türmer den Alarm weiter. Befehle schallten durch die Luft. Von oben. Max blickte hoch und sah Jamnitzer aus dem obersten Fenster lehnen. Er deutete auf ein Haus. »Beim Hildebrandt! Eimerkette bilden, hurtig!« Dann zog er den Kopf ein und war nicht mehr zu sehen.

Verflucht, hatte Julius den Brand verursacht? Das konnte doch nicht sein! Er lief in die Hundsgasse. Einige Schützen und Stadtknechte reihten die Bewohner zu Eimerketten auf. »Los, schneller!«

»Leinfelder!«

Max wirbelte herum.

Jamnitzer stieß ihn an. »Steh nicht blöd rum, bilde noch eine Eimerkette vom Brunnen am Milchmarkt.« Max rannte los und wunderte sich, wie der Mann so schnell vom Obergeschoss seines Hauses hierher gekommen war. Er lief an Löschhelfern vorbei zur Werkstatt. Aus deren Tor quoll dicker Rauch. Verflucht, was war nur passiert, nachdem er weggegangen war? War Julius noch da drin, verletzt oder Schlimmeres? Und über der Werkstatt wohnte der Meister mit Familie, Gesellen und Lehrbuben! Sie brauchten Wasser, und zwar schnell, bevor das Feuer um sich griff. Im Moment war es jedenfalls viel zu gefährlich, einen Rettungsversuch zu unternehmen.

Auf dem Milchmarkt waren schon einige Männer und Frauen zusammengelaufen. »Wo brennt's?«, riefen manche, andere fragten schlicht: »Was sollen wir tun?« Einige von ihnen hatten schon Eimer mitgebracht, aber bei Weitem nicht genug.

»Die Werkstatt vom Hildebrandt in der Hundsgasse brennt«, rief Max. »Wir brauchen mehr Eimer!«

Einige Leute rannten los, vor allem Frauen. Max dirigierte die Männer zum Brunnen und ließ sie im Abstand einer Armeslänge Aufstellung nehmen. Gleich darauf drückte ihm jemand den ersten Löscheimer in die Hand. Er schöpfte, reichte ihn weiter und bekam auch schon einen weiteren. »Das läuft ja wie geschmiert mit euch, Leute!«

»Muss ja, sonst sind unsere Häuser die Nächsten.«

Das stimmte natürlich, trotzdem war Max beeindruckt. Sein erster Feueralarm in Nürnberg. Hoffentlich gelang es den Menschen mit vereinten Kräften, den Brand schnell zu löschen. »Mehr Eimer!«, rief er, da schob ihn ein Mann beiseite. »Unsere Eimerkette steht, lass mich schöpfen. Schau du lieber, ob du woanders noch eine aufbauen kannst. Der Brunnen nahe der Sebalduskirche, vielleicht kannst dort genug

Leut auftreiben.«

»Das mach ich!« Obwohl er lieber in der Nähe des Brandherds geblieben wäre, lief er den Berg hinunter. Ein paar Leute waren am Brunnen schon zusammengelaufen, aber zu wenige. »Trommelt an alle Häuser, wir brauchen mehr Leute und Eimer!« Er machte den Anfang und sah drei weitere Anwohner es ihm nachtun. Diesmal überließ Max gleich jemand anderem das Schöpfen, und bald stand auch diese Kette. Er eilte zurück zur Goldschmiedewerkstatt.

Jamnitzer, inzwischen mit einem Metallhelm angetan, dirigierte von der gegenüberliegenden Häuserfront aus zwei Schützen, eine Leiter gegen die Mauer unter einem Fenster zu lehnen. Max sah hoch und entdeckte Meister Hildebrandt und eine weitere Gestalt an den offenen Fenstern des ersten Stocks stehen. Warum kletterten sie nicht heraus in Sicherheit? Zu seiner Überraschung trugen die Helfer Eimer hoch und reichten sie den beiden hinein. Die wollten wohl versuchen, den Brand von innen zu löschen.

»Pass bloß auf, Hildebrandt!«, rief Jamnitzer. »Wenn's zu brenzlig wird, kommst raus.«

»Ja, ja, ich weiß, was ich tu!«, rief der Meister zurück und verschwand im Qualm.

Nun erschienen zwei Frauen an den Fenstern, nahmen den Männern auf der Leiter die Eimer ab und schleppten sie fort. Hoffentlich hatte sich Julius auch nach oben retten können. Max ging zu Jamnitzer und fragte: »Was kann ich tun? Noch eine Eimerkette?« Nur wo war ein weiterer Brunnen in der Nähe? »Die zwei Brunnen am Milchmarkt sind besetzt. Sollen wir aus der Pegnitz schöpfen?«

Jamnitzer schaute sich um. »Wasser kommt inzwischen reichlich. Mir macht vor allem der alte Sturkopf da oben Sorgen. Magst raufklettern und drinnen helfen? Die Holzstiegen müssen nass gehalten werden. Aber nicht hinuntersteigen! Der Rauch ist auch gefährlich, kann dich ersticken, bevor du die erste Flamme spürst. Unten löschen wir.«

»Mach ich«, sagte Max und stellte sich neben die Leiter, bevor ihn die Furcht lähmen konnte. Durch das offene Tor an der Straße drang immer noch dichter Rauch, doch die Löschmänner wagten sich immer weiter vor.

»Lasst den Mann rauf!«, rief der Gassenhauptmann.

Zwei Männer brachten eine weitere Leiter. Gut, dann musste Max die Helfer nicht von der anderen scheuchen, um an ihnen vorbeizukommen. Sowie die Leiter stand, kletterte er hinauf und stieg durchs Fenster. Vor lauter Rauch musste er husten. Seine Augen tränten, er sah kaum etwas, doch hier oben schien noch nichts Feuer gefangen zu haben.

Sogleich drückte ihm einer der Helfer auf der Leiter einen Eimer in die Hände. Er entdeckte die Türöffnung und lief hindurch. Zwei Männer kamen ihm entgegen. »Sollst aufpassen, dass wir nichts falsch machen?«, brummte Hildebrandt.

»Ja«, antwortete Max nur und lief hinaus. Die Holzdielen im Gang glänzten feucht, aber die Treppe sah trocken aus. Er leerte mit Schwung den Eimer und hörte das Wasser auf die ersten Stufen prasseln. Konnte er es wagen, mit dem nächsten Eimer in Händen hinunterzusteigen, um nach Julius zu suchen? Hier oben konnte er ihn jedenfalls nicht entdecken.

*

Als er den Feueralarm hörte, warf Frantz einen Blick aus dem Fenster, doch von hier unten war nichts zu sehen außer einem Kerl, der über den Säumarkt schlich. Zusammen mit dem Löwen eilte er den Henkerturm hinauf. Einst hatten hier Kanonen gestanden, als der Turm noch Teil der Stadtumwallung gewesen war, jetzt verschaffte er ihnen einen Überblick.

»Dort drüben!«, rief Augustin und wies Richtung Burgberg. »Ich geh schauen, ob ich helfen kann.« Mit diesen Worten polterte er die Stufen hinab.

Frantz sah eine Frau über den Säumarkt Richtung Henkerwohnung eilen und erkannte Kathi. Bald darauf standen sowohl sie als auch Maria und Clara neben ihm und schauten angestrengt zum Brandherd hinüber. In der einsetzenden Dämmerung war der aufsteigende Qualm schwer auszumachen.

Plötzlich schrie Clara auf. »Julius wohnt in der Gegend!« Sie wandte sich zur Stiege und rief: »Ich muss hin, schauen, ob es ihm gut geht.«

Maria packte ihren Arm. »Gewiss kommt er bald her, um dir von der ganzen Aufregung zu erzählen, und wenn du weg bist, findet er dich nicht.«

»Max ist bestimmt auch da oben«, winselte nun auch noch Kathi.

Frantz küsste Maria auf die Wange. »Wenn hier einer nachschauen geht, dann ich, damit ihr euch alle drei Sorgen machen könnt.«

Seine Frau zwickte ihn in die Seite. »Pass bloß auf dich auf, und bring die Kerle mit, wenn's nichts mehr zu tun gibt.«

Er nickte und stieg die Treppe hinunter. Der Brand musste in der Nähe von Jamnitzers Haus ausgebrochen sein, und der Gassenhauptmann war erst vor Kurzem bei einer Brandschutzkontrolle sehr gelobt worden, weil sein Haus vorbildlich ausgerüstet war. Hoffentlich galt das auch für den Rest der Gebäude in dem Gebiet. So, wie er den Goldschmied kannte, hatte der die Löscharbeiten bestens organisiert. Ein Grund, warum er nicht sofort losgerannt war, um zu helfen. Der andere war die finstere Gestalt, die er kurz nach dem ersten Alarm vom Fenster in der guten Stube aus über den Säumarkt hatte schleichen sehen. Er ging in seine Wohnung und packte Salben und Verbände ein, falls der eine oder andere Verbrennungen erlitten hatte, und verließ die Henkerwohnung. Er stieg hinunter und spähte in jeden Winkel, bevor er aus dem Turm trat und sich außerhalb umsah. Halb verdeckt von Gebüsch kauerte eine Gestalt auf dem Boden. »Wer bist du? Zeig dich«, sagte er freundlich, um denjenigen nicht zu verschrecken.

Da kroch der Bursche hervor. »Ich bin's, Julius.«

Frantz zog ihn in den Turm hinein. »Warum versteckst du dich?«, fragte er jetzt schon barscher, denn das konnte nichts Gutes bedeuten.

»Das Feuer. Es ist beim Hildebrandt ausgebrochen. Ich ... hab noch daran gearbeitet.« Er drückte Frantz ein verwinkeltes Objekt in die Hand. »Gebt es ihm bitte.«

»Wem? Hildebrandt?«

»Nein, Jamnitzer.«

Verwirrt fragte Frantz: »Was ist passiert?«

»Hab Schritte gehört und gedacht, Max wär zurückgekommen, aber es war ein Kerl in einem Kapuzenumhang. Hat ausgeschaut wie ein Mönch. Ich Dummbartel hab gedacht, der will ein Almosen erbetteln, wollt ihn schon rausscheuchen, da zieht er einen Dolch.« Julius keuchte. »Wir haben gekämpft, die halbe Werkstatt dabei verwüstet. Der Kerl war größer und stärker als ich, aber ich konnt ihn ins Schmiedefeuer stoßen ... Seine Kutte hat angefangen zu brennen. Da hat er mir irgendwas Schweres an den Kopf geschlagen, wahrscheinlich einen Hammer. Ich bin zusammengebrochen, war kurz benommen. Wie ich mich wieder aufgerappelt hab, war er fort. Die brennende Kutte hat er auf eine Kiste mit Lumpen geworfen ... « Er schluckte. »Von oben hab ich schon Flüche gehört, vom Hildebrandt oder einem Gesellen. Da bin ich rausgetaumelt und hab ›Feuer!‹ gerufen. Der Türmer hat's gleich mitgekriegt und den Alarm gegeben.«

»Gut, du hast alles richtig gemacht. Allerdings hättest du beim Löschen helfen können, statt dich zu verstecken. Bist du verletzt?«

»Nein, mir geht's gut.«

Trotzdem betastete Frantz den Schädel des Burschen und musste nur der Spur verkrustenden Blutes folgen. »Oh ja, das wird eine schöne Beule geben. Die Wunde muss genäht werden.«

»Ich hab Angst, Meister Frantz. Letztes Mal, als ich Claras Kette zerlegen wollte, bin ich ins Loch geworfen worden.«

Frantz legte ihm eine Hand auf die Schulter. »Mach dir keine Sorgen, das wird diesmal nicht passieren. Deine Schwester steht ganz oben auf dem Turm und macht sich Sorgen. Geh zu ihr.« Er drückte ihm das Werkstück wieder in die Hand und marschierte los, über die Brücke zum Weinmarkt und weiter zum Milchmarkt. Am unteren Brunnen löste sich die Eimerkette schon auf. Weiter oben wurde noch geschöpft, aber recht gemütlich. Frantz bog in die Hundsgasse. Mehr Dampf als Rauch schien aus der Werkstatt zu treten. Wenzel Jamnitzer stand vor dem Eingang. Er ging zuerst zu ihm. »Gassenhauptmann, gibt's Verletzte?«

Jamnitzer fuhr herum und schob den Helm höher, um ihn besser beäugen zu können. »Meister Frantz. Na, so was.« Er lächelte. »Mit Euch hätte ich nicht gerechnet.«

Hm, was sollte das denn heißen? Dass der Nachrichter lieber verschwinden sollte? Wer selbst bei Feuer vor ihm zurückschreckte, dem war wirklich nicht zu helfen.

Jamnitzer hatte wohl seine Irritation bemerkt, denn er erklärte: »Drei Stadtärzte sind schon hier, aber nur der Hildebrandt hat etwas zu viel Rauch eingeatmet. Sonst geht's allen gut.«

»Das freut mich zu hören. Dann überlasse ich Euch wieder Euren Aufgaben.«

Jamnitzer nickte ihm zu. »Der Brand ist gelöscht, und ich werd mir jetzt mal anschauen, was da drinnen passiert ist.«

Frantz wäre zu gern mit hineingegangen, um sich ebenfalls einen Eindruck zu verschaffen. Ob er Hinweise dafür fand, dass Julius die Wahrheit gesagt hatte? Da erwachte wohl sein allgegenwärtiges, berufliches Misstrauen, denn eigentlich hatte er keinen Grund, am Wort des Gesellen zu zweifeln. Die Kopfverletzung war jedenfalls echt.

Der berühmte Goldschmied gluckste. »Ich seh's Euch an der Nasenspitze an, dass Ihr auch reinschauen wollt.«

Frantz lächelte. »Wenn ich darf.«

»Dann mal los.« Jamnitzer nahm einem Stadtknecht eine Fackel ab und ging voraus.

Es hing noch starker Rauchgeruch in der Luft, aber nirgends schien mehr etwas zu glimmen. Die Überreste einiger Schemel lagen am Boden verstreut. Ein umgestürzter, aber nur angesengter Tisch – das passte zur Geschichte, die ihm Julius erzählt hatte. Weiter hinten im Raum beugte sich ein Stadtknecht über etwas am Boden Liegendes.

»Leinfelder, das war gute Arbeit heute«, rief Jamnitzer.

Max drehte sich lächelnd um. »Danke, Meister Wenzel.« Als er Frantz sah, neigte er interessiert den Kopf zur Seite. »Das heißt, Ihr wollt mich nicht dem Nachrichter übergeben?«

Jamnitzer gluckste wieder. »Hätte ich Grund dazu?«

»Höchstens, damit er mir auf dem Heimweg Gesellschaft leistet.«

»Macht er bestimmt gern, sobald er seine Neugier befriedigt hat. Was sagt Ihr, wie ist das Feuer entstanden?« Er blickte von einem zum anderen.

Max sprach zuerst und gab damit Frantz Zeit zu überlegen, ob er von seiner Begegnung mit Julius erzählen oder den Burschen noch heute zu Jamnitzer schicken sollte, damit dieser ihm alles berichtete.

»Hier scheint's am heftigsten gebrannt zu haben«, sprach Max und deutete auf die Ecke, die er sich vorhin genauer angeschaut hatte. »Wir sollten Meister Friedrich fragen, was er hier gelagert hat. Aber die umgestürzten Möbel ...«

Jamnitzer nickte. »Sieht fast so aus, als hätte jemand die Werkstatt verwüstet und dann einen Brand gelegt.« Er ging zum Schmiedefeuer und pickte ein Stück Holzkohle aus der Asche. »Kalt und feucht.« Dann nahm er einen kleinen Hammer – vielleicht denselben, der auf Julius' Kopf gelandet war – und zerschlug die Kohle. »Innen ist sie noch heiß. Jemand hat hier gearbeitet. An einem Sonntag.«

Max starrte Frantz an. Natürlich wusste der Stadtknecht so gut wie er, wer hier noch gearbeitet hatte, aber sie wollten wohl beide nichts sagen, das Julius erneut in Verdacht bringen konnte.

»Nun gut.« Jamnitzer wischte sich die Hand an seiner Hose ab. »Morgen, wenn es hell wird, werden wir weitersehen. Der Hildebrandt wird uns hoffentlich einige Fragen beantworten können, wenn's ihm besser geht.« Er war schon halb an Frantz vorbei, als er doch noch einmal stehen blieb und fragte: »Wie wirkt die Werkstatt auf Euch?«

Der Moment der Wahrheit? Frantz sah ihn an. »Schwer zu sagen, aber wenn der Raum nicht absichtlich verwüstet wurde, könnte hier ein Kampf stattgefunden haben.«

»Ein Kampf ...«, murmelte Jamnitzer und verließ die Werkstatt.

Max trat nah heran und wisperte: »Habt Ihr Julius gesehen?«

Frantz nickte und sagte laut: »Gehen wir nach Hause, deine Frau macht sich schon Sorgen um dich.«

Schweigend gingen sie hinaus, und Max sah sich um. »Scheint wirklich alles unter Kontrolle«, sagte er. »Und mein Dienst ist jetzt auch vorbei. Nichts wie heim!«

Erst als sie den Säumarkt erreicht hatte, erzählte Frantz ihm, was Julius gesagt hatte.

»Dann muss dieser falsche Mönch kurz nach mir hineingeschlüpft sein. Vielleicht ist er nur deswegen auf die Idee gekommen, weil er mich herauskommen hat sehen. Verflucht, hätte Julius doch bloß die Tür verriegelt!«

»Das war wirklich leichtsinnig von ihm.«

*

Im Behandlungszimmer von Meister Frantz lauschte Kathi ebenso gebannt wie Clara Julius' Worten. »Und du hast den Schurken nicht erkannt?«, fragte sie.

Er wollte den Kopf schütteln, doch Maria hielt ihn fest. »Still halten, sonst steche ich dir die Nadel in den Schädel.« Die Wunde hatte sie schon sauber getupft.

Julius stöhnte. »Die Geschichte glaubt mir doch auch keiner! Bestimmt sperren sie mich wieder ins Loch.«

»Wir glauben dir«, sagte Maria mit fester Stimme. »Du darfst jetzt keine Dummheiten machen. Am besten schaust du gleich, ob du noch einen der Schöffen sprechen kannst. Die werden vom Feueralarm auch alle aufgescheucht worden sein.« Sie ließ von ihm ab. »Fertig, aber vermutlich wirst du noch tagelang einen Brummschädel haben. Dir könnt auch schwindelig sein, oder du musst speien.«

»Danke.« Er hob den Kopf und sah Clara an. »Wenn ich zum Rathaus gehe, kann ich auch gleich ins Loch hinuntersteigen.«

Sie schüttelte kaum merklich den Kopf. Zwischen den Geschwistern schien sich eine ganz eigene Unterhaltung zu entspinnen, die sich nur in Blicken ausdrückte, was Kathi mehr beunruhigte als die garstige Wunde an Julius' Kopf.

»Mein Mann wird dich bestimmt begleiten«, sagte Maria.

»Ja, ich hab ihn vorhin getroffen. Falls Verletzte seine Hilfe brauchen, könnte er aufgehalten werden. Ich geh zurück.« Er legte das zierliche Gebilde aus Silber in Claras Hand. »Heb das für mich auf.«

»Ich werd gut Acht drauf geben.« Sie schniefte. »Wenn sie dich einsperren, wird Wenzel Jamnitzer es trotzdem sehen.«

Jetzt lächelte Julius. Er trat ans Fenster und blickte in Richtung Burg. »Ich geh dann.«

»Ich begleite dich noch nach unten«, rief Clara und ging mit ihm durch die gute Stube zur Tür.

Kathi gefiel die Stimmung zwischen den beiden gar nicht. Es hatte etwas von Abschied. Sie wandte sich zu Maria. Als die Schritte der beiden nicht mehr zu hören waren, fragte sie: »Denkst du, er wird wirklich zu einem der Schöffen gehen – oder zu Jamnitzer?«

Maria seufzte. »Ich weiß nicht, aber Hildebrandt hat ihn schon einmal übler Dinge verdächtigt. Nun, da seine Werkstatt schwer beschädigt ist, vielleicht das ganze Haus baufällig, könnte er alle Hebel in Bewegung setzen, damit jemand bestraft wird, auch wenn's der Falsche ist.«

»Trotzdem hast du ihm geraten, die Wahrheit zu sagen.«

Maria nickte. »Nur so kann der Räuber gefunden werden, der ihn überfallen hat. Frantz wird sich für Julius einsetzen und dafür, dass ihm Gerechtigkeit zuteil wird.«

Clara kehrte zurück und seufzte. »Er ist fort.«

»Fort aus der Stadt?«, fragte Kathi voller Sorge.

Sie zuckte die Schultern. »Er hält es nicht noch mal eine Woche oder länger im Loch aus, bis der wahre Täter gefasst wird. Falls man ihn fasst. Der Hildebrandt wird bestimmt versuchen, ihn den ganzen Schaden bezahlen zu lassen.«

»Aber … was will er denn jetzt machen? Wo kann er hin? Hat er Geld?«

»Ich hab ihm gesagt, er kann die Rubine behalten.« Sie schniefte. »Da hat er ganz komisch geschaut. Hat ihn wohl daran erinnert, was mir passiert ist, und dass er sich nicht um mich kümmern kann, wenn er weggeht.«

Kathi legte einen Arm um sie und drückte sie an sich. »Wir kümmern uns um dich.«

Maria seufzte. »Ich hoffe nur, dass er sich richtig entschieden hat.«

Da schallten von unten Schritte herauf. Hoffentlich Max!

Maria stieß die Tür auf. »Das sind sie. Kommt rein.«

Kathi fiel ihrem Mann um den Hals. Ihre eigene kleine Welt war wenigstens wieder in Ordnung. Maria entzündete weitere Talglampen, und so sah man nur allzu deutlich die Sorge in den Gesichtern der Männer.

Clara fragte: »Ist jemandem was passiert?«

Meister Frantz schüttelte den Kopf. »Zum Glück nicht, aber der Schaden ist groß. Wo ist Julius?«

Nachdem weder sie noch Clara den Mund aufkriegten, antwortete Maria: »Er ist weg. Ich hab seine Wunde notdürftig versorgt, aber wir konnten ihn nicht aufhalten.«

Kläglich fügte Clara hinzu: »Wollten es auch gar nicht.«

Der Nachrichter schloss die Augen und rieb sich die Schläfen. »Das hätte er nicht tun sollen.«

»Wer weiß«, sagte seine Frau und strich ihm über den Rücken. »Vielleicht ist es so das Beste.«

Clara streckte ihm ihre geöffnete Hand entgegen, auf deren Fläche eine fein gearbeitete Figur ruhte. »Das sollen wir Wenzel Jamnitzer geben.«

Meister Frantz nahm das silberne Vieleck und hielt es in den Schein der Lampe. »Es ist schön geworden, aber war es das wert?«

»Vielleicht eines Tages«, sagte Clara. »Wenn er zurückkehren kann, ohne eingesperrt zu werden.«

Da lächelte Meister Frantz sie an. »Zuversicht steht dir gut zu Gesicht.«

»Vor allem wenn wir den Spießgesellen finden, der ihn überfallen hat«, sagte Max.

Kathi schmiegte sich an ihn. »Erzähl, hast du beim Löschen geholfen? Du riechst nach Rauch und bist ganz rußig im Gesicht.«

»Gassenhauptmann Jamnitzer hat ihn sogar dafür gelobt«, rief Meister Frantz und schien bemüht, die Stimmung zu heben.

Das Polyhedron des Rats

Montag, 28. Mai 1582

Frantz ging schon früh am Morgen in die Zisselgasse, um noch vor der Ratssitzung mit Jamnitzer zu sprechen. Falls dabei Entscheidungen bezüglich des flüchtigen Julius Spieß getroffen werden sollten, wollte er dem Mann wenigstens Julius' Version der Geschichte mitteilen. Clara hatte ihn unbedingt begleiten wollen, doch der Goldschmied würde sich von einer besorgten Schwester sicherlich wenig beeindrucken lassen. Stattdessen nahm er Max mit, für den Jamnitzer die Zeichnung angefertigt hatte. Schweigend stapften sie den Berg hinauf.

Vor der Werkstatt wechselten sie unbehagliche Blicke. Frantz sagte: »Geh du rein und frag, ob er Zeit für mich hat. Als Nachrichter kann ich nicht einfach sein Haus betreten.«

Max nickte und trat ein. Unruhig lief Frantz ein paar Schritte weiter Richtung Burg, dann zurück bis zur Hundsgasse. An der Wiederherstellung von Hildebrandts Werkstatt schien noch niemand zu arbeiten. Nur ein Schütze schlich an dem Haus vorbei und lugte neugierig hinein. Dann blieb er stehen. Seltsam.

»Meister Frantz!«, erschallte es hinter ihm. Jamnitzer stand mit Max vor seiner Werkstatt und winkte ihn heran.

Schnell eilte Frantz zurück.

»Kommt rein. Ich fürchte mich nicht vor Euch.«

»Das freut mich zu hören.« Zu Max sagte er: »Vor der Werkstatt vom Hildebrandt treibt sich ein Schütze herum. Kommt mir irgendwie seltsam vor, der Kerl.«

Max nickte. »Ich schau mal nach.«

Jamnitzer führte ihn derweil nach oben in sein Studierzimmer, wo er sich an seinen Schreibtisch setzte und die Finger ineinander verschränkte. »Jetzt bin ich aber wirklich gespannt, Meister Frantz. Was führt Euch zu mir?«

Frantz blickte zu einer Nische in der Wand, in der sich noch weit seltsamere geometrische Körper befanden als das Vieleck in seiner Tasche. »Das hier«, sagte er und zog Julius' Werk aus dem Lederbeutel.

Jamnitzer nahm es ihm aus der Hand, drehte und wendete es stirnrunzelnd, dann hielt er sich eine Linse vors Auge. »Verblüffend. Wer hat das gemacht?«

»Julius Spieß, Goldschmiedgeselle beim Hildebrandt. Leider ist er nach dem Brand verschwunden.«

»Der junge Mann, der bei mir arbeiten wollte? Warum?« Er musterte wieder das Objekt in seiner Hand.

Frantz war sich nicht sicher, was er meinte, also sagte er: »Damit wollte er Euch beeindrucken in der Hoffnung, dass Ihr ihn bei Euch beschäftigt.«

»Wisst Ihr, was das ist?«

Er lächelte. »Die dreizehn Älteren Bürgermeister der Freien Reichsstadt Nürnberg mit ihren besonderen Funktionen. Das sieht man doch sofort.«

Jamnitzer lachte. »Der Leinfelder hat's Euch erzählt. Da bin ich aber beeindruckt, dass der sich das alles gemerkt hat. Doch wie kommt der Spieß dazu, ausgerechnet diesen Polyeder anzufertigen?«

»Er hat Eure Zeichnung gesehen und war fasziniert.« Frantz zog sie aus der Tasche und reichte sie ihrem Schöpfer.

»Damit hätte ich ihn sofort eingestellt.« Der Goldschmied kratzte sich die Wange. »Warum ist er geflohen?«

»Es war sein größter Traum vom berühmten Wenzel Jamnitzer zu lernen«, schob Frantz voraus, dann schilderte er ihm, was Julius über die Vorkommnisse des gestrigen Abends berichtet hatte.

*

In der Hundsgasse hielt Max vergeblich nach einem Schützen Ausschau. Nur normale Leute sah er ihres Wegs gehen, also betrat er die ausgebrannte Werkstatt. Die Tür war aus den Angeln gehoben und sollte anscheinend so schnell wie möglich ersetzt oder repariert werden. Möglichst geräuschlos schaute er sich um, bevor er weiter in den dunklen Raum vordrang. Da machte er eine Gestalt in schwarz-weißer Schützentracht aus. Der Kerl wühlte in einem Metallkästchen und steckte etwas in seinen Beutel.

»Erwischt!«, rief Max und zog das Schwert. »Umdrehen, Hände nach oben.«

»Scheißdreck«, stöhnte der Kerl und drehte sich um.

Jetzt erkannte er den Mann. »Georg Götz? Du blöder Depp. Was hast'n eingesteckt? Kannst doch nicht plündern!«

»Hau einfach ab, Max, dann geb ich dir auch was ab. Du weißt doch selbst, wie wenig man als Schütz verdient.«

Ja, das wusste er nur allzu gut, und er wusste auch, dass der Götz ein ziemlich rabiater Kerl war, deshalb rief er so laut er konnte: »Meister Hildebrandt! Seid Ihr da? Ich hab einen Dieb erwischt!«

Schritte im Obergeschoss versetzten Götz in Bewegung Richtung Ausgang, aber er musste an Max und seiner Klinge vorbei. Verflucht, er konnte doch keinen Kameraden abstechen! »Bleib stehen!«

Götz schubste ihn, doch das hatte Max erwartet. Er ließ sich fallen und streckte seine Beine zwischen die des Flüchtigen. Der stürzte, und Max warf sich auf dessen Rücken. Auf der Treppe polterten Schritte. Hoffentlich wirklich der Hausbesitzer und kein Komplize, den er auch noch selbst herbeigerufen hatte! An die Möglichkeit hätte er mal vorher denken sollen. Er sah sich um. Nein, es war der zweite Geselle von Meister Hildebrandt.

»Was ist denn hier los?«

»Der Strolch wollt euch bestehlen. Hilf mir, ihn zu binden.«

Der Geselle hielt Georg Götz fest, während Max ihm die Eisen anlegte, dann zogen sie ihn gemeinsam auf die Beine. »Schau in seinem Beutel nach.«

Der Geselle tat es. »Herrschaftszeiten, wo hast'n die her?« Er hielt einen roten Stein ans Licht.

Max antwortete für ihn. »Ich hab gesehen, wie er was da hinten aus der Metallschachtel raus hat.« Er deutete in die Richtung.

»Die gehört dem Julius«, sagte der Geselle mit sichtlichem Erstaunen. »Dass er die hiergelassen hat! Wir räumen die wertvollen Sachen immer weg, wenn wir Feierabend machen.«

Die Blutrubine, dachte Max. »Woher hast du gewusst, dass hier was zu holen ist?«, fragte er den Schützen.

Götz zuckte mit den Schultern. »Ich war nur neugierig, ehrlich. Ich wollt nichts stehlen, nur schauen, wie schlimm das Feuer gewütet hat. Und dann find ich die da.« Er nickte in Richtung der Ecke, wo Max ihn ertappt hatte. »Hab mir gedacht, wenn die hier so rumliegen …« Sein Blick flackerte hin und her. »Ich wollt sie natürlich ins Rathaus bringen, damit sie niemand klaut.«

»Erzähl das deiner Großmutter. Ich bring dich jetzt ins Loch.« Er zerrte ihn auf die Straße hinaus. Als hätten sie es abgesprochen, trat justament Meister Frantz aus dem Schatten eines Hauseingangs.

»Na, so ein Zufall«, sagte Max und grinste.

»Ich bin ja überhaupt nicht neugierig.« Der Nachrichter schmunzelte. »Dann erzähl mal. Der Kerl wird wohl Kundschaft für mich.«

*

Kathi beschaute gerade das frisch eingetroffene Gemüse auf dem Markt und traute ihren Augen nicht, als Clara von einem Stadtknecht zum Rathaus geführt wurde. Sie zögerte nicht lange und lief hinzu.

Claras bedrücktes Gesicht hellte sich sofort auf. »Kathi! Dich schickt der Himmel!«

»Was ist denn passiert?«

»Ich weiß es nicht. Der Stadtknecht hat nur gesagt, ich soll mit zum Rathaus kommen.«

Der Mann brummte: »Halt uns nicht auf, Weib.«

Was mochte der Rat nur von der Maid wollen? Sollte sie wegen des Verbleibs ihres Bruders befragt werden? Wenn doch nur Max geschickt worden wäre, um Clara zu holen, der würde sie nicht im Ungewissen lassen, aber diesen Stadtknecht kannte sie nur vom Sehen.

Jetzt fragte der: »Du bist die Frau vom Leinfelder, oder?«

»Genau.«

»Hab schon gehört, dass du gern überall deine Nase reinsteckst.«

So eine Unverfrorenheit! »Und meist ist man mir dankbar dafür.«

Endlich erreichten sie das Rathaus. Von Max immer noch keine Spur, aber wenigstens brachte sein rüpelhafter Kamerad Clara nicht zum Lochgefängnis, sondern in die Kanzleistube, wo Schöffe Eisvogel wartete.

»Clara Mülnerin! Sehr gut, auf dich haben wir gewartet.«

»Wieso?«

»Komm her.« Er deutete auf den Tisch. »Gehören die Rubine dir?«

Kathi klappte der Mund auf. Auch sie trat näher, doch da hielt sie der Stadtknecht zurück. »Du hast hier nichts verloren, neugieriges Weib! Raus mit dir.«

Erschrocken und zutiefst gedemütigt wollte sie schon davonlaufen, da bellte Eisvogel: »Was fällt dir ein, so die geschätzte Katharina Leinfelderin zu behandeln?«

Darüber staunte Kathi noch mehr als über den Anblick der Rubine. Der Stadtknecht allerdings schien immer kleiner zu werden. »Verzeihung«, presste er heraus und wich rücklings zur Tür hinaus.

Eisvogel winkte sie heran. »Kennst du die Steine ebenfalls?«

Sie nickte langsam, allerdings hatte sie das Geschmeide nur einmal gesehen, nachdem Julius aus dem Loch entlassen worden war und sie sicher im Henkerhaus zusammensaßen. »Ja, so ungefähr haben die ausgeschaut.« Julius musste sie voneinander gelöst haben. Zwei hatten keine Fassung mehr. Das Silber der Kette hatte wohl nicht für den Ratswürfel, oder wie das Ding hieß, gereicht.

Clara nickte bestimmt. »Ja, sieben Stück. Das müssen sie sein.« Sie betrachtete eine Fassung genauer. »Doch, die hat mir Ambrosia Kaiserin gegeben. Woher habt Ihr sie?« Ihre Augen füllten sich mit Tränen. »Die sollte mein Bruder haben!« Sie zog die Nase hoch.

Eisvogel nickte. »Deinen Bruder suchen wir noch.«

*

Max graute davor, die Kaiserin aufzusuchen, damit sie bestätigte – schon wieder –, dass es sich um die Edelsteine von eben der Kette handelte, die sie Clara geschenkt hatte. Da war es ihm auch kein großer Trost, den Götz erwischt und so Claras kleines Vermögen gerettet zu haben. Die Tür zur Bortenwirkerei stand offen; die Arbeit nahm anscheinend wieder ihren gewohnten Gang.

Drinnen sah er Barthel mit Draht arbeiten, die Mägde saßen über Stickereien gebeugt, und Cuntz schnitt Stoff zurecht. Nur Barbara schaute auf. »Leinfelder! Was führt dich zu uns?«

Jetzt richteten sich auch die Blicke der anderen auf ihn, doch keiner wirkte erfreut.

»Die Kaiserin wird noch einmal im Rathaus verlangt«, sagte er.

Die Magd erhob sich unsicher, aber ihre Herrin kam ihr zuvor. Gemessenen Schritts stieg sie die Stufen hinunter. »Was ist hier los?«, fragte sie verwundert.

»Ihr sollt ins Rathaus kommen«, sagte Max nur.

Sie nickte und schlüpfte in eine gestrickte Weste. Erst als sie zur Tür hinaus war, nahmen Geselle und Lehrbub sowie die Mägde die Arbeit wieder auf. Max folgte ihr.

»Kommst du mit?«, fragte die Kaiserin.

Da es keinen großen Unterschied machte, wo er herumlief und nach dem Rechten schaute, stimmte er zu. »Wenn Euch meine Gegenwart nicht unangenehm ist.«

»Nein, gar nicht. Ich fühle mich nicht mehr recht wohl allein auf der Straße. Alle wissen, was mein Mann Clara angetan hat. Die Leute fragen sich, wie ich das hab zulassen können. Dabei war ich nicht einmal in der Stadt.«

Max konnte sich gut vorstellen, dass sie für die Tat ihres Mannes mitverantwortlich gemacht wurde, vielleicht auch nicht ganz zu Unrecht. »Mit der Zeit werden sie vergessen«, sagte er etwas lahm. So schnell vergaßen die Menschen nicht.

»Warum werde ich im Rathaus verlangt?«

»Bestimmt habt Ihr vom Brand gehört.« Wie viel durfte er ihr erzählen? Andererseits war es wenig wahrscheinlich, dass sie hinter dem versuchten Raub steckte.

»Natürlich, wir hatten eine Heidenangst, das Feuer könnte übergreifen.«

»Es war die Werkstatt von Friedrich Hildebrandt. Claras Bruder hat dort am Sonntag an einem besonderen Stück gearbeitet, das er aus dem Silber Eurer Kette gefertigt hat.«

»Und was hat das mit mir zu tun? Ich habe sie seiner Schwester geschenkt. Die Ratsherren wissen das.«

»Er musste die Rubine abnehmen, und beim Brand hat er sie zurückgelassen. Ein Dieb wollte sie heute stehlen. Wenigstens glauben wir, dass es sich um eben diese Edelsteine handelt. Ihr sollt sie noch einmal identifizieren.«

Die Kaiserin stöhnte. »Ich werde die verfluchten Blutrubine nicht mehr los. Immer wieder werde ich gezwungen, sie mir anzuschauen und mich meiner stillen Duldung zu schämen.«

Der Fluch des Kaisers … Plötzlich sah Max den Bortenwirker vor sich. Die Steine auf seiner Handfläche entzündeten sich, doch obwohl die Flammen züngelten, verzog der Mann keine Miene. Max schüttelte den Kopf. Was für ein Narr er doch war, sich derlei Unfug vorzustellen!

*

Eisvogel räusperte sich. »Versteh mich nicht falsch. Die Versuchung zu behaupten, dass es eben jene Rubine sind, die dir geschenkt wurden, ist groß, Clara.«

»Aber ...!« Zornig funkelte die Kleine ihn an.

Auch Kathi spürte Ärger in sich aufsteigen, legte trotzdem eine beschwichtigende Hand auf den Arm ihrer Freundin, damit sie nichts sagte, was sie bereuen müsste.

»Das soll heißen, wir werden auch noch eine zweite, also eigentlich dritte Meinung einholen.«

»Ich bringe Ambrosia Kaiserin«, rief eine vertraute Stimme. Max!

Kathi staunte über den Anblick der Witwe, die Max willig folgte. Würde die Frau noch einmal zu Claras Gunsten aussagen oder sie erneut in Schwierigkeiten bringen?

Eisvogel winkte sie näher. »Sind das die Rubine, die Ihr zusammen mit der Silberkette Eurer Magd Clara Mülnerin geschenkt habt?«

Die Bortenwirkerin trat leicht schwankend näher. Vorsichtig hob sie einen der Steine an seiner Silberfassung an und hielt ihn gegen das Licht, das durch das Fenster in die Stube fiel. »Ja. Das sind sie. Sie gehören Clara.« Ohne den Rubin loszulassen, umarmte sie ihre frühere Magd. »Es tut mir so leid.« Sie löste sich von ihr und stieß hervor: »Ich hätte dir das Unglücksgeschmeide niemals schenken dürfen. Es stammt von ihm. Da ist kein Segen drin. Verkauf sie!« Sie warf den Stein auf den Tisch und stürzte hinaus. Clara setzte ihr nach. Vielleicht war das die Gelegenheit für sie, Antworten auf ihre Fragen zu erhalten.

Kathi sah erst ihren Mann an, der eine steinerne Miene zur Schau trug, dann den Schöffen. »Seid Ihr nun überzeugt, dass sie Clara gehören?«

Eisvogel nickte, packte die Rubine in einen kleinen Stoffbeutel und reichte ihn Kathi.

Max lächelte. »Ich pass schon auf, dass meine Frau nicht damit durchbrennt.« Er nahm ihren Arm und führte sie aus der Amtsstube.

Draußen schaute sie sich suchend um. »Wo steckt Clara denn? Maria sorgt sich bestimmt um sie.«

»Ich schätze, sie spricht sich mit der Kaiserin aus. Lass den beiden etwas Zeit, bevor du dazwischenplatzt.«

»Muss ich wohl, aber ich bin schon sehr neugierig.«

»Du bist halt ein Weib.«

»Und du ein Holzklotz, den das alles nicht berührt«, neckte sie ihn und hakte sich unter.

»Wenn du erst wüsstest, was ich heut schon alles erlebt hab«, sagte Max.

In dem Moment entdeckte sie die beiden Frauen. »Pst, da sind sie.«

Kathi kannte Clara inzwischen gut genug, um zu erkennen, dass ihre Freundin wütend war. Die Kaiserin dagegen schien sich alles andere als wohl in ihrer Haut zu fühlen. Sie ließ ihren Mann los und trat auf leisen Sohlen hinter die Bortenwirkerin. Clara begegnete ihrem Blick, ließ sich aber nichts anmerken.

»Als sein Kopf da auf dem Podest lag, ist meine Welt zusammengebrochen«, sagte Kaiserin. »Und du … du bist neben mir gestanden und hast dich bestimmt gefreut. Ich war so erschüttert, so durcheinander. Zu Hause ist es nur noch schlimmer geworden. Ich war so wütend. Auf ihn, weil er nicht von jungen Dingern wie dir lassen konnte. Auf dich, weil du ihn mir genommen hast.«

»Auf mich?«

Das modische Barett der Bortenwirkerin wippte auf und ab, als sie nickte. »Ja, weil du stärker warst als ich. Weil du dich gewehrt und ihn zur Strecke gebracht hast.« Sie schluchzte. »Er hat's verdient, aber … er fehlt mir so. Und meinen Sohn habt ihr mir auch genommen, du und Kathi! Er hätte es nie zu erfahren brauchen.« Da rannte die kleine Frau davon, ein Tüchlein vors Gesicht haltend.

Clara sah ihr mit großen Augen nach. »Verstehen tu ich das alles nicht, aber mehr werde ich wohl nie erfahren.«

Kathi wagte erst jetzt, den angehaltenen Atem entweichen zu lassen. »Das fürchte ich auch, aber gräm dich nicht. Du solltest alle beide vergessen. Ich hab übrigens deine Steine mitgenommen. Hier.«

Clara nahm das Stoffbeutelchen. »Die hab ich mir auch schwer verdient, aber eigentlich sollte Julius sie haben.« Sie blickte nach Süden. »Was mag er jetzt wohl treiben, ohne Geld und Wertsachen, ganz allein irgendwo da draußen?« Ihre Hand schloss sich so fest um den Beutel, dass die Knöchel ganz weiß wurden.

Max baute sich vor ihnen auf. »Interessiert es euch vielleicht, dass ich vorhin einen Dieb verhaftet habe, der genau diese Rubine in der ausgebrannten Schmiede stehlen wollte?«

»Erzähl!«, rief Kathi. Das hatte Eisvogel ihnen nicht verraten.

Selbstzufrieden lächelnd begann er seinen Bericht. Als er mit der Verhaftung endete, fragte Clara: »Aber … wie konnte der Kerl ahnen, dass da was zu finden war – und wo? Viel Zeit kann er ja nicht gehabt haben.«

»Stimmt.« Max kratzte sich die Schläfe. »War Julius mit dem einen oder anderen Schützen befreundet, denen er vielleicht von der Kette und seiner Arbeit am Turnierzelt erzählt hat?«

Clara schüttelte den Kopf. »Kann ich mir nicht vorstellen. Er ist ja auch kaum noch in eine Schenke gegangen, seit er abends immer an dem Polydingens für den Jamnitzer gearbeitet hat.«

Der Heffner lässt grüßen

Dienstag, 29. Mai 1582

Frantz wunderte sich ein wenig, dass Georg Götz so schnell aus der Stadt ausgestrichen und verbannt werden sollte, doch wenn ein Ordnungshüter die Gesetze brach, wollte der Rat immer umgehend ein Zeichen setzen, die Delinquenten bestrafen und loswerden. Aus den Augen, aus dem Sinn. Der Löwe schlug die Trommel, während Frantz die ersten Hiebe auf den blanken Rücken niedersausen ließ. Dem Kerl entwich kaum ein Stöhnen. Er hatte wohl schon einiges mitgemacht.

»Du kennst ja den Weg«, sagte er und musste an Pfeuffer denken, der sich unsicher umgeschaut hatte. Vielleicht nach dem Heffner Friedl, nicht etwa nach dem richtigen Weg? Ach was, er sah schon wieder an jeder Hausecke Gespenster.

Natürlich zog die Bestrafung dieses Halunken eine große Menge Zuschauer an, die ihn beschimpften und mit Dreck bewarfen. Wenn ein Ordnungshüter ein Verbrechen beging, erhitzte das die Gemüter. Die als Geleitschutz abgestellten sechs Schützen und vier Stadtknechte, unter ihnen Max, mussten sich ebenfalls schmähen lassen und bemühten sich vergebens, die Leute zurückzudrängen, aber wenigstens zielte der Pöbel gut. Frantz bekam kaum etwas ab, und auf diese Weise marschierte der Götz recht schnell vor ihm her.

Wie so oft blieben viele Leute am Frauentor zurück. Gelegentlich musterte ihn der Bannrichter von der Seite, schien aber zufrieden mit seiner beherrschten Ausführung der Leibstrafe. Frantz würde sich nicht noch einmal gehen lassen. Sie erreichten den Birkenhain, und der Richter sprach den Bann aus.

Augustin löste die Fesseln, und Frantz vergaß diesmal nicht, den blutigen Rücken des Mannes mit einem in Kamille getränkten Tuch abzutupfen und eine Wundsalbe aufzutragen. »Du bist für deine schändliche Tat bestraft worden. Führ von jetzt an ein anständiges Leben, sonst sehen wir uns nächstes Mal am Hochgericht wieder.«

Der Mann stöhnte, vermutlich weil die Salbe ziemlich brannte. Er zog ihm das Hemd hoch.

Götz ging ein paar Schritte, dann drehte er sich noch einmal um. »Der Heffner lässt dich grüßen.«

Frantz fühlte sich wie vom Donner gerührt. »Was?«, keuchte er, doch der Mann stapfte davon.

»Hast du das auch gehört?«, fragte Augustin.

Er schluckte mühsam. »Das wollt ich dich grad fragen.«

»Meister Frantz?«

Langsam wandte er sich um und sah Wenzel Jamnitzer näher

treten. Frantz hatte den Mann vorher gar nicht bemerkt. Es war sehr ungewöhnlich, dass der Ratsfreund einer Verbannung beiwohnte.

»Geht's Euch nicht gut? Ihr wirkt bleich.«

Frantz nickte, obwohl er den Kopf schütteln wollte. Aus dem Augenwinkel bekam er mit, wie Max Leinfelder vom Pferd absaß. Wenig später gesellte er sich zu ihnen. Die übrigen Stadtknechte, Schützen und der Bannrichter kehrten schon wieder in die Stadt zurück.

Jamnitzers Worte drangen nur langsam zu ihm durch: »Der Rat lässt nach Julius Spieß suchen. Wenn er nicht wieder auftaucht, wird er im Handwerk unredlich gemacht. Ich hab mir gedacht, Ihr solltet das wissen.«

Er schüttelte den Kopf, um seine Gedanken zu sortieren. »Bitte versucht, das zu verhindern, Meister Wenzel. Ich glaube, wir haben gerade den wahren Räuber laufen lassen: den Mann, der ihn in der Schmiede überfallen und die Verwüstung verursacht hat.« Und womöglich flüchtete der gerade zu einem noch schlimmeren Schurken, der auch noch sein eigener Schwager war.

Jamnitzer sah ihn verblüfft an. »Aber ... ich dachte, der Schütz wollte nur in der Werkstatt einstecken, was er finden konnte?«

»Vielleicht.« Frantz zog in einer hilflosen Geste die Schultern hoch. »Oder er war es, der Julius überfallen hat. Wegen des Brandes blieb ihm keine Zeit die Beute einzustecken, also wollte er sie sich später holen.«

»Irgendwelche Beweise, Anhaltspunkte?«

»Nein.«

»Die Nürnberger henken keinen, den sie nicht haben«, murmelte der Goldschmied und rieb sich die schweißfeuchte Stirn. »Ich werde mich für diesen Julius Spieß beim Rat einsetzen.«

Frantz nickte. »Danke.«

Nachdenklich wandte sich Jamnitzer ab und schritt zurück gen Nürnberg.

Max sah ihn fragend an. »Soll ich dem Götz hinterherreiten, schauen, ob er sich mit jemandem trifft?«

Frantz nickte grimmig. »Zum Beispiel mit dem Heffner Friedl.«

»Was? Mit Eurem Schwager? Wie kommt Ihr denn darauf?«

»Der Götz hat mir Grüße von ihm bestellt.«

»Oh, verflucht!« Max blickte in die Richtung, in die der Ausgestrichene verschwunden war, dann zu seinem Ross. »Wartet hier und passt auf meinen Gaul auf.« Er reichte ihm die Zügel und rannte los.

Frantz streichelte den Hals des Tieres, das seinem Reiter nachschaute und schnaubte, als ärgerte es sich, nicht mitzudürfen. »Ja, mit dir wäre er schneller gewesen, aber Götz hätte euer Herannahen gehört.« Auch er wollte nicht zurückbleiben.

*

Max rannte ein Stück den Pfad entlang, um den Abstand zwischen sich und Georg Götz zu verringern. Als er hinter der nächsten Biegung meinte, zwischen den Bäumen eine Gestalt auszumachen, bewegte er sich langsamer und achtete darauf, wohin er seine Füße setzte. Eine Hand am Schwertgriff fragte er sich, was er tun sollte, wenn der ehemalige Schütze tatsächlich den Heffner Friedl traf. Um den festzunehmen, hatte er keine Beweise, und Götz hatte gerade seine Strafe erhalten. Er verließ den Pfad und folgte dem Mann im Schutz der Birken. Moos und Laub aus dem letzten Jahr dämpften seine Tritte auf dem Waldboden, also erlaubte er sich, schneller zu gehen. Da knackte ein Zweig unter seinem Schuh. Er hielt inne, blieb ganz still stehen und unterdrückte einen Fluch. Doch Götz schien es nicht gehört zu haben, oder es kümmerte ihn nicht, ob hier noch jemand herumkrauchte. Max ging weiter, schenkte aber dem Boden wieder mehr Aufmerksamkeit.

An einer Weggabelung blieb Götz stehen. Wenn er nach Hiltpoltstein wollte, sollte er sich jetzt nach Norden wenden und die Freie Reichsstadt in angemessenen Abstand umwandern. Doch er hockte sich einfach hin und lehnte sich an einen Baumstamm. Sofort zuckte er zurück. Natürlich, die Wunden auf seinem Rücken mussten schmerzen. Was tat der Kerl? Eine Ruhepause sollte er nach dem kurzen Marsch noch nicht brauchen, und er dürfte nach seiner Verhaftung auch genug Zeit gehabt haben, sich zu überlegen, was er jetzt anstellen wollte. Bestimmt wartete er auf jemanden.

Vorsichtig schlich Max näher. Wenn sich hier irgendwelches Gelichter herumtrieb, würde sein Anblick sie nur verschrecken. Er legte sich hinter einem Haselnussstrauch auf den feuchten Boden und beobachtete. Götz wirkte gelangweilt, rupfte Blumen und Kräuter aus und blickte immer wieder in alle Richtungen. Plötzlich reckte er den Hals.

Auch Max spitzte die Ohren. Ja, da waren Schritte. Jemand näherte sich von Südwesten auf dem Pfad. Zuerst sah er nur Beine in einer braunen Kniebundhose aus grobem Leinen, dann das schlichte Hemd und schließlich das Gesicht. Julius! Max unterdrückte einen Fluch. Was zum Henker hatte Claras Bruder mit dem Schützen zu schaffen? Am liebsten wäre er hingerannt und hätte ihn zur Rede gestellt, aber hier in seinem Versteck erfuhr er womöglich mehr.

Götz erhob sich unter Ächzen und Stöhnen. »Da bist du ja endlich.«

»Das musst du gerade sagen«, blaffte Julius. »Seit zwei Tagen wart ich hier auf dich. Hast du die Rubine?«

Oh verflucht! Julius selbst hatte Götz in die ausgebrannte Werkstatt geschickt, um die Edelsteine zu holen?

»Nein, verdammter Mist. Die haben mich erwischt. Bin heute ausgestrichen und verbannt worden. Nur wegen dir.«

Julius raufte sich die Haare. »Das auch noch! Die haben doch mir gehört, vielmehr der Clara, aber sie wollte, dass ich sie habe.«

»Wir«, brummte Götz. »Drei hast du mir versprochen, wenn ich sie dir bringe. Außerdem hab ich dich nach Garaus noch zum Tor hinausgelassen. Eigentlich hätte ich vier verdient, und jetzt dieser verfluchte Mist.«

»Du willst mich nicht behumpsen, oder?«, fragte Julius und beäugte den Mann misstrauisch.

Götz drehte sich um und entblößte seinen Rücken. »Hab ich dir zu verdanken.«

Da sog Julius scharf die Luft ein. »Tut mir echt leid, aber es hätte doch ganz einfach sein sollen.«

»Der Leinfelder, der Sauhund, ist dahergekommen.«

»Max?« Julius sah sich blitzschnell in alle Richtungen um.

Das wäre der richtige Moment, um sich zu erkennen zu geben, doch Max zögerte.

»Der Wichtigtuer muss sich auch überall einmischen«, brummte Julius und fuhr sich durch die Haare.

Er knirschte mit den Zähnen. So was musste er sich anhören, nachdem er dem Kerl immer wieder geholfen hatte? Unverschämtheit. Er stemmte sich auf alle viere hoch.

»Ich geh jetzt nach Hiltpoltstein«, verkündete Julius, und Max verharrte.

»Was willst'n da?«, fragte Götz.

»Ich kenn da einen, der mir vielleicht Arbeit besorgen kann.«

Der Heffner Friedl, dachte Max sofort. Wenn das Meister Frantz erfuhr.

»So ein Zufall«, sagte Götz und grinste. »Wird doch nicht der Schwager vom Nachrichter sein?«

Julius starrte ihn überrascht an. »Woher kennst du den Friedl?«

Götz grinste. »Mit dem hab ich schon öfter Geschäfte gemacht. Hab's heute auch nicht lassen können, den eingebildeten Nachrichter von ihm zu grüßen. Soll er sich doch sonst was dabei denken. Hab mitgekriegt, wie er den Pfeuffer letztens gefragt hat, ob der den Heffner kennt, weil er doch aus Gräfenberg stammt.« Der Mann lachte. »Ich glaub, ich komm mit. Vielleicht hat der Friedl auch für mich eine einträgliche Arbeit.«

Max schloss die Augen und ließ sich wieder zu Boden sinken. Hier gab's nichts für ihn zu tun. Julius hatte sich dagegen entschieden, dem Rat die Wahrheit zu erzählen, wollte sich stattdessen einem zwielichtigen Kerl anschließen. Als er die Augen wieder öffnete, sah er die beiden gen Nordosten wandern. Einen Moment wartete er noch, dann rappelte er sich auf und drehte sich um. Da stand Meister Frantz! Er schrak zusammen. »Was? Wie lange steht Ihr schon da? Ich hab Euch nicht kommen hören.«

Der Nachrichter lächelte. »Das solltest du auch nicht. Genauso wenig wie die zwei.« Er deutete mit einer wegwerfenden Geste in Richtung der Gabelung.

»Ihr habt alles gehört?«

»Jedenfalls genug, um zu wissen, dass mein Schwager herzlich lachen wird, wenn die beiden ihm erzählen, was sich hier zugetragen hat.«

Obwohl er die Antwort kannte, fragte Max: »Wir können sie nicht aufhalten, oder?«

Meister Frantz schüttelte den Kopf. »Wenn wir Julius verhaften und ins Loch bringen, werde ich ihn foltern müssen, aber wir wissen beide, dass er nur einen Räuber abgewehrt hat. Er kann sich höchstens selbst im Rathaus melden.« Er verzog das Gesicht zu einer Grimasse. »Na gut, letzter Versuch, den Bengel zur Vernunft zu bringen.« Mit diesen Worten rannte er los. Max sprintete hinterher, obwohl Julius ihn einen Wichtigtuer genannt hatte.

*

Frantz schalt sich einen Narren, aber er konnte den jungen Mann nicht einfach in sein Unglück rennen lassen. Noch stand ihm alles offen, aber wenn er erst im Handwerk unredlich gemacht wäre, blieben ihm nicht mehr viele Möglichkeiten. Auf dem Pfad angelangt sah er die beiden auf eine Wegbiegung zugehen, die sie bald seinem Blicken entziehen würde. Er stieß einen Pfiff aus. Da blieben die zwei Männer stehen und drehten sich um. Frantz winkte. Götz rührte sich nicht, aber Julius kam ein paar Schritte auf ihn zu, also ging er ihm entgegen und bedeutete Max zurückzubleiben.

Sie trafen sich wie zwei Abgesandte feindlicher Truppen auf halbem Weg, während Max und Götz sie aus sicherer Entfernung misstrauisch beobachteten. Die Vorstellung ließ ihn lächeln.

»Was wollt Ihr von mir?«, frage Julius und machte ein trotziges Gesicht wie ein kleiner Junge, der beim Äpfelstehlen im Nachbargarten erwischt worden war.

»Clara lässt dich grüßen. Sie macht sich Sorgen um dich.«

»Das ist gemein von Euch!« Am liebsten hätte er vermutlich mit dem Fuß aufgestampft, doch er ballte nur die Hände zu Fäusten.

»Du hast recht, aber ich möchte dich dran erinnern, dass du nicht wenig zu verlieren hast.«

»Und was bringt mir das? Ich kann nicht zurück nach Nürnberg. Die sperren mich wieder ein.«

Frantz schüttelte den Kopf. »Wenn du mir die Wahrheit erzählt hast, kann dir niemand etwas vorwerfen.«

Julius sah sich nach seinem neuen Kumpel um. »Aber der Götz sollte für mich die Rubine stehlen.«

»Weil du sie vergessen hast. Der Schütz ist bestraft worden. Er hätt sich nicht darauf einlassen dürfen.«

Der Goldschmied atmete tief ein und entließ die Luft in einem Stöhnen. »Niemand wird mir glauben!«

»Oh doch.« Frantz erlaubte sich ein Lächeln und holte den Polyeder hervor. »Meister Wenzel war beeindruckt von deinem Ratssymbol.«

Julius klappte der Mund auf. »Wirklich? Wenzel Jamnitzer? Ihr habt ihm den gezeigt?«

»Natürlich. Es hat ihn sehr betrübt, dass du davongelaufen bist. Mich übrigens auch, aber Jamnitzer meinte noch, dich würde er sofort einstellen.«

»Wirklich?«

»Oh ja. Ich hab ihm auch berichtet, was passiert ist. Also, was du mir erzählt hast. Das war doch die Wahrheit?«

Er nickte heftig. »Natürlich. Eure Frau hat meine Wunde genäht. Die hätte ich mir doch niemals selbst beigebracht.«

Frantz grinste. »Na siehst du, deine Geschichte ist doch völlig überzeugend, und Meister Wenzel hat sie auch geglaubt. Er vertritt die Goldschmiede im Kleinen Rat und wird sich für dich einsetzen.«

Der Blick von Julius huschte zwischen Götz und Leinfelder hin und her, dann winkte der Bursche dem Verbannten zu und wandte sich gen Nürnberg. »Na los, bringt mich zum Rathaus.« Er trabte los, als wäre er ein Gaul, der den Stall roch.

Lachend eilte ihm Frantz hinterher. »Da gehst du gefälligst allein hin. Wie sieht das denn aus, wenn dich der Nachrichter oder ein Stadtknecht hinbringt?«

Jetzt lachte auch Julius, reckte die Arme in die Luft und drehte sich einmal im Kreis, dann schaute er ihn wieder an. »Ihr seid sicher, ich werd nicht eingesperrt? Ich halt's nicht noch mal in dem stockfinsteren Loch aus!«

»Kann ich mir nicht vorstellen.«

Max grinste und schlenderte ihnen entgegen. »Wo ist eigentlich mein Ross, Meister Frantz?«

»Oh, das hab ich Diebsgesindel zu einem guten Preis verkauft.«

»Glaub ich nicht«, rief Julius vergnügt.

»Ich auch nicht«, brummte Max. »Ihr habt es bestimmt irgendwo im Wald angebunden.«

»So leichtsinnig wie der Muffel bin ich nicht. Ich hab die Zügel dem Augustin in die Hand gedrückt und bin euch nach. Wahrscheinlich hat er das Tier schon in die Peunt gebracht. Hat ja auch lang genug gedauert, das alles.«

»Was sag ich denn, warum ich davongelaufen bin?« Julius klang wieder besorgt.

»Die Wahrheit. Du hast gerade erst unschuldig im Loch gesessen, da hat dich die Angst gepackt.«

Max stimmte zu: »Genau, kann nicht schaden, wenn du die Herren Schöffen daran erinnerst, dass sie dich schon einmal zu Unrecht verdächtigt haben.«

Schweigend gingen sie das letzte Stück durch den Hain. Als sie auf die Wiese traten und die Freie Reichsstadt mit ihren trutzigen Mauern und Türmen vor ihnen aufragte, stellte Frantz die eine Frage, die ihn im Moment am meisten beschäftigte: »Wolltest du wirklich zu meinem Schwager?«

Julius sah ihn überrascht an. »Der hat doch gemeint, er könnt mich bei einem Goldschmied unterbringen.«

»Um den dann zu berauben.« Die Worte rutschten ihm heraus, bevor er sich eines Besseren besinnen konnte.

»Ihr haltet ihn wirklich für einen Verbrecher?«

»Ich weiß nicht, was ich von ihm halten soll, aber es würde mich nicht wundern, wenn er dir den Räuber am Sonntagabend in die Werkstatt geschickt hätte. Ich hab das Gefühl, dich gerade dem Teufel aus den Klauen gerissen zu haben.« Mit Unbehagen blickte er zurück zum Birkenhain, als könnte der Leibhaftige tatsächlich dort stehen und vor Wut Schwefel schnauben. Stattdessen entdeckte er zwischen den Bäumen ein Rehkitz und seine Mutter, die sie misstrauisch beäugten. Ein Lächeln machte sich auf seinem Gesicht breit. Nur noch wenige Monate, dann würde Maria mit seinem zweiten Kind niederkommen.

Julius lachte. »Übertreibt nicht so.«

Recht hatte der Bursche. Frantz sollte den Friedl einfach vergessen, bis er tatsächlich Grund hatte, sich zu sorgen. Sein Blick wanderte unwillkürlich zum Galgen.

Glossar

Atzung: Geld, das Gefangene für ihre Kost bezahlen mussten.

Garaus: Torschluss.

Keuche: Gefängniszelle

Loch(gefängnis): Verlies unter dem Rathaus, das als Untersuchungsgefängnis diente. Hier wurden auch Delinquenten festgehalten, die auf ihre Hinrichtung warteten.

Lochwirt: Lochhüter, oberster Gefängniswärter im Loch.

Losunger: Der Vorderste Losunger war der mächtigste Mann der Stadt, zuständig für Finanzen und Verteidigung, da er gleichzeitig einer der drei Oberster Hauptleute war. Unterstützt wurde er vom zweiten Losunger und Mitarbeitern in der Losungsstube.

Löwe: Henkersknecht. Es gibt verschiedene Theorien dazu, wie der Henkersknecht zu seinem Spitznamen kam, den es so nur in Nürnberg gab, allerdings überzeugt keine so recht. In Bamberg hieß der Henkersknecht beispielsweise Peinlein.

Nachrichter: Scharfrichter, da dieser nach dem Richter seines Amtes waltete.

Pappenheimer: So wurden in Nürnberg die Straßenreiniger genannt, die auch in regelmäßigen Abständen die Abortgruben leeren mussten, vermutlich weil der Reichsmarschall über Jahrhunderte aus dem Geschlecht der Pappenheimer bestellt wurde. Dieser war unter anderem für die Sauberkeit bei Hofe zuständig. Im Gegensatz zum hoch geachteten Reichsmarschall wurden die Nürnberger Pappenheimer allerdings gemieden.

Peunt: Bauhof unter der Verwaltung des städtischen Baumeisters bzw. seiner rechten Hand, dem Anschicker in der Peunt. Hier wurden auch Fuhrwerke, Pferde und Werkzeuge verwahrt und ausgegeben.

Posament: Bordüre, Besatz.

Unschlitt: Rindertalg.

Nachwort

Auch im dritten Band stütze ich mich auf tatsächliche Fälle, mit denen der historische Henker von Nürnberg zu tun hatte. Der Name des vierzehnjährigen »Maitleins«, das für Sebald Kaiser arbeitete und von ihm vergewaltigt wurde, ist weder in Frantz Schmidts Aufzeichnungen noch in den Ratsverlässen genannt, deshalb habe ich mir einen ausgedacht.

Die Verbindung zu einem ungeklärten Brand in der Schmiede von Friedrich Hildebrandt ist ebenfalls von mir erfunden. In einem Ratsverlass wird angenommen, dass ein flüchtiger Geselle Hildebrandts versuchte, Silber einzuschmelzen, und die Schmiede verwüstete. Er sollte im Handwerk unredlich gemacht werden, wenn er nicht bald aufzufinden sei. Danach verliert sich seine Spur in den Quellen.

Die »kleinen Ganoven«, die Meister Frantz ausstreichen muss oder denen er im Verlauf der Geschichte begegnet, sind ebenfalls historisch belegt. Einigen von ihnen wird er nicht zum letzten Mal über den Weg gelaufen sein. Zu Ostern hat er wirklich seinen kranken Vater besucht. Dass er bei dieser Gelegenheit gleich das Geld eintreiben könnte, das ein Bamberger Kunsthändler dem Rotschmied Jorgen Labenwolf schuldete, war mein Einfall. Die Räte könnten tatsächlich auf so eine Idee gekommen sein, ohne es in den Verlässen zu erwähnen. Die Schulden und Verbindlichkeiten des Künstlers wurden allerdings im Rat diskutiert, zumal es peinlich für die Stadt gewesen wäre, wenn der dänische König sein Brunnenwerk nicht rechtzeitig bekommen hätte.

Da zu Ostern immer die Wahl des Kleinen oder auch Inneren Rats stattfand, musste ich mich für dieses Buch doch endlich einmal intensiv mit der Organisation der städtischen Obrigkeit beschäftigen. Ohne das vierbändige Werk von Peter Fleischmann wäre ich vermutlich an dieser Aufgabe verzweifelt: *Rat und Patriziat in Nürnberg. Die Herrschaft der Ratsgeschlechter vom 13. bis zum 18. Jahrhundert*, hrsg. Verein für Geschichte der Stadt Nürnberg, Nürnberg 2008. Vielleicht habe ich ein wenig über die Stränge geschlagen, als ich Wenzel Jamnitzer ein Polyhedron malen ließ, das die dreizehn Älteren Bürgermeister repräsentieren sollte. Dieses Symbol hat Jörg Arndt für mich entworfen. Für die grafische Umsetzung möchte ich Julia Handl von www.points-edges.de herzlich danken, die mir außerdem auch noch Ohrringe mit dem Ratssymbol schenkte.

Zu Wenzel Jamnitzer und Künstlern seiner Zeit war natürlich der Ausstellungskatalog des Germanischen Nationalmuseums zu Jamnitzers 500stem Todesjahr eine unerschöpfliche Quelle: *Wenzel Jamnitzer und die Nürnberger Goldschmiedekunst 1500-1700*, hrsg. Gerhard Bott, Germanisches Nationalmuseum, München 1985.

Folgende Quellen waren für meine Recherchen außerdem von anhaltender Bedeutung:

Hinrichtungen und Leibstrafen. Das Tagebuch des Nürnberger Henkers Franz Schmidt, herausgegeben von Geschichte Für Alle e.V. – Institut für Regionalgeschichte, Nürnberg 2013.

Die Henker von Nürnberg und ihre Opfer. Folter und Hinrichtungen in den Nürnberger Ratsverlässen 1501 bis 1806, herausgegeben von Michael Diefenbacher, Nürnberg 2010.

Joel F. Harrington: *The Faithful Executioner*, Farrar, Straus and Giroux (19. März 2013), auf Deutsch erschienen unter dem Titel *Die Ehre des Scharfrichters: Meister Frantz oder ein Henkersleben im 16. Jahrhundert.*

Hermann Knapp: *Das Lochgefängnis. Tortur und Richtung in Alt-Nürnberg, Nürnberg 1907*; Neudruck herausgegeben von Geschichte Für Alle e.V. – Institut für Regionalgeschichte, Nürnberg 2011.

Mitteilungen des Vereins für Geschichte der Stadt Nürnberg, Zeitschrift herausgegeben von dem Verein für Geschichte der Stadt Nürnberg.

Nürnberger Altstadtberichte, Tätigkeitsberichte herausgegeben von Altstadtfreunde Nürnberg e. V.

Andrea Bendlage: *Henkers Hetzbruder. Das Strafverfolgungspersonal der Reichsstadt Nürnberg im 15. und 16. Jahrhundert*, Konstanz 2003.

Chronica perpetua, darinnen alle und jede Malefiz-Persohnen, aus vielen alten mit mühsamen Fleiss zusamen getragen, anzutreffen sind, Handschrift, Nürnberg ca. 1709. Digitalisierte Ausgabe:

http://hdl.library.upenn.edu/1017/d/medren/4322016.

Wenn Ihnen dieser Roman gefallen hat, interessiert Sie vielleicht auch der vierte Band: *Meister Frantz gegen Räuberpistolen*, erschienen im Juli 2017.

19917153R00122

Printed in Poland
by Amazon Fulfillment
Poland Sp. z o.o., Wrocław